历史传记
小说丛书

李清照传

帘卷西风
人比黄花瘦

房贤义　刘敬堂　著

中国文史出版社

图书在版编目（ＣＩＰ）数据

帘卷西风，人比黄花瘦：李清照传 / 房贤义，刘敬堂著. -- 北京：中国文史出版社, 2016.11
ISBN 978-7-5034-8588-6

Ⅰ. ①帘… Ⅱ. ①房… ②刘… Ⅲ. ①李清照（1084-约 1151）—传记 Ⅳ. ①K825.6

中国版本图书馆 CIP 数据核字(2016)第 272816 号

责任编辑： 徐玉霞

出版发行：**中国文史出版社**

社　　址：北京市海淀区西八里庄 69 号院　邮编：100142
电　　话：010-81136606　81136602　81136603（发行部）
传　　真：010-81136655
印　　装：廊坊市海涛印刷有限公司
经　　销：全国新华书店
开　　本：16 开
印　　张：18.75
字　　数：382 千字
版　　次：2017 年 3 月北京第 1 版
印　　次：2020 年 3 月第 3 次印刷
定　　价：39.80 元

序

（一）

我们从淄博出发，驱车去了李清照的故居——山东章丘市明水镇的百脉泉。故居门前立有一方石碑，上面刻着"一代词宗"四个大字，乃出自书法大家舒同之手。

百脉泉是章丘市的八景之首，泉水"皆岱阴伏流所发，西则趵突为魁，东则百脉为冠"。此语出自北宋文学家曾巩的《齐州二堂记》。李清照故居附近有许多泉水，虽大小各异，但泉水皆明澈晶莹。她居室旁有一漱玉泉，水泡从泉底冉冉升往水面，如一串串珍珠。她的词集名为《漱玉集》，许会缘于此泉？

故居的黛瓦粉墙，承袭着当地的民居风格，古朴中透着一种雅致。尤其院子中的那棵芭蕉树，使人想起了她在杭州住过的那座芭蕉院，和她写的那首《添字采桑子·窗前谁种芭蕉树》。

故居是后人易地修建的。有学者考证，故居应在百脉泉南侧一个叫义仓的地方。关于她的故乡，亦有济南之说，不过，人们还是倾向章丘。因为章丘市明水镇廉家坡，发掘出了李清照的父亲李格非在宋神宗元丰八年（1085年），为著名隐士廉复撰写的《廉先生序》、李清照的堂兄为石碑撰写的题记。历代的章丘县志对此都有记载。故可以认定女词人的故乡并非济南，而是章丘。

离开章丘后，我们又赶往青州，因作者之一出生于青州，并在这里度过了一段难忘的岁月，读大学时便对她的作品极有兴趣，对这座古城亦十分熟悉，一些至亲的故人今天仍居于古城之中，使我们对这座古城有一种亲切之感。次日一大早，我们便去了范仲淹故居旁边的"归来堂"——李清照故居。故居十分古朴、清静，李清照与赵明诚离开浮躁的东京后，曾在这里屏居十年，潜心研究、收集金石，赵氏撰《金石录》，李清照削笔其间。这位在少女时代就以诗词轰动京城的女词人，又在青州"归来堂"里创作了许多脍炙人口的作品。

（二）

"靖康之变"彻底改变了李清照的命运。

就在宋徽宗父子被押往五国城的途中，李清照挑选了十五车金石，风尘仆仆逃往南京。谁知灾难接踵而至，先是相依为命的丈夫突然病逝，继而是她视为性命的金石被骗、被抢、被盗！就在她生命垂危之际，又发生了一起世人瞩目的骗婚公案。

关于李清照是否改嫁一事，历来都有争论。有的说赵明诚卒后，李清照"再适张汝舟，未及反目，张氏获罪，柳州编管"；有的认为她出身名门，又是郡守夫人，且年已半百，改嫁似不合情理，且也无证可考，是以讹传讹；还有的认为，改嫁之说是某些人出于嫉妒她的才华而进行的污谤。这一争论已进行了数百年之久，也许还会继续争论下去。我们将这一公案写成了一个并未得逞的阴谋。

另外，南宋的权相秦桧之妻，是李清照的嫡亲表妹、闺中密友王可意，而有着强烈爱国思想的李清照，却与秦氏夫妇水火不容，本书也涉及了这层关系。

关于李清照的卒年，史料上亦众说纷纭。有的说她卒时 72 岁，有的说她卒时 68 岁，还有的说她活到 82 岁和 84 岁之间。至于她死后葬于何处。一直未能查到只言片语。我们不想让女词人在凄风苦雨中走到生命的尽头，而是让她和她的那些美轮美奂的词一样，永远活在人们心里。

（三）

李清照一生创作颇丰，宋代的《郡斋读书志》载：《李易安文集》12 卷本；《唐宋诸贤绝妙词选》载：李清照有词 3 卷；到了清代，《四印斋所刻词》中的《漱玉词》只有 58 首；近人赵万里在《校辑宋金元人词》中，仅将 48 首词收到《漱玉词》中；章丘市李清照纪念馆编的《李清照诗词》收词 48 首，存疑词 11 首，诗 16 首，断句 7 则；《李清照全集》评注（济南出版社）收词 50 首，存疑词 11 首，诗 20 首……其实，李清照的原本《漱玉词》或《易安词》，不论一卷本、三卷本或六卷本，都早已散失在历史的兵火动乱之中了！我们今天能见到的，只是劫后余韵，实在令人痛惜！然而就是这些为数不多的作品，也足以奠定她在词界婉约派宗师的地位了。

胡适在《国语文学史》中说："李易安乃是宋代的一个女文豪……她对于北宋的大词家，二晏、欧阳、苏黄——都表示不满意。"郑振铎在《中国文学史》中写道："李清照是宋代最伟大的一位女诗人，也是中国文学史上最伟大的一位女诗人；她的词集有六卷，她的文集也有七卷，今所传的诗词不过寥寥数十首而已……像她那样的词，在意境方面，在风格方面，都可以说是'前无古人，后无来者'。"中外学者对李清照及其作品的艺术特点的研究，有千余种专著。她的作品还得到了其他国家的赞许，美国、前苏联、日本、罗马尼亚、法国、英国等，有的翻译出版了她的作品，有的在其百科全书中列有她的词条，对李清照及其作品给予了高度的评价。这位才华横溢的女词人不但对当时的词坛，也对中国后来的文学，产生了深远的影响。

李清照是齐鲁大地的骄傲，也是中华民族的骄傲。这是激励作者创作这部小说的初衷。

房贤义
于 2016 年夏

目　录

第一章　上苍有意赐她一眼清纯的漱玉泉

湖上风来波浩渺，秋已暮，红稀香少。水光山色与人亲，说不尽，无穷好。

莲子已成荷叶老，清露洗，蘋花汀草。眠沙鸥鹭不回头，似也恨，人归早。

——《怨王孙》

（一）

宋神宗元丰元年（1084 年）四月初八。

一匹棕色的快马，沿着自历城而来的驿道向东奔驰着。马蹄落地时，扬起了一蓬蓬黄色尘埃。

骑者是郓州教授、文学家李格非。

不知是因为天气太热，还是急着赶路，汗水从他额头上不断淌落下来，青布褂子早已经湿透了，紧紧地贴在后背上。那匹胯下的棕马不断地喘着粗气，浑身的鬃毛已经汗湿。这也难怪它，李格非从前天清晨出发，一直赶到历城的一家客栈，才给它喂了一些草料，饮了些水。今天一大早，又马不停蹄地赶路，算来，已经跑了二百多里了。此刻，不但马迈不动腿了，就是李格非也觉得浑身快要散架了。这还不说，眼下最难忍受的是口干如火，而驿道两旁，竟找不到一口水塘或一条小河！

他刚刚松开缰绳，马便停下来了。他仰望着天空，空中万里无云，烈日当头；又朝四周看了看，地里尚未成熟的麦子，被晒得蔫蔫的。不经意间，他看到路边一座不高的小山上，有一棵大树，树旁有一座低矮的草庵。他心中一喜，有草庵就会有人住，有人住就会有水。于是，他牵着马来到树下，系好了马，便向草庵走去，想讨点水喝，也饮饮马匹。

草庵的柴门半掩着，他站在门口问道："庵中有人吗？"

庵中无人应声。

"我是过路人，想讨碗水喝。"

仍然无人应声。

他轻轻推开柴门，见地上有一堆山草，山草上铺了一张苇席，旁边有一陶罐，罐中有大半罐水，墙上挂了一只葫芦瓢，唯未见有人。他知道主人不在庵中，虽然庵中有水，但未经主人应允，他是绝不能自己动手的。他连忙退了出来，走到马匹旁，从马背上解下裳裙，取出一摞小米煎饼，坐在一块青石板上吃起来。吃了几口，觉得嚼碎了的煎饼实在难以下咽，无可奈何地摇了摇头。心想，不吃也罢，再走二十里路，就到百脉泉的家乡了。家乡的泉水远近闻名，待到了家乡之后，一定在泉边喝个痛快！

这时，一位头戴苇笠的老者从山坡下缓缓走来，他身后，还跟着一个三四岁的孩子。李格非连忙迎上去，躬身一拜，说道："在下李格非，路过这里，在树下歇歇脚，打扰您老人家了。"

老者站住脚，朝他打量了一眼，笑着说道："出门在外，相逢就是一种缘分，请到舍下小坐。"

李格非听了，心想，这位老者真幽默，一座四壁透风的小草庵，他竟称"舍"，而且去掉了人们常用的"寒"字，可见他对自己的草庵有多么得意了。

老者见他手里拿着煎饼，便让他坐在苇席上，又从墙根下取来一棵大葱递给他，说道："章丘大葱，天下第一。煎饼卷大葱，亦是天下名食。"

李格非双手接过大葱，指了指陶罐，说道："老人家，你这里有水吗？"

老者连忙说道："有，有，罐里的水，是昨天的，已不新鲜了，你跟我来。"说完，从壁上摘下葫芦瓢，领着李格非来到山坡上。他拨了拨脚下的一丛青草，又用双手在地上挖了一个小土坑，笑着说道："请客人稍等，待一会就有新鲜泉水可饮了。"

李格非看到土坑里泥土渐渐湿了，不久，渗出了一层水珠，水珠越聚越多，俄而便聚满了土坑，稍后，水开始溢出土坑，顺着草丛汩汩流下，坑里的水最初是浑的，不一会就变清了，变亮了，原来，这是一眼泉水！

老者将葫芦瓢递给李格非，说道："可以喝了。"

李格非舀起一瓢，喝了一口，觉得泉水甘冽冰凉，满口生津，便一口气将大半瓢泉水都喝下去了！他喘了口气，用衣袖擦了擦嘴，忙说道："谢谢老人家。"

"这有什么可谢的！一汪泉水，乃天地所赐，天下之人皆可饮用。"

"请问老人家尊姓大名？为何居住这里？"

"我叫云中子，在此结庐暂住，云游齐鲁时，在道边捡得这一孤儿，今日下山，请人为她缝了几件衣裳。请问先生来自何处？欲往何地？"

"我从郓州来，因内人将临产，要回明水探视。"

"明水？"云中子望了望李格非，说道，"那里泉眼众多，泉泉灵气涌动，每眼泉水都胜过此泉。前不久，我去百脉泉时，还喝过那里的泉水呢！"

李格非笑着点了点头。

云中子似乎又想起了什么，他指着身边的泉水，问道："李先生，请看，这泉水里边有什么？"

李格非低头望了望，泉水清澈，倒映着蓝天，哪有他物？他抬起头来，一脸的茫然。

云中子指着泉水说道："此泉虽小，但清可照天！"说完，将旁边的泥土向泉水中扒了扒，填平了土坑，泉水转眼就不见了。

李格非见他填平了土坑，有些不解。云中子说："此泉是活泉，水通地心，虽填平，但水不竭，可防败叶畜蹄所污。"

李格非因惦记着临产的妻子，饮了马之后，便辞别了云中子，牵马下了山坡。临上马时，又回头看了看。见云中子仍站在山坡上向他眺望。他双腿一夹，抖了抖缰绳，那匹棕马又在驿道上疾驰起来。

<h2 style="text-align:center">（二）</h2>

济南府自古便有"泉城"之称。章丘县的明水一带，也有众多的泉水。原来，济南和明水的泉水，皆来自泰山。《齐州二堂记》中说："历山诸泉，皆岱阴伏流所发，西则趵突为魁，东则百脉为冠。"百脉泉就在章丘的明水。只是因为济南城大名气也大，"泉城"之名便名噪天下了；而明水一带，地处山野乡间，这里的泉水，也就少有人知了。

其实，明水的泉水并不亚于济南。这里的泉眼有的粗若大桶，泉涌如喷；有的细若针眼，水涌无声；还有许多被人称之为"不露"的泉眼，平时不见有泉水流出，但偶尔翻动地上的石块，或掘开脚下的泥土，泉水便会突涌而出。云中子为李格非挖的小泉，就属"不露"的泉水。在明水众多的泉水中，最有名的，就是百脉泉了。

百脉泉旁边，有一片青翠的竹园，竹园旁边有一院落，院落里有几间粉墙黑瓦的房舍。这就是李格非的家——李院。

"嘚嘚嘚——"一阵马蹄声自远而来。正在院门口玩耍的李迥连忙跑进院子，大声喊道："爷爷，爷爷，一定是叔叔回来了！"

听见喊声，年近花甲的李达贤连忙随着孙子走出来。

这时，李格非已经到了门口，见父亲来了，他连忙滚鞍下马，问道："父亲，她生了吗？"

李达贤笑着说："快了，接生婆进去一个时辰了。"

接着，大哥格杉和二哥格松也都迎了出来，父子四人边说边进了大院。

李家虽然家境并不殷实，李格非的官职亦不高，只是一个从九品的地方学官，但他的妻子王淑贞却是名门之后，她的父亲王珪以文学进身政界，当年举进士甲科，后迁升为侍读学士；欧阳修曾称赞他是"真学士"；仁宗皇帝非常器重他，曾赐他文房四宝一套；宋英宗时，命他兼端明殿学士，赐他盘龙金盘一只；神宗皇帝赵顼又升他为学士承旨；熙宁三年（1070年）拜为参知政事；熙宁九年（1076年），进中书门下平章事，即为宰相，又拜为集贤殿大学士，再拜尚书左仆射兼门下侍郎。作为当朝宰相的长女，王淑贞闺阁时，便善诗词书画，还通音律。自嫁给李格非之后，并不以相府千金而自大，一直住在明水李院的婆家，与哥嫂融洽相处，连邻家都夸她尊老爱幼，懂事明理。

这时，女眷们忽然忙碌起来。李格非知道临产的时刻到了，他心里既激动又紧张。为了化解自己的紧张情绪，他顺手提了一柄锄头，来到房前的竹园里锄杂草。锄着锄着，见地下有水浸了出来。他知道这是一处"不露"的泉水。于是，索性往下挖去，挖到二尺深时，泉水便"哗哗"涌出来了。

李达贤见他挖出了一眼泉水，兴奋地说："好啊，我们家又多了一处泉水！"

李院已有三处泉水，分别在大门旁边、天井和后院中。泉虽不大，但四季不枯。李达贤十分喜爱家中的泉水，给它们砌了围栏，还都起了名字。

不一会儿，泉水变清了。李格非用手捧着泉水，喝了一口，水质清甜可口。

"哇"的一声，房里传出了婴儿清脆的哭声。接着，二嫂兴冲冲地跑出来，对他说道："三弟，恭喜你啦，弟妹给你生了个千金！"

他听了，满心高兴，连连点头。

他的两位哥哥生的都是儿子，唯自己生的是个女儿，他怕父亲不悦，想对他开导几句。谁知，李达贤比他还开通，他满脸是笑，朗声说道："我心里早就盼着要个孙女呢！老天开眼，终于给我送来了！"

大家听了，也都跟着笑起来了。

李格杉说："三弟，父亲早就酿了一罐米酒，等着这一天呢！"

"好，咱们父子难得团聚一次，"李达贤说，"进屋吧，今天要痛痛快快喝上几盅，庆贺我的小孙女来到人间！"说着，领着兄弟三人进了正屋。

第三天晌午，一辆从东京来的马车停在了李院的门口，原来，王珪夫妇知道女儿将要临产，便打发管家王友送来了三个樟木箱子，里边装满了鞋袜被褥和四季的衣服；还有两只大竹篓，装着莲籽、糯米、人参、红糖、木耳、海参等物，其中有件物品，引起了全家人的好奇：一个红木做的木架，下面两根托底的横木，如同两个月牙儿，上面是一只编织得十分精细的长形竹筐，竹筐里铺着锦被。大家都不知道它做何用处。李格非对大家说，这是一个"摇窝"。说着，将木架放在地上，用手轻轻一压，"摇窝"便左右摇晃起来。大家见了都觉得这摇窝既新奇，又适于婴儿。

原来，在王珪的祖籍四川成都有个风俗，女儿生了孩子，姥姥家要给外孙送一只摇窝。他虽在朝中为相，地位显赫，但在男婚女嫁、逢年过节等事上，仍遵照蜀地风俗行事。

王友见过了襁褓中的婴儿之后，又问婴儿叫什么名字？

李格非说道："尚未为小女取名呢！不知岳父大人是否为他的小外孙女取了名字？"

"王大人并未取名，他只是要我问一问。"

"好，好，待与家父商量好了之后，我再报岳父大人吧！"说完，便领着王友进了客室。

大院里很静，一对燕子在院子里飞来飞去，它们的巢就筑在正屋的房梁上。几只乳燕静静地在巢中等待，一见老燕归来，它们便一起"呀呀"叫起来。大张着黄色的喙，接食父母们含在嘴里的食物，待喂完了食，老燕又呢喃着飞出去了。

　　李格非望着它们，心里笑了。他怕惊扰了巢中的乳燕，便来到院子里。父亲正在修整那眼新开的小泉。小泉的泉眼约有三寸，水面有磨盘大小，水平如镜。泉眼四周，已砌起了一道石栏。他一面帮着父亲在水池里铺鹅卵石，一面说道："父亲，给你小孙女取个名字吧！"

　　"还是你取吧。不用拘于生辰八字和属相，只要不俗气就行。"李达贤笑着说。

　　李格非知道父亲的脾气。他父亲不恋仕途，早年在京城任职时，曾受到朝中重臣韩琦的赏识。但他淡泊名利，毅然辞官回归家乡，一心在山清水秀的百脉泉边悉心耕读。他善文好客，乐与乡邻交往，家中经常宾客满座，在明水附近口碑很好。他平时省吃俭用，若邻家有难处相求时，总是尽力相助，决不推脱。有一次，丁庄的丁大山家不慎失火，房舍、畜厩皆都化为了灰烬，急需再建新房，却一时买不到木料，丁庄又没有哪户人家贮有木料。正在着急时，听说李达贤家备有准备修建厢房的木料，便上门来借。谁知，李家厢房的墙已经砌好，只等择时辰安放屋梁了，丁大山也就不再开口。此事被李达贤知道了，他让两个儿子和泥瓦匠们连夜将大梁、椽木送到了丁庄，为丁大山家解了燃眉之急。

　　父亲的意思正合李格非的心意。不过，要给女儿取个"不俗气"的名字，却又难住了这位不同凡响的文学家。他坐在小泉旁边的青石条上，望着平静如镜的泉水，蓦然想起了云中子在山坡上说的"清可照天"，心中忽有所悟，便指着泉水对李达贤说："父亲，叫清照如何？"

　　李达贤眯着眼想了一会，又低头望了望新开出的小泉，点了点头，说道："好，我的孙女清纯如玉，光彩照人！"

　　名字定下来之后，李格非连忙去了居室，对正在为女儿哺乳的妻子说道："淑贞，我和父亲给女儿起了个名字。"

　　"快告诉我，叫什么名字？"

　　李格非笑着说："清照。"

　　"清照？"

　　"对，这是我和父亲商量的。"李格非没有将途中遇见云中子的事告诉她，"你觉得好吗？"

　　王淑贞虽出身豪门，但在婆家处处温良谦让。她出嫁时娘家陪送过来一个侍女，以便照料她的起居。她看到婆家既无长工，亦无丫鬟，便打发她回了东京。她对丈夫总是百依百顺。她说："夫君和父亲取的名字，定然很好，我打心眼里喜欢。"

　　也许"坐月子"的缘故，她略微胖了一些，脸庞泛着一层红润，不但显得端庄，也比往日更加成熟了。

　　李格非小心翼翼地抱起小清照，在她额头上轻轻亲了一下。甜睡中的小清照浑然不知，只是下意识地"咂巴"了一下小嘴。

王淑贞见嫂嫂不在房内，便悄声问道："格非，能在家多住几天吗？"

李格非点了点头。他深情地望着刚刚有了名字的女儿，满脸都是会心的笑意。

然而，谁也不曾料到，出生在这眼漱玉泉旁边的小清照，后来，竟成为中国的一代词宗，被人称为词国"皇后"！

（三）

自古以来，似乎天才总是和磨难有一种难解之缘。

百脉泉边的李院，本是一个温馨和睦的大家庭，自从添了小清照之后，院里院外又多了许多欢声笑语。李达贤一有空闲便抱起她来，边端详边哼着小曲儿。他知道，儿孙满堂是人世间的莫大乐事。三个儿子，除了最小的格非在外为官之外，全家人总是生活在一起，不像有些人家那样，儿子成亲后便分家单过起来。小清照除了有母亲悉心照料之外，家中的两位伯母也都分外疼她，爷爷和两位伯父更把她当成了掌上明珠。小清照应当是十分幸运的。

可是，就在她刚刚蹒跚学步时，巨大的不幸却无情地降临到了她的头上。

小清照出生后的第二年秋天，王淑贞和两位嫂嫂正在院子里做针线活儿，嫂嫂们忽听她喊了一声："我的头好晕……"话没说完，便从木凳上摔下来了！两位嫂嫂连忙扶起她来，见她双眼紧闭，已不省人事。全家人顿时慌了，李达贤连忙让李格杉去明水镇请郎中前来医治。李格杉请来了三位医术高明的郎中，其中还有一位是曾在洛阳任过皇室御医的老先生。经过会诊之后，都诊断为"脑中溢血"。他们建议：一边治疗，还应一边做后事准备。

当天夜里，刚刚从明水抓来的药还没来得及熬好，这位薄命的宰相之女，便在昏睡中去世了。临终前没说一句话，没等到丈夫赶来，也没睁开双眼再看看自己的小女儿。

灾难来得太突然了，李达贤让李格松连夜去郓州报信。

见到弟弟后，李格松没敢将真相告诉他，只是说弟媳患病，父亲叫他回家看看。他打算在回家途中，边走边向弟弟透露家中的不幸，以免他突受刺激发生意外。

李格非听了之后，顾不上更换衣服，便匆匆上路了。因为李格非归心似箭，他一直策马跑在前头。当他们赶到家时，已经是暮色四合了。

李格非老远就看到了父亲。他站在院子门口，身后是大哥和两位嫂嫂，二嫂怀里还抱着小清照。他连忙跳下马来，正欲向父亲施礼问安，父亲已紧紧抱住了他，他感到父亲的双臂在微微地颤抖。

"格非，你可要挺得住啊！"老父亲呜咽着说道。

李格非听了，顿时觉得头顶一个响雷，炸得他浑身一震。他抬头看时，见父亲已满脸泪水，哥哥和嫂嫂们也都失声哭泣起来。

　　也许是途中过分劳累，李格非觉得耳际"嗡嗡"作响，天地在眼前旋转起来。两位哥哥连忙将他扶进了大院。

　　当天夜里，李格非守在灵前，默默地望着妻子的遗容，泪水像断了线的珠子，不断"吧嗒吧嗒"地滴落下来。他不相信妻子离开自己永远而去了，似乎她在为小清照哺乳之后，甜甜地进入了梦乡。她梦见了什么？梦见了她们新婚时的欢乐？还是小清照的笑脸？或许梦见了小清照周岁时在炕上"抓周"？他永远忘不了小清照"抓周"时的情景——

　　小清照过周岁的前夕，岳父岳母又派王友送来一些衣物和京城里的糕点，还特意捎话说，要按老家的风俗，让女儿女婿为小清照操办一次"抓周"，这是外公外婆想知道外孙女未来的志向是什么吗？

　　李格非原籍在山东临淄，而孩子周岁时"抓周"是江南人家的风俗，他没见过，只是听江南的同事们叙说过"抓周"的趣闻。王淑贞十分看重女儿的"抓周"，她不但亲自操办"抓周"安排，还向两位嫂嫂讲述了"抓周"的来历和过程。

　　小清照过周岁那天，全家人都聚集在李格非夫妇的居室里。王淑贞将炕上的被褥全都搬到了柜子上，在炕席的四周摆放着一束红色的纸花、一个金黄色的梨子、一把银锁、一串铜钱、一件紫色绣衣、一册侄儿们读过的《诗经》和一只青花瓷瓶等物。她将小清照放在炕席中间，任她在席上乱爬，看她喜爱什么物品。

　　小清照瞪着一双好奇的眼睛，望望左边，又瞅瞅右边。这些物件太有诱惑力了，她不知该抓什么才好。全家人的眼睛都紧紧地望着她的一举一动。忽然，她笑了，然后便朝炕席的角上爬去，那角上摆放着几支彩色的丝线。当她爬到丝线的旁边时，停下了。大家以为她要抓那些颜色鲜艳的丝线，若抓起了丝线，就预示着小清照的手巧，将来的女红一定出众。女孩子针线活儿巧，是一般人家所期盼的。谁知，她并未伸手去抓，而是又向丝线旁边爬去，伸出两只小手，一把抓起了一册灰头土脸的《诗经》！大家觉得奇怪。

　　这时，一直站在旁边的李达贤兴奋地说道："好！我的小孙女不喜钱财衣物，独爱书卷，长大定有文才！"

　　经他一说，大家也都觉得这是一个好兆头。全家人沉浸在融融的亲情之中……

　　李格非无论如何也不会想到，"抓周"之后仅仅过了两个月，妻子竟突然离开了人世！

　　更令他心碎的，是襁褓中的小清照。她才刚刚咿呀学语，日夜都离不开自己的亲娘，亲娘却舍她而去了！他禁不住望了望身边的摇窝，见小清照睡得正香，长长的睫毛遮住了双眼，嫩嫩的脸蛋上有两个浅浅的酒窝。可是，当她醒来呼唤自己的亲娘时，亲娘再也不会应声了！想到这里，泪水又"哗哗"地流淌下来，滴落在了灵前的纸灰中。

出殡那天，天阴沉沉的。二伯母连夜为小清照缝了一身白布孝服，还在她头上披了一方麻巾，将她抱给李格非时，悄悄说道："小清照，咱们送你娘上路去。"

李格非听了，心像刀绞一般。他将小清照紧紧抱在怀中，在送葬队伍的前头默默地走着。

送葬的队伍很长，不但有本家的老小，还有众多的亲戚和乡邻。由于李家在四乡八村的威望高，人缘好，所以，大凡能走动的乡亲们都纷纷前来送葬，有的人家甚至全家都来了。

王淑贞的墓穴在李家的祖坟山上。下葬时，李格非实在忍不住心头的悲痛，放声大哭起来。他的哭声又引起了一片撕人心肺的哭泣声。小清照有些害怕，也"哇"的一声哭起来，将脸紧紧地埋在李格非的怀里……

一阵乍起的冷风，将新坟前的纸灰卷了起来，像一群灰色的蝴蝶，随着稀疏的落叶飘散而去。

<h2 style="text-align:center">（四）</h2>

有一天，李格非见小清照睡熟了，便信步来到院子里。他发现那眼新开的漱玉泉，似比往日旺了许多。泉水溢出，顺着一条阳沟流到了院外，与院外的泉水融成一条浅浅的小溪，溪水潺潺地汇入绣江。

泉水冒涌，大约与前些日子的一场大雨有关。凡泰山落雨，明水一带所有的泉眼，都比平时涌水要多。他站在小泉旁，见泉水中泛着一片霞红，抬头望时，原来一轮朝阳已冉冉东升。此刻，他真正悟出了"清可照天"的意境了。

一阵急促的马蹄声由远而近，在院门口停住了。只听父亲喊道："格非，郓州署衙送文书来了。"

李格非听了，连忙来到门口。他从信使手中接过信袋，取出信来，才知道是挚友董荣送来的急信。

董荣、李喜、廖正一和李格非四人，都以文章知于翰林学士苏轼，是朝野皆知的苏门后四学士。董荣在信里向他传递了一个十分重要的信息：被贬黄州任团练副使的苏轼，已调往登州任太守，可能会进京任职。他还在信中透露一个天字号的秘密：去年秋天，宋神宗赵顼在一次饮宴时忽然中风，身子瘫痪，不能言语，甚至连饮食都需宫人来喂，一切朝政均由他的母亲高太后执掌。每日早朝，都称皇上偶感风寒，在后宫服药调养，暂不能临朝。其实，他已病入膏肓，文武朝臣的奏章全由高太后阅览，再以皇上名义诏示。

董荣还告诫他说，因变法引起的党争已日渐激烈。还特意提到德州通判赵挺之秉承王安石的变法主张，不但一直与担任国子监教授的黄庭坚针锋相对，还竭力排斥、打击苏轼等一些反对他的官员。

看完信之后，李格非似有心事，默默地站在那里。李达贤问他信中写了些什么，他本来不想把官场上的是是非非告诉父亲，以免让他操心、烦心，但转念一想，觉得还是如实相告为好，因为他不想用假话安慰父亲。于是，父子二人坐在院中的井台上，李格非向父亲详尽讲述了朝廷党争的来龙去脉——

自庆历年间开始，宋仁宗先后任用范仲淹、韩琦、富弼、欧阳修等一批官员，担任了参知政、枢密副使和谏官之职，要他们在政治上有所作为，以"兴政太平"。

范仲淹等人以为，朝廷中最关键的症结，是内外官吏过于冗滥，应将老朽、病患和无能的贪官污吏一律裁减、淘汰；还连续以朝廷名义发布了几道诏令，对内外官吏的考核、升降做了规定；又对恩荫制度严加限制，各路各州的长官和县官，由中央政府的高级官吏负责推荐；改善科举，生员考试的试卷弥糊名字；在各州郡设置学校，讲授"经济之业"，以培养经济人才；继而又颁布了"厚农桑"、"减徭役"的诏令。这就是朝野所称的"庆历新政"。但是，这些对国对民有利的变法，却触犯了权贵们的利益，他们不但竭力阻挠变法的进行，还诬范仲淹等变法派已结为朋党。于是，新法推行不到一年，仁宗便明令废罢了新法，范仲淹等人也被排斥出京城，贬为了外官。

继续推行变法的是王安石。他于仁宗嘉祐三年（1058年）上书仁宗一份主张继续变法的万言书，但并未引起重视，更未对他重用。神宗登基之后却十分重视他，先任他为江宁知府，再诏他为翰林学士，后又拜为宰相。他任相时，将一批支持推行新法的官员委以重任，并结为同党，和衷共济。正当新法渐渐推行时，却受到旧派的不断抵制和诽谤。老天爷似乎也和新党作对，连续数月不落滴雨，田地绝收，赤地千里，灾民背井离乡，纷纷外出逃荒。

苏轼时任礼部尚书，曾向神宗写过一份万言书，对王安石的某些新政进行指责，并直言说因推行新政，皇上失去民心。万言书呈上后如石沉大海。后又上一书，朝廷才下了一道诏书，严禁强行青苗贷款，但其他新政并未废止。不久，朝廷让他去开封府任推官。因他出了一道乡试考题《论独断》，激怒了王安石，先是让御史弹劾苏轼运父亲棺枢回四川途中，滥用官府士兵，还偷运私盐牟利。因查无证可据，便准备将他贬到一个小县去当官。神宗还是放了他一马，诏命他为杭州太守，他立即携眷离开了京城。

苏轼没斗过王安石，一个叫郑侠的京城守门官吏，却一下子将王安石扳倒了。

这位地位卑微的郑侠，画了一幅《难民图》。图上的难民，有的半身裸露，在逃荒路上苦若挣扎；有的挖草根，剥树皮；有的卖儿卖女以缴官税；有的脚上锁着铁链被押去服役。他还在图上题写了十二个字："旱由安石所至，去安石必大雨。"《难民图》转辗到了神宗手上之后，他又将图带到了后宫。太后看了，建议暂时中止王安石的官职。神宗不肯，便和弟弟岐王争论起来。最后，还是太后发了话："朝中的这些乱子，都是王安石闯出来的！"

第二天早朝时，神宗下诏，王安石罢相。商法、青苗法、免役法、保甲法等一共八种新法中止推行。

就在这一天的中午，忽然阴云密布，不一会，就下了一场下大雨！

有胆有识的郑侠虽然用自己的方式扳倒了一位变法的宰相，但也为自己引来了杀身之祸！

王安石的心腹吕惠卿、邓绾对郑侠恨之入骨。吕惠卿找了一个借口，欲将郑侠定为死罪。神宗对他说："郑侠谋国而不谋身，忠诚勇气，颇可嘉许，不可重罚。"

吕惠卿虽然权势显赫，但也不敢明目张胆地对抗神宗，只好将郑侠流放到边远的滇北去了。

屋漏偏遇连阴雨，此时的变法新党内部也出现了矛盾。变法初期，王安石与吕惠卿、曾布等人志同道合。吕惠卿原是王安石推荐引进并得到重用的，并让他掌管三司条例司，将全国的盐铁、度支、户部交给他管，并将他视为知己。当王安石受到旧派攻击而难以招架之时，吕惠卿从新党中叛逆出来，他将王安石写给他的一封私信私下在朝臣中传阅，又呈给了神宗。信中有"无令上知此帖"和不满朝廷及一批朝臣的文字。吕惠卿反戈之后，将自己的恩师、挚友一下子置于了死地！这是王安石绝对没有想到的！

因吕惠卿是福建人，王安后罢相之后，曾一天数遍写"福建子"三字，以发泄他对这个卖友求荣者的私愤。

旧党司马光拜相之后，便千方百计诋诽新法，排斥新党官员，并将一些行之有效的新法也一律废止。由于司马光的做法过激，又引起旧党中一些人的反对，为首的就是苏轼。后来，旧党又分了蜀党、洛党和朔党三个小党，李格非的老师苏轼是蜀党的领袖。

由于旧党的分化，受压制的新党又渐渐抬头了。眼下，皇上行将就木，朝野人心惶惶。这就是董荣来信的原因。

李格非告诉父亲说，他打算马上动身回郓州。

李达贤说："孩子，放心去吧，家里的事不用挂惦。"

哥嫂们听说李格非要走，都来到他的身边。二嫂抱着小清照，说道："三弟，自弟妹去了之后，小清照一直吃我的奶，她日夜都不离开我，你放心吧！我把她当成自己的亲闺女了。"虽然她脸上带着笑容，但眼眶中已有了泪花。

临出门前，李格非又望了望二嫂怀中的小清照，只见她的眸子又亮又黑，长长的睫毛一眨一眨地扇动着。他伸手在她额头上抚摸了一下，便转身上了马。

第二章　待"开笄"的少女，从半空中飘然而降

暗淡轻黄体性柔，情疏迹远只香留。何须浅碧深红色，自是花中第一流。

梅定妒，菊应羞，画栏开处冠中秋。骚人可煞无情思，何事当年不见收？

——《鹧鸪天》

（一）

纷纷扬扬的大雪，整整下了一夜。到了天亮时，大雪不但未停，反而下得更大了。此时的雪花，不是一片一片地飘落，而是一团一团地自空中坠下，无声无息地堆积在地上。

小清照一大早就起来了。她梳洗了之后，便兴冲冲地去开屋门。今天是腊八节，腊八节要吃腊八粥。小清照早就扳着指头盼着这一天了。

就在打开门扇的一刹那，她被眼前的景象惊呆了：天井里，墙头上，以及对面厢房上，都盖着一层厚厚的白雪！她想到院子里去看看，刚伸出一只脚在雪地里试了试，软软的白雪便没过了她的膝盖。她连忙将脚抽回来，大声喊道："杭弟，快来看啊！"

杭弟就是李杭，她同父异母的弟弟。三年前，父亲娶回了继母王惠双，去年，生了弟弟李杭。

李杭听了，钻出被窝就想下炕，被王惠双一把拉住了。她怕他受凉，又连忙给他披了件棉袄，因为腊月是一年中最冷的月份。

一个白乎乎的人影，从外面走过来。走到跟前时，那人将铁锹放在一边，拍了拍帽子和肩膀上的积雪，又用手朝脸上一抹，露出了眉毛和胡子。小清照这才认出那是爷爷！

"爷爷，我想出去看看！"

李达贤笑着说："你先等一会，我给你铲出一条路来再出去。"说着，弯着腰开始铲雪。

已经十岁的小清照，自小就特别爱雪。每到下雪日，她便和堂哥李迥以及邻家的丁香在雪地里堆雪人、雪狮子，还用红枣给它们安上眼睛。玩够了，就在竹林边滚雪球，打雪仗，溜雪坡，虽然天寒地冻，但总是闹到浑身出汗才肯罢休。

李达贤刚刚铲出一条路，小清照就急不可待地跑到了院子里。望着小孙女深一脚浅一脚地在雪地里奔跑的背影，他脸上的皱纹都乐得平展开了。

自从王淑贞去世后，全家人都格外疼爱小清照。二伯母把她当成了自己的亲闺女，冬天怕她冻着，夏天怕她热着，吃多了怕她撑着，吃少了又怕她饿着。她更是李达贤的宝贝疙瘩，不管是在地里锄草，还是割麦，他一回到家，第一件事，就是先抱起小清照亲一亲。前年，东京的姥姥想她，派人将她接到相府里住了半月，她像掉了魂似的，吃饭不香，睡觉不稳，哭着闹着要回百脉泉，姥姥没法子，只好派车将她送了回来。

小清照也确实让人疼爱。她五岁时启蒙，如今已能一字不漏地背诵《诗经》和谢庄的《月赋》、鲍照的《舞鹤赋》、司马相如的《子虚赋》、《上林赋》、宋玉的《对楚王问》，她还将已背诵熟了的四百六十多首唐诗都工工整整地抄录下来了！将《兰亭集》临摹了数十遍！伯伯们和塾馆的先生都说，还从来没见过记性这么好的孩子！

李达贤进屋喝了一杯热茶，又回到院子里时，却不见了小清照的身影。他知道小孙女一定去了李格非挖出的那眼无名泉边，因为她不放心雪中的那丛把竹。

宋哲宗元祐四年（1089 年），李格非被诏进京，在太学任太学录，便在衢西街的西头租赁了房屋。因他院子的南墙边，栽了一丛十分耐寒的把竹，所以，便给厅堂取了个名字，叫"有竹堂"。

原来，这些把竹是从杭州带回来的。

有一次，李格非因事路过杭州，去拜访了在杭州任太守的苏轼。

李格非不但崇拜苏轼的学识、才华和人品，也对他批评王安石变法的政见表示赞同。虽然苏轼比李格非大了九岁，而且地位也相差很大，但彼此感情相通，交往颇多。

苏轼见自己的门生来访，心中十分高兴，便辞了官场和文场的种种应酬，和李格非或在湖上赏景吟哦，或在书房里秉灯长谈。当李格非要回京时，他让人从后院里挖出一丛把竹，连根带泥包扎在一只小竹篓里。为了在途中方便洒水，不使叶子干枯，竹枝则以棉布包紧。他对李格非说："就让此竹替我伴你而行吧！"

李格非连忙道谢，因为他知道苏轼有"宁可食无肉，不可居无竹"的爱好。回来后，他就种在了有竹堂院子的南墙旁边。次年，地上冒出许多新笋，回百脉泉探亲时，他将有竹堂的把竹分出一丛，带回家来，和小清照一起种在了小泉旁边。

"爷爷，爷爷！"小清照顶着一头雪花跑了回来，"我们的竹子还是绿的！"

李达贤一边点头一边说："好，好，我们的竹子不怕雪！"

"竹子被雪压弯了，我一摇，雪就落了，竹子又直了起来了！"小清照一边说，一边用嘴吹着被冻红了的小手。

这时，王惠双出来了。她用扫炕笤帚为她扫去了身上的雪花，又伸出手摩挲着她的手，搓了一会儿，便领她回房里烤火去了。

望着她们母女进了房门，李达贤心里有一种欣慰。

在李格非擢为太学博士那一年，也就是宋哲宗元祐六年（1091年），他娶了翰林学士承旨王拱辰的孙女王惠双为继室。王惠双性格善良，为人厚道，还擅长丹青、音律和度词作诗。成婚之后，她本应和丈夫住在京城，但她说小清照年幼，需人照料，毅然来到了偏僻的百脉泉。去年，又生了李杭。她在家里悉心抚养这双儿女，有空闲时还教小清照做女红，画花鸟鱼虫，也画山水房舍。小清照遇上了这样一位继母，是李家之幸，也是小清照的福气。

灶房里，王惠双正在和两位嫂嫂熬腊八粥。风箱呼呼响，灶膛里烈火熊熊，热气在梁间飘绕着，一阵阵米香从锅盖缝里漫溢出来。

"母亲，"小清照望着红红的灶火，问道，"什么叫腊八？为什么要吃腊八粥？"

王惠双边拉风箱边对她说，相传佛祖在得道成佛之前，本是印度国的王子。他曾游过名山大川，寻长老，访异人，苦修行，寻找上苍之意。有一天，他来到摩羯陀国，因又饿又渴又累，昏倒在路边。一个牧羊女看到了，便取出自己带的饭，又把在山上采来的一些野果放在一起，用山泉水煮成了粥，将粥喂给了佛祖。佛祖吃了之后，不仅恢复了元气，还觉得精神大振。他在河里洗了澡之后，坐在一棵菩提树下静静地沉思起来，终于在腊月初八那天得道成佛。所以，每到这一天，寺里的出家人都要洗净锅碗瓢勺，选出好米好果，开始熬粥，须整整熬上一夜，熬好之后，要在天明时供奉佛祖。传到如今，民间便有了过腊八节、吃腊八粥的风俗了。

小清照听了，似有所思。她瞪着一双好奇的大眼睛，问道："京城里也吃腊八粥吗？"

王惠双是在京城长大的，对东京城里的风俗习惯十分熟悉。她告诉小清照，每逢腊月初八，京城里的各个寺院都要举办浴佛会，还要熬五味粥，让所有的弟子们吃五味粥，也就是腊八粥。

"咱们家的腊八粥是用什么熬的？"小清照又问。

二伯母接过话头说："这锅里有黄米、白米、江米、小米、菱角米、粟子、红枣、桃仁、杏仁、瓜子、花生、榛子、松子和红糖、白糖等，喝起来可香呢！"

腊八粥熬好了，继母和伯母们正在摆放碗筷时，小清照连忙跑到院子里叫回爷爷，又用双手将第一碗腊八粥捧给了他。

因为李家有个规矩，长辈不端碗，全家都不能动筷子。

王惠双见了，笑着说道："小清照真懂事！"

一家三代十余口人，和睦相亲，其乐融融。

（二）

吃过腊八粥之后，大雪仍然未停。

平常时，吃过早饭便是小清照的课读时间。小清照学的内容并不像一般人家的私塾那样刻板，除李格非教她一些古文名篇外，王惠双常常向她讲述乐府、唐诗中的一些趣事和典故。祖父讲的又偏于史书和他游历过的名胜古迹。学习时间也很灵活，有时只学一两个时辰；有时来了兴趣，她则在书房中待上大半天。若读书读累了，便临摹家中收藏的碑帖和画幅。有一次，她为了临摹南唐李后主的一幅《霓裳羽衣舞图》，竟将自己在书房里整整关了三天！今天，因天寒地冻，李达贤便没让她去书房课读，而是一家人围坐在火盆旁，边烤火，边向小清照讲解谢灵运的《初发石头城》一诗。讲完了，又想起了谢氏家族中的一位才女，便说："小清照，我今天给你讲个咏雪的故事，好吗？"

"好，太好了！"小清照连忙靠在李达贤的身边。

李达贤指着窗外，问道："天上落的是什么？"

小清照说："雪花呀！"

"雪花像什么？"

"像白鹅的毛从天上飘下来。"

"还像什么？"

"还像碎棉花从天上落下来。"

"对，对。"李达贤笑着说道，"不过，有个女孩儿，把雪花比作春天飘落的柳絮，你以为如何？"

小清照听了，连连拍手："妙，妙！柳絮比鹅毛和碎棉花更好。爷爷，她叫什么名字？如今在哪里？"

"她叫谢道韫，是东晋时的一位才女。"接着，李达贤讲述了"咏絮"的典故和"王家书法谢家诗"的故事。

谢道韫是东晋安西将军谢奕的女儿，又是王羲之的儿子王凝之的妻子。她天姿聪明，多才善辩，有诗、赋、颂数种文体的作品流传于世。她的叔父谢安是声望很高的宰相，有一次，他问谢道韫："你觉得《毛诗》中哪一篇最好？"

她答道："全诗三百篇，都抵不上《大雅·崇高篇》。"

谢安听了，连声赞许。

有一年冬天，谢安在乌衣巷的家中一边烤火，一边与晚辈们讨论学问之事。他想试试晚辈们的才学，便吟道："白雪纷纷何所似？"

他的侄儿吟道："撒盐空中差可拟。"

轮到谢道韫了，她仰起头来，望了望满天的雪花，又看了看窗外的秦淮河，见桥上、树上和对面的临水楼阁上，都盖着一层厚厚的雪花，便吟出了一句"未若柳絮因风起"。

谢安听了，连声称赞她才思敏捷，用纷飞的柳絮比拟雪花，十分妥帖。

讲完了"咏雪"的典故之后，李达贤又讲了王谢两家在金陵乌衣巷的兴衰历史，并讲述了历代诗人吟哦乌衣巷的诗词。

小清照听了，半天不语。住了一会，她悄悄进了书房。待到午饭时，李达贤走进书房，见她还在伏案抄写什么。仔细一看，原来她将唐人李白的《金陵》、刘禹锡的《石头城》、杜牧的《泊秦淮》、韦庄的《金陵图》和许浑的《金陵怀古》等诗和在秦淮河畔病故的王安石留下的一首《桂枝香·金陵怀古》，都工工整整地抄录在了一本自己订制的册子上了。

（三）

过了腊八节，乡间的农家便忙碌起来。扫尘埃、制腊味、磨年糕，要连续忙上好几天；要到集市上去"请"敬神祀祖的香烛、黄表纸，还要"请"门神、灶王爷。最高兴的还是孩子们，他们不但盼着穿新衣，还能从长辈那里得到各样的鞭炮、烟花。

就在李达贤一家热热闹闹地办年货时，李格非从任所回来了。同他一起来的，还有馆阁著作郎晁补之。

晁补之是元丰二年（1079 年）举进士第的。他是一位诗人，也是苏轼门下的四学士之一，与李格非交往颇深。因要回老家钜野过年，便与李格非同道而行，顺便来李家拜访

有朋自远方来，自然是不亦乐乎了。齐鲁地域受孔孟学说影响很深，李家对来访的客人极为热情。李达贤连忙叫人让出最热的土炕，拿出全新的被褥让客人用，又取出陈年老酒，用备好的年货做成菜肴招待客人。

晚饭后，李格非和晁补之在客厅闲聊时，小清照抱了一大摞自己写的诗词和临摹的碑帖，羞怯地走进来，她要父亲看看自己的学业有无长进。

李格非看了一会，笑着说道："补之先生是当今的大诗人，也是苏轼先生的门生，还是请他为你指点一下吧！"

晁补之接过去看了一会，选出了苏轼的一首《江城子》：

十年生死两茫茫，不思量，自难忘。千里孤坟，无处话凄凉。纵使相逢应不识，尘满面，鬓如霜。

夜来幽梦忽还乡，小轩窗，正梳妆。相顾无言，唯有泪千行。料得年年肠断处，明月夜，短松冈。

这首词抄录在一张白绵纸上。小清照的笔力虽然嫩稚，但一笔一画都十分工整，晁补之知道小清照一定非常喜欢这首词。他问道："你把别的诗词，都抄在彩色的薛涛笺上，为何将这首词抄在白纸上呢？"

"因为苏伯伯的夫人王弗，过世已经十年了，苏伯伯在梦中又见到了她，两人都哭得很伤心。这样的词，不宜抄录在彩笺上。"

当时，东京官宦人家的女孩儿，书写或抄录自己喜爱的诗词时，爱用一种染了颜色的薛涛笺。据说是唐代女诗人薛涛在成都任女校书时，亲自动手制作的一种彩色诗笺。东京的薛涛笺，是纸坊用竹纸自制的一种彩笺，市人便将此笺混同为薛涛笺了。苏轼出川时，曾带来一些薛涛笺，分赠了文友们。晁补之和李格非都得到了一些。李格非舍不得用，便带回家来，给了自小就爱诗词的小清照了。没想到，小清照却用白纸抄录这首《江城子》，可见她已经读懂了苏轼这首词中的心境了。晁补之便将这首词的背景告诉了她。

王弗是苏轼的发妻，十六岁时嫁给了苏轼。她聪颖贤惠，夫妻感情一向笃厚。王弗在二十七岁时，不幸病故在东京。次年，苏轼将她和父亲的灵柩运往四川眉州故里，葬在了苏轼母亲坟茔的旁边。他离开四川之后，先是卷进了朝廷中新党和旧党之争的旋涡，后又遭贬四处漂泊，自此，再也未能回故里去祭祀王弗。他在密州时，王弗已谢世十年，为了悼念她，便写了这首《江城子》。此词写好后，曾给晁补之看过，晁补之又转抄给了李格非。当晁补之将这首词逐句讲给小清照听时，小清照长长的睫毛上竟然挂着晶莹的泪花！他觉得小清照太多愁善感了，小小的年纪，不宜读这种过于伤感的诗词。于是，连忙换了个话题，说道："苏轼初到黄州时，在定惠院里写了一首《卜算子》，你读过吗？"

小清照记性超人。因李格非十分崇尚苏轼的文章诗词，所以，凡能得到的，他都收集起来。小清照便从父亲的文稿中，将苏轼写的诗词抄录成一册，时时吟哦。她虽然并不全懂字里行间的含义，但每一首诗词都能一字不漏地背诵出来。她歪着头想了想，便大声诵了起来：

> 缺月挂疏桐，漏断人初静。谁见幽人独往来？缥缈孤鸿影。
>
> 惊起却回首，有恨无人省。拣尽寒枝不肯栖，寂寞沙洲冷。

"知道这首词讲的是什么吗？"晁补之问道。

"苏伯伯这首词的上片，写的是沙鸥看到了一个人；下片是一个人看到了一只沙鸥。"小清照说，"我觉得这首词里的沙鸥是人，人也是沙鸥。不知对不对？"

晁补之听了，大为惊异。他绝没想到小清照竟有如此的悟性！他转头对李格非说："有其父，必有其女啊！格非兄，将来你这位千金的才华，可要刮目相观了！"

李格非连忙说道："你过奖了。我虽教了她一些，但我是得益于苏先生和你呀！"

虽然晁补之是苏门四学士之一，而李格非是苏门后学士之一，但他们年龄相近，李格非比晁补之大八岁，他们既是师生，又是志同道合的挚友，所以，小清照称晁补之叔叔，称苏轼为伯伯。

晁补之说："休要谦逊。你写的《哲宗幸太学君臣唱和诗》，已刻石碑，文采噪动朝野，谁人不知？"

原来，元祐八年（1093年）底，李格非在太学任博士。宋哲宗巡察太学时，李格非和赵挺之都在场，赵挺之是刚刚从楚州通判任上回到东京任职的。宋哲宗询问了大学生们的学业之后，又和在场的朝臣们唱和起来，气氛十分活跃。国子监祭酒命李格非撰写此事的本末，写成后刻于石碑。当时，身为礼部尚书的苏轼看了之后，大加赞扬。

提到这件事，晁补之忽然又想起另一件事。他问道："格非兄，赵挺之和你是同僚，你可知他和苏先生的积怨吗？"

李格非摇了摇头。因为他只知道苏轼与王安石积怨颇深。苏轼的父亲苏洵还写了一篇《辩奸论》，对王安石进行责骂，但他不清楚苏轼与赵挺之之间有何过节。

"此事与变法有关。"接着，晁补之便将苏轼和赵挺之的恩恩怨怨告诉了李格非。

小清照一边烤火，一边听着大人们的谈话，她虽然似懂非懂，但还是靠在父亲膝边认真地听着。

王安石虽不当政了，但新党和旧派之间的较量，并未因王安石的失势而终结。赵挺之在德州任通判时，极力推行王安石的新法。苏门四学士之一的黄庭坚和他的同僚则千方百计地抵制赵挺之的新法。有一次，赵挺之打算在德安推行市贸法，而黄庭坚则认为德安是个小镇，居民本来就十分贫困，若推行市贸法，商家必然四散，贸易则会萧条。由于他的反对，赵挺之的市贸法终于胎死腹中。

因与王安石不和，苏轼便将对王安石变法的不满，发泄到了赵挺之的身上。当赵挺之去京城任职时，苏轼认为他的人品行为皆不可取，还说他身边聚拢着一批心术不正的小人，不宜任朝廷要职。

赵挺之对苏轼的反击也异常猛烈。他任监察御史时，弹劾苏轼起草的诏书中有诽谤先帝之句，这在当时是不可饶恕的罪责。元祐二年（1087年），他又上书说："苏轼学术，本出《战国策》纵横揣摩之说。近日学士院策试廖正一馆职，乃以王莽、袁绍、董卓、曹操篡汉之术为问。使轼得志，将无所不为矣。"苏轼终于敌不过赵挺之，不久，苏轼便被贬出了东京，去杭州当了一名判官。

在苏轼与赵挺之的较量中，赵挺之一方身单力薄，而苏轼一方则人多势众，不但有前后四学士，还有一批官员，其中就有赵挺之的连襟陈师道。

陈师道在汴京任馆职时，有一年冬天，他要随皇上去北郊参加一年一度的郊祀。那一天，天气奇寒无比，而陈师道的衣服却很单薄。出城前，他的妻子便去赵家借了一件裘衣让他御寒。当他知道裘衣是从赵家借来的时候，连忙脱下来，宁肯冒着刺骨的严寒，也不肯穿赵家的裘衣！

从这件小事上可以看出，陈师道对自己的这位连襟厌恶到了何种程度！

李格非听了，并未发表意见。因为他和赵挺之同任馆职时多有接触，觉得赵挺之为人耿直，在同僚中的口碑还好。听人说，他初为官时，有一次因上司未能将朝廷的赏钱及时分发下去，激怒了营中的下级军官和士卒，他们几次讨要未果后，便手持棍棒冲进了官府。官府中的官吏们没有人敢出面调停，一个个都被来势汹汹的人群吓跑了。正当危急之时，赵挺之果断地坐在大堂上，问明了事情的缘由之后，立即代上司将赏钱分发下去，事态很快就平息了。事后，只是惩处了一个领头闹事的人，对其他人均未追究。

不过，李格非绝没料到，就是这位赵挺之，后来将他和苏轼、黄庭坚等人打入了"元祐奸党"的冤狱！

小清照静静地听着父亲和晁叔叔的谈话，记住了赵挺之这个名字。但她做梦都不曾想到，八年之后，自己竟成了他的儿媳妇！

（四）

寒食节快到了。小清照一大早去了灶房，和继母、伯母们一道做"子堆燕"，以备清明节时食用。

"子堆燕"是用麦面和枣泥混合一起，揉好后做成燕子状的点心，蒸熟后用柳条串起来，挂在门楣上，像飞燕穿柳一般。因寒食日不许举火做饭，人们就以提前做好的"子堆燕"为饭食。

李杭已经六岁了，他几乎成了姐姐的影子，总是离不开姐姐，姐姐到哪里，他就跟到哪里，平时，除了爷爷和母亲教他学书习字外，小清照便手把手地教他写字、画画，李杭有时缠着她讲故事，她便将自己从大人那里听来的故事，或从史书上读到的趣闻逸事讲给他听。今天起床后，他便跟着姐姐进了灶房，手里捏着一团面，问道："姐姐，为什么寒食日要吃'子堆燕'？"

小清照一边揉面，一边对李杭说："吃'子堆燕'是为了不忘古代的一位贤人。"接着，她向弟弟讲述了"子堆燕"和寒食节的来历。

相传春秋时，晋献公想把王位传给宠妃生的儿子骊姬，就杀害了太子申生，申生的弟弟重耳为了避难逃离了晋国。他在流亡期间，受尽了艰难困苦。有一天，他在大山中迷了路，几天几夜都没吃上东西。他饥寒交迫，躺在一张破席上仰天长叹，说自己一死事小，恐怕将来晋国的老百姓就难有好日子了！这时，他的随从介子推听了之后，认为重耳在苦难中还不忘晋国的百姓，将来一定是位贤明的君王。于是便悄悄走到旁边，忍着剧痛，从腿上割下一块肉来，用火烤熟，让重耳吃了，重耳才恢复了一些体力。事后，重耳知道了此事，感动得流下了热泪，表示有机会一定要报答他。介子推说，他不要求公子报答，但愿他今后能做个清明的国君。

重耳在国外一直流亡了十九年，终于在秦穆公的帮助下，重新回到了晋国，史称晋文公。他做了国君之后，封赏了所有一起跟他流亡的功臣，唯独忘记了介子推。经别人提醒后，他连忙派人去请介子推，介子推却不肯见他。于是，他又亲自去请，但介子推已经背着自己的老母躲进入绵山。晋文公派人上山搜寻，由于山高林密，无法寻到。有人建议，从三面放火烧山，留下一面将介子推逼出来。晋文公采纳了这个建议，便下令烧山。顿时，满山都是火焰，一直烧了三天，青山变成了焦土，仍不见介子推出来。等火熄灭之后，人们发现，介子推背着老母烧死在一棵大柳树旁边。他用脊梁堵着的树洞里，有一片用衣襟写的血书，上面写着，希望国君能"勤政清明复清明"。

晋文公见了，十分悲痛，下令礼葬介子推，并把绵山改名为介山，封赐给介子推。还规定，每年在介子推烧死的这一天，严禁烟火，只吃冷食，以纪念这位"士甘焚死不公侯"的贤臣。这就是寒食节的由来。

李杭饶有兴趣地听完了姐姐讲的故事，仰着脸儿说道："姐姐，到了寒食节那一天，我也不吃热饭了。"

一家人听了，都忍不住笑起来了。

（五）

小清照今年已经十四岁了，按照齐鲁一带的风俗，女孩子到了十四岁，就要"上头"了。伯母和继母边做"子堆燕"，边商量着为小清照"上头"的事。

女孩子"上头"，就是将头发束起来，也叫"开笄"之礼。"上头"之后的女孩子，就算告别了童年，进入了少女时期。小清照知道，女孩子"上头"之后，就是一个小大人了。站，要有站相，坐，要有坐相；说不能高声，笑不能露齿；要遵守闺中规矩，要学灶厨之技，要修女红之艺；要少出大门，羞见外人……总之，再也不能像以往那样，想唱就唱，想跳就跳，一切都按自己的性子去"疯"了。她知道自己拗不过古传下来的规矩，只是想将"开笄"之礼尽量朝后推迟些时间，多过几天无拘无束的日子。她将自己的想法向继母和伯母们说了，她们一块儿商量了一会，便同意在七月初为她"上头"。

二伯母笑着说："我们的小清照，今年还能再过一个自由自在的清明节。"

小清照听了，放下手中的面团，拉着李杭就往外跑，因为她要和弟弟去百脉泉边的青草地上放风筝！

其实，小清照并不愿意过清明节，因为爷爷去世后，每逢清明节，全家人都要去祖坟山上扫墓，扫墓时她便会想起爷爷，想起爷爷脸上慈祥的笑容；想起爷爷摇着头，眯着眼教她咏唱《乐府》的样子；还会想起练大楷时，因不专心被爷爷打了手心，爷爷心痛的眼神。她更忘不了爷爷带她去游济南大明湖时，遇上一场大雨，爷爷脱下褂子盖在她的头上，背着她到处找避雨的亭子……如今，爷爷就睡在一座坟茔里边，和她只隔着一层黄土，却再也看不到爷爷了！记得爷爷去世后的第一个清明节，一家人去为爷爷扫墓，当父亲将酒盅和祭品摆放在坟前的石板上时，她再也忍不住了，一下子扑到坟头上，一面哭着，一面拼命拍打着坟头的黄土，又用双手扯拉坟上的荒草，草叶将她的手指划出血来，她仍不肯松手。

自此以后，每逢清明节祭祖，家里人往往会找个借口，让她留在家里，免得她见了爷爷的坟茔而过度悲伤。

（六）

清明节那天，溪亭旁边竖起了三座秋千架，上百名邻村的女孩们都聚集在那里荡秋千。秋千起起伏伏，笑声欢语连成了一片，十分热闹。

溪亭紧靠莲湖。每年伏天，一朵朵莲花从荷叶丛中探出来，像一团团的火苗。水面空阔处，飘荡着一片片的野菱。俗话说，"七菱八落"，到了七月，就是采菱的季节了。去年，小清照曾随丁香划着大木盆，在湖上采了大半篮子又大又熟的菱角呢！

小清照一大早便和李杭来到了湖畔。她采了一大把叫不出名的野花，又折了些柔软的柳条，便和李杭来到秋千架旁。

李杭的胆子太小了，自己不敢荡秋千，小清照便将他紧紧抱住，只荡了一小会，而且荡得也不高，李杭便吓得紧闭着眼睛。小清照只好把他放下来，将野花和柳条缠在秋千绳上，然后双脚踏着坐板开始荡起了秋千。她越荡越高，也越荡越兴奋，艳阳照在她的脸上，阵阵南风吹拂着她的头发和裙裾，也吹拂着秋千架上的野花和柳条，她像是从云端飘然而下，引得观看的人群齐声喝彩。

"姐姐，姐姐！"站在秋千架旁边的李杭，忽然大声喊起来了，"娘来了！"

小清照见继母从远处向秋千架走来，就不再用力，待秋千慢慢停下来，便灵巧地跳到地上。

王惠双望着小清照红扑扑的脸庞，连忙取出一条方巾，给她擦了擦额头的热汗，笑着说道："你们的父亲从京城回来了。"

"父亲回来了！"小清照大声嚷道，"太好了，父亲回来了！"说完，拉着李杭就往家里跑。

路上，小清照默默想了一会自己的课业。

因为父亲每次回来，都要认真查看她的课业，不过，她不怕，因为父亲规定要她临摹二十遍《兰亭序》，她已临摹了三十二遍，欧阳洵的《千字文帖》，她也临摹了十遍以上。父亲要她熟读曹植的《洛神赋》，她不但读了曹植的全部辞赋，还读了曹操和曹丕的一些传世名篇。丹青课业虽没有具体规定，但继母教她仿画了王维的《辋川图》。

继母见她悟性比常人要高，又手把手地教她用工笔仿画了张萱的《虢国夫人游春图》，因画上的人物、马匹太多，用工笔作画十分费时，至今尚有一匹马和一个骑者未能画完。

当她和李杭回到家时，李格非并未询问她的课业，他告诉两个孩子，这次回来，是要接他们去东京的，而且特意告诉他们说，去东京后要为小清照的外祖父扫墓。

小清照心里有些奇怪，自外祖父去世后，父亲一直未带她去为外祖父扫过墓，今年为何要匆匆赶去扫墓呢？再说，她看到父亲此次回来，很少言笑，便没有问什么。

寒食日离清明节还有两天，按齐鲁地域风俗，清明节前后三天皆可扫墓，所以，家人先去祖坟山上为李达贤扫过墓之后，李格非又领着小清照为王淑贞扫了墓，然后就匆匆下山了。

第二天一大早，小清照发现一辆马车已经停在院子外边，父亲和两位伯父低声说了一会话之后，马车便上路了。

小清照虽然见过自己的外祖父，还在外祖父的相府中住过，可那时年纪太小，早已记不起外祖父的相貌了。爷爷去世后，父亲从未说过外祖父的事，她隐隐觉得一定有什么事与外祖父有关，只是父亲未告诉她罢了，她悄悄望了父亲一眼，见父亲紧锁着双眉，神情十分沉重，似有什么心事，她小声问道："父亲，外祖父去世有九年了吧？"

"对，已经九年了。"李格非说道。

"舅舅和舅母们都好吧？"

"好，好，他们都好。"

"我能去看他们吗？"

"嗯，他们，"李格非顿了顿，接着说道，"他们都不在京城。"

"他们去了哪里？"

"回成都了。"

"他们什么时候能回来？"

"大概快了吧。"李格非对车夫说，"能再快些好吗？"

马夫扬了扬鞭子，马车便在驿道上奔驰起来。

李格非没有将岳父和几位舅弟的真实遭遇告诉她。

原来，王珪是位三朝元老。元丰八年（1085年），神宗患病，他请立延安郡王赵熙为太子，即后来的哲宗。当年他又诏为紫光禄大夫，封岐国公。不久病逝。哲宗辍朝五日，赠金帛五千以办丧事，并追赠为太师，谥曰"文恭"，赐寿昌甲第，可谓荣耀至极。

朝廷中的事，就如六月的天气，变幻莫测，头一天还是万里无云，骄阳如火，也许第二天就会阴云密布，大雨倾盆。他去世九年之后，有人说他当年欲立雍王为太子，得罪了哲宗，被罢了追赠的太师。李清照的几个舅舅也都受株连而被革职，离开了东京，回到了千里之外的故里。

今年，赵挺之被授为吏部侍郎，李格非也由校书郎诏为了礼部员外郎。因自己上任不久，公务不多，便告假回原籍省亲，顺便将一家人接回东京，也趁此机会为长眠地下的岳父扫墓。

马车刚刚出了章丘地界，天阴起来了，又走了一会，便下起了淅淅沥沥的小雨，雨点打在车篷上，发出轻微的"嘭嘭"声。小清照掀开车帘子，见前面的驿道上，行人稀少，一片迷蒙。山头上绕着一层白雾，斜风吹拂着路边的垂柳，柳条摇摇曳曳。小清照忽然想起了白居易的《杨柳词》，便在心里默默地背诵起来：

> 一树春风千万枝，嫩于金色软如丝。
> 永丰西角荒园里，尽日无人属阿谁。

第三章　她见到了一位被废了的年轻皇后

红酥肯放琼苞碎，探著南枝开遍未？不知酝藉几多香，但见包藏无限意。

道人憔悴春窗底，闷损阑干愁不倚。要来小酌便来休，未必明朝风不起。

——《玉楼春》

（一）

经过多日的颠簸，一家人终于来到了东京的远郊。

因为不急于赶路，一路上走走停停，还游览了历城、菏泽等地的古迹名胜。有时，李格非也向李清照和李杭讲述一些自己经历的往事。经过郓州时，还去拜访了几位同僚。所以，路途虽然遥远，但并不觉得劳累和乏味。

"看，城楼！"坐在李清照旁边的李杭，忽然指着远处大声喊了起来。

李清照抬头一看，见远处隐隐显出了一座巍峨的城阙，只是因为距离太远，尚看不真切。

"父亲，前面是东京？"李杭问道。

李格非点了点头。

见他好奇，李格非便详尽地介绍了东京的来历。

早在春秋时期，郑庄公命人在这里筑起一座城池，并命名此城为开封；战国时的魏惠王又从山西安邑迁都开封，称为大梁；北周时，开封改名为汴州；五代时的后梁、后晋、后汉、后周都曾以开封为都城。经过多年的开发，东京的水陆交通已十分发达，金水河、五丈河、惠民河、汴河、蔡河穿过东京城。河多桥便多，有观桥、云骑桥、广备桥、白虎桥、横桥、虹桥、州桥等二十余座。

东京城的最外边是外城，城墙周长五十余里，有四座城门。里城周长二十余里，共有十座城门。里城的正中就是紫禁城，城中尽是金碧辉煌的皇家宫殿。

"东京城真大啊！"李清照感叹道。

李格非笑着说："东京是当今天下最大的城邑了，光人口就有五十多万！等我们安顿下来之后，我一定领你和弟弟在城里城外看个够！"

第三章　她见到了一位被废了的年轻皇后

李清照听了，连忙说道："太好了，太好了！"

说话间，马车已进了城门。过了大相国寺和一座孔庙，便是朱雀桥。马车在离朱雀桥不远的一座院落门前停了下来。

李清照下车后，看到有几枝翠竹探出了院墙。她知道，这就是父亲的寓所——有竹堂。

有竹堂虽非豪宅，但很宽敞，除了卧室和书房之外，还有一间向阳的大客厅。大厅面对着天井，天井两侧种有海棠、杜鹃、兰草等花卉。父亲从杭州带来的那丛把竹——也就是刚才看到的探出院墙的翠竹，就栽在南墙边上。李清照里里外外把有竹堂看了一遍，觉得什么都有，就是缺了一样东西——明水老家的泉水。

第二天上午，李清照正和李杭在院子里浇花，忽见四位中年男子边说边笑地跨进了院门。还没等她去告诉父亲，其中一位身穿一袭玄色长衫的客人便说话了："啊呀呀，小清照如今已出落成一个大闺女了！"

李清照认出了是晁补之叔叔，连忙向前施礼。

晁补之又指着旁边的三位客人说道："这位是黄庭坚，这位是张耒，这位是仲殊，都是你父亲的好朋友！"

李清照连忙一一施礼。

张耒将李清照端详了一会，问道："最近又填词了吗？"

李清照有些拘谨，低着头说："填了，我正想求前辈们指教呢！"

张耒听了，爽朗地笑起来。

这时，李格非已快步从书房里走出来了。

挚友相聚，少不了诗酒。王惠双知道丈夫和朋友们的爱好，她送上茶具之后，便穿好围腰忙碌起来。

李格非刚刚沏好茶叶，黄庭坚便急着问道："格非，苏先生从儋州来过信吗？"

李格非摇了摇头。俄而，他似乎想起了什么，连忙回到书房，取来了一只圆肚瓷瓶，说道："上个月，有位洛阳商人从海南回来时，给我带来了这只瓷瓶。他说是一位山西客商交给他，让他转交给我的。原先，瓶上有漆写的文字，因长途跋涉的磨损，加之又托人转来，送到我手里时，上面的字迹已看不清楚了。我打开蜡塞时，里面装的是一种从未见过的茶叶。"他一边说着，一边打开用白蜡封住的瓶口，倒出一些茶叶，继续说道："我在海南并无亲戚，此茶不知是谁托人带来的。"

茶叶呈墨色，被搓成了小麻花状，长约二寸，上面有油亮的光泽。仲殊捏起了一根，在嘴里尝了尝，说道："此茶叫苦丁茶，产自琼州的莽林之中，不但能医治体内之顽疾，还可延年益寿，汉代曾作为皇室后宫的御用之品。此茶因产量极少，加之途中要走一年之久，所以极为珍贵。"

"依我看，这准是苏先生所赠。"黄庭坚说，"苏先生喜爱品茶，凡有好茶，必与好友共品。我记得他贬居黄州时，常到长江对岸的武昌西山寺，品尝以菩萨泉水煮的新茶，还将菩萨泉水赠送友人。"说着，吟哦了苏轼的一首《武昌酌菩萨泉送王子立》：

送行无酒亦无钱，劝尔一杯菩萨泉。

何处低头不见我？四方同此水中天。

大家听了，琢磨了一会，觉得颇有道理。因苏轼被贬后，他在汴京白家巷的老宅一直空闲着，唯李格非在衢西街的有竹堂，是文友们落脚和相聚的地方，所以他才托人送来茶叶，让朋友们品尝。

既然是苏先生转辗送来的苦丁茶，定然味道极佳。于是，李格非倒掉壶中的茶水，又洗了茶具，沏上一壶苦丁茶。

不一会，麻花状的苦丁茶在开水中渐渐舒展开两片嫩叶，一股透人心脾的清香弥漫在客厅中。茶水倒在杯中，水色碧绿，众人各呷了一口，便都放下了杯子。

原来，此茶苦过黄连！

晁补之皱着眉头说道："苏先生贬居海南，日子本来就够苦的了，还要喝这种难以下咽的苦丁茶，老天太不公道了！"

黄庭坚说："此茶虽苦，但苦后有甜味，若不信，大家再喝几口试试。"

大家听了，又继续品尝。果然不错，茶水喝下之后，觉得满嘴生津，真有一种淡淡的甜味呢！

李格非端着杯子，望着窗外的把竹，说道："但愿苏先生也能先苦后甜，早日回到中原。"

他的话虽是一种祝愿，却带着一种挥之不去的愁绪。

（二）

也许是为驱散这种愁绪，李格非对仲殊说："师利大师，你在杭州时见过苏先生吗？"

师利是仲殊的法号。他是湖北安州人，早年曾举为进士，但不肯踏入仕途，毅然在苏州的承天寺出家为僧。他写的诗词清新流畅，多被时人转抄传诵。他常常诗情突涌，遇人或遇事后，往往稍作构思，便能脱口而出，不需再改一字。他居杭州吴山宝月寺时，常与苏轼相邀，或去湖上泛舟，或去山林唱和。有一次夏末，他和苏轼从钱塘归来时，苏轼忽有所思，在船上写了一首律诗。

仲殊也有所感，写了一道《南歌子》。

说到这里，他从衣袋里取出诗笺，摆在桌子上，大家围拢来，轻轻读起来：

十里青山远，潮平路带沙，数声啼鸟怨年华。又是凄凉时候、在天涯。

白露收残暑，清风衬晚霞，绿畔堤岸闹荷华。记得年时沽酒、那人家。

大家看了，都说词意清悠、淡远，对比和谐，哀而不伤。

这时，晁补之看到李清照静静地坐在李格非旁边，正饶有兴趣地听他们说诗论词，便笑着对张耒说："格非的千金极喜爱苏先生的诗词，她已抄录了一百二十多首，且每首都能背诵出来，记性超乎常人。"

张耒说："我早听补之说过，格非兄的千金自幼便有才气，且善填词，有其父必有其女嘛！"说到这里，他顿了顿，走到李清照的旁边，继续说道："小清照啊，苏先生虽然文章诗词名噪天下，但也因此受了不少的苦，还获过大罪，你知道吗？"

李清照摇了摇头。

她虽爱苏轼的诗词文章，也知道父亲非常敬重他，还听过有关他的一些逸闻趣事，但并不知道他的坎坷经历。

"你听说过'乌台诗案'吗？"张耒问道。

李清照又摇了摇头，明亮清澈的眸子中露出一种少年所特有的好奇。

"好吧，既然喝了苏先生托人带来的苦丁茶，"张耒将杯子中的茶水一仰头喝完了，说道，"我就讲讲苏先生因诗获罪的事吧！"

熙宁四年（1071年），苏轼向神宗上了七千四百多字的奏章，阐明了他反对变法的理由，引起了王安石的不满。王安石便下令御史谢景温搜集苏轼的材料，以便弹劾苏轼。结果查无证据，苏轼要求外放，元丰二年（1079年），苏轼移知湖州。到任后照例要上表谢恩，便写了一份《湖州谢上表》。此时，王安石虽已罢相，退居金陵，但仍掌握着变法形势。他仔细阅读了这篇谢上表之后，觉得表中"追陪新进"等文字有问题，便让御史中丞和李定等人查核苏轼的言行。

李定原是王安石的门客，他为了官不离任，隐瞒母丧不报，亦不守孝。苏轼曾写过《缴进李定词头状》，斥责他伤风败俗，为害不浅。李定对苏轼恨之入骨，他利用这次办案报复苏轼，是在意料之中的事。

元丰二年（1079年）七月，苏轼正在衙门办公，御史台派太常博士皇甫遵率领两名差人来到湖州，逮捕苏轼，并于当日押赴东京。临行时，皇甫遵只许苏轼带一个儿子随行。抵达东京后，苏轼被关押在乌台审讯。因李定欲将苏轼办成死罪，所以隔上几天便追审一次，一次比一次严厉，甚至动用酷刑折磨苏轼，逼迫苏轼就范，并让他承认他写的《山林绝句》等诗是罪诗。

苏轼的《山林绝句》共五首，有三首被定为罪诗，其中有在钱塘江观潮时，写的《八月十五看潮五绝》：

吴儿生长狎涛渊，冒利轻生不自怜。

东海若知明主意，应教斥卤变桑田。

李定认为此诗是讥讽朝廷下旨禁止弄潮，其实是反对兴水利。他还从苏轼的诗词文章中摘出了六十余处，定为诽谤和攻击朝政的罪证。

除此之外，李定向神宗面奏时，开列了苏轼该杀的两大理由：一是苏轼反对朝廷推行新法，又对执政重臣不满，虽然神宗宽容了他，他却仍不悔改；二是他的作品广为流传，贻害朝野。

故请求将苏轼定为死罪。

就在李定逼迫苏轼认罪之际，发生了一件意料之外的事。苏轼入狱前，曾和弟弟苏辙约定，如果自己的案情严重到了危及性命时，来探监时送一盘鱼给他作为暗示。由于苏辙一直忙于为哥哥的案子打通关节，所以未及时向家里人交代此事。有一天，苏辙家的人送饭时送来了一盘鱼。苏轼一看，心中大为惊骇，他以为反正自己难逃一死，心里反而平静下来。他向狱卒梁成要来了笔墨，在昏暗的灯光下写了两首《御史狱中遗子由》。

他在诗前还加了小序："予以事系御史台狱，府吏稍见侵，自度不能堪，死狱中，不得一别子由，故作二诗授狱卒梁成，以遗子由。"

因梁成平日已闻苏轼之名，对他十分敬仰，每逢自己当班时，便想方设法照顾他，他连忙将苏轼的绝命诗转给了苏辙；苏辙见了，伏在桌子上大哭起来，狱规规定，犯人在狱中写的文字要上交当局，此诗经当局验看后，很快便转到了宋神宗手中，神宗读了此诗之后，心中颇为感动。

仁宗的皇后一向支持苏轼，驾崩前曾对神宗说过："苏氏兄弟中选进士，先皇非常高兴，说他为子孙找到了两位相才。现在听说苏轼因诗获罪，这是小人的陷害，你可不能冤枉无辜啊！否则，上苍亦会动怒，先皇在地下也会不安。"这些话，成了这位太后临终前的遗嘱。

为太后举行殡礼，依法要大赦天下。苏轼的"乌台诗案"也因之减罪处理了，他于七月二十八日被捕，八月十八日关进乌台监狱，到了除夕之夜才出了监狱。

李清照一直专心致志地听着，当张耒讲到这里时，她长长地舒了一口气，紧揪着的心放下了，她的眼眶里溢漫着晶莹的泪花，自言自语地说道："太好了，苏伯伯得救了！"

张耒叹了口气，对李清照说，神宗皇帝虽然免了苏轼的死罪，却又让他去受活罪——苏轼不久便接到了圣谕："苏轼责检校水部员外郎黄州团练副使，本州安置，不得签书公事。御史台差人转押前往。"受苏轼案子牵连的驸马都尉王诜，削除一切官爵；王巩谪监宾州酒税；苏辙谪筠州酒监；张方平、司马光、范镇等二十二位重臣，因同情苏轼，每人被罚红铜二十斤！

"张叔叔，苏伯伯出狱后，还敢写诗吗？"李清照问道。

张耒大声笑道，苏先生回到家中时，正是除夕，王夫人为他准备了几个小菜，还暖了一壶酒，他端着酒杯，望着窗外纷纷扬扬的雪花，听着从京城大街上传来的阵阵爆竹声，忽然诗情大发，他拿起笔来，就写了一首诗：

平生文字为吾累，此去声名不厌低。

塞上纵归他日马，城东不斗少年鸡。

晁补之接着说道："苏先生以诗获罪，刚从地狱门口转回来，就又写起来了。这就叫无可救药哟！清照，我说的对吧？"

李清照发现大家都在望着自己，羞涩地低着头，轻声说道："诗人肚肠亦如诗。"

大家听了，都觉得她的话颇为精彩，没有自己的悟性，就说不出这样的话来。

这时，王惠双来到客厅门口，向李格非示意。李格非连忙走过去，问有何事？王惠双说，有一老一小两位道人在门外求见。

（三）

这一老一小两位道人，原来是云中子和他的女儿东海鸥。

李格非引他们父女和客厅中的客人见过面之后，又将他们领到客房里住下，让王惠双为他们准备饭菜。

张耒等人原本是来商量去永州观摩唐人元结的《大唐中兴颂》摩崖石刻的，因见有客人来访，便先告辞了。

饭后，李格非将他们父女接到客厅，重新沏上新茶，主客边饮边叙。

原来，云中子要去洛阳的邙山，邙山是道教的发祥地，老子曾在山上炼丹传道，上清宫旁边的翠云洞，就是老子当年的隐居处，因为上清宫的道长请他去开讲《道德真经》，并应金陵一李姓施主所托，为葬在那里的李氏先祖超度亡灵。得知李格非住在东京时，云中子和女儿前来造访。

"金陵李氏的先祖是谁？"李格非问道。

云中子摇了摇头，说道："他没有说名字，只说在邙山上有一座无碑的大墓，里面葬着他先祖的遗骸。"

李格非听了，没有再问。

几年不见，东海鸥已不是当年的那个黄毛丫头了，虽然她只比李清照大两岁，但个头比李清照要高，也许是久居山林，加之长途跋涉的劳累，她的脸庞有些清瘦，也比李清照略黑一些，但一双眸子却极为清澈、明亮，有一种不同于百姓人家女儿的眼神，显得十分精神。虽然云中子是位道士，也称羽生，但并未正式出家，他以研究老子学说为主，并不完全按道教的礼仪行事，不收徒，不主持道观，亦不参加道教祭祀祈祷的"斋醮"活动，介乎于道士和居士之间。一卷经书，一件道袍，一双草鞋，云游天下，随遇而安。东海鸥是他为女儿起的法名。东海鸥虽着女冠之服，但未正式受戒，又因为父亲的影响和熏陶，所以并不受道教斋戒的约束。她除了帮父亲抄录文稿之外，也研究老子的《道德经五千言》。她一年四季总是一袭青布长袍，脸上从未施过脂粉，显得十分沉稳、老成。

李清照在明水老家时，云中子曾多次带东海鸥去拜访过李清照的祖父。有时，李格非回去探亲，也会派人接他们父女在自己家中住上几天。所以，李清照和东海鸥便成了一对朋友。今天，她们在东京再次见面，觉得格外亲切，似有说不完的话。东海鸥向她说了随父亲云游峨眉、茅山、崂山等地的见闻。李清照则将自己临摹的碑帖和古画全都拿了出来，一件件地给她看，又取出自己填的词，一首一首念给她听。

东海鸥和李清照在一起时，也渐渐流露出了少女的单纯和好奇。二人一会儿窃窃私语，一会儿突然笑出声来，居室里洋溢着一种特有的欢快气氛。

客厅里，李格非和云中子谈兴正浓。原来，云中子此次顺道来京，还受到东京的著名道士林灵素的邀请，要去端王府讲道。

端王府？那不是宋神宗的十一皇子、当今皇上的弟弟赵佶吗？李格非心中有些吃惊。因为自去年以来，宋哲宗重病在身，已不能上朝，但他并无子嗣。宋神宗一共有十四位皇子，已有八位早夭，除六子哲宗赵煦之外，还有九子赵佖、十一子赵佶、十二子赵俣、十三子赵似、十四子赵偲，他虽已病重，但尚未驾崩，故而由谁继承大统尚未宣布。此事十分敏感，朝野都在关注着到底谁是大宋未来的皇帝。

不过，朝中大臣们对这五位皇子，都心中有数。他们中有的一目失明；有的自小便不爱读书；有的智力平平；有的迷恋击鼓。唯端王赵佶颇有才气，人也长得眉清目秀，但他轻佻风流，喜跑马踢球，爱逛街游市。据说，执掌朝政的向太后格外痛爱这位端王。不过，大臣们都知道，若让他们中的任何一人君临天下，治理国家，实在是有些玄乎。但是，这天下是赵氏的天下，他们一生下来就是龙种。只有龙种，才能当真龙天子！谁也奈何不得，这就叫天命难违啊！

云中子还告诉李格非，端王赵佶笃信道教，要在府中讲道三日。

次日，云中子乘端王府的肩舆先离开了有竹堂。当林灵素派车来接东海鸥时，东海鸥提出要和李清照同往，若是不可，她便不去端王府了。

来接东海鸥的是位年逾半百的道姑，她朝李清照望了望，便笑着说道："一同去端王府可以，不过，要盘发，还要穿上道袍，而且在府中不能乱跑乱看，你做得到吗？"

"做得到！"李清照十分高兴。

原来，端王府设立道场，是例行法事，并不特别认真，人数也没有一定之规，女冠们主要是诵经。老道姑为李清照盘了头发，东海鸥又从包袱里取出了一件浆洗得十分平整的道袍，在李清照身上比了比，觉得稍微长了一些。一直守在旁边的王惠双取来针线，在道袍的下摆折了二寸，缝好了，让李清照再试一试，李清照穿上之后，十分合身。

临出门时，李杭吵着要去，李清照对他说："端王府守门的将军十分威武，他们不许小男孩进去，等姐姐回来后再讲给你听，好吗？"

李杭自小就十分听话，他心里虽然很不愿意，但怕守门的将军，只好偎依在母亲身边，眼巴巴地望着姐姐和东海鸥乘坐的马车离开了大门口。

（四）

马车过了州桥，就在御街上奔驰起来。这条御街宽约数丈，长约八里，从宫城的宣德门直通南薰门，十分壮观，东西御街上人潮车龙，熙熙攘攘，热闹极了。

一向爱说爱笑又爱问的李清照，此刻却不再言语了，因为她对高墙后边的内宫十分好奇。她想知道，里边是种什么样子？什么人住在里边？能有幸进内宫看看的平民百姓实在是太少了。自己能进端王府诵经，这可是个千载难逢的好机会，一定要仔细看看，牢牢记住，回家后好讲给李杭听。

她们在左掖门外下了马车，又换上了两乘小轿，在一名前来接应的宫女引导下进了端王府。

李清照有些紧张，因为老道姑在车上嘱咐她说，进了端王府，不能左看右看，要低着头走路，遇见有人走来，要躬身低首站在一边，若冲撞了皇子皇孙罪不可恕！但她又十分好奇，越是不许她看，她就越想看个清楚。

听老道姑讲，今天是为端王的生母建醮祭祷。端王的生母姓陈，原是宋神宗的一位才人，后晋封为贵仪。她生下端王之后，神宗驾崩，她悲痛欲绝，日夜在福宁殿里守丧，不食不眠，饮泣不止，最后竟然拒绝汤药，终于骨瘦如柴，活活地饿毙了。陈贵仪死后，向太后便将赵佶养育在隆裕宫中。当他刚满周岁，即授镇宁军节度使，封宁国公；两岁时，封遂宁郡王；绍圣三年（1096年）十月，他刚满十四岁，便以平江、镇江军节度使封端王。按大宋皇室规矩，皇子到了十五岁，就要以"师"导之教训，以"傅"传其德义，以"保"保其身体，这就叫"保傅"。到了绍圣五年（1098年），又改昭德、彰信军节度使，加司空。

因端王常常思念自己的生母，所以才在府中进行斋醮。另外，由于端王笃信道教，端王府中上上下下千余人也都笃信道教。他怕众人不懂道教道义，所以才让林灵素邀请云中子进府讲道的。

李清照从未见过道教的法事仪式，觉得十分神秘，她紧紧跟在东海鸥身边。坛醮的内容很多，先要洁心洁身；设坛摆供之后，要焚香、化符、念咒、上章、诵经、赞颂；

还要配合上灯、禹步和庙堂之乐等仪式，以祭告神灵，谢罪忏悔，祈求降福。好在这些仪式均由府中的道士完成，李清照和东海鸥站在女冠中间，随着她们诵经。其实，只要跟着动动嘴唇就行了。

　　法事完成之后，已是晌午，端王府里准备了斋饭。饭后，李清照望着远处一座连着一座的宫殿，宫殿顶上金黄色的琉璃瓦返照着耀眼的阳光。她不知道那些宫殿叫什么名字，是谁住在里边，不过，她知道，那里边一定发生过什么故事，那一道道又厚又重的宫门里边，也一定关着一些不为人知的秘密。

　　道场结束之后，府外的道士、女冠便可走了。因云中子还要讲道，所以留在端王府中。

　　李清照原本以为端王为他生母设醮、建坛，一定会见到这位端王的，但她失望了。在回来的马车上，她问老道姑："师父，怎么没见到端王呢？"

　　老道姑悄悄告诉她说，端王去瑶华宫看望华阳教主去了。

　　"华阳教主？"李清照问道，"谁是华阳教主？"

　　"就是孟皇后啊！"老道姑说。

　　"孟皇后？她怎么又成了华阳教主呢？"

　　"因为她被哲宗皇帝废了皇后身份。"

　　李清照听了，大吃一惊，连忙问道："为什么？师父，请你说说好吗？"

　　老道姑没有吱声。此时，夕阳已经西斜。她向远处看了看，远处有一座陈旧的道观，山门已经塌了一半，殿前有几株森森古树。这时，观中传出了一声凄凉的钟声，钟声惊动了古树上的鸦群，鸦群纷纷在道观上空啼叫着，翻飞着。

　　东海鸥见老道姑半天无语，便指着道观说："那就是瑶华宫，孟皇后就住在里边。"

　　这时，马车拐了一个弯，驰出了里城。李清照望着越来越远的瑶华宫，心里不但又多一份好奇，还多了一份排解不开的惆怅。

（五）

　　回到有竹堂之后，李格非告诉东海鸥，端王府刚刚送信来说，云中子要在端王府中住三日，让东海鸥暂寄居李格非家，待他回来后，即带她去洛阳邙山。

　　听说东海鸥要在自己家中再住三天，李清照可高兴了，她又想起了丁香，在百脉泉老家时，她有许多女伴，但最要好的是邻村的丁香。

　　李清照和丁香同岁，但丁香的力气比李清照大得多，针线活儿比李清照做得快，做饭、炒菜甚至爬树采槐花、下湖挖莲藕等，都比别的女孩儿本领大得多，平时像大姐姐一样关照着李清照。

　　丁香的祖籍原在澶州。当年，辽国的萧太后和圣宗亲自率领二十万大军南下，在瀛州大败宋军。景德元年（1004年），再次发兵南侵，逼近澶州，直接威胁着大宋的东京。当时，大臣王钦若主张迁州，另一重臣陈尧叟主张放弃东京逃往益州，而上任只有一个月的宰相寇准则厉声反对，他说："出这种主意的人，应当斩首！"他认为，如果放弃京城，不但动摇了君臣和军民的心，也助长了辽军的气焰，敌人会趁机乘虚继续南下，社稷江山就难以保全了。如果皇上能亲自出征，必定士气大振，大败辽军。真宗皇帝勉强同意御驾亲征，并由寇准随同指挥。到了韦城（今河南滑县），真宗听说辽兵来势凶猛，又想退兵。寇准告诉他说，如今敌军逼近，情况危急，我们不能后退一步！河北的军民日夜都在盼着陛下的圣驾。进军，则会使诸军斗志增长百倍；后退，则将会使军心涣散，百姓失望，敌人会得寸进尺，恐怕大宋连东京也保不住了！

真宗听了，才同意继续进军，渡河进了澶州城。远近各路宋军见到了大宋皇帝的黄龙大旗，个个欢呼跳跃，高呼"万岁"，斗志昂扬。在寇准的指挥下，一举消灭了数千辽军，射死了辽军主将萧达兰，萧太后不敢再战，只好议和。经过寇准的坚持和大宋使者的一再讨价还价，当年年底，宋辽定下了"澶渊之盟"：宋朝每年送给辽国岁银十万两，绢二十万匹；沿边州军各守疆界，两地人户不得交侵，不得收容对方逃亡盗贼；双方不得创筑城堡、改移河道。此外，还约定辽帝称宋帝为兄，宋帝称辽帝为弟。

就在"澶渊之盟"过后不久，王钦若在真宗面前攻击寇准，说他把真宗皇帝当作"孤注"一掷，订下的"澶渊之盟"是奇耻大辱。真宗便罢了寇准的相位，改任王旦为相。

因澶州一带常被辽军侵扰，田园渐渐荒废，农家背井离乡，纷纷四处逃荒。丁香的曾祖父逃到了百脉泉，在邻村落下根来。到了丁香这一辈，已有九十多年了，可丁家人还是念念不忘故乡河边上的丁家庄，不忘庄后边的祖坟山，不忘门前那眼饮了几十辈子的泉水！

李清照到了东京之后，这里虽然人山人海，但她心里总是惦记着丁香。因为在百脉泉老家时，东海鸥常常到李家做客，所以东海鸥也认识了丁香，三人成了好友。今天，听说东海鸥要在自己家中住上三天，这三天一定能像在百脉泉那样，过得快活、舒心。不过，若是丁香来了，该有多好！

当天晚上，李清照和东海鸥在居室里一边嗑着炒瓜子，一边闲聊。李清照原以为东海鸥四处漂泊，行踪不定，除了诵经、抄经之外，没有多少时间读书。当看到她打开随身携带的包袱时才发现，里边不但有《二京赋》、《天向》、《神女赋》，还有一部《雅乐》乐谱和一只青铜箫，才知道东海鸥不但读过不少古文，能作诗填词，还善吹铜箫。她还将自己跟随父亲到过的名川大山和道教丛林的故事，说给李清照听。她们在炕上一直说到三更，才迷迷糊糊地睡着了。

"清照，快起来！"李清照被继母叫醒了，她朝窗子看了看，原来天已大亮了，继母对她说："你忘了今天要去姥姥家吗？"

李清照一下想起来了，父亲和继母在来京的路上就定好了，进京后要去两位姥姥家，一位是王珪家，另一位是王拱辰家，虽然两位显赫一时的相国姥爷一已去世了，但两位姥姥还都健在，还有众多的舅舅、姨妈和表兄弟姊妹们。李清照尤其想见二舅家的表妹王可人。她听说，这位自小就生活在相府中的表姐，长得既俊俏又聪明，常随她的爷爷进宫参加皇子们的冠礼和公主们的笄礼，还参加过皇后、太子的千秋节庆典。听说有位太妃非常喜欢她，将她抱在怀里舍不得放下，临离宫时，这位太妃还从头上拔下了一枚玉簪赐给了她。在家里，她是人见人爱的人精儿，没有不喜欢她的，所以才起了个"可人"的名字。

李清照还听父亲说过，王可人自小便被父母定了一家"娃娃亲"，是江宁人氏，比表妹还小两岁，如今算来，还是个毛头孩子呢！

早饭后，李清照换装时，见东海鸥独自坐在居室里看书。心里想，自己走后，东海鸥孤单单地一个人留在家里，没人陪她，多冷清啊！若她能与自己同去，该有多好！她把自己的想法告诉了继母。继母说："好呀，你们同去，彼此也好有个照应。不过，要向你父亲说一声才好。"

李清照听了，连忙跑进书房，将自己的意思向父亲说了。李格非本来平时就不大拘泥这类事，便爽快地答应了，一家人分乘两辆马车出发了。

王珪的相府在御街西端。李清照有五位舅舅和三位姨母。王珪去世后，三位姨母均已出嫁，除二舅父王仲端在京中任宝文阁直学士外，其他四位舅父都在外地任职。这座有朱漆大门的豪宅里，只住着二舅父一家。昨天，李格非已派人送去了信，所以，当两辆马车刚刚驶进御街时，二舅母便领着王可人以及几个侍女，站在相府门前等候着了。

马车停稳后，李清照连忙跳下车去。她看见一位雍容华贵的中年妇女笑吟吟地站在那里，心想，这必定是二舅母。李清照纳头便拜，那妇人连忙拉住她的手，说道："清照啊，你可想煞我了。来，让舅母看看！"说着，一边端详着她，一边说："我们的才女浑身都透着一股灵气儿，怪不得京都的人们，都在转抄你的新词呢！"

李清照连忙说："多谢二舅母夸奖。"

"可人，快来见见你的表姐！"舅母将身边的一个十分俊秀的少女拉到李清照跟前，又对李清照说："这是你的表妹，叫可人。"

李清照觉得眼前一亮，可人表妹真可谓是如花似玉了，她不但丽质天生，而且衣着鲜亮，装扮入时，胜过一般官宦人家的女儿。

王可人连忙走过去，款款说道："表姐，你好。"说完，微微一笑，接着又说："奶奶早就在前厅里等着你哩。走，咱们进去吧！"说着，拉着李清照就往前厅走。

李清照的姥姥虽已过了七十大寿，但耳不聋，眼不花，身子骨十分硬朗。当她听到院子里传来孙女和外孙女儿的说笑声时，便站了起来，在一名侍女的搀扶下，碎步走到前厅门口。

李清照一见到姥姥，立刻就想起了自己的母亲王淑贞，心里一酸，眼圈儿就潮湿了。她挣脱开王可人的手，连忙跪下："姥姥，我想你啊……"还没说完，竟呜咽起来了。

原来眉开眼笑的姥姥，见外孙女儿一哭，也勾起了自己对女儿的怀念和悲痛，竟松开手中的拐杖，将李清照一把抱在怀里，泪水像断了线的珠子，成串成串地滚落下来。

二舅母陪着流了一会泪之后，便扶着婆婆进了前厅。这时，李清照忽然想起了什么，连忙问道："东海鸥在哪里？"

"东海鸥？"一家人听了，都有些惊愕。

还是王可人反应快："是不是穿道袍的那个女仆？"

"不，不，她不是女仆，"李清照焦急地说道，"她是位道姑，是我要好的朋友，她在哪里？"

舅母笑着说道："我已让管家引她到厢房里喝茶去了。"

王可人见李清照急成了这个样子，便安慰她说："既然是清照表姐的朋友，也是我们家的贵客，我这就去请她来这里！"

细心的李清照发现，王可人不但长得俊美，而且善解人意，待人接物十分得体。她望着表妹的背影，心里想道：表妹的年纪虽小，但已有大家闺秀的仪态了。

（六）

三月的东京，已感到南风带来的微微暖意了，护城河边的垂柳，枝条已经开始变软变绿了，徐风吹过，柳丝婀娜，垂于水面上的枝梢，划出了一个接一个的涟漪。

每年三月上旬的巳日，也叫上巳，东京人有到郊外洗浴以除病灾的习俗，称为被禊，也称被除、修禊。人们借被禊的机会，或邀约亲友，或携带眷属，纷纷出城踏青。每当上巳，往往倾城出动，车马常常堵塞了城门。人们或在郊外赏花、踏青；或在萋萋草地上放风筝；也有的在地上铺上一张苇席，摆放上酒肴、点心等食物，直至兴尽方归；还有的借此机会与友人或情人相会。

虽然离上巳还有三天，但有些人家怕上巳时人多车密，在郊外占不到最好的场地，便提前出城了。

李格非和李杭去继母家了，李清照没有去，因为表姐要陪她和东海鸥去城外的汴河踏青，但当走到外城门时，因进出城的车马太多，她们的马车无法通过，只好返回，在返回的途中，王可人问李清照，想不想去瑶华宫看看？

自从听了老道姑讲的孟后的遭遇后，李清照心里便一直放不下这位被废了的一国之母，便直奔瑶华宫而去。

马车走了半个多时辰，终于在一座败落的宫门前面停下了。王可人指着已经褪了颜色的大门说道："这就是华阳教主的瑶华宫。我来过三次，有一次，还在这里遇上了十一皇子端王哩！"说到这里，王可人有些激动。

"为什么废了她的皇后身份？"李清照问道。

"还不是因为违背了女德和后宫的规矩！"王可人说得十分肯定，像个大人的口气。

李清照觉得不可思议。一位母仪天下的皇后，竟一下子被赶到了这座冷寂、阴暗的旧宫之中了！这其中必有秘而不宣的隐情。她问道："她现在是女道士吧？"

"对，皇上还赐她为'玉清妙静玄师'，法名叫冲真。"王可人跳下车去，又转身对李清照说："表妹，我先进去向华阳教主说一声，你们在这里等我。"说完，便进了瑶华宫的大门。看来，王可人显然见过这位被废的皇后。

一路上沉默寡言的东海鸥见王可人走了，对李清照说，她曾听父亲说过孟后的遭遇。于是，拉着李清照来到宫墙旁边，向她详尽地讲述了孟后被废的前因后果。

宋哲宗赵煦是大宋王朝的第九位皇帝，即位时只有十岁，由祖母高太皇太后垂帘听政。他十七岁时，太皇太后和他的生母向太后，为他选中了马军都虞侯孟元的孙女孟氏为未来的皇后。

宋代选妃，首先重视家世；其次是重视才德；其三才是容貌。孟氏年龄虽比哲宗大了五岁，但她出身名门，贤淑端庄，极具女仪风范，于是将她册封为哲宗的皇后。

就在册封皇后那天，太皇太后语重心长地对哲宗说："选立皇后非同小可，孟氏是位知书识礼的贤内助，足以母仪天下，请皇上不要辜负了我的好意。"册封后，她仍深感不安，曾对人说过："这孩子如此贤淑端庄，又忠厚善良，恐会因此而遭祸。"

大婚之初，哲宗十分喜欢孟后，孟后生下了福庆公主。不久，以"乳母"身份诏到后宫的侍女刘婕妤，由于姿色超群，能歌善舞，又工于心计，受到了哲宗的宠爱，由侍女升为御侍，后又升为贵妃。她长相妖艳，为人亦轻薄放荡，一时把少年天子哄得神魂颠倒。自此恃宠生娇，在宫中横行霸道，不但不把孟后放在眼里，而且渐渐有了取代皇后的念头，只因慑于太皇太后的权威，她还不敢公开争位。每当她在后宫挑起事端时，便在哲宗面前哭闹，诽谤孟后，但孟后总是宽宏大量，息事宁人。当太皇太后驾崩后，刘婕妤便肆无忌惮起来。

有一次，孟后率众嫔妃去隆裕宫参拜皇太后，见皇太后还没出来，便吩咐大家坐下等候。宫女按宫中规矩给孟后搬来一只有描金花纹的凳子，其他嫔妃坐的均是普通的朱漆凳子。但刘婕妤死活不肯坐下，直到宦官郝随为她找来了一只同孟后一样的凳子，才肯坐下。因她在宫中的作为不得人心，宫女们都十分恨她。这时，有个宫女大喊了一声："皇太后驾到！"孟后和众嫔妃们连忙起身迎候。但等了许久，太后并未出来，就在大家重又坐下之际，那个宫女趁机将刘婕妤坐的凳子搬走了。刘婕妤坐空，仰面摔倒在地上，惹得众人大声哄笑起来。刘婕妤又羞又气，在哲宗面前痛哭流涕，诬告孟后指使人使自己出丑。

刘婕好的心腹宦官郝随，为了讨好刘婕好，便对她说："圣上现在尚无皇子，如果娘娘能早生皇子，必得圣上的恩宠，皇后之位非娘娘莫属。"

自此，刘婕好一面日夜缠着哲宗，一面派人搜集孟后的把柄。刚好福庆公主身患重病，孟后的姐姐带了些符水入宫，为福庆公主治病。谁知不久福庆公主夭折，孟后的养母燕夫人又请了几个尼姑进宫为孟后祈福。刘婕好得知后，便趁机说宫中有妖魔鬼怪作祟，诬称是孟后诅咒哲宗皇帝。哲宗在她的唆使之下，便把孟后身边的太监和宫女全都关进了大狱。在狱中，他们遭受了严刑拷打，有的被割去了舌头；有的被肢解了手臂；有二十九个人活活地被折磨死了！最后，终于定了孟后在后宫"谋乱"和"诅咒皇帝"的罪名，哲宗便下诏废了皇后，并将她逐出宫去，让她在冷寂的瑶华宫出家，成了一名虔诚的女道士。

（七）

"刘婕好真的成了皇后？"

东海鸥点了点头，说道："去年，刘婕好生下了一位小皇子。她终于如愿以偿地被册封为皇后。自此以后，她在后宫为所欲为，又独擅专房——"说到这里，她忽然停住了。李清照一看，见王可人随着一个十一二岁的女冠从瑶华宫中走来。她对李清照说："表姐，我已和华阳教主说过了，我说我的表姐，想进宫拜访她，她很愿意见你。请你们去三清殿吧。"

李清照说："咱们来时，只是说想到这里烧烧香，许许愿，在宫中看一看。可没说要见华阳教主呀！"

"怕什么？反正她已不是皇后了！走，咱们进去吧！"

李清照和东海鸥只好跟在王可人和小女冠身后，走进了阴森森的瑶华宫。她们穿过空旷的院子，沿着寂静的回廊，走近三清殿时，看见一位背门而跪的道姑，正拜伏三尊神像。殿内，香烟缭绕，烛焰跳动，好像这里已与世隔绝，连时间都凝固了。

李清照知道，自己面前的道姑，就是华阳教主，也就是当年的孟皇后。

叩拜完了三尊之后，华阳教主站起来，又缓缓转过身来。她的身子十分单薄，身上穿的灰布道袍，因为洗涤多次，颜色已经有些发白。也许大殿里寒意太重了，她好像有些怕冷，双肩微颤，苍白的脸上没有任何表情，甚至连一丝哀怨都没有。她的目光虽然有些呆滞，但似乎里面藏着一种看不透的心思。李清照想，难道她要一年四季听着晨钟暮鼓，守着一盏青灯，诵读一辈子道经吗？她忽然想起了元稹作的那首《行宫》：

> 寥落古行宫，宫花寂寞红。
>
> 白头宫女在，闲坐说玄宗。

就在李清照准备走过去行礼时，忽见华阳教主呆滞的目光闪出一丝惊愕，接着，听见从远处传来了一阵急骤的马蹄声。

这时，小女冠慌慌张张地跑过来，对李清照说道："快，快回避！"

李清照不知发生了什么，问道："是谁来了？"

"是十一皇子，你们快回避吧！"

"为什么要回避呢？"李清照问。

"因为他是端王呀！"可人连忙解释说。

"端王来了，别人就非回避不可？"李清照又问。

"表姐，我可要先回避了！"王可人以为李清照不懂京城的规矩，一时又向她解释不明白，便闪身进了侧殿。

此刻，李清照想回避也来不及了，因为身后已传来了一阵说笑之声。

李清照并未胆怯。她索性转过身去，望着渐渐走近的一群人。

这是一群年轻的男子。除了一人仍骑在马上之外，其余的都牵着缰绳，跟在骑者的身后。李清照心中已经明白，这位骑马入宫的人，便是端王赵佶了。

赵佶这个名字，她早已听说过了。还听说他平时常逛酒楼茶肆，又喜欢在太常寺的教坊听歌观舞。太常寺是朝廷的专司礼仪乐舞机构，它有两个歌舞班子，一个专奏雅乐，配以舞蹈，用于朝会、祭祀等大型典礼，属宫廷歌舞；另一个是仿效唐代设立的教坊，专奏民间音乐，也演杂剧，称为"清乐"。端王是那里的常客，还常常亲自填词、谱曲，亲自上场弹奏演唱。人们更多关注的是他到底能不能登上帝位？

她朝赵佶望了一眼，其实只是扫了一眼。她看到的是一张光亮、丰满的脸，脸上有得意、有骄横，也有一种自我陶醉，只是感到似有一种脂粉气弥漫在那张脸上。

赵佶走到三清殿门首时，翻身下马了。

孟后连忙跪下，低首说道："贫道不知端王殿下驾到，有失远迎，乞求赦罪。"

赵佶连忙将她扶起来，说道："皇嫂，十一弟今日路过瑶华宫，顺便进来看看皇嫂。你还好吗？"

"好，好。托端王的洪福，贫道一切皆好。"孟后抬起头来，恳求道："十一弟，今后求你不要再叫我皇嫂了，因为这是犯禁的呀！"

"我不管犯不犯禁，反正你是我的皇嫂！我知道皇嫂是受人诬陷被冤枉的。我若是——"

孟后连忙打断了他的话，说道："十一弟，你路上辛苦了，请到客房用茶。"

"好，好。我还填了几首新词，顺便请皇嫂赐教。"

正当他们说话之际，东海鸥朝李清照使了一个眼神，二人轻步离开三清殿，从后院出了瑶华宫，上了等在路边上的马车。

在回家的路上，李清照问王可人："表妹，端王为什么会来看被废了的孟后？"

"因为孟氏像你一样，会填词谱曲，又善绘画。在宫中时，还教过端王呢！"

"孟后今年多大了？"

"孟氏二十五岁，比端王大七岁。"

李清照发现，自己的表妹对内宫的事十分熟悉，还对一些细微称呼都十分认真，比方说，自己称被废的孟皇后为"孟后"，她却称"孟氏"。

当她们的马车刚刚过了州桥时，车后传来了一阵"嘚嘚嘚"的马蹄声。车夫将马头勒了勒，马车在路边停了，七八匹骏马掠车而过，又绝尘而去。李清照已认出来了，最前头的骑者就是赵佶。

李清照绝对不会料到，这位一闪而过的花花公子，再过些日子，就成了大宋王朝的第十代皇帝——赵徽宗！

她更不会料到的是，自己的命运，父亲的命运，苏轼伯伯、张耒、黄庭坚、晁补之等师长们，以及千千万万天下军民百姓的命运，都会因为他而改变！

马车的车轮在东京的御街上悠悠地滚动着，东京城在歌舞升平之中显示着它的宏伟和繁华。

第四章　一首新词，轰动了整座东京城

红藕香残玉簟秋。轻解罗裳，独上兰舟。云中谁寄锦书来？雁字回时，月满西楼。
花自飘零水自流。一种相思，两处闲愁。此情无计可消除，才下眉头，却上心头。

——《一剪梅》

（一）

从瑶华宫回来的第二天，东海鸥便随云中子去了邙山。李清照和李杭在他的姥姥的相府里住了些日子。因舅舅们都有官职、声望，常常宾朋盈门，来客又大都听说过李清照的才名，所以，有的客人提出想见见她，有的还要和她谈论诗词。因这类应酬太多，令她不胜其厌。

有一天，又有位客人来访。不过，这位客人还领着他的一位千娇百态的女儿。原来，这位客人是枢密副使何四亮和他的女儿何蕊。何蕊与李清照同岁，曾拜御史中丞舒亶为师，专习诗词。少年时，还从师蔡京，学习书法。蔡京虽名声不好，但他的书法功底极为深厚，这使何蕊的书艺大有长进。她也酷爱诗词，已写诗二百余首，词四百六十首，自己十分珍爱，已抄录成两册，父亲还准备为她刻版成书呢！但她总嫌自己没有名气，也没得到过文坛名家的褒奖之语。自从听到人们都在传说李清照的才气之后，心中甚为不平。一个山东乡间的女子会比自己聪明？李清照的才华，难道真的会在自己之上？她要当面看看，亲耳听听。听说李清照去了王相府，便执意要父亲带领她以拜访为名，探听李清照的虚实。

东海鸥离开东京后，李清照觉得心里空落落的。前天，听说张耒去了祁阳。她早已听父亲说过，在祁阳浯溪的石崖上，刻有唐人元结的《大唐中兴颂》。张耒曾约他同行，但他一时公务脱不开身，张耒便独自去了。张耒回来后，必定有诗，为了能和他一首，她从父亲的书籍中找出了元结的诗集，坐在后院的石凳上认真读了起来。正读着，继母王惠双领着一位衣着华丽而又入时的女子走了过来，对她说道："清照，这是枢密院何大人的女公子何蕊，她是特意来和你磋切诗词的。"

李清照听了，连忙站起来，施礼后，指着旁边的石凳请她入座。

何蕊还了礼，但未坐下，只是用眼望着李清照。她发现这位何蕊的眉毛非常好看，再仔细一看，原来画了眉。

第四章　一首新词，轰动了整座东京城

李清照再次请她坐下，她才在石凳上落了座。她朝李清照浅浅一笑，说道："我已听说了你的名字，还拜读过你写的两首词。我也喜爱填词，今天，特意带来一些，想同你磋切。"说完，将手中的一幅软缎打开，取出一册装帧十分讲究的词集，封面写着《汴水集》，旁边的题款是"慈溪懒堂"。李清照知道，舒亶是明州慈溪（今浙江）人，他的字叫信道，号懒堂。她曾读过他的一些词，尤其喜爱他的《虞美人·寄公度》。

李清照接过来之后，指着《汴水集》三个字说道："若论填词，舒大人是当今词坛的大家，他的词句浑然天成。'画船捶鼓催君去，高楼把酒留君住。去住若为情？西江欲潮平。江潮容易得，只是人南北。今日此樽空，知君何日同？'"

何蕊见她脱口诵出了舒亶的《菩萨蛮》，心中十分惊奇她的记忆力，就随口问道："请问，和苏轼的词比，他们谁更胜一筹？"

她问得太突然了，李清照有些愕然，她没有立即回答，也令她无法回答，她只是笑了笑，便翻开了《汴水集》，一首一首地读着那些抄写极为工整的词——这些词皆意境平平，甚至有些矫揉造作，大都是风花雪月、京城胜景、皇家气派等内容，不但落套，还有抄袭前人之嫌。其中，也有几首写儿女之情的小词，但都是些浅薄之语，并无多少新意，觉得索然无味，但又不便说出来，只好耐着性子一首首地接着读下去。

何蕊坐在李清照的对面，一直在默默地观察着她的眼神和她翻动纸页的动作。她很想知道李清照对自己的词有何评语，但又怕李清照评论自己的作品。约莫过了两个时辰，李清照仍未看完，她有些焦躁起来，又提起了那个话题。不过，她不单单论词了，就说："对了，刚才我问过，以你所见，舒亶和苏轼，谁会更胜一筹？"

李清照早就听出了她的弦外之音，她不能再沉默下去了，但又不能让这位找上门来的大家闺秀显得尴尬，便趁机合上词册，双手递给何蕊，笑着说道："我乃初涉词坛的晚辈，本不应对词坛大家们妄加评论，既然你问，我就姑妄说之，你也姑妄听之吧！若论作词，苏词应胜舒亶词一筹，因为天下士子不读苏词者，可谓不多；在读苏词的士子中，不爱苏词者，又可谓不多。而舒亶词虽然亦佳，但尚达不到这种境界。若论为官，舒大人自中进士后，仕途平坦；'乌台诗案'之后，苏学士获罪被谪荒蛮之岛，而舒先生被朝廷重用。由此而论，舒先生又胜苏轼一筹。"

李清照说得有些激动，因为她想起苏轼在乌台大狱中所受的冤屈，就会记起李定和舒亶的名字，这是两个令她厌恶的名字！

何蕊听了，虽然脸上仍然挂着笑容，但笑得十分勉强。为了避免受窘，她转换了话题，又谈起了她在书画苑看到的吴道子画像等几幅古画。因李清照从来未去过朝廷的书画苑，当然也就没见过那些画，所以，听得十分认真，还边听边点头。直到天将暮时，何蕊才随她父亲离开了王府。

后来，李清照才听姥姥说，何蕊家是东京城里的巨富，虽说不是富可敌国，但家产难以计数，仅在洛阳和东京，就各有三处占地千亩的花苑，京城里有商铺百余家。家中有一子一女，儿子何云在太学读书，她在家中待嫁。只是此女自小逞强好胜，什么都想占先夺魁。有人说她是东京第一美媛，她觉得自己当之无愧！要是听说谁的诗词比她的好，或者长相比她美，她会气得三天三夜不吃饭！

李清照听了，觉得有些好笑！

（二）

在东京城里住了不到一月，李清照就开始想百脉泉老家了。那里山清水秀，民风淳朴；那里有伯父伯母，还有清凉甘甜的泉水。一想起泉水，她就想起了那眼小小的漱玉泉，那是她八岁那年为那眼小泉取的名字！泉水没干涸吧？有没有树叶落进去？晚饭后，她对父亲和继母说，她想回家。

李格非听了，笑着说："这里就是你的家呀！"

李清照也笑了。父亲说得对，有竹堂就是自己的家。她向父亲解释说，她说的是百脉泉的老家。

李格非点了点头，说道："好吧，在这个月的月底离京，好吗？"

李清照连忙点头。

谁知到了月底，就在离京的前一天，李格非从礼部衙门回来后，对李清照说："清照啊，有位客人要来，你想不想晚走几天？"

李清照已经收拾好了自己的行李，心也早就飞到漱玉泉边了，她连半天都不想多留，正想说自己不愿晚走时，李格非有点神秘地说道："这可是位难以见到的客人啊！"

"这位客人是谁？"

"书画博士米芾！"

听说米芾要来，李清照连声说道："太好了，太好了！"

"愿意多留几天吗？"李格非问道。

"愿意，我愿意。我还想向他学习书艺呢！"李清照说完，连忙解开自己的行李，取出她临摹二王及杨凝式的书稿，以及自己脱帖写的楷字，想当面向米芾讨教。

第二天一大早，李清照就起来了，她和继母一道擦拭桌椅，打扫院子，里里外外一尘不染。因为她听说米芾好洁成癖——

有一天，黄庭坚在有竹堂的书房里，手把手地教她写字，还讲了五代时的大书法家杨凝式的故事。杨凝式曾任过太子少保，因处于乱世，他佯装疯癫，以避祸乱，所以又叫杨疯子。还讲了他自己写的一首关于书法的诗："俗书喜作兰亭面，欲换凡胎无金丹。谁知洛阳杨疯子，下笔便到乌丝兰。"讲完之后，他又亲自写了一幅四尺的行草。写完后，便在水池边一遍又一遍地濯笔洗砚，洗得非常仔细。小清照问道："黄伯伯，笔砚天天要用，何必要洗那么干净呢？"

黄庭坚听了，哈哈大笑起来。他说："米襄阳比我洗得还要干净呢！"接着，他讲了一个米芾得砚又失砚的故事：

米芾在大相国寺的庙会上见到了一方砚石，拿在手上一摸，石质极佳，便想买下。那卖砚人共有十多方砚石，均属上乘，每方要价百金，独独这方砚石要价五百金！米芾毫不犹豫地买了下来。他邀请自己的好友曾祖到家里欣赏，以分享他得此砚的喜悦。欣赏时，他让曾祖先洗过手，才将砚石递给他。曾祖手里捧着砚石，边看边说道："你老兄虽然见多识广，博学过人，但这方砚石发墨如何，还说不清楚呢！我可不敢轻易相信！"

米芾听了，很不服气，说道："得了这方砚石后，曾请不少行家做过鉴定，都认为是世上珍品。如若不信，用清水一试就知道了。"说着，便去取水去了。

当时，曾祖正专心致志地看着砚石的纹理，没等他将清水取来，便往砚石上吐了一点口水，以验证砚石的发墨情况。米芾回来时见到了，异常生气，大声说道："你怎么能让口水弄脏我的砚石呢？"

曾祖没想到米芾会发那么大的火，连忙用衣袖去擦。米芾见了，更加有气，恼怒地说道："这方砚石被你弄脏了，我再也不用了，你拿去吧！"

曾祖以为米芾说的是一时的气话，过些日子就不会再计较了，于是，拿走了砚石。一个月后，去还砚石时，米芾觉得砚石已经脏过，无论如何都不肯要了，曾祖却得了一方好砚石！

李清照听了，忍不住大笑起来。

早饭后，李清照和李杭正在浇南墙根下的那丛把竹，忽听身后有人说话："你就是格非先生的千金吧？"

李清照转身一看，见一中年男子已经走进院子里了。他身材高挑，身穿唐时的长衫，头戴唐时的帽子，脸庞轮廓分明，眉毛很长，目光中闪烁着一种自信和孤傲。李清照知道他就是米芾，连忙向前施礼问道："你是米叔叔吧？"

米芾点了点头，双手剪在背后，朝她端详了一会，笑着说道："对，对，庭坚和补之说得不错，果真是个极有灵气的小才女！"

李清照听了，羞得满脸通红，低头说道："米叔叔过奖了。"说完，连忙跑回客厅，向父亲禀报去了。

原来米芾是有备而来的。他已从不少文友那里听说过，李格非的长女李清照，天资聪慧，极有才华，读书过目不忘，自小便学作诗填词，其词流畅上口，意境清新。但他并不完全相信。今天登门，除拜访李格非外，还想亲眼看看李家的这位小才女。

进了客厅，他将随身携带的一个小包袱放在桌子上。喝了一会儿茶，便让李清照将她临摹的书稿都拿到了客厅。他看得十分认真，先将几十篇字体大小各异的《兰亭序》粗粗看了一遍，又从中选出了几篇，逐字逐句俯首细看。看过之后，将不足之处一一指出，并在字旁另写一字，以便比较。他还告诉李清照，书道中不但用纸大有讲究，而且墨研得浓淡与所书之字也大有关系。若用斗笔书写大字时，墨汁应酽，以防墨淡浸纸；若写小字，应用淡墨，以防字涩笔凝。

李清照听得十分认真。

"你临《兰亭序》已过百遍，你觉得王氏之书与历朝书家有何不同？"

李清照想了想，一字一句地说道："王右军七岁学书，不但得其父和叔父的真传，还以卫夫人为师。长大后，又转向苦学众碑，博采众长，一变汉魏质朴书风，独创妍美流畅的今体，其行草为古今之冠。他的草书浓纤折中，正书势巧形密，行书遒劲，又千变万化，纯出自然。其真迹为历代所宝，其人被誉为'书圣'。梁武帝评他的书法是'字势雄强，如龙跳天门，虎卧凤阁'。"

米芾听了，以手拍案，大声说道："小小年纪，竟能说出学书的肺腑之语，难得！少见！"

说完，他打开了包袱，取出两册书来，一册是《砚史》，一册是《书史》。对李清照说道："这两本拙作留给你，权作初次见面之礼吧！"

李清照连忙双手接过。

不知不觉间已到了晌午。王惠双悄声对李格非说："酒菜已准备好了。"

米芾耳尖，他已听到了女主人的话，连忙说道："大嫂，请再稍等一会，我还带了一方砚石，请格非老弟共赏。"说着，将包砚石的紫绢解开，里边还有一层白绸，解开白绸，小心翼翼地取出一方黑亮的砚石。

李格非知道米芾爱砚如命。自他得到这方砚石之后，爱不释手，竟然夜里抱着它睡觉！还给砚石取了个名字，叫"暖岫"，并请苏轼为此砚题写了砚铭。他视此砚为命根子，很少示人观看。李格非今日有幸，终于看到了这方珍贵砚石。不过，他没忘了米芾的洁癖，连忙去洗了手，又在香案上点燃了一盘檀香，像品尝香茗琼浆一般，细细地欣赏着那方"暖岫"。

望着书案上的那方"暖岫"，李清照问道："米叔叔，这方砚石真的暖手吗？"

米芾点了点头，笑着说："你可用手试一试。"

李清照洗过手之后，伸手轻轻抚摸了一下，果然感到有些微温。

（三）

从东京回到百脉泉之后，伯母们便张罗着要为李清照举行开笄之礼。

李清照知道，笄礼之后，就是大闺女了。

第四章　一首新词，轰动了整座东京城

七月初，二伯母告诉她说，她的笄礼定在七月初七。

李清照虽然不大愿意，但也拗不过大人们的安排，只好点头答应了。不过，她提出一个请求，在笄礼之前，想去莲湖再采一次莲蓬。伯母们应允了。

七月初六午饭后，王惠双拿着一件绸衫，想让李清照试试合不合身。她推开李清照的房门一看，里边没人，她又去找李杭，李杭也不在家里，原来，李清照领着李杭到莲湖采莲蓬去了。

莲湖距百脉泉只有五里，数千亩的湖面上，被层层叠叠的荷叶占去了一大半。李清照嘱咐李杭在船舱里坐稳，自己用一根竹篙将小船撑进了荷花丛。那里是一个美不胜收的世界，一片片碧绿的荷叶，有的在碧波中漂荡着，有的探出水面，在阳光下亭亭玉立。竹篙溅起的水花落在了荷叶上，好像是水银珠儿，在荷叶上不停地滚动。在荷叶丛中，不时有一枝枝莲花骨朵，探出荷叶丛，高高擎着虽未绽开但已露红的花蕾。一只翠鸟立在一枝花骨朵上，见小舟近了，又飞到了另一枝花骨朵上，好像在为小舟引路。

"看，红娘子！"坐在船舱里的李杭忽然大声喊了起来，"慢点，慢点，我要逮住它！"

原来是一只红蜻蜓，静静地落在一枝莲花骨朵上。小舟悄悄靠过去，当李杭伸手将要捉时，忽听"扑通"一声，一尾大鱼猛地跃出水面，不但吓飞了红娘子，也溅了他一脸的水花，惹得李清照"咯咯咯"地大笑起来。

划出荷叶丛之后，水面开阔多了，一蓬蓬的菱角在水面上漂浮着，只要拉住一根又滑又软的梗蔓，慢慢拉到小舟旁边，就能摘下一大捧菱角。用牙咬开硬壳，里面便是雪白的菱角肉，又脆又甜。不一会，就采了大半柳条筐子。

小舟越来越远，不知不觉中已划进了莲湖深处。这里的荷叶更大也更密了，水面上的菱角也更多了。因为头顶上的太阳无遮无盖地照在身上，烤得他们脸膛通红，大汗淋淋。李清照折了两片大荷叶，一片为李杭盖在头上，一片盖在自己头上。荷叶像两柄小伞，遮住了阳光。可是，过不了一会，那硬挺的荷叶便被晒得蔫拉下来了，像一顶密不透风的帽子捂在头上，闷热难当。于是，便再折两片戴上。

为了让李杭忘了眼前的炎热，她问道："弟弟，你现在最想什么？"

李杭边剥菱角边说："我最想让太阳变成月亮，让湖水变成白雪！"

李清照朝四周望了望，思忖了一会，问道："弟弟，你能用'月'和'雪'这两个字，写成一副对联吗？"

李杭想了想，摇了摇头。

李清照说："我想好了一副，'月下荷叶绿，雪里梅花香'，怎么样？"

李杭默默重复了一遍，他承认姐姐的这副对联对得工整。

其实，自从上了小舟之后，李清照就有了一种要写一首诗的冲动。但她知道李杭刚刚启蒙，还不懂韵律平仄，所以只好一遍又一遍地打着腹稿，待回家后再按记忆抄录下来。这副对联只是一首绝句的开头两句而已。

不知不觉已到了黄昏。夕阳将湖水映成了橘黄色，晚风吹过，满湖都是碎金。李清照见筐子里已装满了菱角，便掉转了船头，急着将小船朝岸边撑去。也许是慌不择路的缘故，竟将小船撑进了密密的荷花丛中了，用力一撑，小船才向前滑行几步。不行，若这样下去，天黑了也上不了岸！于是，她让李杭用双手抓住一枝枝荷叶，自己猛地撑篙，小舟便"嗖"地冲出了一丈多远。当快要冲到岸边时，惊动了几只躲在荷叶丛中的水鸟，它们"扑棱棱"地蹿起来，又惊恐地向远处飞去了。李杭望着飞远了的水鸟，恨恨地说："要是小船快一些，我准能逮住一只！"

刚刚上了岸，继母和丁香已来岸边接他们了。

七夕举行过"笄礼"之后，李格非托人从东京带来了王诜、秦观等诗词名家的作品，还有《说苑·敬慎》二十卷。这是李达贤的挚友曾巩广搜史书和佚文整理编撰而成的。书中所辑先秦至西汉的历史典故，对国家兴亡、政事成败多有借鉴。李清照好像一下子钻进了书籍之中，读起来便忘食废寝，读累了就临摹王诜的《渔村小雪图》，或者到漱玉泉边洗洗脸，清清脑，散散心。

有一天，她正在窗前读书，继母进去告诉她说，堂哥李迥从东京回来了。经李格非等人推荐，他将入学太学。太学分上舍、内舍、外舍三等。他要先入外舍，而后才能进内舍，最后方可进上舍。因为入冬就要进太学，他回来一是向父母报信，二是准备入学用的衣服被褥。他离京时，表姐王可人让他给李清照带来了一封信。

李清照展开信笺一看，原来舅父和舅母已经为可人"纳采"了，也就是男家向女家提亲了。未出阁的闺女，会将自己的婚姻大事看得很重，一般不会随便告诉他人。可人特意将"纳采"之事告诉李清照，表明她把李清照当成了知己。她在信中还告诉李清照，自己订婚之后，妹妹王可意便回家了，父母为她定了"娃娃亲"，小女婿名叫秦桧，比自己小六岁。可人在信的末尾还特意叮嘱李清照："笄礼"之后就是大人了。作为书香和官宦人家的女子，要专修女德、女礼和女红，不可过多迷恋作诗填词。李清照看到这里，不禁皱了皱眉头。可人自幼不喜读书，更未写过一首诗半阕词，但她女红极佳，许多女红高手都对她望尘莫及。宫中的公主、嫔妃常常托人求她裁剪衣装，或在衣装上绣花描朵。应当承认，表妹虽然年纪不大，但已是京中十足的名门闺秀，在这方面，自己远不如她。

（四）

宋哲宗元符二年（1099）年，李格非将有竹堂进行了修缮，又赁了旁边的院落，扩充为后院。一切料理完后，便将王惠双、李清照和李杭接到了东京。

因丁香的父母相继去世，邻村几位长辈请求让丁香到李家帮工，王惠双便把她收留下来了，这次也随着他们一同进京。

李清照知道，离开百脉泉老家是迟早的事。她也希望能住在父亲身边，不但能经常读到在京师流传的诗词，还能时常得到文坛上伯伯、叔叔们的指点。可是，要真的离开百脉泉老家，心中便有些难以割舍了。因为天下再也没有比百脉泉更清的泉水了，尤其那眼与她朝夕相处的漱玉泉！每天清晨，她便来到漱玉泉边，以泉水为镜，能看到自己在水中的影子。在田陌山坡上挖地蒜挖累了，只要在漱玉泉边一坐，全身的劳累一下子就云消雾散了。尤其在明月当空的晚上，手里握着一卷《乐府》，坐在泉边的石栏上背咏，便会觉得全身渐渐融进字里行间去了！若是能将漱玉泉也搬到东京该有多好！

她又想起了给漱玉泉取名的往事——

八岁那年，有一天，爷爷起得特别早，他向李清照说："小清照，想想看，今天是什么日子？"

李清照想了想，摇了摇头。

"再想想。"

李清照还是想不起来。

这时，继母手里端着一只碗走过来，笑着说道："小清照呀，今天专门为你做了一碗面。"

"为我？"

"是呀，这是长寿面，是专为你这个小寿星做的呀！"继母将热腾腾的一碗面条放在李清照的手里。

李清照一下子想起来了，今天是自己的生日！

吃了长寿面之后，她来到了那眼自己出生那天才开出的小泉旁边，见爷爷已为小泉砌好石栏，从泉眼中涌出的泉水，顺着石栏下面的石孔流进了旁边的小溪，然后汇入了绣江。

当时，李家共有四眼泉水，其中，前院的那眼泉水，因可以浇灌麦地和菜畦，就叫"嫁露"；后院"咕噜咕噜"作响的泉水，叫"地声"；东厢根下的那眼泉水，时涌时停，取名"蛐鸣"；李清照出生时，李格非挖出来的那眼小泉，至今还没有名字，李达贤笑着对她说："小清照，这眼小泉至今没有名字，你能给它起个名字吗？"

李清照站在小泉的石栏旁边，望着清亮透底的泉水，心里便慢慢有了几个名字，但总觉得都不如意。她看到细细的水泡从泉眼里冒出来，像一串玉珠儿，边跳动边向水面漂浮，当漂浮到水面时就不见了。不一会，又有一串珍珠儿冒出来……她忽然大声说道："爷爷，小泉有名字了！"

"叫什么呀？"

"漱玉泉！"

"漱——玉——泉，"李达贤听了，脸上便露出了一丝不易察觉的笑意，又转身问李清照的两位伯父："'漱玉泉'这个名字，怎么样？"

两位伯父觉得这个名字不但中听，而且形象，都很赞同。

看到自己起的名字得到了爷爷和伯父们的认可，李清照连忙跑回房里取来了笔砚，在石栏上写下了"漱玉泉"三个拳头大的楷字。

没过几天，爷爷就让石匠将三个字刻在石栏上了。

启程的前一天，李清照领着李杭去了祖坟山。他们在爷爷的坟茔前烧过香纸之后，李清照跪在坟碑前，默默地说道："爷爷，我要和弟弟去东京了，我会常回来看你的。"说完，又满眼是泪了。

第二天清晨，她又找来一只葫芦，装满了漱玉泉的泉水，抱着葫芦上了马车。

那眼清可照人的漱玉泉，自此便永远留在她的梦里了。

（五）

一家人到达东京后，李清照便和丁香一道，将自己的书房重新布置了一番，把几盆兰花置于窗台之上，还特意将苏轼的一幅《月梅图》和黄庭坚以行草写的一首《寄黄几复》，悬挂在前厅的左右壁上。当年，苏轼在京城任礼部尚书时，他的家是文友们聚会的地方。如今，他已贬出京城，文友们便常常到有竹堂来聚会。他们或品茗，或小酌，或吟诗填词，其情融融。李清照精心布置前厅，就是为了接待父亲的这些文友们。

李格非在礼部衙门任员外郎，每天清晨就要去署衙，直到暮色四合才能回家。堂兄李迥在太学就读，每半个月才回来一次。李杭住在姥爷家，和几位表兄弟们一块读书，也不常回来。家中显得十分清静，这正是读书的好时候。李清照一面潜心学习儒学的书经章典，一面精读张诜、温庭筠、李煜、晏殊、范仲淹、欧阳修等人的诗词，甚至连后蜀孟昶的妃子花蕊夫人的《述亡国诗》和晚唐鱼玄机、陈玉兰等女诗人的诗词，以及教坊的唱词和民间的歌谣，凡能找到的，她都找来了，早晚吟咏，每天都沉浸在诗人们勾画的意境之中。不但不觉得寂寞，而且每当读到精彩之处，往往会激动不已，有时信手抄录下来，有时还会和上一首。

在百脉泉老家时，爷爷曾带她去过临淄省亲，因为李家的祖籍就在临淄。她至今还记得齐桓公墓和管仲墓的肃然之气！去曲阜拜谒孔林、孔庙和孔府时，又顺道登上了泰山，虽然因云厚而没看到泰山日出，但也体会了"一览众山小"的气魄。一路上，一边访古探幽，一边听爷爷讲述一些典故和故事，那可是一种莫大的乐趣！如今到了京城，书倒是读了不少，可少了出游的机会。

有一天，李杭从姥姥家回来了。他听人说，东京城外也有个莲湖，很多人都去湖上划船游玩，便缠着姐姐带他去城外游湖。

李清照本来也想出城去散散心，征得继母同意之后，便选了个晴丽的日子，和李杭、丁香去了城郊，找到了那个莲湖。但因季节尚早，只见满湖的荷叶，却不见一朵荷花。他们雇了一只小船，在湖中游了半个多时辰，李杭就耐不住了。他埋怨说，这哪里是个湖啊，其实就是一个大水塘！这里的荷叶也没有家乡的荷叶好！李清照也觉得游湖的人太多，满湖都是游船，笑闹之声不绝于耳，不像家乡的莲湖那样天生丽质，静若处子，所以游兴大减，便要船家划到岸边，三人快快地回到了有竹堂。

此次游湖虽然索然无味，但却勾起了李清照当年在家乡的莲湖采莲的回忆。午后，她在书房里写了两首《浣溪纱》，分别抄写在两张薛涛笺上。

晚饭后，她看到父亲在前厅里看信，便问是谁写来的？父亲告诉她说，是黄庭坚从黔州托人送来的。

李清照听了，问道："黄伯伯怎么去了黔州？"

李格非没有立即回答。

"晁伯伯和张伯伯呢？"

李格非将信笺收起来，叹了口气，说道："都因罪被贬出京城了。"

"他们都——都犯了何罪？"李清照听了，大为吃惊。

李格非告诉她，黄庭坚、晁补之和张耒、秦观等人，都因与苏轼交往而成了政敌们的眼中之钉。朝廷中的党争反反复复，一直不断。章淳为相执政，便以修《神宗实录》不实为名，将黄庭坚、晁补之等人贬出京城。秦观、张耒等人也因此获罪被贬，极少来京，故友们再次相聚，还不知道是何年何月呢！

"张耒伯伯不是说要去寻找元结的《大唐中兴颂》石刻吗？"

"他是去了永州。对了，他还写了一首七言古诗呢！此诗就在书架上。"说着，从书架上取了下来。

李清照接过来一看，题目是《题中兴颂碑后》：

> 玉环妖血无人扫，渔阳马厌长安草。
>
> 潼安战骨高于山，万里君王蜀中老。
>
> 金戈铁马从西来，郭公凛凛英雄才。
>
> 举旗为风偃为雨，洒扫九庙无尘埃。
>
> 元功高名谁与纪，风雅不继骚人死。
>
> 水部胸中星斗文，太师笔下龙蛇字。
>
> 天遣二子传将来，高山十丈摩苍崖。
>
> 谁持此碑入我室？使我一见昏眸开。
>
> 百年废兴增感慨，当时数子今安在？

君不见，荒凉浯水弃不收，时有游人打碑卖。

李清照只粗粗看了一遍，心中便觉得有一种苍凉之感。她有一种莫名的冲动，想和一首诗，但又不敢贸然动笔，因为她想再读几遍元结的《大唐中兴颂》之后，才能再作和诗。

李格非告诉她说，这首诗是张耒亲自给他的。他说他路过荆湖北路时，乘船顺江而下，去武昌游览了孙权修筑的吴王城之后，又过长江去黄州赤壁一游。因为苏轼曾在那里谪居四年，他常到江南岸的武昌西山拜佛问禅，品茗作诗，他写的《前赤壁赋》和《后赤壁赋》，就是构思于渡江的小舟之中，成于东坡的赤壁。当李格非到了武昌樊口时，正巧遇上了张耒。二人在船上痛饮之后，又即兴各写了几首词。张耒还告诉他，他在永州浯溪看过《大唐中兴颂》之后，感触颇深，写下了这首《题中兴颂碑后》。

看到父亲脸上有悲戚之色，李清照后悔不该问及此事。为了安慰父亲，她说："我和弟弟去过城外的莲湖，那湖可比不上咱老家的莲湖，我还写了两首小词呢！"说着，将两张薛涛笺递给了父亲。

李格非刚刚接过薛涛笺，忽然听见传来叩门之声。

李格非连忙出了书房，不一会，院子里就传来了一阵爽朗的说笑声。

李清照心里想，这位深夜来访的客人会是谁呢？

（六）

来客是晁补之。

原来，晁补之离开东京后便去了钜野，钜野是他的原籍。他已将家乡的房宅进行了修缮，改名为"归来园"，以备今后在那里颐养天年。

故人来访，李格非自然十分高兴。他连忙让李清照去告诉妻子备菜温酒，打算和故友通宵长谈，因为他想说的话太多了，他十分渴望知道友人们的消息。

晁补之刚刚坐下，就看到了李格非放在案头上的薛涛笺，顺手拿起来一看，第一张薛涛笺上写的是一首《如梦令》：

常记溪亭日暮，沉醉不知归路。兴尽晚回舟，误入藕花深处。争渡，争渡，惊起一滩鸥鹭。

"好，好，写得好！"晁补之一边吟哦，一边赞不绝口，"此词似信手拈来，毫无雕琢，只寥寥数笔，便勾勒出了一幅暮中归舟图。表面看是平淡之境，且文字朴实无华，但动中有静，清秀天真。格非老兄，此词出自何人之手？"

李格非听了，说道："是小女清照所作。"

晁补之听了，一脸的惊愕；他接着看第二张薛涛笺，上面是一首《怨王孙》：

湖上风来波浩渺，秋已暮，红稀香少。水色山光与人亲，说不尽，无穷好。

莲子已成荷叶老，清露洗，蘋花汀草。眠沙鸥鹭不回头，似也恨，人归早。

读罢之后，他将薛涛笺放在桌子上，自言自语地说道："若不是亲眼见到，我无论如何都不敢相信此词是小侄女所作！自古英雄出少年，此词可以佐证！"

晁补之虽然看过李清照填的词和她临摹的古画，也觉得她极有才气，但绝没有想到她小小年纪，竟能填出如此精妙的词来！

其实，李格非事先并未看过女儿的这两首词。当李清照将两张薛涛笺递给他时，还没来得及看，便为晁补之开门去了。他以为晁补之的这些溢美之词是为鼓励女儿才说的，待看了两首词之后，他也为女儿的才气所惊异，但在客人面前又不能喜形于色，便笑着说道："小女的这两首词，虽颇清新，但实则是童稚之语和童稚之趣，不足以夸。"

晁补之却很认真。他说："词中的溪、亭、暮色、鸥鹭、苹花及小舟争渡等词句，虽是轻描淡写湖上之游，但写得生机盎然，淋漓尽致。有此才华者，应属罕见。"说到这里，他站起来，在前厅中踱了几步，又说："格非兄，凭侄女之才，今后定为词坛的俊秀，且会不让须眉。如若不信，数年之后，则应刮目相观！"

李格非听了，心中也同意他的评语，但还是谦让地说道："小女能否有所长进，还盼补之老弟对她的赐教能一如既往。"

晁补之听了，不再言语。他从笔架上取下一支笔来，就着砚中的残墨，在一张纸上抄录下了这两首词，说是有机会让文友们都看看，听听他们是如何评说的。

王惠双领着丁香端来了酒菜，又在烛台上换上了新的蜡烛，才轻步离开了。

晁补之和李格非，他们不但志趣相投，而且情谊深笃，每每见面，都无话不说。他们边酌边谈，从词坛谈到了政坛，还分析了当今十分敏感的朝廷动向。

"格非兄，我从吏部尚书赵挺之那里听说，哲宗继位之后一直无子，如今已经病重，常常昏厥，有时数日不能上朝。他若驾崩，就只能从神宗的其他皇子中选定一位帝位继承人了。到底是谁即位，现在还难以断定，故而朝廷的重臣们都有些惴惴不安。"

李格非对此也时时关注着。"一朝皇帝一朝臣"，虽早已为人们所共识，但若皇帝是位明君，则国能兴盛太平，民能安居乐业；若是暴君，则朝臣难当，百姓遭殃；若是昏君，则会国亡家破，民不聊生。他不无忧虑地说道："只要不是端王即位，江山社稷就不至于发生重大变故。"

"听说端王自小娇生惯养，奢侈无度，又迷恋女色，更缺治国主政的气魄和干才。无论是论资排辈，还是群臣决议，大宋的帝位都轮不到端王去坐。"晁补之说到这里，又愤愤地说："如今外患不断，国力渐弱，又党争益烈，此次愿能遇上明君，严肃朝政，重振国威。"

李格非点了点头，端起酒杯说道："但愿如此。若遇明君，党争必息，苏先生也就能回东京了。来，为苏先生早日归来，饮下这一杯！"

晁补之端起杯子，一仰头，喝下去了。

二人谈了整整一夜。

（七）

仲夏的太学，十分幽静，宽敞的院子里种着龙爪柳、紫薇、女贞和松柏等树木，知了躲在茂密的枝丫中，有一声无一声地鸣叫着，一座太湖石假山立在一泓池水中，一株睡莲懒洋洋地浮在水面上，太学生们刚刚听了一堂《封禅诏》，都三三两两地坐在树荫下聊天、下棋。

太学生赵明诚坐在回廊的尽头，正在专心致志地读一篇从学友那里借来的《洛阳名园记》。他已被文章中的精辟之句所折服，禁不住读出声来："……予故尝曰：园圃之废兴，洛阳兴衰之候也。且天下之治乱，候于洛阳之盛衰而知；洛阳之盛衰，候于园圃之兴废而得……"

当李迥走到他的身边时，他浑然不知，仍陶醉在文章之中。李迥见状，脱口而出："呜呼，公卿大夫，方进于朝，放乎一己之私意以自为，而忘天下之治忽，欲退享此乐，乐乎？唐之末路是矣！"

赵明诚听了，连忙抬起头来。他有些吃惊，问道："李迥兄也读过此文？"

李迥点了点头。

"你知道这篇大作出自谁人之手吗？"

"礼部员外郎李格非。"

"你认识他？"

"他是我的叔父。"

赵明诚听了，吃惊不小，他没想到自己极为敬佩的文学家，竟是同窗好友的叔父！

李迥告诉他说，叔父一直与苏轼交好，绍圣元年（1094 年），章惇为相，苏轼被贬往惠州安置，为了罗织苏轼等人的罪状，诏叔父为检讨官，叔父不就，被贬为广信军通判。他曾多次去过洛阳，游览了皇亲国戚和大臣们在洛阳营造的许多豪园，将所见所闻所感写进了这区区二百三十余字之中。文章中既有历史教训，也有对今人的忠告，将唐代的兴盛、五代的衰败，用寥寥数语说得极为透彻，情中寓理，以理服人。

赵明诚听了，十分激动，他恳求李迥能帮他引见一下，他想去登门拜访，当面聆听他的教诲。

李迥大包大揽地说道："行啊，叔父不泥陈规，平易近人，太学放假时，我们同去有竹堂。"

这时，从假山旁边传来了一阵说笑之声，一群太学生们正在假山旁边争夺着什么。李迥和赵明诚不知发生了什么，便走下回廊，想过去看个究竟。

原来大家正在争夺一首《怨王孙》，当传到何云手中时，他怕被别人夺去了，便跃身跳上了一只石凳，大声朗诵起来：

> 湖上风来波浩渺，秋已暮，红稀香少。水光山色与人亲，说不尽，无穷好。
> 莲子已成荷叶老，清露洗，蘋花汀草。眠沙鸥鹭不回头，似也恨，人归早。

朗诵完了，太学生们都交口称赞，但不知作者是谁。

李迥知道这是堂妹李清照所作，月初放假回家时，他曾在李清照的书案上见到过原词，当时他想抄录下来，谁知堂妹不但不许抄录，还不许他告诉他人，太学生们是从哪里得到这首词的？这下子糟了，堂妹知道了，准会怀疑是自己将她的词告诉了别人！

一名太学生问道："何兄，你是怎么得到这首词的？"

"是我妹妹何蕊从御史中丞舒亶大人那里抄录来的。"

赵明诚大声问道："此词是谁人所作？"

"听妹妹说，词作者叫李清照。"

李清照？因为名字陌生，许多人便追着何云问："这位词坛高手，是哪里人氏，多大年纪？"

"哪里人氏我不知道，只知道是位女子——"何云顿了顿，故意卖了个关子，"今年才十六岁。"

大家听了，都不相信，因为他们觉得一个女子，尤其是一个只有十六岁的女孩儿，无论如何都写不出这样俊朗清新的佳词来，为此，有人甚至和何云争论起来，说他骗人，而何云一时有口难辩，急得满脸通红。就在这时，又有一位太学生走进了人群，他说，他听秘书省的秦少游说过，李清照是礼部员外郎李格非的千金，学博才高，尤长填词，只是从未见过这位女词人。

赵明诚听了，低声问李迥："这是真的？"

李迥无可奈何地点了点头。

赵明诚喃喃说道："好，好，这才是有其父，必有其女啊！"

其实，当太学生们在传阅、抄录和议论《怨王孙》时，李清照的词早已在东京城中流传起来了，连一些身居要职的官员们，都十分看重她的诗词，舒亶就是其中的一人，他还亲笔抄录下了这首《怨王孙》；当何蕊去拜访他时，他便将李清照的这首词送给了她；

何蕊本来就眼高手低，觉得李清照的词尽是些俗言俚语，不如自己的词华丽、高雅；如今，听舒亶赞许李清照的词，心中自然就更不服气了。她本不想要李清照的词笺，但又不便拒收，只好将词笺放进衣袖中，回到家之后，便取出来揉成了一团，扔在了地上！

何云见妹妹阴沉着脸，又将一个纸团扔在了地上，便俯身捡了起来，展开一看，原来是一首《怨王孙》，当他从妹妹嘴里知道了这首词的来历时，便悄悄藏在一册书里了。

在有竹堂里埋头读书、写字、填词的李清照，压根儿就不知道自己的诗词正在东京城里不胫而走，被人们转抄着、传诵着。

第四章　一首新词，轰动了整座东京城

第五章　在古宅中，听到了一首神秘的古曲

香冷金猊，被翻红浪，起来慵自梳头。任宝奁闲掩，日上帘钩。生怕闲愁暗恨，多少事、欲说还休。新来瘦，非干病酒，不是悲秋。

休休，这回去也，千万遍阳关，也则难留。念武陵人远，烟锁秦楼。惟有楼前流水，应念我、终日凝眸。凝眸处，从今又添，一段新愁。

——《凤凰台上忆吹箫》

（一）

按国子监的规定，太学每逢初一和月半放假一日。入太学就读的太学生们，都是官职在五品以上及郡公、县公子孙和三品官员的曾孙们。放假日，家在东京的太学生，可以回家；家不在东京的太学生，可去拜访亲友，或结伴出游顺天门外的金明池和城内的玉津园，还可去酒楼茶肆品茶饮酒。

赵明诚本打算放假时随李迥去有竹堂拜访李格非的，但自从知道《怨王孙》是李格非之女写的之后，不知为什么，总是觉得有些心怯。是心怯她的才气，还是怕见到她的本人？自己一时也说不清楚，所以当放假时，他对李迥说自己家中有事，便匆匆回家了。

他家里确实有事，但不是急事。他听母亲说过，初一那天，姨父陈师道要来拜访。

陈师道既是他的姨夫，也是李格非的挚友。他想从陈师道那里多探听一些李清照的消息，比方说，她平时都爱看些什么书？她何时开始学词、填词的？她长得是什么模样？等等。当他在太学里第一次听到李清照这个名字时，心里就无端地激动起来。因为他想起了一件一直深藏在心里的往事。他想知道李清照的一切，但又没人告诉她。在李迥面前，他还要装出毫不在意的样子，以不失一个太学生的身份。

也许是到了爱做梦的年龄，他心里深藏的那件往事，就是他偶尔做的一个梦。

上次太学放假时，书画博士米芾去赵家大院拜访他的父亲。在闲谈时，米芾忽然问道："挺之兄，你家三公子多大了？"

父亲回答说："已二十岁了。"

"定亲没有？"

"还没有。"

"为什么？"米芾问道，"是不是没有合适的人家？"

"不，明诚这孩子，自小酷爱金石碑帖，却不善交际，我也就不急着为他择妇了。"

米蒂听了，点了点头，再没继续谈这个话题，又谈起了朝廷中的一些理不清说不明的纠葛、恩怨。

他们谈话时，赵明诚正在与客厅相通的书房里看书。开始听他们谈话时还颇有兴趣，但当听到他们谈到政事时，他没了兴趣，便伏在书案上睡过去了。他做了一个梦，仿佛自己走进了一座从未见到过的堂皇门楼，里边是一座连着一座的巍峨殿堂。他看到一个女子，站在一座殿堂门前看书，他只觉得这位女子光彩照人，但却看不清她的面容。他想知道女子读的是本什么书？刚走过去，那女子便转身走进了身后一座更为富丽的殿堂。他无法进去，心中有些惆怅。醒来时，看见案头放着自己抄录来的那首《怨王孙》。他蓦然觉得，梦中的那个看书的女子，不就是李清照吗？自此以后，李清照和她的词便悄悄印在他的心里了。不过，他也多了一种化解不开的惆怅，总觉得自己似乎是个凡夫俗子，而李清照似是一个不食人间烟火的仙子，自己永远都走不到她的身边，就像永远都走不进梦中的那座殿堂。

他平时回家时，总是走走停停，因为京城里书店很多，御街上还有专门出售字画古玩的店铺，每次路过，他都会驻足看上一会。今天就不一样了，他大步流星地过了御街之后，便从一条胡同抄近路回到了赵家大院。

一进大门，母亲就大声说道："明诚啊，快来见你姨夫！"

原来，早朝之后，父亲和宰相章惇被高太皇太后留下议事，尚未回府。见陈师道独自坐在客厅里喝茶，赵明诚连忙向前施礼。寒暄了几句之后，陈师道问了他在太学里读了些什么书，写过什么文章，赵明诚都一一做了回答。他知道，姨夫和苏轼的门生们交往很深，还多次去衢西街的有竹堂看望过李格非。他想从姨夫口中听到一些关于李清照的事，但又不便直接问及，便绕着弯子问道："姨夫，礼部员外郎李格非的《洛阳名园记》，写得太精彩了，听说他还有位公子善于填词，不知是不是真的？"

他故意将李清照说成是位公子，以不引起姨夫的疑心。

陈师道说："是真的，不过不是公子，是李格非的长女。我曾见过她写的几首词，立意、遣字都极雅致，令词界人士大为赞叹。她是位天分很高的才女。"

陈师道见赵明诚似有什么心事，以为刚才夸奖了李清照而伤了他的自尊心，便安慰说："明诚，你不是酷爱金石字画吗？我今天带了一幅奇画，想不想看呀？"

"是谁画的？"赵明诚问道。

"你先不要问，待看了画再说。"陈师道说着，将包在画轴上的蓝布套解开，取出画来。他让赵明诚拉住轴头，徐徐展开了画卷。画卷上只有一株兰草，不过这株兰草不是绿色或墨色的，而是紫红色的，不光花苞和花瓣是紫红色的，连修长的叶子，也是紫红色的！

"这真是幅奇画！"赵明诚说，"画此兰草者，也定然是位奇人！"

"是啊，是奇人画的奇画。"陈师道指着画说，"虽然世上并无紫兰，但世人皆认可此兰是兰，且是超凡脱俗之兰！"

"不知此画是谁画的？"

陈师道笑着说道："是你父亲的冤家对头画的！"说完，他将蒙在落款处的纸片取下。赵明诚仔细一看，原来是苏轼在绍圣二年（1095年）贬居惠州时所画，怪不得姨夫说此画是父亲的冤家对头画的呢！

陈师道说苏轼是赵挺之的冤家对头，其实他自己也和这位连襟是冤家对头。他平素性情孤傲，对赵挺之追随蔡京、章淳极为生气。他知道，赵挺之不但排斥政敌苏轼，连苏轼的诗词书画，也一概加以贬斥。他为此感到不平。有时，他得到了苏轼的墨迹，便故意拿出来，让赵挺之看了生闷气。

其实，赵挺之也善书法，且广为收藏古帖和碑刻。仅米芾的墨迹，他就收藏了数十件之多，还收藏有《乐府木兰诗》和《绛木法帖》等极为珍贵的藏品。苏轼、黄庭坚、蔡襄和米芾是朝野公认的四大书画名家，但他只褒蔡、米、而贬斥苏、黄。对米芾和蔡襄之作，他倍加珍惜，而对苏轼、黄庭坚的作品却不屑一顾，当然也就不会收藏了。

"姨夫，我在太学里听说李格非受知于苏学士，其女是否也受苏词的熏陶？"赵明诚绕来绕去，又绕到李清照身上了。

"我听晁补之说过，李格非的长女确实爱读苏词，凡流传于世的苏词，她已抄录成册。据说，苏轼曾见过此册，连他都十分惊讶。因为有些词是他的即兴之作，虽已传诵，但自己并未留存，竟能在李清照的词册之中见到！可见李清照是个有心之人。"陈师道感慨地说，"此女今后可是大有造诣啊！"

赵明诚听了，越加有了兴趣。但陈师道已转了话题："噢，对了，你若喜欢这幅紫兰，就留下吧！"

赵明诚欣喜若狂，他谢过之后，连忙将画卷藏在了书柜的最上层里。

陈师道走了之后，他又陷入了惆怅和无奈之中。这不仅因为他敬慕李清照，但又因无法将自己的敬慕之情传递出去而感到苦恼；还觉得李清照的才气、学识都在自己之上。虽然自己苦读了十年寒窗，又在太学里深造，但却无法比得上这位词女！

当天夜里，他又失眠了。他一会儿咏哦"兴尽晚回舟，误入藕花深处"；一会儿，眼前又晃动着一行文字："莲子已成荷叶老，清露洗，蘋花汀草。……似也恨，人归早。"李清照的《如梦令》和《怨王孙》，在他眼前交替出现，后来竟化为了千顷荷叶，一行沙鸥，将他整整折磨了一夜，直到天晓，才迷迷糊糊地打了个盹儿。

（二）

宋哲宗元符二年（1099年）的冬天，出奇的寒冷。往年，东京一带的冬季阴天少，晴天多，有时甚至出现干冬，整个冬季不见雨雪。今年，老天爷的脸总是反复无常，三天一雨，五天一雪，加上北风呼啸，东京城里已是冰天雪地。汴河的水，从水面一直冻到了河底。热闹非凡的御街上，车少人稀，几只又冷又饿的乌鸦"呱呱"叫着，盘旋在城阙和宫殿的上空。

在这麻雀都不敢出窝的天气里，人们大都在家里围着火盆烤火取暖。李清照没有烤火，她手里提着一只小手炉，坐在书房里看书，见窗外院子里已落了厚厚的一层白雪，心中便想起了雪中的梅花。在漫天飞舞的风雪里，梅树枝上绽开了一朵朵红艳的梅花，像一点点的胭脂，该是一种怎样的神韵呢？她想去看看雪中的梅花。她记得自己随表姐可人和东海鸥去看孟后时，看到瑶华宫后院有几株老梅树。此时，那梅树枝头一定是如火如荼了！她按捺不住想去踏雪看梅的激动，要想和李杭去看梅花。李杭听了，望了望窗外的大雪，连忙摇了摇头。她知道弟弟怕冷，便不勉强他。她怕惊动了继母和丁香，便披了一件披风，戴着一顶斗笠，悄悄出门了。

当李清照走到瑶华宫时，已成了一个雪人。她刚要拍打肩头的积雪，忽然闻到了一种淡淡的暗香，在纷纷飘扬的雪花中弥漫着。她循着这种暗香一直走到了瑶华宫的后院，这里的香气阵阵袭人，抬头寻去，见墙角的老梅树上已挂满了积雪，阵阵香气就是从梅树上传开来的，但却看不见绽开的梅花。

就在这时，那个小女冠荷着一把扫帚，从偏殿里走出来。她一下子认出了李清照，连忙跑过去，问道："施主，大雪天里，你来烧香？"

李清照笑着摇了摇头，又指了指梅树。

小女冠明白了。她走到树下，伸手拉住一根树枝，又猛地一松手，枝上的积雪弹掉了，露出了枝上的梅花。那梅花虽然刚刚绽开，但在洁白雪花的衬托下，每一朵梅花都红得耀眼。她忽然想起了唐人张谓的一首《早梅》：

> 一树寒梅白玉条，迥临村路傍溪桥。
>
> 不知近水花先发，疑是经冬雪未销。

古人咏梅之诗颇多。有的咏梅的神韵；有的咏梅的风骨；而张谓的这首七绝，是从"早"字上着眼的。梅的秉性得益傲雪而被人赞许。而王安石"遥知不是雪，为有暗香来"的诗句，是先疑为雪，后因有暗香袭来才知梅花已开，与这首《早梅》有异曲同工之妙。

小女冠见李清照喜欢梅花，便踮起脚拉下一根梅枝，想折断送给她。李清照连忙说道："使不得，使不得，千万别折断！"

小女冠说："怕什么？这后院的梅花多着呢！反正也没有多少人来看它！"

李清照说："我是怕它疼。"

"难道梅树也知疼？"

"是啊，它就像是人。不信，你折折自己的指头试一试，看疼不疼？"

经她这么一说，小女冠笑了，连忙松了手。谁知树枝弹落的雪，落了小女冠一头，还有些散雪从衣领落进了脖子里。李清照连忙伸手帮她掏出来，惹得小女冠"咯咯咯"笑了起来。

上次来时，李清照忘了问她的名字，便问道："小师父，你叫什么名字？哪里人氏？今年多大了？"

"我叫麦花，今年十二了，老家在汝州。"

李清照听了，没再问下去。因为她知道，这小小的年纪就出家为道，定会有一些辛酸的往事，她怕勾起麦花的伤心，又说："住在瑶华宫里，是不是闷得慌？"

"从前，只我一个人侍候华阳教主，是有些闷得慌。现在好了，宫里又来了四个人。"

"新出家的？"

"不，是端王府派来侍候华阳教主的。"

"端王府派的？"

"端王府不光派了人来，端王还亲自来过好几次呢！要不是落大雪，说不定他今天也会来。"

正说着，一乘肩舆冒着大雪进了瑶华宫。肩舆没停下，径直去了经堂。不过，在瑶华宫的大门口，有十多匹高头大马一字儿排开，随从人员守候在那里。

李清照小声问她："是端王来了吗？"

"不是端王，谁有这种派场？"麦花说完，悄悄拉了拉李清照的袖子，领着她走进了她住的厢房。

厢房很宽敞，但物品不多，一张木床，一只掉了漆的小木箱，一只小木凳和一张十分陈旧的四方桌，桌上有一册《太平经》。这就是麦花的全部家当。

李清照指了指大殿说："华阳教主是端王的皇嫂，他能常来探望，也是人之常情。"

麦花朝门外看了看，俯在李清照的耳际低声说道："也许端王会接教主进宫。"

"真的吗？"

麦花一本正经地点了点头。

"你是怎么知道的？"

"是我当面听到的。"她见李清照有些不大相信，便说了三天前端王赵佶来瑶华宫看望教主的经过。

那天下午，她和教主正在经堂里诵经，端王突然来了，他的随从们守在宫门外边，一律不许人进出。因麦花年纪尚小，又是教主身边的人，端王没让她回避，便对华阳教主说，他皇兄病得很重了，太后要端王不要随便出游，要留在她的身边。华阳教主对端王说，若端王继位，要切记疏远章惇、蔡确，不用蔡京。这倒不是因为自己被贬与他们有关。他们虽有执政的才干，但心术不正。若重用他们，会误国误君；再者，要以哥哥为戒，不贪色恋媚，一言一行都要想想太祖是怎么说的，又是怎么做的，做个有作为的明君，将赵家的天下延续下去。端王听了，不住地点头。

端王临走时说，要真的有了那一天，他一定会把华阳教主接出瑶华宫……

大约过了半个时辰，听见从宫门口传来了马嘶之声，不一会就又寂静下来。她们知道，端王一行已经走了。

李清照站起来，准备告辞。麦花说道："施主，再坐一会儿吧。"

李清照问："有什么事吗？"

"没什么，就是想陪你多说会儿话。"说完，幽幽地望着她，一双稚气的眸子里有一种乞求的神情。

雪下得越来越大了。李清照走时，麦花默默地领她从后院出了宫门。李清照冒着大雪离开了瑶华宫。

当她走出半里之遥时，忽然听见后面传来"扑扑"的脚步时。她回头一看，原来是麦花手里拿着一枝梅花追来了。

李清照接过梅花，紧紧握着她冻得通红的小手，二人谁也没说什么，在雪地里站了一会，才分手走了。

（三）

从瑶华宫回来已有三天了，大雪虽然停了，但天仍未放晴。朔风一吹，路面上便结成了冻冰，溜滑溜滑的，不说马车，就是行人也常常被滑倒在地。

这正是读书、填词的难得的机会。可是，李清照不但没填一首词，而且连她平时最爱读的《王司马集》也放在了一边。不知为什么，她总是忘不了麦花那种期盼的眼神和她幽幽的乞求之声。自己十二三岁时，在百脉泉老家的日子，多么惬意！还有爷爷、继母、伯父、伯母们的呵护，一天到晚无愁无忧！就是丁香，也比麦花的命好！现在，麦花是陪着华阳教主在青灯下诵经，还是在院子里瑟瑟地打扫残雪？

麦花真可怜！若是华阳教主一辈子不离开瑶华宫，那么，麦花就要陪着她在冷寂深幽的高墙里了此终生！

但愿能像端王说的那样，有了机会，就将华阳教主接出去。若真有那么一天，华阳教主回了皇家后宫，那么，麦花也就解脱了。

"姐姐，快来帮我堆叠汉！"李杭正在院子里堆雪人，天虽然寒冷，但他已累出了汗，两腮红红的，发际向外冒着白色的热气。

李清照刚要出去，见父亲回来了。因路上结冰，马蹄在冰上打滑，他是牵着马回来的。

她看到父亲有些闷闷不乐，将缰绳交给仆人之后，便独自进了书房。李清照以为他是路上疲累了，便去灶房为他沏泡热茶。她刚走到灶房门口，继母便将一大碗姜汤递给她，让她端到书房去。原来，在父亲还未到家之前，继母已为他熬好了姜汤，因为姜汤能活络、去寒。

李格非喝过姜汤之后，坐在火盆边烤火，一直沉默不语。李清照知道父亲一定有什么心事，便问道："父亲，有什么事令你不顺心吗？"

李格非叹了口气，说道："每到岁尾，朝廷都要派使臣出使辽国。因国库空虚，按两国盟约该送往辽国的白银和绢，一时凑筹不及，加之大臣们都怯惧使辽，一是天气寒冷，路途遥远，怕途中发生不测；二是到了辽国之后，怕受到冷遇。所以，由谁出使，礼部也很为难。"

李清照说："堂堂大宋国，去给外族送银送绢，还要看他们的眼色，这是耻辱！"

"弱国无外交嘛！"李格非苦笑了一声，"许多朝臣都曾出使过辽、夏，尝过出使的滋味。宋哲宗元祐四年（1089 年），苏辙曾奉旨出使契丹，苏轼当时知杭州任上，他还特意为他写过一首诗呢！"李格非说。

李清照连忙说，她记得这首诗，题目是《送子由出使契丹》，那是一首七律：

> 云海相望寄此身，那因远适更沾巾。
>
> 不辞驿骑凌风雪，要使天骄识凤麟。
>
> 沙漠回看清禁月，湖山应梦武林春。
>
> 单于若问君家世，莫道中朝第一人。

李格非听后，点头笑了。他说："当时，身为翰林学士的苏辙，是以大宋代表的身份去向辽国国主祝寿的。若辽国国主问起，苏氏在大宋是不是最杰出的人物时，苏轼要他说中国极大，人才济济，数不胜数，以示国运昌盛！"

李清照说："苏伯伯真有骨气！"

王惠双一边向火盆中加炭，一边对李清照说："清照，你可曾听说过苏轼妙对羞辽使的故事吗？"

李清照虽然读过苏轼的不少诗词文章，也听说过许多有关他的逸闻趣事，甚至有些民间传说也硬往他的身上扯，但不曾听说过以对联羞辱辽使的故事。她连忙催继母快讲给她听。

"不过，讲这个故事之前，我得先说一句，这个故事是个传说，不知出处，你也不要太当真了，姑且听之罢了。"说完，便开始讲这个故事——

辽国虽然国小人少，但经常出兵侵犯大宋疆土，两国时战时和。辽国也知道自己在文化上比不过大宋，但又不甘示弱，总想显示一下，以炫耀辽国的国威。

有一次，一位辽国使臣到了东京。神宗皇帝接见他时，他看到大殿的柱子刻有楹联，便傲慢地说道："我们辽邦有一副对联，请大宋的名士高人对一对。若能对得出，我们辽邦愿意永为大宋的下邦；若是对不出，你们大宋就永为下邦！"说着，将对联呈了过去。

宋神宗接过对联一看，原是半副上联，上面写着：

三光日月星

这副上联既有数字，又有三物，而这三物又都能发光。此联既有趣，又很绝，不易对上。在场的群臣互相传阅着这半副对联，但无人说话。宋神宗又气又急，辽使却十分得意，说道："你们也不必急着对，回去好好想一想，明天再对也不迟。"

这时，半副对联刚好传到了苏轼手里，他看了一眼之后，说道："用不着等到明天，现在就对！"

辽使望了望苏轼，吓唬他说："你若是对不上，大宋可就要永为下邦啦！你能担当起这等罪责？"

苏轼没把他说的话当成一回事，他大声答道：

四诗风雅颂

苏轼对的这副下联也有数字，风雅颂又都是《诗经》里的诗，其中，"雅"又分为"大雅"和"小雅"，合起来就是"四诗"，"四诗"对"三光"，既工整，又很妙，在场的朝臣们皆都惊叹不已。神宗皇帝说话的口气也硬起来了，笑着对辽国使臣说道："回去时你告诉辽主，我大宋永为上邦！"

辽使听了，很不服气，说道："这才是第一副对联，我这里还有两副呢！"

苏轼笑着说："好吧，你接着出第二副。"

辽使从怀中取出了第二副半联：

炭黑火红灰似雪

苏轼对得很快：

谷黄米白饭如霜

辽使见已事先准备好的楹联难不住对方，便又说，他来宋的途中，看见湖边有棵李子树，树上的李子掉下来，打中了湖里的一条鲤鱼，他就以此出一上联：

李打鲤，鲤沉底，李沉鲤浮。

辽使刚刚说完，苏轼就开始对了。他说，我今天上朝时，看见一群蜂，陡起了一阵风，将蜂吹倒在地上。我就以此为下联：

风吹蜂，蜂扑地，风息蜂飞。

辽使一听，心里有些慌张起来。第三副上联，是出发前辽主让辽国的文人墨客们替他拟就的，准备前两副对联难不住大宋的君臣时，这第三副上联就是撒手锏。没想到这撒手锏刚一出手，就败下阵来了！辽使正在尴尬之际，苏轼走到他的面前，说道："我也来出个上联，请使臣大人对一对，如何？"

辽使勉强镇静下来，说道："好吧！"

苏轼说："你要是对得上，我大宋情愿奉辽为上邦！若对不上，正如你刚才所说的，辽国永远奉大宋为上邦！"

辽使说："请出上联！"

"天上月圆，地上月半，月月月圆逢月半。"苏轼念完上联之后，见辽使木然地望着窗外，半天没回过神来，便接着说道："也许我这四川腔不大好懂，这样吧，我写在纸上，请看了再对。"说完，提笔将上联写在了纸上。

辽使望着纸上龙飞凤舞的文字，半天无语。

苏轼见状，知道他对不出下联，便给他搬了个梯子让他下台，说道："今天就不必急着对了，不妨请使臣大人将此联带回宾舍，慢慢去对！"

次日，辽使仍未对出下联，便去请教苏轼。苏轼听了，哈哈大笑，说道："其实，这个下联，连大宋三岁的孩子都对得出来！"

辽使听了，羞愧难当，只好悻悻地离开了东京。

后来，辽国君臣都知道了苏轼这个名字。不过，不叫他苏轼，而叫他"大苏"。

李清照没想到继母的故事讲得这么风趣，连声说道："这个故事太好了，太好了！"说着，她抱着王惠双的肩膀摇动着，仍像个童心未泯的女孩儿。

（四）

每年的正旦，是历朝历代都十分重视的庆贺大典。皇上在御正殿接受文武百官的朝拜和外域使节的正旦贺礼，称为大朝。朝廷还要设宴，宴请文武官员，以示皇恩。

可是，宋哲宗元符三年（1100年）的正旦，却是自宋太祖以来最为凄凉、冷寂的一次正旦，也是在提心吊胆中度过的一次正旦。

正旦这一天，天虽未雪，但阴沉沉的，像硕大无比的铅饼罩在人们的头顶上。在这之前，朝廷里已诏告各地，又谕示了各国使节。居住在东京之外的亲王和宗室人员，已先后到达了东京。辽国、高丽、真腊、大食等国来贺正旦的使臣，有的正在途中，有的已抵达了东京。一切都已准备就绪，只待正旦朝贺了。

天色未亮，文武百官身穿朝服，来到了宫外。各国使臣和亲王、皇室人员也相继来了。只等卯时三刻一到，厚重的宫门开启，一年一度的盛大正旦朝会便正式举行。

然而，大庆殿的大门，一直未开！

向太后守候在哲宗床前，忧心如焚。

刚才，太医令悄悄告诉她说："臣等已尽了全力，看来……"

没等太医说完，她便以手止住。待太医令出去之后，她俯下头，看了看已昏迷不醒的宋哲宗，问道："我的皇儿，在你心目中，由谁继承你的大业最为合宜？"

宋哲宗的眼里涌出了泪水，他虽已听懂了向太后的话，但已无力说出声来了。

"皇儿，能继大统的，只剩下九弟、十一弟、十二弟和十三弟了。你若不能言语，就伸出手指表示一下吧！"

宋哲宗只是木然地望着向太后，不知他是连伸手指的力气都没了，还是舍不得那乘独尊天下的龙椅？

向太后知道，哲宗的日子不多了！她离开了福宁宫，立即召集曾淳、曾布、蔡卞、黄履、许将等朝中重臣，商议立谁为皇储。因各人主见不同，加之正旦，外地亲王又要拜向太后，所以立储之事只好放下了。向太后说，待过了初九再行商议吧！

可是，还没等到初九，宋哲宗于初八午后驾崩了！

国不可一日无君。再不决定由谁继承皇位不行了！向太后只好连夜召见几位辅政大臣，商议立君事宜。她说："大行皇帝未遗子嗣，由谁继承大统，是关乎朝廷社稷的大事，特召众位辅臣，共议此事。"

大家听了，都未立即说话。

向太后知道，辅臣们不便说出自己的想法，便进一步将立君的范围做了解释："按照大宋的宗法，长子立嫡，但我无子，诸子都是神宗皇帝的庶子。所以，谁继大统，不分嫡庶，众卿可从诸皇子中择贤而定。"

曾淳第一个开口，他说："太后圣明。为了大宋社稷昌盛久续，臣以为燕王率直稳重，胸襟宽广，有治国之才和执政之力。"

曾布立即反对，说道："燕王平日迷恋击鼓，玩性太大，难以担当治国重任，臣以为应立端王。"

蔡卞和许将等人，也都认为应立端王。

曾淳见不能立燕王，又提出应立申王，因为按照宗法，应择长而立。申王比其他几位皇子都要年长，这是立君的一个重要条件，自古以来就有"兄终弟及"的继承之例。本朝的宋太宗就是继承宋太祖而登上皇位的。

向太后说："申王虽然年长，但已失一目，此是大憾，无法弥补。君临天下，还要接受外国使臣晋见，故仪容亦不可逊。"

蔡卞说道："太后高瞻远瞩，所言正是微臣所想。以微臣所见，还是立端王为适。"

曾布、许将等人都坚持应立端王。

曾淳见其他大臣皆都拥戴端王，他看出向太后也有让端王继承大统之意，唯自己孤立。但他是个不碰南墙不回头的人，又提出了应立简王。认为简王年方十五，自幼聪慧过人，且天庭饱满，有贵人之相，比其他几位皇子出众，应登帝位。

然而，蔡卞等人还是一致反对，坚持要立端王。这使曾淳有些恼怒，他激动地说道："臣知道端王聪明而有文采。但他平日行为似是不端，爱逛市井，常去酒肆茶楼和教坊寻欢作乐，又喜跑马踢球，君王应心存社稷，眼看江山，有大志雄略，才不负千千万万臣民所望。微臣斗胆坦言，端王难负此任。"

曾淳的一番话，虽然不是慷慨激昂，但也颇有见地和分量，其他几位大臣听了，一时哑言。

在朝廷中执掌大权的曾淳，经历过官场中的种种风浪，也知道自己在这场较量中处于劣势，但他就是不同意端王赵佶继承大统，这倒并不完全是他已看清了端王的品行，怕给大宋的社稷江山带来什么灾害，因为他的心里，还打着另一个算盘。

这时，暮色渐浓，太监们进来点燃了宫灯。跳动的烛光，在雪白的墙上照出了一些捉摸不定的图案，像云，像风，又像一些符咒，显得十分神秘。

向太后挥了挥手，让宫女们此时回避出去，对大臣们说："依我来看，端王平日好玩，此事属真，他年纪尚轻，可以谅之，但他的才华、面相和孝悌，要胜过其他皇子。皇上得病以来，他常来探视、慰问，从未谈论他事。先帝也曾说过端王长相福泰、孝顺。就在大行皇帝弥留之际，我独自去看他时，曾问过他谁可继位，他伸出两指示意。我以为，立端王是先帝的遗愿，亦是大行皇帝的心愿。我不敢有违先帝和大行皇帝。众卿还有何异议？"

众人连忙跪下，齐声说道："太后英明，当立端王。即请颁诏天下。"

曾淳也跪在地上，既然向太后已经发了口谕，自己再也不敢坚持了。他对向太后施礼之后，便冒着寒风，默默地回家了。

就凭着几个大臣的意见和向太后的一句口谕，不但决定了谁是"天子"，也决定了大宋的命运。已有一百四十多年的北宋王朝，将被这位端王赵佶画上一个句号。

（五）

就在向太后同曾淳、蔡卞等人商议由谁继承宋朝大统的时候，端王府里丝竹不断，歌舞喧天。原来，端王正在府中与新婚不久的妻子顺国夫人观看刚刚排练的《柘枝舞》。

顺国夫人是德州刺史王藻的女儿，长相端庄，又知书达礼，深得向太后的宠爱。当年她便将她留在宫中，精心教养数年，已出落得亭亭玉立，便许配给了端王赵佶。去年六月，由向太后做主端王与王氏成婚，王氏被封为顺国夫人。

婚前，端王并未见过王氏，不是整天价与府中的歌舞伎们排舞练歌、吹箫弹琴，就是去教坊里消磨时光。新婚之夜，当他揭开新娘的盖头时，一下子被王氏的容貌、眼神惊呆了。原来自己娶的是一位绝色佳人！当时，端王十六岁，王氏十五岁，二人新婚宴尔，格外亲热。在新年之前，府中管家已安排了正旦的酒宴和宴后的歌舞。在这些歌舞伎中，有一个来自西域的舞伎，叫波斯奴儿。她身材高挑，碧目金发，能歌善舞。端王府专门发了帖子，请东京的一些与端王府有来往的官宦人家和文人名士们去府中观看歌舞。

李格非在邀请之列，他想让李清照同往，李清照当时正在读后人对南唐李后主的评论和悼念他的诗词，所以，当父亲问她想不想去端王府观看歌舞时，她说她不想去，父亲便和继母、李杭去了端王府。

端王府里张灯结彩，热闹非凡，大厅里金碧辉煌，院子里灯火通明。酒宴之后，乐声响起，歌舞伎们上场，先表演的是《采莲队舞》。这是一种女弟子舞，舞者头戴发髻，着红罗色绰子，系晕裙，道具有彩船、莲花等，只见一队仙女，荡着轻舟在水上漫游，一边采摘莲花，一边欣赏人间的良辰美景，最后手握莲花，驾着彩鸾归去。其间，有独舞独唱，也有群舞群唱，仙女们的队形变化多端，艳丽而又优美。正当李格非专心欣赏歌舞时，有人向他深施一礼，问道："你就是礼部员外郎李大人吧？"

李格非看了看，跟前是一位二十出头的青年人，便说道："在下李格非，请问你是——"

"晚生赵明诚，因拜读了大人的《洛阳名园记》，受益匪浅，特表谢意和敬慕之心。"

李格非听了，笑着说道："拙作不足称道，有愧，有愧！"

李格非以为应酬过去了，正想再欣赏歌舞时，没想到赵明诚仍然恭恭敬敬地站在一边，似言犹未尽。李格非怕冷落了他，便问道："你是同谁一道来的？"

"随家父来端王府的。"

"请问高堂是——"

"家父赵挺之，在吏部任职。"

"噢，原来是赵大人的公子，幸会，幸会！"李格非朝宾客东席看了一眼，见吏部侍郎赵挺之正在和驸马王遇交谈。因王遇娶了宋神宗的第四位女儿柔惠公主，成为皇亲国戚，和端王平时多有来往。

"李大人，我和李迥是太学的同窗，不知他是否随你来了端王府？"

"他回百脉泉老家过年去了，大约上元之后才能来京。"

"不打扰李大人了，待李迥兄回来时，我再去拜访他。"说完，赵明诚施礼离去。

其实，赵明诚原本不想来端王府观赏歌舞，但听父亲说端王还请了礼部员外郎李格非阖家进府观赏歌舞时，便觉得心头"突突"直跳起来，若李格非携家眷到端王府，那么，自己就能见到一直难以忘怀的才女李清照了！但他未见到心仪已久的倩影，却又不敢当面问及此事，所以，就以问李迥为借口，想打探李清照是否也来了，但结果什么也没打探出来！再看王惠双的身边，只有一位中年女仆陪着她，亦不见有妙龄女子出现，他只好离开，回到了父亲的身边。

端王赵佶在顺国夫人的陪同下走进大厅，坐在中间的主席上，满面春风地环视着喜气洋洋的宾客们。忽然，他的眼光一亮，坐在女宾席上的一位女宾引起了他的好奇，这位女宾只有十六七岁，但颇丰满，柳眉、丹眼，面润如脂，光彩照人！他在东京城中见到的所有名媛淑女中，没有一人能与此女相匹敌！这是谁家的女儿？自己怎么不曾见过呢？待会儿让她坐在自己身边，说说话儿，临走时，再送她件礼物，送件什么好呢？

这位女子发现赵佶在频频地朝她张望着，她欣喜若狂，如脂的脸上泛起了一层红润，更显得无比娇美，她就是何蕊，随她父亲来端王府的，她早就听说端王府里的女眷们个个如花似玉，她心里有些不服气，总想进府看一看，比一比。今日终于有了机会，她看了，比了，也放心了。更让她激动的，是端王也注意到自己了！若是命好，也许自己会有机会接近这位风华正茂的端王呢！她在悄悄地期盼着。

这时，忽听众人欢呼起来，原来，那位波斯奴儿又进场了，她要表演《软舞》，待众人的欢呼声和掌声响过之后，四个弹琵琶的乐手分坐大厅四角，随着琵琶清脆轻扬的弦声，波斯奴儿旋转着身子踏上了场上的地毯，就像一阵陡起的旋风，让人眼花缭乱。琵琶声突然缓慢下来，舞者舒展着双臂，缓缓起舞，时而如燕飞旋，时而如风吹垂柳，其足似不沾地，其腰软若绸缎，不时博得阵阵的喝彩之声。正当波斯奴儿将《软舞》舞到高潮之时，琵琶之声突然停了，波斯奴儿连忙收住舞姿，吃惊地回头望着歌舞伎的大领班。大领班朝她招了招手，她连忙退到大厅西角的帐幔后边了。

端王府总管轻步走到赵佶身边，俯耳说了几句话之后，赵佶"呼"地站起来，便匆匆离座走了。

总管待赵佶走了，才对大家说道："端王因有要事不能陪同，请宾客们继续观看歌舞。"

虽然总管将赵佶中途离席说成是有"要事"，但宾客们也大都料到了朝廷中一定出了件大事！

这件大事该不是哲宗驾崩了吧？

歌舞表演又开始了，但有些宾客以家中有事为由，先后离开了端王府。

何蕊和她父亲是最后一批离开端王府的宾客。

若端王赵佶不因"要事"离席，说不定他和何蕊之间会发生些什么故事，若发生了什么故事，就会改变何蕊的命运。

可惜了这次千载难逢的机会！何蕊终于和这位即将继承大统的帝王擦肩而过了！

（六）

哲宗皇帝虽已驾崩，但尚未公开发表，故朝廷的各个署衙都照常办公。不过，每个人都显得十分沉闷。

礼部近时尤为忙碌，李格非有时在署衙中通宵守值，不能回家，家中显得冷寂了许多。昨天，东海鸥来看望李清照，二人在家中待了一天，李清照将李煜的词已读了数遍，其中已能熟记五十余首，还将自己偏爱的《破陈子·四十年来家园》、《虞美人·春花秋月何时了》、《相见欢·无言独上西楼》等词，背诵给东海鸥听。东海鸥将她在邙山得到的一册《后主轶闻录》，送给了李清照，还讲述了李煜墓前月夜有神秘舞者的传说。

东海鸥随云中子去了邙山之后，因云中子在上清宫讲经，她无事可做，便由一位老道姑陪她，去游览邙山。

邙山在洛阳北郊，这里是道教的发源地，山上古墓森森，自古便有"生在苏杭，死葬北邙"之说，看来，宋太宗为李煜选了一处极好的长眠之处。当她们走到一座黄土堆前时，老道姑站住了，她指着土堆说："这就是南唐李后主的墓。"

东海鸥看见一座不太大的土堆上，长着一些野草，墓旁既无石供桌，也不见有墓碑，便有些生疑，问道："你怎么知道这就是李煜的墓？"

"当地人都这么说，我的师父的师父也都这么说，大约不会有错。"

"为什么没有立碑呢？"

老道姑告诉她说，当年李后主亡国降宋之后，被押往东京，宋太祖并未加害于他，反而封他为光禄大夫，列为上品，只是因为责其没有自动投宋之罪，又给了他一个"违命侯"的辱称，封李煜的妻子女英为郑国夫人。后又封他为陇西郡公，俸禄丰厚。谁知他虽是阶下囚了，但秉性难改，常常因怀念故国故人而吟哦成词。每写一词，往往传入市井。市井中有随他来到东京的族人和臣子们，他们常会哭而诵之。宋太祖虽然不悦，但尚能容忍。但太祖驾崩太宗继位后，李煜的日子就不好过了。有一次，他写了一首《虞美人》，很快便传遍京城，"春花秋月何时了？往事知多少！小楼昨夜又东风，故国不堪回首月明中……"每当市井中有人唱起，则会有人闻声随唱，有的还边唱边哭，泣不成声。宋太宗得知后十分生气。太平兴国三年（978 年）的七月初七，是李煜的四十二岁生日，秦王赵挺美受宋太宗之命，赐李煜一壶御酒，以贺他的诞辰。

李煜原想和女英同饮皇上赐给的御酒，过一个欢欢乐乐的生日。当女英去灶上炒菜时，他倒出两杯，放在桌上，那酒味浓香扑鼻，他禁不住美酒的诱惑，便端起杯子，喝下了小半杯。谁知喝下之后，顿时觉得胸中有沸水在翻滚，继而如烈火在烧，如刀刃在搅。他剧痛难忍，大声惨叫着，头足相触，身子弯成了一个圆圈，在地上不住地滚动着，抽搐着。等到女英让人请来郎中时，李煜已经断气了！

李清照问道："是御酒中有毒吗？"

东海鸥点了点头，她说，是有人在御酒中下了"牵机毒散"。此药入胃烧胃，进肠烂肠，中毒者因剧痛而身子前俯后仰，手足相就，状如牵机，痛苦无比，直至肝胆腐烂成一团。

李煜出殡那天，不但东京的百姓们拥往街头观看；还有从江南赶来的李氏族人；有南唐的旧臣遗吏；有文人学士、僧侣道人，以及教坊乐班、梨园弟子、商贾小贩和四郊的农家；有的人还写了挽联、悼诗，来为这位亡国之君送行。

李煜的灵柩，停在东京的净慧院里。当出殡时，人们忽然发现，从净慧院里驶出了五十二辆马车，每辆马车上都有灵柩！马车出城之后，分成了多路，有的去了翠屏山；有的去了黄龙寺；有的去了杏花营；还有的去了朱仙镇……但谁也猜不出李煜的灵柩运往了何处。

其中一辆马车去了邙山，那辆车上载着李煜的灵柩。

不过，灵柩下葬后，并未立碑。

据说，有位商人月夜经过邙山时，听到李煜墓前有人在唱歌，仔细听时，是《霓裳羽衣舞》的曲谱，不一会，月亮升起来了，在朦胧的月色中，有舞者翩翩起舞，其舞姿是南唐宫中的《霓裳羽衣舞》，他听得真真切切，看得清清楚楚，当他走近时，歌声和舞者都不见了。后来，又有不少人在月光中听见了歌声，看到了舞者，人们以为这是李煜死后还不忘自己喜爱的古舞谱，常常在月夜里显灵，在墓前听歌观舞。

后来，听说此墓被人盗过，因为墓后被挖了一个深深的洞……

"盗去了什么？"李清照问道。

"听说是那部《霓裳羽衣舞》的舞谱。"

"《霓裳羽衣舞》？那是唐明皇和杨贵妃亲自创制的呀！"李清照觉得非常惊讶。唐代诗人白居易曾写过"千歌万舞不可数，就中最爱霓裳舞"的诗句。此舞的舞谱早已失传，李煜怎么会有此谱呢？她接着问道："真的盗去了吗？"

东海鸥摇了摇头，说道："老道姑也不知道。"

李清照平日里就对这位词坛帝王的身世经历极感兴趣，又有打破砂锅璺（问）到底的性子。所以，当东海鸥说到他墓中有《霓裳羽衣舞》的舞谱时，便勾起了她对这部古谱的好奇。从此，便对这部古谱留心起来了。

"李煜和女英在东京住了三年之多，难道没留下什么遗迹？"李清照问道。

"听说他们被押来东京时，宋太祖命人修筑了一座贤良坊，让他们夫妇居住。不过，我没去过。"东海鸥说。

李清照连忙提议："明天，我们去看看吧？"

东海鸥笑着说："你呀你，怎么对这位亡国之君如此有兴趣呢？"

这一道一俗两个无话不说的少女，又说了一会话，便各自睡下了。

第二天一大早，二人便雇了一辆车，她们对车夫说，要去看李后主的故居贤良宅。

车夫听了，说道，"贤良宅在仁利坊。那里有什么可看的？一座凶宅！"

"凶宅？"李清照问道："为什么叫凶宅？"

车夫是东京人，对东京城里逸闻、古迹十分清楚，他笑着说："我要是说了，准能吓着你们！你们进去了，就会知道。"说完，再也不肯说贤良宅的事了。

到了仁利坊，车夫停下车，指着路北的一座普普通通的院落说道："到了，那就是贤良宅，大正月里，我怕不吉利，就不进去了。"说完，接过车资掉头就走了。

这座贤良宅看上去十分平常，与东京的普通宅第一样，只是大门的门框已经朽了，落下了一些已经腐了的木屑，门楼已坍塌了一边，在门楼下能看见蓝天。绕过照壁之后才发现，此宅前后三进，还有前厅和左右厢房，后边有一个数亩的院子，一棵合抱粗的槐树，已经枯死了，不知是被人焚烧过，还是被雷电击中燃烧过，树身上的一个空洞被烧成了黑炭。院子中荒草丛生，残垣断砖处处可见。李清照边看边想，她在心里问道，难道李煜就是在这里唱出了那些悲凉凄切的亡国之音吗？他的那些扣人心弦的幽怨悲愤之词，远比他在金陵城中写的"晚妆初了明肌雪"、"绣床斜凭娇无那"之类佻纵至极的艳词香句，要好得多，也传世久远得多！

"清照，若李煜不是南唐的国主，而是一位词坛文人，会是怎样？"东海鸥看到李清照站在草丛中凝思，便笑着问她。

李清照指着一座已经倒塌的亭子，说道："若他不当国主，或许是位词坛泰斗。不过，他也就写不出那些脍炙人口的传世之作了。李煜所作之词，最被人看重的，是在这座贤良宅里写出来的。那些词都是他亲身所历，亲眼所见，亲自所感，发自肺腑，洒泪滴血，一唱三叹而成的，可谓是千古第一词人了。"

就在二人说话之际，忽见靠墙边的荒草丛摇动起来。不一会，一只长毛狐狸从草丛中探出头来，见院中有人，又连忙跃上断墙，转身便不见了。

二人在贤良宅中寻寻觅觅地到处看了看，正欲离开时，忽然听见前院传来了一种丝弦之声。她们循声走去，见一位清瘦的老人坐在前院的一方已断裂了的青石板上，正在弹拨着一只烧槽琵琶，一声声哀怨之音，从琵琶的丝弦上流淌下来，在荒凉的贤良宅里飘荡着。她们走到老人跟前，老人似不曾发现，仍闭着双目弹奏着。她们没敢惊动老人，一直站在旁边，听他弹完了曲子。这是她们从未听见过的一首乐曲。

"请问老人家，你弹奏的是什么曲子？"

"是一部古乐谱的一章。"老人家站起来说道，"我的嘈杂之声打扰二位之耳了，实在对不起。"

李清照心中一动，会不会是《霓裳羽衣舞》的舞谱音乐呢？便接着问道："老人家，这首乐曲是老人家你自己创制的吗？"

"不，是从先祖那里传下来的，我的先祖曾是南唐宫中的乐工。"

李清照问道："你弹奏的这部古乐曲的曲名叫什么？"

"听我祖父说，是《霓裳羽衣舞》的乐谱。"

"我也听说过唐代有《霓裳羽衣舞》的乐谱，不是后来失传了吗？"

老人见她们对他弹的曲子很有兴趣，便将自己从祖父那里听来的传说告诉了她们：

"安史之乱"时，唐玄宗西逃四川，当走到山西兴平的马嵬驿时，随行的将士又饿又累，又怨又恨，认为宰相杨国忠专权误国，才有此乱，于是，将他从马上拉下，砍成了数段，首级挂在驿门上示众。愤怒的将士哗变后，又围住了唐玄宗和杨贵妃住的驿馆，杀死了御史大夫魏方进。宦官高力士请唐玄宗亲自出门劝解，但将士们仍不答应，非要将杨贵妃正法不可！唐玄宗先不应允，但将士们在外边群情激愤，随行的大臣们也都跪在地上苦苦请求，有的人甚至头上都叩出血来。若再不答应将士们的要求，将会大祸临头，后果不堪设想。唐玄宗只好流着泪说道："传旨出去，赐贵妃自尽吧！"

临死前，杨贵妃来到唐玄宗跟前，边拜边哭，说道："愿陛下保重！"然后随高力士去了佛堂，将她和唐玄宗共同创制的《霓裳羽衣舞》舞谱交给高力士后，便解下罗巾，在一棵老梨树下自缢而亡。

"安史之乱"过后，高力士被唐肃宗免去了所有官职和封号，又被发配到岭南。应宝元年（762年），他赦回长安途中，病死在郎州，被就地安葬。他随身携带的《霓裳羽衣舞》的舞谱，也随他装进了棺材。

也许是此谱命不该绝。有个盗墓贼以为高力士生前显赫，死后定有贵重之物随葬地下，便于夜间掘开新坟，见棺中并无他物，只有一卷包在漆布中的舞谱。他虽不识此谱，但知道定然不是平常之物，便将此谱卖给了一位茶商。茶商将此谱带到了金陵，后几经周转，被李煜和大周后娥皇所得。因年月久远，且保存不善，舞谱已残缺不全了。李煜和娥皇都精通乐理和舞术，便重新修补、创制了《霓裳羽衣舞》，让宫中歌舞伎们在金陵宫中排练演出。据说每次演出，需准备月余，耗缎百匹，费银万余两。李煜亡国之前，曾在金陵宫中将收藏的典籍、书册、古画及书法真迹，堆在院子中烧了三天三夜，唯舍不得烧这部舞谱。他悄悄缝在衣襟中，又带到了东京。被毒死后，小周后女英又将舞谱藏在他的怀里，让舞谱和他一起葬在了洛阳的邙山上。不过，听说又被人盗走了，至今，再没听说过此谱的下落。

老人的先祖虽参加过《霓裳羽衣舞》的演奏，但只是其中的一章乐曲而已。当年，他的先祖随李煜到了东京之后，便和歌舞伎及众乐工们流落民间，各谋生计去了。他的先祖不忘李煜之恩，在李煜死后，年年都来贤良宅拜祭，并弹奏此曲，以表悼念之情。传到他这一辈，已不再拜祭了，只将古曲弹奏一遍，也算是遵祖之训了。

老人说完，拿起旁边的烧槽琵琶，默默地走出了贤良宅破旧的门楼。

在回家的路上，东海鸥说道："看来，那部《霓裳羽衣舞》的舞谱是件不祥之物。它到了谁手里，谁就会遭受重祸大罪。现在又被人盗走了，从坟墓里到了人世间，还不知又将会祸害谁呢！"

李清照说："其实，古舞谱本身并无罪孽，罪孽是因人而生。大凡迷恋歌舞，纵情无度者，都会失智、失礼、失道，最终必将失去一切！"

东海鸥听了，心中十分佩服李清照的见解。她自言自语地说道："但愿那部古舞谱自此烂了，烧了，毁了，就不再出世了！"

李清照笑起来了，她指着远处的御街说："此古谱也许已经在东京，在洛阳，或在别的什么地方出世了，只不过我们看不见、听不到罢了！再说，即便这部古舞谱真的被烧了、毁了、烂了，难道不会有比此古舞谱更甚的新舞谱吗？"

东海鸥听了，点了点头。

第六章　花灯的河流，也有深不可测的暗涌

风定落花深，帘外拥红堆雪。长记海棠开后，正伤春时节。

酒阑歌罢玉樽空，青缸暗明灭。魂梦不堪幽怨，更一声啼鴂。

——《好事近》

（一）

哲宗皇帝驾崩和赵佶即位这两件事，成了全朝文武大臣和东京百姓们议论的中心。而那些负责新帝登基大典和守护大行皇帝梓宫的朝臣们，一个个都忙得昏天暗地。因李格非是礼部官员，他参加的是新帝登基大典的筹办事项。在登基大典上，新帝要亲自或遣派官员去祭告天地宗庙，届时即御正殿，受文武百官参拜，再颁布即位诏书。诏书中，由新帝陈述天命，宣布改元和大赦天下等。

李格非已连续三天未能回家了。

正月初十掌灯时分，李清照正在房中读东海鸥给她的那册《后主轶闻录》。她不光对李煜写的那些流传甚广的词不忍合卷，就是在街头巷尾传说的野史，也让她读得津津有味。这时，听见院子里有敲门之声，她知道父亲回来了，连忙跑出去迎接。

继母已先她开了门。李杭听说父亲回来了，放下正在练习楷书的毛笔，也跑出房来，一家人拥着李格非进了前厅。前厅的火盆里炭火正旺，烧开水的瓦罐，在铁架上"咕噜咕噜"地冒着热气，屋里热乎乎的。刚刚坐下，丁香已将热茶热饭端到了火盆旁的饭桌上。李格非刚刚拿起筷子，王惠双笑着说："格非，等一会儿。"说完，转身去取来一壶酒，说道，"这是清照的姥姥家送来的，说是成都的亲戚送的。我给你温一杯，驱驱寒气。"说着，将酒倒进暖锅里，一股醉人的酒香弥漫开来。

李杭端起酒盅闻了闻，撒着娇说道："父亲，我也想喝。"

"好，好，男儿不可却酒。"李格非说着，将一盅酒递给了李杭。

"我也敢喝！"李清照说，"我和弟弟在老家的莲湖采菱角时，喝过大半壶黄酒都没醉。母亲，你还记得吗？"

"记得，记得。"王惠双笑着说，"我当时就觉得，清照很有酒量呢！"

今晚，李格非的心情格外舒坦。这不仅仅是因为眼前的天伦之乐，还因为赵佶即位之后，向太后还会短时间听政，以辅佐赵佶，朝廷中的党争有可能缓和平息，被贬出京

城的苏轼等一批旧党朝臣，可能会转徙内郡。果若如此，一些志同道合的文友们，又可以常常聚首了。他说道："好吧，清照喝酒之后，或许能填首新词呢！自古以来，就是诗酒不分家嘛！"

李清照听了，自然十分高兴。

李杭问李格非："父亲，新帝登基大典热闹吗？"

"热闹，热闹！我还是第一次看到呢！"李格非放下酒盅，向他们说了一件皇室秘事：

新帝听政之前，要先去参拜太庙。太庙的寝殿里有一夹室，室中立有一方高约八尺的"誓碑"。新帝即位和四大祭祀，都要进去"读碑"。读碑时，文武大臣不得靠近。皇上跪在碑前，点烛焚香之后，开始读碑上的誓文。誓文共有三十二个字：

> 不许加刑于柴氏子孙
> 不得杀士大夫及上书言事人
> 子孙有逾此誓者，天必殛之

李清照还是第一次听到"誓碑"，她觉得这方"誓碑"十分神秘，便问道："末句誓文易懂，首句的柴氏是谁？又为何不许加刑？"

因为此碑涉及大宋的太祖皇帝，也是一桩不能写进太祖实录的公案，很难三言两语说得清楚。李格非想了想，便将宋太祖和柴氏的恩怨，简略地告诉了李清照和李杭——

当年的宋太祖赵匡胤，随周世宗柴荣北征入侵契丹时，立有战功，受到了周世宗的器重。当周世宗进攻南唐时，他又杀死唐将何延锡，夺得战舰五十余艘。他先后任过同州节度使、义成军节度使、忠武军节度使和殿前都指挥使，掌握着禁军大权。

显德六年（959 年），周世宗再次亲征契丹时，军中出现了写有"点检做"三个字的木牌。周世宗怀疑是殿前都点检张永德有夺位野心，便解除了他的兵权，由赵匡胤取代了他。其实，这是赵匡胤借周世宗之手，除掉了自己的政敌。

周世宗驾崩之后，长子柴宗训七岁继位。此时，赵匡胤执掌军政已达六年。显德七年（960 年）元日，契丹再次南侵，宰相王溥派赵匡胤统率禁军北伐。当大军行至东京东北四十里的陈桥驿时，因天色已晚，赵匡胤下令驻扎，同行的赵匡义、赵普等人导演了一场"兵变"。半夜过后，将士们手持刀枪围住了赵匡胤的住处，把正在睡觉的赵匡胤叫出来，不由分说地给他披上了一件只有皇帝才能穿的黄袍，并齐声高呼万岁！

赵匡胤坚决推辞，但将士们群情激动。因为此举实属谋反，若赵匡胤坚持不就，将士们则有大逆不道之罪，必将被诛杀；若拥立成功，他们便成了开国有功之臣。赵匡胤被迫接受之后，大声说道："先帝周世宗有恩于我，少帝和太后是我所侍奉的，朝中的公卿、大臣都是我的同僚，你们不能伤害他们。你们入城后，不可杀掠百姓，有功者重赏，违命者诛灭九族！以上的约法，你们做得到吗？"

"做得到！"将士们听了，发出一片欢呼声。

当赵匡胤率领禁军回到京城时，除杀了进行反抗的韩通以外，再未杀一人，未烧一房，平平稳稳、顺顺当当地以宋代周了。这种不动兵刃的禅代，于国于民都有好处。宋朝就是在后周的基业上，统一天下的。

不知是不是觉得将人家柴氏的江山轻易地换成了赵家的天下，宋太祖心中有些愧疚，还是担心自己的后代们加害有恩于自己的周世宗的后辈们，总之，宋太祖赵匡胤秘密留下这方誓碑，一定会有他的理由。好在一百四十多年来，还未听说过宋朝的皇帝们有加刑柴氏子孙之事。

李清照对新帝读"誓碑"一事，并无多少兴趣。她关心的是瑶华宫中的孟后和侍候孟后的小女冠麦花。她问道："父亲，新帝登基后，会不会为被废的孟后正名？"

"也许会吧！"李格非对孟后的命运，还一时看不准。不过，他知道，向太后颇关切孟后；赵佶未继位时，还常常去瑶华宫看望她，叔嫂之间也很有感情。如今哲宗驾崩了，为她恢复皇后封号，该不会有障碍了。他接着说道："孟后能不能正名，就等新帝的一道谕旨了！"

其实，李格非想错了。就是赵佶和向太后想为她恢复皇后的封号，也还有重重阻拦，因为有些朝中重臣反对为孟后正名。当年，章淳就曾极力主张哲宗废后，若孟后恢复了封号，会对他有利吗？

李格非忽然想起了什么，他对李清照说道："你读了张伯伯的《题中兴颂碑后》，有何评论？"

李清照说："我觉得他的诗比唐人元结的《大唐中兴颂碑》胜一筹。"

李格非听了，点了点头。

李清照又将元结的《大唐中兴颂碑》背了一遍。她说，元结的诗写于"安史之乱"平定之后，天下局势已定。诗中颂扬了唐王朝的中兴和帝王的"盛德大业"。张耒的《题中兴颂碑后》，并未颂扬"二圣"，也就是唐明皇父子。他在诗的首句就明白无误地说，是杨玉环以色误君误国，而使"君王蜀中老"。她最终血溅马嵬，是应得之惩。他借诗中浯溪之景，寄托了自己的一番感慨。

"父亲，我能和张叔叔一首吗？"李清照问道。

"当然好啦！"李格非想知道女儿对唐代的这段历史是如何看的，便鼓励她说："自古都是以诗言志，咏史也可言志。对张叔叔的这首《题中兴颂碑后》，黄庭坚和潘大临都写过和诗。你就大胆地和一首吧！写出和诗之后，再请晁叔叔指教指教。"

李清照听了，连忙拿着素笺回房去了。

李格非笑了。他知道，今夜，她房中的烛光会一直亮到五更的。

（二）

明天就要过上元节了。

上元节也叫元宵节。正月十五为上元节，七月十五为中元节，十月十五为下元节。三元源于道教。道教以为上元天官正月十五生，中元地官七月十五生，下元水官十月十五生。天官可赐福，地官可赦罪，水官可解厄。历代皇帝和民间都十分重视这三个节日。在三元节中，又特别注重上元节。节日当晚，月未升时，人们纷纷出户上街，家家张灯结彩，处处鞭炮焰火。人们在灯火通明的灯海光河中游观。最初的上元节是一个夜晚；唐玄宗时规定为三个夜晚；大宋开朝之后，又规定五个夜晚。因此，上元节从正月十二开始，直到正月十六。

今年的上元节，一定会比往年热闹。因是宋徽宗赵佶继承大统的第一个上元节，他将和皇后、嫔妃们登上高高的宣德楼，观看东京的万盏灯火和千树金花，接受脚底下万千子民的瞻仰和欢呼。

李清照还是第一次在东京过上元节。她不知道京城的上元节是个什么样子，但记得在百脉泉老家时过元宵节的情景：天色刚黑，在家里吃了江米做的汤圆之后，孩子们便换上新袄新裤子，戴着新帽，穿上新鞋，女孩儿的头上或扎一条红绸，或插一朵绢花，每人手里提着一只纸灯笼，互相邀约着跑出家门，在村庄的戏台前看烟花，放花炮，猜灯谜。还有踩高跷的，舞龙灯的，划旱船的，热闹极了。虽然上元节还是冬天，但人人都不畏冷，一直要闹腾到半夜，才会恋恋不舍地回家睡觉。

继母自小就在东京生活，还好几次被邀进宫过上元节。前几天，她特意向李清照和李杭说起了东京上元节的盛况。若丈夫不能回来，她打算自己领着他们去御街观灯、猜灯谜。正当一家人商量如何过上元节时，二舅派人来说，请李格非一家去过上元节。李清照一听，高兴极了，因为不但可以见到可人表姐，还能见到可意表妹呢！

李清照乘坐的马车，刚刚在姥姥家门前的石狮子旁停下，二舅便和可人迎出来了。表姐本人真像她的名字，她处处可人，事事可人，举手投足都透着一种可人之感。她一把拉住李清照的手，和她说说笑笑地去了自己的闺房。

可人的闺房不同于李清照的闺房，李清照的闺房应当称为书房更为贴切。在她的房里，除了一面铜镜和一个梳妆用的漆木小匣之外，就是书籍了。桌子上有她正读着的书，书架上有已读过的书，还有自己订制的一些书册、笔记，等等。靠墙角处摆着两口书箱，里边全是她写的词稿、临摹的《兰亭序》和古画画稿。因为书籍太多了，墨砚笔架等只好摆在窗台上。

可人的闺房可就是另一番样子了。一乘樟木雕花床摆在靠墙处，床上的被褥和帐幔皆都色泽鲜艳，做工精巧。窗前摆着梳妆台，上面除了胭脂、眉笔、香粉之外，还有各种样式的大小铜镜，只是不见有文房四宝和书册。房中还供着一幅观音绣像，三炷香上缭绕着三缕青烟，弥漫着一种香味。李清照觉得那香味虽然闻起来很好，只是有些太浓烈了。

"表妹，新皇帝还是端王的时候，端王府举办歌舞，庆贺顺国夫人华诞，我也去了。端王府里可真叫豪华气派啊！"可人边说边比画着，脸上流露出十分羡慕的神情，好像她还没有从端王府的回忆中走出来。

李清照只是静静地听着。

"噢，对了，我问你，你认识何蕊吗？就是何大人的千金，她也去了，还问过你呢！"

李清照想起了那个和自己谈诗论词的艳丽女子，便连忙点了点头，说道："曾和她见过一面。她问什么？"

"她说她读过你写的词，是她哥哥从太学里抄回去的，她还说她哥哥对你的词佩服得五体投地，但不喜欢她写的词，为此，她十分生气，说她哥哥是有眼不识泰山！"

"她哥哥是谁？"

"何云，是你堂哥李迥太学的同窗。"

李清照听了，只是笑了笑，没说什么。

可人接着说道："何蕊还说，她的词虽不能和苏轼相比，但在东京的大家闺秀中，却是独秀一枝。我听后心中有些不快，难道她能超过表妹你？"

"表姐，我虽然填了一些词，但也不一定首首都佳。山外有山，人外有人，我可不愿意和谁去比个高低！"李清照说，"我们不说这些了。我想问你，表姐夫长的什么模样？"

可人听了，连忙用双手捂住了脸，小声说道："我还没见过呢！"

李清照望着她羞涩的样子，也忍不住笑了起来。

"太学里的太学生们都那么崇拜你的词，会不会——"可人还没说完，就忍不住笑起来了，笑完了，又一本正经地说道："说实在的，何蕊的长相，确实标致娇丽，远处看她，亭亭玉立；近处看她，艳光照人。一双眸子又黑又亮，似会说话，应是东京城里第一人。不过，我可不喜欢她。"

"为什么？"

"她太盛气凌人了！"说着说着，可人有些生气，接着说道："她说她仔细看了顺国夫人，觉得顺国夫人虽是少有的佳人美媛，只是腰身稍胖了些，眉眼稍长了些。她还说我的眉画得太浅了，粉施得太薄了，一副教训人的样子！我再也没理她！"

"对，用不着理她！"李清照安慰她说，"她再贵，贵不过杨玉环；再美，也比不过施夷光吧！"

李清照说的施夷光，就是西施。

住了一会，李清照问道："怎么没见到可意表妹呢？"

可人说："王皇后派人接她进宫观灯去了。"

李清照有些奇怪，当今的皇后怎么会认识她呢？

可人告诉她说，可意的亲事，当年就是王皇后的姑姑做的媒。

这时，忽听见外边传来了一阵接一阵的爆竹声，不知哪座楼台已燃起了焰火，将天空映得时明时暗，原来，性急的人家已开始上街赏灯了。二舅母赶紧让她们先吃汤圆，然后两家人便走出了相府，随着熙熙攘攘的人潮，朝御街方向拥去。

（三）

东京的上元节，有一个不同于其他城邑的习俗，就是"试灯"。不论官府还是民间，都要在上元节之前进行"试灯"，其实就是预赏，就和教坊的歌舞一样，在正式出演之前都要先行预演。通过试灯之后，各衙门和各家各户挑出最好的灯，在上元节的白天挂好，入夜点灯。一到戌时，万家灯火，满城烟花，长街流彩，天上溅星，如梦似幻，美不胜收。

李清照一行是申时离开相府的，离上灯时间尚早，但南三门、北三门和西东二门，以及宫城正门的乾元门一带，早已是人山人海了。他们只好从虹桥转向宣德门，去看正在那里表演的百戏。百戏的种类很多，台子是用九十多辆豪华的大车连接起来的。艺人们表演的节目五花八门，有踏索、上竿、筋斗、舞狮、弄枪、吞剑、顶碗、蹴鞠、喷火、飞刀、耍猴、顶水缸、变戏法、施硬功，等等。人们不时为艺人精湛的表演喝彩。

酉时未到，各种造型的灯便陆陆续续点亮了，有高达十丈的五色灯；还有横过大街的长灯；更多的还是各家各户挂在自己门口的灯。这些灯和百姓们的生计息息相关，所以格外生动，有荷花灯、牡丹灯、西瓜灯、仙桃灯、柿子灯，还有金鱼灯、鲤鱼灯、仙鹤灯、鸳鸯灯以及猴灯、兔灯、马灯、凤灯、蝉灯，等等。最引人注目的，是绘着人物故事又不断旋转的走马灯和孔明灯，让人眼花缭乱却又不忍离去。

忽见李迥从人群中走过来，他身后还跟着一个和他年纪相仿的书生，那个书生似乎有些瘦弱，他穿了一伴湖色长衫，戴着一顶学士帽，显得十分精神。他快步走到李格非跟前，深深一拜，腼腆地说道："李大人，你好，学生赵明诚有礼了。"

李格非借着明亮的灯光，已认出了在端王府见过的那个太学生。还礼之后，李格非问道："赵大人没出来观灯？"

"家父已先出来了，他和朝中的几位大人在宣德楼上。"

李格非想起来了，今夜，向太后、皇上和皇后以及后宫的嫔妃们，要在宣德楼上观灯，与民同乐，朝中的辅政大臣们也要伴驾登楼观灯。待宫中施放烟花时，皇上会派人向观

第六章　花灯的河流，也有深不可测的暗涌

灯的军民赐酒一杯，到高潮时，皇上还要从楼上向楼下撒钱，等他撒过钱之后，太后、皇后、嫔妃们也依次向下撒钱，最后，由太监们抬出装在大筐里的新钱，一捧一捧地朝楼下的人群撒去，楼下定会顿时卷起一阵喧腾的波涛。

李迥将两家人一一向赵明诚做了介绍，当介绍到李清照时，他笑着说道："这就是写'争渡，争渡，惊起一滩鸥鹭'的才女，我的妹妹李——清——照！"

赵明诚听了，连忙施礼。他本想说什么的，但却连头都没敢抬起，更没敢朝李清照看上一眼，显得有些窘迫。

李迥连忙打圆场，对李格非说："叔叔，我们和几个太学生已经约定，要去金明池看船灯，就不陪你们了。"说完，拉着赵明诚朝人群走去了。

李清照觉得哥哥的这位同窗十分有趣，见了生人好像既害羞又拘束，连走路、行礼的动作都有些僵硬，心里不由得笑了。她无意间转头看了一眼，发现赵明诚竟也转回头来了，正定定地望着自己呢！不知为什么，她心里禁不住"突突"地跳了起来！她连忙装作看灯，将目光转向了一盏巨大的白菜灯。

赵明诚终于看到了自己敬慕的才女了！不过，当他的目光和李清照的目光相遇时，像做了什么亏心事，连忙转身追李迥去了。

其实，这不是一次巧遇。

当赵明诚听说李清照要同父亲、舅父一家一道出去看灯时，认为这是认识李清照的天赐良机，便央求李迥帮忙，二人装作逛灯会偶然遇见他们，再见机行事，找机会同李清照谈论些填词的闲话。若能向她讨要一首新词，就更好了，谁知道当真的见到了，还上前施了礼，但心里早已拟好了的几句话，连一句都说不出来了！他觉得当时十分狼狈，李清照一定会笑话自己的！想到这里，他开始恨自己了，捏紧拳头，朝自己头上捶了几下。

一行人随着人流，缓缓地朝前走着。李清照自从看见赵明诚回头望她的那种目光之后，就有些心神不定起来，对一路上看到的灯谜，也就少有兴趣了，这种心境是以往不曾有过的。

可人一直站在李清照身边，李清照的一举一动，她都看在眼里了。不过，她什么都没说。

（四）

分手之后，李迥和赵明诚在人群中挤了一会，来到了相国寺旁边的资圣门，这里是一个专售字画古玩的集市，赵明诚经常来这里消磨时间，虽然这里也挂着不少灯，但不是京城的最热闹处，故而赏灯的人群不太拥挤。二人走着走着，李迥忽然指着一家酒肆说道："明诚兄，你看，那不是何云吗？"

赵明诚一看，果然是何云，只见他独自一人坐在一张方桌旁边，正低着头在独斟独饮呢！

二人推门进去后，赵明诚问他："何云兄，上元节这么热闹，你怎么一个人在这里喝闷酒呢？"

何云抬起头来望了望他们，愤愤地说："我不光喝闷酒，还在生闷气呢！"说完后，向酒保喊道："快，再添一壶酒，炒几个菜来！"

坐下之后，李迥问道："生谁的闷气啊？"

"何蕊！"

"何蕊是谁？"

"我的那个宝贝妹妹呀！"

赵明诚说道："你妹妹？听人说，她是'东京城里第一美媛'呢！"

"可别再说了！再说，她就真上天了！"何云听了，气更大了，他把手中的酒盅重重地朝桌子上一放，说道："都是家父宠坏的！"

三人喝下几盅酒之后，何云才将在这里喝闷酒、生闷气的原因说了出来。

原来，何云的生母去世较早，父亲何司亮续娶了太原巨贾郑途材的独女郑氏，生下了一个女儿，取名叫何娇艾。由于自小娇生惯养，父亲对她又百依又顺，所以她就养成了说一不二、自以为是的骄横性子。平时，她想要的，就一定要得到；要是得不到，就会不依不饶，甚至绝食投水！

她从小就爱诗词，尤爱后蜀花蕊夫人的词。

花蕊夫人是蜀地青城人，她天生丽质，极为美艳，选进后蜀深宫后，受到了国主孟昶的宠幸，称她为花蕊夫人。她多才多艺，最长于写宫词，于是后蜀宫中宫词盛行，在她的艳词丽歌中，孟昶过着放荡奢侈的腐朽生活，甚至便壶也要用七宝装饰！

当宋太祖发兵进攻后蜀时，孟昶和花蕊夫人沦为了阶下之囚。在被押往东京的途中，花蕊夫人在驿站的壁上题写了一首《采桑子》，谁知她只写了上半片，便被士兵们催逼着上路了。

孟昶到东京后的第七天，便饮酒中毒而死。

宋太祖早就听说过花蕊夫人的才气和美貌，便召见了她，不过，他不相信她能写出数百首被人咏唱的佳词，便命她再写一首，花蕊夫人稍加思索，便当即提笔写下一诗：

> 君王城上竖降旗，妾在深宫哪得知。
>
> 四十万人齐解甲，并无一人是男儿。

宋太祖大喜，便将花蕊夫人留在宫中。晋王赵匡义担心太祖迷恋花蕊夫人而懈怠国事，便利用花蕊夫人侍驾随行之际，在引矢射兽时，趁机将她一箭射死了！

何蕊因喜爱花蕊夫人的词，便自做主张，将自己的名字"何娇艾"改为"何蕊"。父母听了，只好由着她了。

不过，何蕊虽然任性、骄横，但确实生得美艳绝世，谁见了都会惊叹不已。但她妒心太重，当她听到哪家的女儿长得俊秀时，便会无缘无故地生气，非要想方设法地去看一看、比一比不可！

有人说她是"东京城里第一美媛"，是不无道理的。她极善护容、美容、养容，不知她从何处得到了一个养容的古秘方，秘方上说，需采九十九种花蕊，在十年老蚌壳中捣烂，置于窖冰中贮一寒一暑，便可调膏上脸。为了采这九十九种花蕊，府中的侍女、男仆四十余人，在山野奔波了半个多月。因花期不同，很难采集，再说，北方品种不多，到哪里去找那么多种花蕊呢？他们怕回来受责，便骗她说采摘齐了，谁知道够不够九十九种呢！

今天早饭后，何云正在书房里抄录李清照的几首词，何蕊手里拿着一张薛涛彩笺进去了，她说她刚刚填了一首《汉宫春》，缠着要他看一看、评一评，能否超过李清照的词。

何云正抄录得入神，被她一搅，心中顿时烦躁起来，他草草看了一遍，便将彩笺向地上一抛，没好气地说道："你想和李清照相比？依我看啊，还需闭门苦学十年！"说完，又提笔抄录起来。

何蕊听了，气得眼泪都出来了。低头一看，见他抄录的正是李清照的《怨王孙》，她又气又恼又恨，一把将他抄录的词稿撕了个粉碎，接着又将桌上的砚台和笔架甩在了地上，从砚池中溅出的墨汁，溅黑了他的长衫。他实在忍无可忍，狠狠打了她一巴掌！这可惹出了大祸，何蕊哭着跑到了荷花池边，纵身跳下去了！本来池中结着一层冰的，也许近几日天暖冰层薄了，她撞破冰层掉进了水里。幸亏几个仆人正在旁边劈柴，连忙下水将她救了上来。

事情闹大了，继母又骂又哭。父亲气极了，喝令他跪在地上，准备以家法惩治他。他越想越咽不下这口气，便愤而离家走了。

听家中的仆人送信来说，他走后，他父亲一面骂儿子，一面责备女儿，说道："今天的事，也不能全怪你哥！他负气而走，若在外面有个三长两短，怎么得了？管家，快派人出去找啊！"

何云知道，父亲是说说狠话、做做样子罢了，其实他是偏在儿子这一边的。

赵明诚和李迥听了，都不由得笑了起来。李迥说道："走吧，我们到金明池赏船灯去。"

"好吧，"何云说道，"不过，今晚我想在明诚兄府上借宿一晚。"

"你不回家，家中不焦急吗？"

"我就是想让他们焦急几天，磨磨父母的性子，也灭灭妹妹的威风！"

李迥和赵明诚相视一笑，出了酒肆，三个太学生很快便汇进了观灯的人流之中。

<h2 style="text-align:center">（五）</h2>

李家的人和亲朋邻居都知道，李清照自小就是个十分认真的人。她想读的书若未读完，就不会罢手；她填起词来若未填完，或填完后自己不满意时，她便吃不下，睡不稳，一改再改，直到改好并抄写在自己的词册上，才肯罢手。有一次，她填了一首《清平乐》，因词中的一个"帆"字用得不妥，她竟反复改了十多遍，但还是不如意，最终还是放弃了这首词。

自从上元节之后，她再也未出有竹堂，坐在书案旁边一遍又一遍地细读张耒的《题中兴颂碑后》，因她要和张耒叔叔的这首古体诗，不读懂原诗，就很难落笔，这首古体诗中，不但涉及"安史之乱"的始末，还涉及一些历史典故，她要找到典故的出处，还要弄清它们在全诗中的用处。为此，她又找出了元结的《大唐中兴颂碑》和黄庭坚的《题摩崖碑后》，觉得还不够，又找出了前人写"安史之乱"的诗歌和文章。

她在房中整整枯坐了四天。

王惠双知道李清照将自己关在房里用功，除了按时唤她吃饭之外，便不去惊动她。李格非早出晚归，李杭在姥姥家读书，家中十分安静。不过，细心的王惠双怕她太累，会不时地让丁香送去山楂糖球、杏干、豆花什么的，以便让她活动活动手脚，醒醒脑子。

第四天中午，李清照终于出来了。她的脸上虽有倦容，但嘴角上泛着浅浅的笑意。她在院子里站了一会，又为南墙边的把竹浇了水，才对王惠双说："母亲，我想喝黄米粥！"她一面说着，还一面咂巴着嘴，"家乡的粥，真香啊！"

王惠双笑着说："家乡的粥是用家乡的泉水熬的，当然香啦！东京虽好，却没有好泉水。"说完，她便去灶房熬粥去……

粥熬好了之后，王惠双亲自端着一碗米粥走出来。李清照一边喝，一边啧啧称香。

"清照，你的和诗是不是写出来了？"王惠双看到她喜形于色的样子，知道她不但已写出来了，而且还一定很满意。

李清照点了点头，说道："已和了张叔叔一首，不过，还想再和一首。"

"好嘛！小小年纪不但敢和文坛大家的诗，还敢以诗论史，这不光要有才华，还要有胆量呢！"王惠双虽说婚后一直主持家务，但爱作诗填词。张耒的那首古体诗，她已在李格非的书房中见过，她觉得要和他的诗不是一件易事。想到这里，忽然想起了白居易的《长恨歌》，接着说道："白居易的《长恨歌》里也写了'安史之乱'，写得缠绵悱恻，让人泪下。"

李清照说道："《长恨歌》和张叔叔的诗不尽相同，张叔叔写的是'史'，白居易写的是'恨'。《长恨歌》，歌的就是'长恨'。一个重色轻国的帝王，一个娇媚恃宠的妃子，酿成了一个千古之恨罢了。"

王惠双听了，觉得她的见解颇有新意，便笑着问道："清照，人们常说先读为快，我能先读你和的诗吗？"

李清照连忙说道："我正盼着母亲给我指教呢！"说完，返身回到书房，将抄得工工整整的一首《浯溪中兴颂诗和张文潜》拿出来，双手递给了王惠双。

王惠双坐在屋檐下的木凳上，一字一句地读了起来：

> 五十年功如电扫，华清花柳咸阳草。
> 五坊供奉斗鸡儿，酒肉堆中不知老。
> 胡兵忽自天上来，逆胡亦是奸雄才。
> 勤政楼前走胡马，珠翠踏尽香尘埃。
> 何为出战辄披靡，传置荔枝多马死。
> 尧功舜德本如天，安用区区纪文字。
> 著碑铭德真陋哉，乃令神鬼磨山崖。
> 子仪光弼不自猜，天心悔祸人心开。
> 夏商有鉴当深戒，简策汗青今具在。
>
> 君不见，当时张说最多机，虽生已被姚崇卖。

读完之后，王惠双十分吃惊，她不敢相信这是李清照作的和诗。因为她既未经历过"安史之乱"，又未去过永州的浯溪，她还只是个年方十七岁的少女啊！但这又是千真万确的事，诗中的一字一句，都出自她的手笔！

她抬起头来，想和李清照说话，但却不见人影了。原来，李清照又进了书房，去写第二首和诗了。

（六）

在瑶华宫里见到华阳教主之后，这位孟后的影子，就一直晃动在李清照的心里。还有那个双手冻得通红的小女冠麦花，也常常让她牵肠挂肚。

自赵佶登上紫宸殿，坐上那乘又大又笨重的龙椅之后，李清照就一直念叨着："快了，快了，孟后受罪的日子快到头了！麦花也该走出冷清死沉的瑶华宫了！"可是，却一直未听到什么消息，难道皇上已经忘了他对孟后的许诺？

晚上，李格非回来后，李清照问起此事，他说，最先提出为孟后正名的，是太学上舍生何大正。他上书说：当年孟氏被废，是无辜的，所谓孟氏犯了宫内禁忌和诅咒哲宗皇帝之事，是有人诬陷她。孟氏被废之后，朝野皆知孟氏被冤，今日为孟氏恢复皇后之号，是名正言顺之事，也是安抚天下之心的当务之急。

临朝听政的向太后对此事十分看重，诏令三省和枢密院先行详议。而后又召集群臣，在朝堂上公开讨论，让大臣各自表述意见。

首先提出为孟氏恢复皇后封号的是吏部尚书韩忠彦。他认为孟氏贤惠有德，说她在后宫魇魅是无中生有。时至今日，应当为她正名。

紧接着曾布也出班奏述，请求恢复孟氏皇后之位。

这时，右丞蔡卞出班奏道：“不可为孟氏正名，若恢复孟氏皇后封号，就是指责先帝哲宗之过。”

蔡京也是持反对意见的重臣之一。他说，当今皇上是哲宗之弟，弟为嫂复位，属名不正、言不顺，会令天下人讥讽。故而为孟后正名不妥。

右正言邹浩不同意蔡京的意见。他说道：“先帝废后之后，皇后之位虚设三年，可见先帝已觉后宫之事有因，亦有后悔之意。现在新帝继位，太后听政，为孟后复位，名正，言顺，有何不妥呢？”

蔡京听了，心中有些不快。心想，章淳在场就好了。此刻章淳已被赵佶命为山陵使，不在东京，自己缺了一个得力帮手，在朝堂中显得有些孤单。但他仍不甘心，还是坚持不同意为孟后正名。

和赵佶并排而坐的向太后终于开口了。她对蔡京说：“蔡爱卿，今日所议之事，是哀家之意。为孟氏复位，并非弟复嫂位，而是婆复媳位。当年孟氏被废，本是冤案，今日弟复嫂位亦是深明大义，无可非议。我还记得，先帝废后之后，曾对哀家说过，孟氏被废，是章淳误我，他悔悟已萌。爱卿当时也在朝中，此事始末，不会不知吧？爱卿若还觉得孟氏该废，请出孟氏有罪之证据。”

蔡氏兄弟听了，感到向太后的话很重，也说得很清楚了，便连忙见风使舵。蔡京趋身向前，诺诺说道：“恕微臣不知情，太后高瞻远瞩，所言至理至情。恳请太后懿旨，恢复孟后之封。”

向太后问过赵佶之后，当日下旨，恢复孟氏为元祐皇后，刘皇后为元符皇后。接着，赵佶下诏，将孟氏从瑶华宫中接出，迎入了后宫。

李清照听了，心中的一块石头落了地。她敬佩向太后深明大义，也为孟后脱离了苦海而高兴。小麦花呢？她还在瑶华宫里，还是已经还俗了？她想过些天再去瑶华宫看看。她一想到那座将坍未坍而又阴森的瑶华宫，心里就很不舒服，愤愤说道：“我要是太后，就下一道懿旨，将那座破损不堪的瑶华宫拆了，免得它再害人！”

“害人的并非是瑶华宫哪！”忽然有人在院子里说起话来。人随声到，李清照一看，原来是穿着唐时装束的书画博士米芾叔叔来了，他身后还站着一位身材不高的中年男子。

李格非一家人连忙站起来迎接客人。

"格非兄，我和师道来时，见大门未关，没通报就进来，你可不要介意啊！"米芾说完，朗声大笑起来。

"哪里，哪里，我请还不易请到呢！快快请坐。"李格非接着对李清照说："米叔叔你已见过，这位就是我常同你说起的文坛大家、太学博士陈师道叔叔。"

李清照连忙向两位客人施礼。

米芾指着李清照对陈师道说："这就是格非兄弟的女公子，名播京城的才女李清照。"

李清照红着脸说："米叔叔又夸奖我了。"

陈师道一边打量着李清照，一边自言自语地说道："那两首《浯溪中兴颂碑和张文潜》，我都拜读过了，写得好，写得气势磅礴、淋漓尽致！"

米芾接着说道："张耒先生若是见了，非跳黄河不可！这就叫长江后浪推前浪嘛！哈哈哈……"

这时，王惠双已在前厅摆好了茶具，李格非引着客人们品茶去了。

他们二人结伴来访，原是出自偶然。

米芾去拜访赵挺之时，赵挺之刚好散朝回来，二人便在客厅里品茗说话，因他们已是至交，赵挺之便将朝廷中的人事变更告诉了米芾，到了午时，赵挺之留米芾与自己一道进餐，这时，听管家说，姨夫陈大人来了，米芾知道是陈师道来了，便让管家将他请来一起吃饭。

赵挺之摇了摇头，吩咐管家说，立即为他另备一桌饭菜，还特别嘱咐饭菜要精一些，让夫人作陪。他见米芾不解，苦笑着说："我的这位连襟啊，脾气就是古怪，虽然常来我家，可是，他不但不与我同桌吃饭，就是碰了面都不说一句话！真令我哭笑不得啊！米大人若有机会，就劝他几句，让他改改那种犟脾气。"

米芾说，他一定找机会劝劝他。吃完饭后，他便同陈师道一起出了赵家大院。路上，他听陈师道说，前天，他看到了两首古体诗——《浯溪中兴颂碑和张文潜》，听说是李格非的女儿写的，便想到李家见识见识她。米芾也有此意，二人便边谈边走来了。

他们在客厅里喝了几杯茶之后，谈起了朝廷中的一些人事变更，既然赵佶已经继位，必然会对前朝官员做些调整，米芾便将赵挺之说的人事变更告诉了他们——

孟后进宫不久，殿中侍御史龚大人上书弹劾尚书右丞蔡卞，指责他与章惇联手，一明一暗操纵朝廷，致使元祐旧臣被贬出京。主谋者仍是蔡卞，应予罢黜，以明正邪。

赵佶准了他的奏章，下旨罢去蔡卞相位，知江宁府。

不久，左正言陈大人以山陵使章淳失职，致使哲宗的灵车陷入泥泞，露宿于荒野，实属有大不敬罪。于是，赵佶免了他的山陵使，诏他去知越州。

紧接着御史中丞弹劾蔡京，指出蔡京与蔡卞、章淳同恶，应削职治罪。赵佶先诏他知永兴军，最后罢职，提举杭州洞霄宫，杭州居住。

这时，李清照用一只漆盘端来了一盘雪梨。刚要离去时，被米芾叫住了，问她临摹过魏碑没有，李清照说她正在临摹晋祠铭。说完，便去书房中取来，放在桌子上，让米芾细看。米芾看了，连声称道。还说，苏轼曾送给他一卷《萧绩神道阙》的拓片，书法古拙、劲健，等他再来时一定带来，让她研习。

李清照小声问道："米叔叔，既然新帝继位了，孟后昭雪了，奸佞之臣贬走了，苏伯伯该回东京了吧？"

"还很难预料。"米芾叹了口气，说道，"朝廷的事，变幻莫测啊！"

陈师道说："若是明君，当务之急是大刀阔斧地平息党争，才能治国安民。算了，算了，不谈这些了，你能把你近时填的词让我看看吗？"

李清照听了，非常高兴。连忙去书房取来，一句话都没说，双手递给了陈师道。陈师道伏在案上，整整看了一个多时辰，仍然没有看完。他抬起头来，用手揉了揉双眼，感叹道："清照的词，写凡世人情天气之事，能用浅俗之语，发清新之思，婉约俏丽，回味不尽；写究史论世的词，则独有见识，有大丈夫气，慨当以慷，不让须眉，可喜可贺！"

"陈叔叔，清照想请教一事。"李清照大着胆子说道。

"好啊，咱们是忘年之交，互教共勉吧！"

"《霓裳羽衣舞》是依据玄宗皇帝的《霓裳羽衣曲》创制的。天宝年间，杨玉环曾在木兰宫里表演《霓裳羽衣舞》。'安史之乱'中此舞谱已失。能否斥责此谱可酿祸误国？"

陈师道觉得她问得很有道理，但又很难用一两句话讲得明白，便打了个比方，说道："这部舞谱就好比是手中的笔，可用它写《出师表》，也可用它写《归降书》，它并无罪。"

"有罪的是握笔写字的人！"李清照望着陈师道，"陈叔叔，我说得对吗？"

"对，对！"陈师道十分佩服眼前这个博览群书又有极高悟性的少女。

他们坐在灯下，谈论诗词，抨击时弊，磋切书画，十分融洽。

第七章　太学生终于见到了那个倩影

常记溪亭日暮，沉醉不知归路。兴尽晚回舟，误入藕花深处。争渡，争渡，惊起一滩鸥鹭。

——《如梦令》

（一）

听说孟氏已恢复皇后封号并接进了内宫，李清照总算去了一件心事，但小麦花的命运又让她不安起来。小麦花是留在宫里了，还是让她还俗了？若是还俗，她会到哪里落脚？她在东京可是举目无亲呀！哪里会收留她呢？最好还是回原籍老家。可听说她的老家在黄河边上，有一年夜间发了大水，浑黄的浪头比屋脊还高，全村连人带房都被洪水冲走了。幸亏小麦花命大，被冲在了一棵老枣树的树丫上，才捡了一条小命。后来，她随着逃荒的人流来到了东京，在东京沿街要饭。有一次，她在瑶华宫一带要饭时，因又冷又饿，昏倒在宫门外边，被孟后发现了，将她抱到偏殿里，给她喂了碗饭，又找了一件棉袍裹在她的身上，等她醒过来以后，便将她留在了自己身边，成了她的一个小伴儿。好在孟后不愁衣食，宫中又有很多空闲的房舍。一个是当年母仪天下的一国之母，一个是孤苦伶仃的小叫花子，她们相依为命，打发着一个又一个孤独和冷寂的日子。

她决定悄悄去瑶华宫看看，但又不便独自出门，就在心里十分焦急时，机会来了。

原来，一直笃信道教的赵佶，即位后住进了福宁宫，但福宁宫里没有醮坛，更没有供道士们落脚的房舍。他便命人四处"招贤"，将各地道法高深的道士请进宫中，还准备修建主管天下道教的道录院。为此，又从民间招了十多位道士进宫主持修建事宜。云中子被选中了，他负责征集各地道教宫观庙宇的图形。前天，他去了江苏茅山，至少月余才能回京。东海鸥在父亲离京期间，被安排在东京西南角的延庆观中。因她和延庆观里的女冠们并不熟悉，所以便又来到了有竹堂，和李清照住在一起。

李清照正愁没有伴儿去瑶华宫，见东海鸥来了，满心高兴。第二天，她告诉继母说，她要和东海鸥去瑶华宫看看。王惠双答应了。

当她们到了瑶华宫的门口时，见大门紧紧闭着。为什么不开门呢？李清照心想，小麦花一定留在孟后曾经居住的内宫里了，她心里有些惆怅。

"我们回去吧！"东海鸥见她失魂落魄的样子，便安慰她说，"小麦花留在宫中也好，免得一个人在外边四处漂泊，说不定还会受人欺侮呢！"

"留在宫里固然安稳，可宫深如海，就是熬白了头也出不来啊！"

"那怎么办呢？"东海鸥问道。

李清照也想不出个好办法。她在宫门口站了一会，又从门缝朝里边张望。忽然，她大声喊起来："看，她在里边！"

东海鸥过去一看，见小麦花坐在大殿前的青石台阶上，双手抱着膝盖，双眼呆呆地望着院子里的几只觅食的麻雀。她不由得喊了一声："麦花，快开门！"

李清照也跟着喊起来："我是李清照，看你来了！"

小麦花已经听出是李清照的声音了，连忙站起，连蹦带跳地跑过来。打开门，一句话都没说，便一下子扑在李清照的身上了。

"麦花，你还好吗？"李清照问道。

小麦花点了点头。她望着李清照，两眼全是泪水。

李清照掏出丝巾，为她擦去眼角的泪水，擦着擦着，自己的泪水也禁不住淌了下来。她柔声问道："华阳教主不是已接回宫了吗？你怎么一个人留在这里？"

"是教主让我留在这里的。"

"为什么呀？"

"教主说，她在宫里也许不会久住，让我暂时留在这里。"小麦花说到这里，指了指自己住的偏厢房说，"那些东西，都是她让人送来的。"

李清照和东海鸥随着她去了偏厢房，见房角上堆放着装米面的口袋和一小缸豆油，还有菜蔬什么的，炕上有一些四季衣裳，不过都不是女道士穿的。小麦花沏好了茶，便向她们说了孟氏回宫的经过。

有一天，华阳教主正在大殿里诵经，她在殿前打扫落叶，忽然来了一队禁军，齐刷刷地站在宫门两旁，怪吓人的。不一会，又来了四乘轿和一辆套着四匹大马的车。从轿上走下几个穿朝服的官员，我以为是哪位大人来烧香许愿的，连忙去禀报教主。教主刚一转身，那几个官员便跪下了，说是太后和当今皇上派他们来接孟后进宫的！

教主说，她要收拾一下再走。但官员们说，太后、皇上正在坤宁殿里等着她呢！教主连忙脱下了道袍，换上了他们带来的衣冠，便和小麦花上了那辆车。那车饰着金边，画着五彩，还刻着龟纹，车里前后都有窗帘，座上还铺着锦褥。小麦花还是第一次看到这种富丽堂皇的马车。教主告诉她说，这叫安车。

进了宫之后，小麦花本来就胆小，又未经历过那种场面，心里吓得"扑通扑通"直跳，更不敢抬起头来张望。华阳教主便将她拉在身后，一步也没让她离开自己。她和太后、皇上见面时，她就站在华阳教主的身边。

当教主参拜了向太后和皇上之后，忍不住心里所受的委屈，失声痛哭起来。向太后也陪着落了泪。赵佶对她说："皇嫂，你的沉冤已洗，后位已复，应当高兴才是啊！"

待她平静下来之后，说道："陛下和太后为我正了名，我终生不忘。其实，我这个后位也是有名无实，我在瑶华宫已经住惯了，乍一进后宫，还真有些不习惯呢！"

赵佶说："皇嫂，你放心好了，只要朕在，就没有谁敢再欺负你了！你有什么心事，就说出来吧！"

向太后也在旁边劝道："孩子，你想说什么，就大着胆子说吧，有皇上为你做主呢！"

孟后想了想，说道："既然陛下想听，我就直说好了。"孟后很感激也很信任眼前这位眉清目秀的年轻皇帝。她便将憋在心底里的话，竹筒倒豆子一样，一股脑地说出来了。

她告诉赵佶，她有三件心事，也是她对皇上的三个恳求。一是要他锐意图治，平息朝廷中的党争；二是要以史为鉴，不恋女色，克制骄奢；三是要诚心纳谏，提防佞臣弄权。她说："后宫本不应涉及国家政事，但有一个人，我若不说，总觉有鲠在喉，这个人就是蔡京。"因这些年来，她一直在留意蔡氏，还特意说了两件事：

当年，先帝驾崩，高太皇太后起用司马光为相，因司马光最恨新法，上任伊始，便立即废除了新法。他宣布要在五天之内恢复差役法。由于时间过于急促，各地根本来不及推行。但依靠新法当了开封府尹的蔡京，为了讨好司马光，不遗余力地恢复旧法，果真五天之内将所辖的各县都恢复了差役法。后因被御史台所劾，被贬出东京。

五年后，哲宗执政，起用章淳、蔡确，蔡京被诏回代理户部尚书。章淳提出要废除差役法，恢复免役法。蔡京为保官位，又立即倒向章淳。这种见利忘义、出尔反尔的钻营之辈，切切不可重用，否则便会酿成大祸。

令赵佶感到不解的是，她对当年陷害她的曾淳和刘皇后，却一字未提。

孟后说完之后，停了停，又补上了一句："陛下圣明，我所说的三件事，想必陛下已有大计了。若有谬误，恳求陛下降罪。"

赵佶听了，频频点首，说道："皇嫂所说，皆金玉良言，朕记在心里就是了。"

当天夜里，向太后在宫中设宴。宴后，孟后将小麦花叫到自己的寝宫，悄悄嘱她说，她的年纪太小，又未正式出家为道，不宜留在宫中，要她先回瑶华宫居住，自己会常去看她的。孟后担心小麦花一人住在那里过于孤单，还特意安排了一个叫辛芹的宫女和她同住。

李清照连忙问道："辛芹呢，她在哪里？"

这时，从后院走来一个脸色苍白的中年宫女。东海鸥一眼就认出来了，她低声对李清照说："这就是辛芹，我在宫中见过她，还为她看过病呢！"

辛芹也认出了东海鸥，连忙走过来说话。

原来，辛芹早年进宫，已有十九年了。因近年常犯心口疼，虽经服药治疗，但一直未见好转，经孟后出面，准许放出宫去，回江陵原籍。因等待原籍的哥哥来接，所以暂时安置在瑶华宫居住，也和小麦花做个伴儿。

李清照听了，长长地舒了一口气。她们又说了一会话，才离开了瑶华宫。

路上，李清照忽然问道："若辛芹被她哥哥接走了，小麦花怎么办？"

东海鸥笑着说："她可以随我去呀！四海为家，比在后宫里自在多了！"

李清照听了，觉得颇有道理。

<h1 style="text-align:center">（二）</h1>

设在东京中城的太学，虽说是朝廷的高等学府，国子监规定的学规亦十分严格，但毕竟都是些年轻的学子们，他们的生活不像官府署衙那么刻板，也不像朝廷的大臣那样等级森严，太学里随处可见他们嬉闹的身影，时时可闻他们的说笑之声。尤其是外舍，他们更年轻一些，所以，也就更活跃一些。

李迥和赵明诚住在同一学舍之中，平时二人时常磋商学业，交谊颇多。赵明诚自从读了李清照的一些词之后，便常常恳求李迥回家时，问一问李清照有无新作，若有，请他索要几首，以便"拜读"。李迥虽然答应了，但一回到家里，叔叔便会问起太学的学业情况，有时还选些古文让他阅读，或临时拟一题目，让他撰文。为了写好这类文章，往往要用上大半天的时间。写出后，叔父还要阅读、批改，他都要守在一旁。昨日，听叔父讲解陆龟蒙的《野庙碑》，所以，也就忘了赵明诚所托之事。

今天太学收假，李迥从有竹堂刚刚回到太学，便听到一些太学生们正在院子里争论着什么，显得十分激动。他没停留，进了学舍之后，看到赵明诚独自坐在书桌旁边，桌上摊开了一卷书，双眼却望着窗外，正愣愣地发呆呢！

他忽然想起忘了向堂妹索要新词一事，心里有些愧意，连忙问道："赵兄正用功啊？"赵明诚没有回答。

"噢，对了，这次回家时，因听叔父讲解《野庙碑》，未曾问及堂妹有无新词，这都怪我。"李迥笑着向他解释。

赵明诚仍没说什么，只是将一张素笺递给了他，说道："太学里正在争论这首诗呢！"

李迥接过来一看，原来是李清照的《浯溪中兴颂诗和张文潜》的第二首，笔迹是赵明诚的，显然，他是从别人那里抄录来的：

<blockquote>
君不见惊人废兴传天宝，中兴碑上今生草。

不知负国有奸雄，但说成功尊国老。

谁令妃子天上来，虢秦韩国皆关才。

花桑羯鼓玉方响，春风不敢生尘埃。
</blockquote>

姓名谁复知安史，健儿猛将安眠死。

去天尺五抱瓮峰，峰头凿出开元字。

时移势去真可哀，奸人心丑深如崖。

西蜀万里尚能返，南内一闭何时开。

可怜孝德如天大，反使将军称好在。

呜呼，奴辈乃不能道辅国用事张后专，

乃能念春荠长安论斤卖。

堂妹写的这两首诗，李迥在家中时曾听叔父说过，但一直未看到，想不到在太学里已传开了！他问是谁将诗带到太学里的？赵明诚摇了摇头。

这时，何云和几位太学生边争论边走进了李迥和赵明诚的学舍。一位吴姓太学生对李迥说道："李兄，对令妹写的这首和诗，大家一直争论不休，想听听你的意见。"

李迥连忙说："不瞒众位仁兄，在下还是刚刚读到她的诗，而且，还仅仅是第二首，故而不敢妄言。"

何云听了，连忙说道："李兄，我这里抄录了令妹的两首和诗，还有张文潜大人的原诗《题中兴颂碑后》，请你过目。"说着，将李清照的两首和诗和张耒的原诗一并递给了李迥。

李迥接过去看了一遍，觉得张耒不愧为当代的诗坛大家。他的诗比元结的《大唐中兴颂》立意要高。元结在诗中记述了安禄山作乱，玄宗幸蜀，肃宗平乱，大唐得以中兴的史实，旨在为"二帝"歌功颂德。张耒在诗中歌颂的，是在"安史之乱"中收复了二京的郭子仪。而堂妹李清照的和诗比张耒的立意更高。她以为，像尧舜那样功德如天的帝王，其德泽已存人心，又何必用区区文字加以记载呢？唐代的"安史之乱"，原本就是朝政腐败、佞臣专权造成的，中兴之事不值得歌颂。元结不但为其歌颂，还由颜真卿书写勒刻在浯溪摩崖之上，甚为浅陋。但是他又为难起来，不便说出自己对这三首诗的见解。因为张耒不但是苏门四学士之一的著名诗人，且与李家多有交往；而李清照仅仅是初露文名的晚辈。若自己在众人面前褒彰她的和诗，不就是对长辈和师长的不尊吗？

何云见李迥半天无语，便催促道："李兄，你快说呀！古人举贤还不避亲哩，更何况是就诗论诗呢！"

李迥已从他的弦外之音中，听得出他认为李清照的和诗比张耒的原诗高出一筹，只是没有直接说出来而已。

"我刚刚看过此诗，对前一首末句的'张说'、'姚崇'和后一首末句的'春荠'，典出何处尚不清楚，待我查过之后再说。"李迥没有正面回答，到旁边翻书去了。

其实，他知道这两个典故的来历，只是以查典为由，回避了对诗的争论。

张说和姚崇，都是唐玄宗时代的宰相，但二人皆工于心计，彼此之间表面和睦，却在背后争斗。姚崇临终前对他儿子说："张说素来与我有怨，我谢世后，他定会找借口对我报复，追夺我的封号，你们便会受到连累。你要记住，我谢世后他来吊悼时，你们便将我平生收藏的珍宝，在显眼的地方摆放出来。他若不看，便说明他想下手了；如果他对珍宝很感兴趣，你们就主动将珍宝送给他，并请他为我撰一篇神道碑文。他的碑文一送来，你们应一面立即速奏朝廷，让百官知之，一面立即刻石，让他后悔已晚。"

不出姚崇所料，他死后，张说去吊唁他时，看到了姚家摆出来的珍宝，露出了喜爱之状。姚子便按父亲临终时的嘱咐办了。张说在为姚崇撰写的神道碑文中，对姚崇生前之事倍加赞颂。又住了数日，他以措辞欠周须修改为由，派人去姚家索要他的神道碑文，姚子说此文不但已经刻于碑上，还上奏了朝廷。张说得知之后，才知道自己又被姚崇算计了！

这时，何云指着第二首和诗的末句说道："'春荠'之说，是出自唐人野史，与高力士有关。"

原来，在"安史之乱"之前，高力士极受唐玄宗之宠。他与安禄山、杨国忠、李林甫等人狼狈为奸。"安史之乱"时，他随从玄宗离京入蜀。"安史之乱"平定后，又随玄宗回到长安，可谓劳苦功高。但由于唐玄宗退位后失势，他被劾获罪，贬往巫州。巫州住所的院子里长着一些荠菜，在长安城里荠菜论斤买卖，而巫州的当地人却不知道荠菜可食，遂有感叹，他口吟了四句：

> 两京作斤卖，五溪无人采。
> 夏夷虽不同，气味终不改。

"李清照的诗，是用高力士这个老奴，把唐代皇室的弊端大白于世。"何云继续说道："这是她比张大人高明之处。"

太学生郑农旦似不以为然，他说："元、张所作，皆有女色可亡国之意，但李诗把大唐的兴废归结为朝政之失，是因明皇误国，才招致离乱，似有不公。再者，作为后起之秀，亦不应讥讽元结之文'真陋哉'，似缺谦逊之风。"

一直默默不语的赵明诚站了起来，他说话有些激动。他说道："此语谬矣！我已对元、张、李三人所作，反复读过数十次了。以我所见，元文大气，张诗以诗言志，比元文胜过一筹。而李诗托古讽今，寄意深远，无闺阁妮妮之语，史识史德，不让须眉，堪与《离骚》相论！我辈且不可重古轻今，更不可以年龄、男女论诗！"

郑农旦听了，有些尴尬，他红着脸争辩道："李诗虽然传诵京城，然也只是民间的偏爱罢了，尚未听说过文坛大家的权威之论。"他感到自己有些孤立，但又不甘示弱，便以权威名家来为自己壮胆。

"对李清照的这两首和诗，有位大家都十分熟悉的士林名家评了十个字。"一位刚从外边走进来的太学生说道。

"哪十个字？快说！"大家争相催促。

"诗情如夜鹊，三绕不得安。"

"好，评得好！"

郑农旦并不相信这十个字是出自士林名家之口，便追问道："请问，是哪位名家？""礼部郎中晁补之大人！"

既然苏门四学士之一的晁补之如此称道李清照的和诗，郑农旦再也不好提出异议了。

晚上，李迥睡下之后，见赵明诚在床上时而翻身向左，时而翻身向右，睡得很不安稳。等他睡了一觉之后，发现赵明诚坐在书桌旁边，正在灯下读着什么，以为赵明诚在读书，便没有惊动。到了五更天时，他看到赵明诚竟伏在桌上睡着了，桌上的灯还在亮着，他便悄悄下了床，在赵明诚的肩上披了一件褂子，再向书桌看时，桌上是堂妹的《浯溪中兴颂碑和张文潜》诗。

也许是夜里受了凉，赵明诚一下了课便睡下了。晚饭后，正是太学生们最高兴的时候，有的在院子里边散步边聊天；有的在石桌上下围棋，旁边还围着一群观棋者。李迥本来想约赵明诚去假山旁边的荷花池畔观鱼的，见赵明诚这么早就睡了，觉得有些反常。他走到床前，以手试了试他的额头，并未发烧，便问道："赵兄，你哪里不舒服？"

赵明诚说自己头疼，浑身乏力。

"要不要太学的郎中来看看？"

赵明诚说："不了，我只想回家去静养几日，烦你替我去向学监请假。"

李迥替他请了假之后，又出去雇了一辆车，赵明诚便回家去了。

又到了太学放假的日子，李迥没有回有竹堂，而是去了在虹桥东端的赵家大宅，因不放心赵明诚的病情，专程前去看望了赵明诚。

进门之后，李迥从窗子看到赵明诚正坐在书房里抄写什么。见李迥来了，赵明诚连忙取过一卷魏碑拓片盖在桌面上。二人说了一会话之后，赵明诚说道："李兄，我想托你一件事。"

"什么事，只管说好了。"

赵明诚说："我读了《洛阳名园记》之后，很受启迪，写了一篇《昭祥苑二灵考》，想请礼部员外郎李大人赐教。因不敢面陈，故而求你帮我带去，好吗？"

李迥听了，不由大笑起来，说道："这有什么不好面陈的？我叔父最喜欢钻研学问的人了！好吧，你把大作交给我，我一定带去。待他看完之后，一定会请你去面谈的。"

帘卷西风，人比黄花瘦——李清照传

"真的吗？那可太好了！"赵明诚说完，连忙起身到书架前去找文稿。

李迥看了桌子上的拓片之后，顺便向旁边挪了一下，忽见拓片下面是一册用素笺制订的诗册，诗册的封面上无字，但里面抄录的全部都是堂妹的诗词！

赵明诚找出文稿后转过身来时，脸一下子红了。他结结巴巴地说道："闲着无事，随手练字而已。"

李迥听了，偷偷笑了。

（三）

有一天，李清照随父亲和弟弟去顺天门拜访友人董荣。归来后，她正在书房里读董荣送她的一册文稿，东海鸥忽然匆匆来了。她告诉李清照说，辛芹的哥哥已经将辛芹接走了。

李清照听了，连忙问道："小麦花怎么办？辛芹走后，谁和小麦花做伴？"

东海鸥说："还是我去陪她住些日子吧！"

李清照想了想，说道："不妥。瑶华宫是皇室的道观，不经皇室允许，谁也不能入住。"

东海鸥觉得她说得极有道理，但又想不出什么好办法，显得有些不安。

"对了，我听父亲说过，有位姓雷的石匠，人很厚道、耿直，住在作坊街北头，家中只有他和妻子二人。不知可否在他家暂住几日？"李清照说，"我现在就去问问父亲。"

这位雷石匠与李格非的相识，是一个偶然机会。

宋哲宗元祐八年（1093年），朝廷中的党争渐烈，苏轼遭受打击时，李格非受到牵连被外放广信军通判。

有一次，李格非去洛阳时途经邙山，因路上劳累，便下马在一棵老枣树下歇息。忽然听见山沟里有人大呼"救命"。他纵身上马，直奔过去，见一凶汉正在毒打倒在地上的一名男子。凶汉见人骑马奔来，连忙爬过土崖，逃进了一片林子里。

李格非以为是行人遇上了剪径的强贼，便连忙将他扶起来。见他已被打得浑身是伤，左脚流血不止，身边并无行李，只有一把铁锤和几支铁凿子，旁边还有一只盛水的水罐。便问他叫什么？在这里干什么？

那人告诉他说，自己叫雷俭，是个石匠，专门为人家的墓碑铭刻文字，是东京城里有名的"雷一锤"。因他下锤有度，刻出的碑文清晰，又不失原书的字迹，所以常被官员或富户请去刻碑。昨天，洛阳茶庄的孙老爷请他为过世的祖父刻碑，因孙老太爷葬在邙山上，他一大早就来了。正在刻碑时，从土崖上爬下一个黄脸秃顶的大汉，大汉手中握着一把短柄铲，腰上缠一捆粗麻绳。他已看出，来者是个盗墓贼。因邙山一带历代的坟墓极多，是有钱、有势人家选择阴宅的风水宝地。墓中的厚葬，引来了各种各样的盗墓贼。一般的盗墓贼都是白天潜伏，夜里盗墓。这个盗幕贼的胆子也太大了，大白天竟敢上山！

那盗墓贼告诉他说，山坡上有一座古墓，因墓碑上的文字已经难以辨认了，要他去认一下。

雷俭不肯。因为挖掘别人的祖墓，属大逆不道，自己帮盗墓贼辨认碑上的文字，也是盗墓贼的帮凶，便断然拒绝了。那盗墓贼生性残暴，不由分说地举铲就打，还说要将他扔到山沟里去喂野狼！若不是遇上李格非，恐怕难以活命了。

见他左脚已伤，不能走路，李格非便将他扶上马背，自己牵着缰绳，把他送到了洛阳，又请了郎中为他疗伤。雷俭十分感激李格非的救命之恩，伤好回到东京后，曾去看望过李格非。李格非对家人说，这是城里有名的石匠"雷一锤"，住在作坊街北头。至于邙山之事，他只字未提。

李清照将小麦花的遭遇和自己的想法向李格非说了，李格非想了想，觉得让小麦花在雷家暂住些日子，也是权宜之计。他说他明天抽空去一趟作坊街，和雷俭商量一下。

谁知第二天朝会之后，李格非回到礼部署衙，因公务缠身，未能按时回来。李清照急了，和继母说了一声，便和东海鸥直接去了作坊街。

作坊街的确名副其实。大街两旁尽是各种作坊，有打铁的、染布的、编筐的、酿酒的，也有制革的、作靴的、缝鞍的。在街北头，是一连十多家石匠作坊，有的专雕石狮子、石马等石兽；有的专雕石窗花、石桌、石凳。专刻石碑的也有好几家。她向一位正在磨铁凿子的老人问了问，很快便找到了雷俭的作坊铺。

雷俭听说李清照是李格非的长女时，十分高兴，说道："早就听人说过，恩人李大人有位才女，写的词轰动京城！今日有幸见到，是我雷家的福气哪！快，快请家里坐！"

妻子柯氏连忙将她们请进家里。

雷家虽不及有竹堂，但也颇为宽敞，三间坐北朝南的平房，虽然家具不多，但拾掇得挺干净。门前还有一个大院子，院子中堆着一些汉白玉石料和十多方已打磨好了的青石板，雷俭连忙让柯氏去做饭菜，自己洗过手后忙着烧水沏茶，十分热情。李清照将小麦花之事说了之后，他满口应允，并急着要去收拾东间的房子，好让小麦花住。

这时，有几位左右邻居听说雷家来了位贵客，还是位能写诗词的才女，便站在大门口，想看看这位才女是个什么模样。雷俭不但不阻拦，还请他们进屋里去坐。李清照觉得很不好意思，便对雷俭说，自己这就去接小麦花。雷俭夫妇竭力挽留仍留不住，便只好将她们送到街上。

李清照知道，对小麦花的安顿一定要让孟后知道，因为小麦花毕竟是孟后的人。但想进入后宫并非易事，不过，东海鸥自有办法。她通过父亲在宫中的道友，得到了特许，下午便和小麦花一道进了后宫，向孟后做了详尽禀报。孟后听了，也认可了这种安排。她悄悄对小麦花说道："你能暂住在雷石匠家中，我也就放心了，也许住些日子，我还会去瑶华宫呢！"

"为什么？你不愿留在宫里？"小麦花问道。

"不为什么。"孟后望着窗外重重叠叠的宫殿脊瓦，幽幽地说道："就是觉得这里……"话没说完，便又咽下去了。

次日，李清照和东海鸥便将小麦花送到了雷俭家里，待一切安顿好了之后，才和东海鸥回到有竹堂。

（四）

向太后是个有胆有识的女人。赵佶即位后，她便想不再干预朝政，在深宫中颐养天年。谁知，赵佶一再请她与自己一同处理国事，她几经推辞不肯，赵佶便跪在她的面前，痛哭流涕地再三恳求，她只好勉强答应了。在她协政期间，她娘家的几位族人想通过她的声望进京升迁，都被她一口拒绝了，她还常常告诫赵佶，要他任用贤士，减轻徭役，罢战息兵，尊重和优待朝中老臣。待朝政理顺了，他也渐渐能独担国事了，她便毅然退出了听政的朝堂，还居宫禁之中，不久，便在宫禁中驾崩了。

向太后去世后，不但赵佶，连许多朝臣甚至后宫中的嫔妃、宫女们，都悲痛欲绝，哭泣之声日以继夜。她谦和温厚的德行，得到了文武大臣们的爱戴，赵佶把她父亲以上三代都追加了王爵。这样的恩典，并不是每一位皇太后崩后都能得到的。

向太后心满意足地走了。因为她按照自己的意愿，亲手将赵佶扶上了天子的宝座！

向太后绝不会想到，也是她亲手种下了一粒罪孽的种子，结出了罪孽之果，终于葬送了北宋的江山！

次年，赵佶改年号为"建中靖国"元年。

建中靖国元年（1101年）十月初十，是赵佶的弱冠之礼，定为天宁节。自开春以来，朝廷的六部九卿和内府内宫都在为庆贺天宁节忙碌起来。

有一天，李格非刚刚到家，云中子也匆匆来了。他们在门口刚刚寒暄了几句，云中子便拉了拉李格非的衣袖，低声说道："格非弟，我有要紧的话对你说。"

李格非从他的神态和语气上，已感到他不仅仅是来拜访、问候的。

在客厅中坐定之后，云中子问李格非："格非弟，最近京城的政局有无异样？"

李格非想了想，摇了摇头。

"我在杭州时，听人传言，蔡京将要回京任职。"

"不会吧？"李格非说，"孟后恢复封号之后，新帝便遵向太后之意，让他出任江宁知府，但他借故拖延不肯出京，被御史陈次升连续上奏弹劾，又被贬为提举洞霄宫，闲居杭州而已。此传言不可信。"

云中子并不这么认为，他问道："你可知宫中的供奉官童贯为何去了苏州吗？"

李格非说："他是奉旨去苏州采办天宁节所需之物的。"

"童贯到苏州之后，蔡京便从杭州连夜赶往苏州去见他，又亲自将他接到了杭州。"接着，云中子便将童贯和蔡京在杭州的交往，详尽地说了一遍。

云中子到了杭州之后，住在西湖与钱塘江之间的玉皇宫中，和玉皇宫的住持钱塘真人一起，测量玉皇宫的面积和宫中的建筑布局。有一天，杭州城葛仙庵的一位道人来到了玉皇宫，说是京城来了一位钦差和一位洪仁道长，要钱塘真人立即下山会晤。钱塘真人不敢怠慢，便连忙随来人去了杭州。

第四天，钱塘真人才回到玉皇宫。

云中子见他自回宫后便闷闷不乐，除了和云中子一起测量、计算之外，便将自己关在藏经洞中，淋浴焚香之后，坐在蒲团上诵经。云中子知道，他一定有什么心事。

有一天晚饭之后，钱塘真人刚要进藏经洞，云中子叫住了他，问他有什么心事排解不开？他叹了口气，说道："是玉皇宫的劫难，也是天下道教的劫难啊！"他终于说出了在杭州的见闻：

他在杭州见到过两个人，一个是奉旨出京的童贯，一个是闲居杭州的蔡京。

按照大宋的祖例，宦官不准和朝臣交往。蔡京虽在朝廷中沉浮了多年，但一直未能结交皇上身边的宦官。尤其是像童贯这样的老臣。如今，自己已被贬杭州，没了官职，不能视为朝臣，而童贯又是徽宗身边的宦官，他奉旨出京到了杭州，是一个千载难逢的时机。

蔡京当年曾任过钱塘尉。他看到东南形胜的杭州城，城郭繁华，加之物产甚丰，便在西湖之畔购置了一处十分宽敞的豪宅。这次被贬杭州之后，又在城中购置了一座颇为气派的蔡邸。为了让童贯住得满意，他又特地置办了贵重的用具，还摆放了不少历代的字画、古董。

有一天，蔡京收到了一封密信，信是他的儿子蔡攸写的。密信的内容不得而知，只知道他看了信之后，当夜便派人去了绍兴，到处打探王献之和王珣存世古书的下落。

童贯虽是一名太监，但生得一表人才，身材魁梧，双目有神，加之他唇上生有胡须，不像个被阉之人。在后宫中，又常对嫔妃们出手大方，施以恩惠，甚至对身份卑微的太监、宫女们，他也常常接济，故而在宫中颇有人缘。他到杭州后，除了派人采办绸缎刺绣以外，便由蔡京陪同，身着常服，或出进酒肆青楼，或泛舟西湖听歌。晚上，便住宿蔡邸。蔡京每天都安排名妓十余人前往应差，由童贯亲自选定后陪寝。

洪仁道长虽然和钱塘真人并不认识，但他贪杯，每饮必醉。有一天，蔡京陪童贯去了西湖的丁家山，没让他同往，他心中颇为烦恼，多饮了几杯酒之后，便把心中的不满都向钱塘真人抖搂出来了。

原来，赵佶还是端王时，蔡攸常陪他踢球。他即位后，便将蔡攸留在了身边。蔡攸告诉蔡京说，赵佶有两大嗜好，一是爱好收藏历代名家的书法和丹青；二是迷恋女色，尤其迷恋十二三岁的少女。他提醒父亲，只要在这两件事上下了大功夫，复职回京就有希望。

为了讨好童贯，蔡京已秘密派人从杭州民间买下了数十名十二三岁的女孩子，养在丁家山的一处空闲宅第之中，请了专人负责调教言行举止和女容女仪，还从教坊中请来师傅教习歌舞。最后，从中挑选出十二名容貌和才艺都十分出众的女孩子，让童贯前往丁家山亲自验收。此事极为秘密，他们竟然瞒着洪仁道长！

更令他生气的，是蔡京和童贯之间的交易勾当。童贯答应回京后便在皇上面前保荐蔡京，至于会授何职，需见机行事。作为回报，蔡京送给童贯八斤重的金佛一座，大海珠三百颗，赤金六百两，另有翡翠、玛瑙、和田玉饰物等一百余件。装了整整三大箱子，却没给他一星半点！

他还悄悄在童贯住处枕头下，看到了蔡京送给童贯的一份礼单，礼单的下面还写有一行小字："另有唐仿王献之《鸭头丸帖》一件，现藏浙江道观，待查得后，另奉。"

原来，他们为了查访这件唐代临摹的书法珍品，才请钱塘真人下山的。因为钱塘真人自小喜爱书法，出家后，其书法造诣更高，在杭州城中享有盛名，他本人亦是收藏大家。他们是想借钱塘真人之手，查访到这件唐人仿写的《鸭头丸帖》，而后以朝廷名义，将此件作品据为私有。

酒后吐真言。洪仁道长发了一顿牢骚之后，便睡着了。

其实，《鸭头丸帖》就珍藏在钱塘真人的藏经洞里！

次日，童贯将钱塘真人请到客厅，向他宣读了徽宗皇帝的圣谕之后，对他说，民间的《鸭头丸帖》虽非晋代原墨，是唐人所仿，但亦属不可多得。现流传民间，有失毁之虑，若由朝廷收藏，则可传世久远，请他协助查访。若查访获得，不但朝廷可下诏彰表，还可获朝廷恩赐。

钱塘真人知道，蔡京虽然知道这件作品收藏于浙江的道观之中，然浙江的道观宫庵有数百座之多，仅杭州城里就有五十多座，他并不知道究竟藏在哪座道观里。钱塘真人应允了之后，便连夜回到了玉皇宫。

听了钱塘真人的叙述，云中子问他："你有什么打算？"

钱塘真人摇了摇头，说道："我也拿不定主意。"说完，又是一声长叹！

云中子知道，这件书法珍品他已收藏了多年，珍爱此作品胜过自己的生命。若拱手给了他们，心中十分不甘；若不交给他们，又怕露了风声，被强行收走，实在是进退维谷。

测量和绘制了玉皇宫图形之后，云中子向钱塘真人道别时，又问他："想出什么好法子没有？"

钱塘真人摇了摇头，说道："听说童贯已经回东京了，此事拖些时间再说。"

李格非听完了云中子杭州之行的经过以后，自言自语地说道："若蔡京二度复用，朝廷就不得安宁了！"

"难道他能一手遮天不成？"云中子说道，"再说，新帝即位不久，他敢违背向太后的懿旨？"

李格非说："可不要小看了这位才高品下的蔡公，他的手虽不能遮天，但可借用遮天之手啊！"

见天色已晚，云中子便匆匆告辞了。

（五）

赵明诚在家里调养了数日，白天，足不出户；晚上，掌灯夜读。母亲郭氏怕他闷出病来，便请来了郎中，为他切脉之后，郎中问郭氏："三公子今年贵庚？"

"过了端午节，就是二十岁了。"

"可定过亲？"

"尚未定亲。"

"三公子可有意中之人？"

郭氏想了想，摇了摇头。作为母亲，她最疼爱赵明诚了，这不仅仅因为他的年龄最小，还因为他的性格不同于他的两个哥哥。他自幼便显示出了自己的聪慧，由于性情文静，所以读起书来格外认真。后来渐渐大些了，又对历代金石古籍产生了浓厚兴趣，常为查一碑刻拓片或古印章上的疑难之字，能在书堆之中钻研大半日。他的这种兴趣，是受了其父的影响。赵挺之在德州任通判时，就收藏了一些古书帖。黄庭坚见了之后，极感兴趣，曾一件一件讲给在座的同僚们听。赵明诚当时也在场，他虽然年幼，但已对金石有了爱好。后来，随父亲入京，他便时时处处留意金石古籍，并开始了自己的收藏。姨夫陈师道在彭城得到了一方柳公权所书的《刘君碑》，碑上文字虽有磨损，但"柳公权"三字却十分焕然。姨夫送给了他，他极为激动，亲手拓了几份之后，便用绵纸保护起来。不久，他又得到了一册《玉玺摹本》，还写过一篇《玉玺文跋》："右玉玺文，元符中咸阳所获传国玺也。初至京师……自摹印之，凡二本，以其一见遗焉。"凡他收藏到或绝世或稀奇的金石，他都会拿给自己看，并详细讲述金石的来龙去脉。难道他又被什么金石迷住了？她对郎中说道："我的这个老三呀，意中人倒是没有，只是一心迷恋着他的金石。"

郎中笑着说道："三公子有此大雅兴，可喜，可贺！夫人，我这里有个方子，无非是补脑、安心之效，你可煎了，让他服用。我先告辞了。"

郭氏送走郎中之后，便在侍女的陪同之下，来到了赵明诚的住房。刚走到窗下，便听见从屋里传出了读书之声。隔着窗棂一看，见赵明诚正在忘我地咏哦着。他的脸上红润、光泽，还不时地露出不经意的笑容。她放心了，刚要扣门，忽听身后有人喊道："伯母，你好！"

郭氏回头一看，原来是儿子的太学同学李迥，便笑着答道："李公子来了，快，请客厅里坐。"

"不坐啦，我是来找明诚兄去有竹堂的。"

"去有竹堂？"

"对，去有竹堂，就是我叔叔家。"

"去那里有事吗？"

李迥还没来得及回答，赵明诚便打开了房门。他对郭氏说道："母亲，我要去拜访《洛阳名园记》的作者李大人，向他请教学问。"

"你的病——"

"我的病已经好了，请母亲放心就是了。"赵明诚说完，拉着李迥就向大门走去了。

郭氏望着儿子矫健的身影，心里想，儿子的心思都用在学问上了。

知子莫如母。

其实，心细如针的郭氏，还是被憨厚、本分的儿子骗过了。

（六）

李格非近日公务不忙，正在家中整理自己的一些文稿，李迥便将赵明诚想拜见他的意思委婉告诉了他。李格非听了，连忙答应了。于是，李迥便匆匆来通知赵明诚。

当他们来到有竹堂大门前时，李迥进去禀告李格非，赵明诚站在大门口等候着。不知为什么，他虽然不曾来过有竹堂，但对有竹堂这个名字，似乎有一种十分特殊的感情。不光有竹堂，甚至南墙下的那蓬把竹，以及这里的一切，都有一种神秘的亲切感。平时，每当李迥无意间谈到有竹堂的人或事时，他都十分关心，并悄悄地记在了心里，好像有竹堂与自己有某种说不清道不明的关系。因为一想到有竹堂，就会想到那些脍炙人口的绝妙之词，一想到词，又会想到那位填写这些绝妙之词的人。今天来拜见有竹堂的主人，是他的目的，但也不完全是他的目的。他最想达到的目的，是想见到那个总在眼前出现的倩影。

为了能见到那个倩影，他日思夜想，苦苦地折磨着自己，又似病非病地关在家中"调养"了整整八天！后来，总算想出了拜访李格非的计谋，只要李格非答应见他，他就有见到那个倩影的可能。不过，这仅仅是"可能"而已，到底能否见得到，就是看自己的运气了。想到这里，心中忽然"突突突"地跳动起来。他朝门内望了一眼，见院中摆放着几只花盆，一株海棠开得正红，枝头上缀满了紫红色的花簇。一只红泥浅盆中，养着一株矮松，主干弯扭如虬，松针密实如织，一些树根已裸露出来，显得异常苍老古朴。靠院墙处，有一月门，一缕暗香自月门中飘来。他以为是兰草的芳香，但又不知道是哪一种兰草，便想过去看看，于是，轻步跨进了月门。

就在不经意间抬头望时，他一下子惊呆了，手脚和浑身都僵住了！原来，令他牵魂绕梦的那个倩影，就在他的眼前！

他进也不是，退也不是，想说话，又不知道说什么才好，只觉得羞愧、窘迫。他后悔极了，不该贸然走进月门！若脚下裂开了一道缝，他会毫不犹豫地跳下去！

当他再朝前看时，那个倩影已飘然而去，只剩下了一架依然摆动着的秋千！

"明诚兄，快跟我来！我叔叔已在客厅中等候你了。"李迥一边喊着，一边向他走过来。他显然没有看到赵明诚的窘态。

拜见了李格非之后，两个太学生分坐在两边。李格非问了些关于太学里的学习内容之后，便开始向他们讲解自己在洛阳的所见所闻和撰写《洛阳名园记》的经过。

赵明诚来前，还想向李格非请教几个问题的，但自从看到了月门里的那个倩影之后，想请教的问题一个都记不起来了，脑子里一片空白！他边听边点头，好像听得十分认真。其实，李格非讲了些什么，他的脑子里没留下一个字！

他的眼前和他的心里，只剩下了一个越走越近、也越来越清晰的倩影。

（七）

像一只受了惊的小兔，李清照从秋千架上慌忙跳下来以后，便一溜烟地向自己的闺房跑去。谁知匆忙中竟将一只青缎子鞋掉在了地上！她连忙弯腰捡起来。她边跑边想，这个陌生人是谁呢？跑到一棵青梅旁时，顺手折了一根小枝，装作不在意的样子，悄悄回头望了望，见那人仍呆呆地站在那里，明亮的目光正在望着自己！

她连忙跑进了闺房，关上门后，又仔细听了听，没听见有什么动静，才长长地舒了口气。不过，心里总想着这位不速之客。他到底是谁呢？她在晃动着的秋千架上没能看清楚，在梅树下回头望时，也没能看得真切，但又总觉得似曾相识。在哪里见过他呢？一时又想不起来。

李清照清晨打秋千，事出有因。昨天，表姐可人来过。她说，四月初八是孟后的生日，宫中举办贺寿之礼，邀请了一些官员们的女眷进宫贺寿。她和可意随母亲带着寿礼进了后宫，遇见了何大人家的何蕊小姐。何蕊问她："你的那位会填词的表妹来了没有？"

可人告诉她说，表妹家没接到后宫的请帖。

何蕊听了，一脸的得意，说道："这都怪她父亲的官衔太低了！"说完，便和几位皇族的女眷们看宫中教坊的表演去了。

"表妹，你是不是得罪了何蕊？"

李清照摇了摇头。

"看样子，她对你可有气呢！"

李清照听了，一脸茫然。

"或许是因为你写的词？"可人说道，"听说她也写词，还受到过御史中丞舒亶大人的赞赏呢！"

李清照说道："我从未得罪过她，她为何要生我的气呢？"

"表妹，对这种人，还是敬而远之为好。"可人说到这里，停了一会，又接着说道："自古以来，女子无才便是德，更何况树大易招风，才高遭人忌呢！表妹心里有个数就行了。"

听了表姐的一番劝慰之后，李清照并未在意。她忽然想起了一件事，便问道："听说宫中的女眷有的在缠足？你见过吗？"

可人说："见是见过，缠过足的女子走起路来，落地无声，轻轻盈盈，十分中看。不过，听说缠足须从幼时开始，初缠足时，疼痛难忍，须经数年，方可定型。"

"你可知道女子缠足的来历吗？"

可人摇了摇头。

"你可听说过南唐的一个叫姚娘的妃子吗？"

可人说不知道。

李清照告诉她说，南唐未降宋时，李煜的后宫中有个叫姚娘的歌舞伎，是位汉人和西域人生的混血儿，十分姣美，被李煜纳为了妃子，因她生得浓眉深目，且身体柔软，能歌善舞，其足用白绸缠紧，舞姿袅娜若飞。她善跳《金莲花舞》，李后主命人打造了一座金莲花台，姚娘可在金莲花上翩翩起舞！

南唐的城门，就是在歌舞声中被大宋的大军攻破的。李煜和他的文武大臣及嫔妃们被押到东京后，姚娘被宋太祖留在了宫中，担任宫中的歌舞总领班。宫中教坊的歌舞伎们都拜她为师，学习江南的歌舞，也跟着她学习《金莲花舞》。宋太宗继位后，便让她教练宫中的嫔妃和女眷们以巾缠足，朝臣们亦纷纷效之，请她去府上教练女眷们缠足。甚至有的节度使还派人专程接她去自己的治所，教练女眷和当地显贵们的妻妾缠足。一时间缠足之风风行起来，由东京刮到了各州府，官宦人家和富商巨贾们的女子都以缠足为美为荣。

李清照说完缠足的来历之后，可人笑着说道："怪不得那位何蕊小姐的双足那么玲珑小巧呢，原来她缠过足了！我若年纪小些，也会缠足。"

第七章 太学生终于见到了那个倩影

第七章 太学生终于见到了那个倩影

送走表姐之后，李清照找出了一册无名氏的《李后主本传》，坐在灯下仔细阅读起来。她觉得，李煜是词国里的一位十分难得的君王，但在历代的帝王中，他又是一位极为无能的国主。古话说，玩物丧志。一个平民百姓因玩物而丧志的话，是他自己的悲哀；而一国之主玩物丧志，不但会祸及自己，还要祸及千万百姓和社稷江山！李煜"玩"的"物"是一部《霓裳羽衣舞》的古舞谱，最终因过度迷恋古舞谱而国破人亡！

不知不觉中，已经过了三更。她只好合上书去睡了。当她醒来时，红日已高。她洗漱了之后，便来到侧院里，坐在秋千架上荡了起来。她双手紧紧抓着粗壮的绳索，随着秋千的惯性，她越荡越快，也越荡越高。她要把从表姐那里听到的烦恼，把昨夜读书时的疲劳，借着秋千的惯性，统统甩到九霄云外！荡了一阵子，她渐渐累了，便不再发力，任身子随着秋千往返地飘荡着，让习习晨风吹拂着已经汗透了的衣衫，心里舒畅极了……

就在秋千将要停下来时，忽然看到有人走进了月门……

她听见李迥将那人领走之后，心里才渐渐平静下来，重新洗漱过之后，又换了汗衫，拿起一面铜镜照了照，见脸上的红云依然未褪，她不敢走出闺房，于是，在桌上铺上彩笺，想了一会，提笔便写了一首《点绛唇》：

> 蹴罢秋千，起来慵整纤纤手。露浓花瘦，薄汗轻衣透。
> 见客入来，袜划金钗溜。和羞走，倚门回首，却把青梅嗅。

第八章　梦中谜语，成就了一段千古佳话

绣面芙蓉一笑开，斜飞宝鸭衬香腮。眼波才动被人猜。

一面风情深有韵，半笺娇恨寄幽怀。月移花影约重来。

——《浣溪沙》

（一）

自有竹堂归来之后，赵明诚显得精神格外焕发，脸上总是洋溢着一种似乎难以抑制的笑容。回到太学后，不像以往那样爱和学友们谈笑，也不想去看蹴球、下棋，每当课后休息，便手里握着一册自己抄录的诗稿，坐在假山后边的树荫下，专心致志地读着。每逢太学放假的日子，也不再去相国寺后街的古董店铺消磨时光，而是匆匆回到赵家大院，不像过去那样将自己关在书房里读书，或整理金石拓片，而是愿和母亲待在一起，也不多言多语，像个十分听话的乖孩子。郭氏觉得奇怪，便问他："明诚，你有什么事吗？"

他听了，笑着说道："没有什么事，只是因为太学里学业太多，在家里就省心多了。"

郭氏听了，说道："那也是。'纵然外头千般好，不如家中有双老'嘛！想吃什么，就对娘说，调养好了，在太学里才会有精神呢！"

赵明诚点了点头。

其实，赵明诚不敢将自己的心事告诉母亲，不过，他有些焦急，也有些担心。他发现最近经常有客人进进出出，当和这些客人相遇时，总会发现客人们朝自己投来一种怪怪的目光，像是审视，又像是欣赏。他们是来做什么的？有一天，几位客人从父亲的书房走出来，恰好与他迎面相遇，客人的目光齐刷刷地落在了他的身上，其中一位年长的客人将他从头打量到脚，却又一言不发，令他很不自在。当客人走后，他问二嫂："二嫂，他们是些什么人？来做什么？"

二嫂听了，说道："你真的不知道？"

"真的不知道。"

"还不是为你——"二嫂说到这里，连忙刹住了，她笑了笑，又说："你问问咱娘就知道了！"

赵明诚愣了一会，马上就意识到这些客人是与自己有关才来的。来做什么呢？对，

103

一定是来为自己提亲的！不行，谁家都不行，就是皇亲国戚也不行！

他越想越不安。父母并不知道他的心事，一旦应允了哪一家，不就难以挽回了吗？此事迟疑不得，他要向父母说出自己的心事！

晚饭后，他见母亲正在给侄儿们讲故事，便装作没事的样子问道："娘，我们家的来客挺多呢！我怎么都不认识？"

郭氏听了，不紧不慢地说道："都是来提亲的。"

"为谁提亲？"

"为你啊！"郭氏笑着说，"这男婚女嫁之事，历来都是男家向女家提亲，可如今颠倒了，是女家托人来咱们家提亲。这半个月以来，已有四家来提过亲啦，有咱们密州老家的巨贾林善永；有镇国将军孙达远孙大人；有枢密院的严其沙严大人；还有荣理公主派胡兆夫胡大人为她女儿提亲。"

赵明诚听了，感到耳朵里"嗡"地响了起来。他想向母亲说什么，但却一个字都说不出来，脸色骤然变得苍白。

郭氏似乎没有察觉到小儿子的神情变化，她依然陶醉在这些显赫人家来提亲的得意之中。她接着说道："除了我在家里接待的以外，你父亲在衙门里还遇见两起，一起是翰林学士院的符大人托人找过你父亲；还有一位是三司使尹大人，他受人之托向你父亲提亲，说女家的闺女长相、文才超群，尤善诗词，是位——"

没等郭氏说完，赵明诚便急不可待地问道："女家姓什么？"

郭氏笑起来了："看把你急的！那女家是在家闲住的节度使何大人的千金，叫什么名字，我倒忘记了。不过，听人说那个闺女是京城第一美媛哩！"

郭氏发现，赵明诚听了，脸上非但没有喜悦，反而锁起了眉头，还长长地叹了口气。儿子怎么啦？难道他有什么心事？

当天晚上，郭氏又向赵挺之谈起赵明诚的婚事，她说："老爷，明诚已经二十多岁了，也该为他成家了。不过，我把来提亲的几家人家说给他听了之后，他总是闷闷不乐，会不会他心里已有了什么人？"

"不会吧！平日里他住在太学里，学业上乘，又遵守舍规，不可能与外边的女子交往。我已问过太学的余大人，他说明诚在太学里遵纪守规，品学兼优，绝无他事。"说到这里，赵挺之朝窗外望了望，见赵明诚的房里还亮着灯，便说道："待有了空闲时，我亲自问一问他。"

郭氏觉得丈夫的话颇有道理，她又嘱咐他，要他尽早去问。若明诚心中没有意中之人，就在来提亲的这几家中选择一家，定下来之后，好筹办婚事。

又到了太学放假的日子，赵明诚从太学出来后，过了龙津桥，便沿着大街朝前走着。大街两边的店铺已经打烊，街上的车马行人也渐渐稀少了。他一面走，一面想着自己的心事，不知不觉间已经到了宫巷口，再往前走，就是自己的家了。他不想这么早就回到家里，因为一回到家里，母亲又会向他唠叨提亲之事。一想到提亲之事，他心里就烦透了。他觉得，不论哪家的闺女都不与他相干，哪怕是公主，是天下第一美人，他也都不屑一顾！因为他的心目中只有一个人！这个人离他很近，就在咫尺之间；又离他很远，远得难以到达。他忽然想起了苏轼的一段文字：崂山上多隐君子，可闻而不可望，可望而不可即。他觉得他心目中的那个人，就像是苏轼说的崂山上的神仙：可闻而不可望，可望而不可即！

在太学里，这些日子他总是失眠，有时实在睡不着了，便索性天马行空地胡思乱想起来，甚至还用四个字谜，将自己和意中之人连在了一起。不过，他没敢告诉同舍的李迥，也没敢写在纸上，而是悄悄地刻在了自己的心里，因为这是一个凡夫俗子对神仙的一种奢望罢了。

忽然听到远处传来了嘈杂之声。他转头一看，一乘轿子从远处走来，他知道是父亲从吏部回来了，便连忙进了大门。

晚饭时，全家都到齐了，唯不见赵明诚。派去叫他的人回来说，三公子已经睡下了。郭氏担心他又病了，连忙站起来，要亲自去看看。

赵挺之摇了摇头，示意女仆端饭上菜。

吃饭时，赵挺之笑着对郭氏说道："我们这位'金石迷'，不知又迷上了什么！"

原来，由于赵明诚平日里对收集金石已到了迷恋的地步，所收集的石刻、古籍、印章、拓片，不但堆满了书房，连母亲为他腾出的两间偏房也都装满了。平时，听说哪里有块出土的石刻，他就会吃饭不香，睡觉不稳，哪怕跑上一天的山路，他也要去看一看，所以，家里人都叫他"金石迷"。在太学里，他常常抽出时间撰写一些文物古器的考证文字，大家给他起了个诨号，叫"赵古董"。赵挺之以为他又发现了什么古物了。

饭后，赵挺之来到了赵明诚的房间，见赵明诚已经睡着了，便顺手从桌上拿起一本书来。也许拿书的声音惊动了赵明诚，他连忙翻身坐了起来，说道："父亲，孩儿刚才做了一个怪梦。"

"怪梦？梦见了什么？"赵挺之问道。

赵明诚告诉他说，他在梦中遇见了一位似道非道的老者，二人同走了一段路之后，分手时，老者送给他一本古籍，上面写着一些天外异事和天文天象，言语皆是四字一句，古奥难解，不知其意。

赵挺之问道："你还记得那些文字吗？"

赵明诚眨了眨眼，想了一会，说道："其他都记不住了，只记得其中三句。"

"是怎样的三句？"

赵明诚说道："是'言与司合，安上已脱，芝芙草拔'。"

赵挺之听了，点了点头。

赵明诚接着说道："若不是父亲问及，恐怕连这三句也记不住了。"

"别着急，我已记住了。"他望了赵明诚一眼，便走出了房间。

见父亲走了，赵明诚悄悄笑了起来。他有些得意，因为自己苦思冥想的小计谋，终于得逞了：自己的心事，通过四个字谜告诉了父亲。下一步，就看父亲能否弄懂这四个字谜了。

次日，赵挺之早早回到了家中。

赵家还保留着山东老家的习俗，吃饭时全家人围坐在一起，赵挺之和郭氏为一方，两个已婚的儿子儿媳坐在左右两边，因赵明诚和小妹都未成家，便坐在父母的对面。饭前，赵挺之对郭氏说："明诚昨晚做了一个怪梦，其余皆忘记了，唯记住了三句话，共十二个字。"

郭氏问道："明诚，是怎样的三句话，十二个字呀！"

赵明诚的脸一下子红到了耳朵根，说道："刚醒来时，尚能记得，现在，现在，已记不住了。"

"我记住了。"赵挺之说着，让人取来笔墨，他在饭桌上将那三句话写在了一张纸上，然后递给了郭氏。

郭氏看了一会，莫解其意，又递给了长子赵存诚，赵存诚看过之后又传给了二弟赵思诚，赵思诚看后，小妹又抢过去。她看了半天，笑着说："这才是天书呢，除了神仙，谁也看不懂！"

赵挺之问道："存诚、思诚，你们也看不懂吗？"

赵存诚和赵思诚都说自己学识浅陋，请父亲指点。

赵挺之听了，点了点头，说道："其实，明诚在梦里得到的三句话，十二个字，我开始也没弄清楚。今天，我去拜访书画博士米芾先生时，顺便谈及了此事，他也不知其意。不过他说，会不会是字谜呢？他的话点拨了我。在回家的路上，我终于猜出来了。"

郭氏心急，连忙问道："快说呀！是不是关系到明诚的功名前程？"

赵挺之摇了摇头，指着纸上的文字说道："其实，这三句话是拆字隐语。你们看，'言'与'司'合，不是个'词'字吗？"

大家听了，连连点头。

赵挺之接着说道："这'安'上已脱，就是脱去了宝盖，下面只剩了个'女'字；'芝芙草拔'四个字，其实只拆前两个字就行了，'芝芙'拔掉了草字头，不就成了'之夫'吗？合在一起，这十二个字就成了'词女之夫'了！"

大家听了，都恍然大悟。

郭氏说："看来，我们家要娶个会填词的儿媳妇了！"

小妹拍着手说："好，好，娶个词女做三嫂，还能教我填词哩！"

赵明诚听了，连忙低下了头。

"明诚，按你梦中的老者所说，为你择一位会填词的词女为妇，你可愿意？"

赵明诚的目的达到了，但还要装出茫然无措的样子，他低头说道："我梦中之事，乃是虚幻，不足为凭。至于择妇之事，全由父母做主。"

赵挺之听了，连声说道："好，好！此事待我细细查访查访，看哪家的闺女是填词的才女。"说到这里，又转头对郭氏说："夫人，我想喝盅酒，行吗？"

郭氏听了，连忙让人摆上了酒具。

赵挺之平时喜欢喝几盅烧酒，但郎中说他虚火太盛，不宜多饮，所以，郭氏平时便不许他饮酒。今日，因最小的儿子择妇之事已有了眉目，心中自然高兴，所以想喝上几盅。

一家人都十分高兴，说笑之声，不绝于耳。

（二）

晚上，赵挺之刚刚睡下，郭氏又将他推醒了。赵挺之披衣坐起来，问道："有事吗？"

郭氏说："还不是明诚择妇的事，难道你不着急吗？"

"着急？"赵挺之笑了，"这有什么可着急的？选个日子，派人提亲不就行了！"

"提亲？向谁家提亲？"

"家有'词女'的人家啊！"

郭氏对他说："何大人家托人来提过亲，何家小姐今年十七岁，不但长相是东京第一，且工于诗词，还得到过舒亶大人的赏识呢！"

赵挺之听了，摇了摇头。

郭氏又说了几家，赵挺之仍然摇头。

郭氏急了，说道："这些人家，可都是门当户对呀！若这几家都不合适，可就天下难寻了。"

赵挺之笑了笑说："那也不一定。"

郭氏知道丈夫心中已经有数了，说道："说说看，是哪一家的女儿？"

"是礼部员外郎李格非大人的女儿，叫李清照。"

"好呀！那就赶快请人去提亲吧！"

赵挺之说："去提亲可以，不过托谁去最合适呢？"他睡意全无了，便干脆穿好衣服，来到了书房里。

是的，托谁去提亲最合适呢？他早已听说过"李清照"这个名字，还在吏部的几位同僚家中见过李清照的几首词，尤其是《浯溪中兴颂诗和张文潜二首》，令他十分惊异，也十分佩服。一个涉世不深的女孩儿，竟能写出如此脍炙人口的诗来，真是让人难以置信！可见，她不但读过了前人的诸多文章，而且对"安史之乱"有自己的见解，这不但是她的"史识"，也是一种少有的"史德"，可直追前人大家。

他知道，不知多少年才会出一位这样的才女；他还知道，这样的才女能成为赵家的儿媳，是儿子的福分，也是赵家的荣耀。然而，托谁去提亲一事，从昨天起就成了他的一件心事。虽说李家不及赵家显赫，但李格非的学问文章却在自己之上，加之李格非为人耿直，极重义气，又受知于苏轼门下，文名远扬。而自己不但与苏轼在政见上不合，而且在对他的贬谪一事上，也有些过分之举。如果贸然托人提亲，也许会碰壁而归，一旦碰壁，此事就会难以成全了。所以，去提亲的人，才是最最要紧的。他将自己的心事对郭氏讲了。郭氏说："这有什么为难的！可以拜托礼部尚书孙大人去提亲呀！难道李家会不买顶头上司的账？"

赵挺之听了，不以为然。他说："不妥，不妥。李大人不是那种……对了，若是秦少游在东京就好了，可惜，他如今已贬居雷州了。还有谁最为合适呢？"他站起来，在书房里一边踱着步子，一边将自己的亲友、同僚们一个接一个衡量了一番，仍然没有合适的人选。

郭氏自听丈夫说了李清照的文才之后，便认定了非李清照不娶，哪怕是当今的公主也不要！她见丈夫正为找不到合适的人去李家提亲而焦急时，便试探着说道："老爷，实在没有合适的人，我就亲自登门求亲，行吗？"

赵挺之苦笑着说道："你还是不去为好，免得弄巧成拙。"

这时，管家匆匆走来说，书画博士米芾先生来访。

赵挺之听了，大声笑了。他对郭氏说："米博士来了，乃天助我也！"

见郭氏有些不解。他解释说，米芾不但与自己交情深厚，也与李格非交情不浅。听说，他不但喜爱李清照的诗词，而且还教过她如何运笔练书和丹青技法呢！若求他上门提亲，是再好不过的人选了！

他正要出去迎接，米芾已经跨进了书房。

原来，赵挺之藏有李斯的《泰山刻石》墨拓卷轴，米芾是专程前来观看的。赵挺之连忙从柜中取出墨拓，在书案上展开，让米芾详细观看。

米芾也确实看得仔细。他逐字逐字地看了一遍之后，又一笔一画地细细揣摩了一遍，揣摩完了，又将卷轴挂在壁上，向后退了几步，眯着眼睛，边看边点头，足足看了一个多时辰。

赵挺之知道，他十分喜爱这件墨拓卷轴，便笑着说道："博士若是喜爱，就拿去吧！"

米芾笑着问道："你可舍得？"

"有什么舍不得的，我是门外之汉，此物留在这里，就埋没了。博士精于此道，此物送你，亦是物应所归。这也叫'宝剑赠英雄'嘛！"

米芾和赵挺之是相交多年的挚友，米芾若主动提出要"常借"这件《泰山刻石》，自己也不好拒绝呀！还不如送给他，也是一个人情。

赵挺之亲手卷起卷轴，递给了米芾。这时，仆人送来了热茶，二人边饮边闲谈起来。

谈了一会之后，赵挺之的话题一转，说道："我有件家事，想请博士帮个忙。"

米芾说："说吧，只要我力所能及的。"

"犬子明诚，今年已满二十岁，想为他定一门亲事……"

没等说完，米芾已经明白了他的意见，说道："是请我做媒哪！说吧，是哪一家的闺女？"

"礼部员外郎李格非大人的闺女。"

"啊呀呀，挺之兄可真有眼力！你说的原来是李清照啊！那可是一位不让须眉的才女！她写的词，不仅传遍京师，听说还传到了洛阳、长安和江南！还有，她博览群书，且书法、丹青甚至音律，都造诣颇深。"他本来还想说晁补之、黄庭坚、张耒、陈师道等人都对她大加赞赏，但一想到他们都和赵挺之政见不合，积怨颇深，便未说出他们的名字，只是含糊地说道："许多文坛名家，都对她刮目相观呢！"

赵挺之说："若博士愿为犬子做媒，挺之将感激不尽。"

"此事包在我身上了！"米芾拍了拍胸，说道，"你和夫人就在家里静候佳音吧！"

送走米芾之后，赵挺之对郭氏说："有书画博士米芾先生去李家提亲，你就用不着担心了。"

郭氏笑了，但她并不完全放心，因为她是个办事极其认真的人。

（三）

坐落在铜雀台旁边的何宅，原是前朝一位尚书右丞的宅第，何司亮卸任之前买了下来，又花巨资进行了翻修，成为东京数一数二的豪宅，他在这里颐养天年。这座豪宅，仍然不失当年的显赫风光。一对青石石狮昂着头，守在大门两侧；刚刚漆过的朱漆大门，有一种拒人靠近的威严。虽然他已不再上朝参加朝会，但一些文武朝臣们还是频频登门拜访，丝毫没有"门前车马稀"的感觉。非但没有这种感觉，近些日子这里显得格外热闹起来了。因为他的前妻生的长女，也就是何云的二姊嫁给了哲宗的侄儿，成了赵家的皇亲。何司亮的身价自然也就不一样了。

还有一个原因，就是他后妻罗氏生的独女何蕊，已经到了谈婚论嫁的年龄。不知因她是"东京第一美媛"，还是何家的名声地位，近些日子前来提亲说媒的如过江之鲫，既有六部九卿的官员，也有封疆大吏，还有几家是富甲一方的巨贾豪户。何司亮和夫人虽说相中了几家，但总不合何蕊的心意。罗氏曾悄悄问过她，她倒是说得挺干脆：不嫁官员，不去外省，不重钱财，只想嫁一位温文尔雅、饱读诗书的文士。

何司亮夫妇知道了女儿的心事之后，便四处托人到处打听。不出一月，就物色了十多家，谁知向何蕊一说，她不但一个都没看中，还使起了性子，哭着说道："我宁愿当个老闺女，也不愿嫁给这等人家！"

这可难住了何司亮夫妇。既然女儿不嫁官员，不去外省，不重钱财，只求嫁个文士，可是，这十多家人家的公子也都是风华正茂的文士呀！若连这些人家的子弟都看不上眼，剩下的就是天上的神仙了。为此，夫妇二人还吵了一架，何司亮埋怨罗氏对女儿娇生惯养，过于纵容了，所以才目中无人，狂妄任性。罗氏则指责何司亮重前薄后，为什么能将前窝生的女儿嫁给皇族，后窝的女儿就寻不到中意的人家？正当夫妻二人争得难分难解之时，儿子何云说道："父亲，你们别吵了，我知道妹妹的心事。"

因为罗氏是何云的后母，所以，他从来都不称呼她为母亲。

何司亮连忙问道："你知道她的心事？好啊，快说出来听听。"

"妹妹所说的'文士'，其实就是个太学生。"

"太学生？你怎么知道的？"

"还记得去年寒食节吗？我和太学的一些学友们去京郊踏青，相约在我们家中聚集时，妹妹见过他们。自那天之后，她总是缠着我打听他们的名字和家里情况，让我心烦！"

"她看中了谁？"何司亮问道。

"那一天来了十多位学友，我怎么知道她看中了谁？"

"这事好办。"罗氏似乎成竹在胸，她说，"你把这些太学生们的名字写给我就行了！"

何云听了，无可奈何地在一张竹纸上写下了学友们的名字。

后来他才知道，罗氏将太学生们的名字给何蕊看了，何蕊倒是挺大方，她用纤纤玉指在一个"赵"字上指了指。

罗氏立刻明白了，她先让人打听清楚了赵家的情况之后，便正式托人前往宫巷口的赵家大院提亲，谁知过了半个多月，迟迟听不到赵家的回音。她知道这门亲事已经吹了，便如实告诉了何蕊，想让她从其他几位太学生中物色意中人。何蕊听了之后，竟一把夺过写着太学生们名字的竹纸，撕了个粉碎，扔在了地上。她似乎还不解恨，又狠狠地踩了几脚！然后"砰"的一声关上了房门，连着三天不吃不喝不出门！

一场风暴过去之后，偌大的何府里清静多了。这天一早，何云就起来了，他匆匆洗漱过了之后，便来到了书房用起功来。几个打扫院子的仆人见了，都觉得奇怪：从来都没见到少爷这么用功过！

原来，何云虽然身在太学，太学里的学规颇严，但他毕竟是官宦子弟，有时流连于东京的勾栏瓦舍；有时相邀去骑马、蹴球；有时也去樊楼、会仙楼把酒论盏。他喜欢高谈阔论，也舍得大把花银子。他虽然浮躁，学业平平，也无大的抱负，但并无出格之举。只是在太学里磨着时光，待由外舍磨进内舍，再由内舍磨进上舍之后，就可由朝廷定出身、授官职了。今日之所以起得很早，起来后又去了书房，并非是为了复习学业或写什么文章，而是在抄录一首昨晚刚刚得到的词，这正是李清照从秋千架上下来后写的那首《点绛唇》。

李清照视此词是闺中即兴之笔，过去，她凡写了诗词，便先请父亲过目，若父亲不在家中，便让继母评点。若晁补之、米芾或父亲的文友们来了，她也会拿出来，向他们请教，请他们指正。但不知为什么，这首《点绛唇》写完之后，她从未让人看过。

有一天，表姐可人将李清照和丁香接去了。李格非的挚友——也是苏门后四学士的诗人廖正一前来造访，二人在书房里品茶时，廖正一说，他在洛阳的友人家中见到过李清照的几首词，写得清新、流畅、韵味不俗。到了东京之后，又见过她写的《浯溪中兴颂诗和张文潜二首》，十分惊叹。所以前来拜访，想亲眼见一见这位才女。当得知李清照不在家中时，他对李格非说："格非兄，侄女近日可有新作？"

李格非说："大约有吧，我让内人去她书房找找看。"说完，便走出书房，让王惠双到李清照房中去取。

王惠双进去之后，刚好看到了书案上有一首《点绛唇》，便送到了书房，递给了廖正一。廖正一看过之后，连声说道："好，好，太好了！清新、传神、灵心慧性，可咏可歌，读后令人耳目一新。"

"正一老弟过奖了。"李格非说，"和词界师长们相比，小女的这些涂鸦之作，难登大雅之堂。"

"不，格非兄，说实在的，侄女的这首小词，我敢说，我等无论如何都写不出来！"

廖正一说完，从笔架上取下一支笔，挥笔将这首词抄录在一张素笺上，笑着说道："我要让我的三个子女都好好地读读侄女的这首绝妙之词！"

离开有竹堂之后，廖正一便回了自己在汴河旁租赁的宅子。

他在太学里读书的长子廖方读过之后，连忙抄了一份，次日又带进了太学。太学生们争相咏诵、转抄，于是，何云便有了这首《点绛唇》。

何蕊虽然骄横、任性，但是个疯子脾气，她的疯劲过去之后，便会回到常态。这一天，她也早早地起了床，在侍女为她梳理她的长发时，忽见哥哥从书房中走出来，手里还捧着一张诗笺，沿着院中的花径边走边读，十分陶醉。她连忙走过去，挡在了何云前面，问道："又读谁的大作呀？"

何云听了，并不解释，将手中的诗笺递给了她。她接过后，从头至尾看了一遍，问道："这首《点绛唇》是你写的？"

"我？我可写不出来！"

"是哪位太学生写的？"

"不，太学生们也都望尘莫及！"

她忽然想到了一个人，难道是她写的？她问道："是不是李清照写的？"

何云半讽半笑着说："还是我的宝贝妹妹慧眼识珠，此词正是出自才女李清照之手。

怎么样，此词不同凡响吧？"

谁知，何蕊听了之后，竟将诗笺向地上一扔，愤愤地说道："一个闺中小女，不穿鞋而着袜行走，还倚门回首嗅青梅，是市井妇人之态，浅显至极！"

何云听了，十分不服，从地上拾起诗笺，又以衣袖拭了拭，说道："太学生们可不这么看。他们有的说，读这首词，如见山中小溪，明澈流畅，无做作之态；有的说，读此词如见陌上村姑采桑，清纯、自然；有的说，都是写的女子打秋千，而这首词却胜过了韩偓的《偶见诗》。"

何蕊听了，恨恨地说道："你们这般太学生们，都是有眼无珠，竟然被这种闾巷荒淫之句所惑！"说完，跺了跺脚，便转身回到自己的闺房，"砰"的一声关上了门，在里边将自己又关了三天。

第四天，何云刚从太学回来，见书桌上放着一张彩笺，上面是一首《点绛唇·秋千架上》：

初登秋千，纤手紧握锦丝索。渐追云鹤，金阙堆巍峨。方伞耀眼，华盖护象辂。闻仙乐，玉辇排列，迎我自天落。

他知道何蕊忌妒心很重，自从见了李清照的那首《点绛唇》之一，心里一直不服气，才写了这首词，是想和李清照的词比个上下高低。

这时，何蕊进来了，她问道："哥哥，这是我写的《点绛唇》，请你指教。"

何云不想多费口舌，便笑着说道："这样吧，我将它带到太学去，让太学生们也饱饱眼福！"说完，收起了诗笺。

当他从太学回来时，一本正经地对何蕊说道："我的一些学友都拜读了你的这首词。"

"他们有何评说？"何蕊急着问道。

"他们说，他们没有评说的资格。"

"为什么？"

"因为在你的词里，从人间到天上，尽是些金呀、玉呀和宫殿之类的，还有皇家的华盖辇车、方伞仙乐，连秋千的绳索，都是用锦丝编的，尊贵至极。所以，只有皇城里边的人才有资格评说。"

何蕊听了，知道他是在调侃自己，回到了闺房后，蒙着被子大哭了一场。

（四）

端阳之后，天气渐渐热了起来。院子里的花草，李清照养护得十分精心，每天清晨都浇一遍水，到了后半晌，不但要再浇一次，还要向叶子上洒些清水，以冲洗落在上面的浮尘。

午后，她读《花间集》读累了，便走出书房，借着给花草浇水散散心。浇完盆花之后，又去浇南墙下的那丛把竹。把竹的竹竿修长、直立，竹叶青翠如滴，充满了朝气。看到这些把竹，她就会想起送把竹苗给父亲的苏轼，听说他从惠州又被贬往儋州了。儋州在茫茫的大海之中，那里是个什么样子？苏伯伯在那里过得惯吗？本来盼望着他能早日回到东京的，谁知他被一贬再贬，如今竟然贬到天涯海角去了！

她曾听父亲说过，苏轼由惠州被贬往儋州，还是因一首诗惹出的祸：

苏轼的前妻王弗病故后，王朝云便正式成了他的夫人。

王朝云十一岁时，在杭州任通判的苏轼便将她买回家去，做了侍女。她天资聪慧，在苏轼的调教下，她能诗善书，且善解人意，跟随苏轼到处奔波，受尽了苦难。万里风雨相随相伴，整整二十三年，从无怨言。由于劳累过度，王朝云终于病故惠州。苏轼按她生前的意愿，她将安葬在惠州西湖栖禅旁的一座小山岗上，还亲自为她写了墓志铭。

王朝云死后，苏轼大病了一场。当病情稍有好转时，他便常常打坐、诵经。有一天，午睡醒来之后，他低声咏出了一首绝句，刚好有位邻居在场，便记下了诗句：

> 白发萧散满霜风，小阁藤床寄病容。
> 报道先生春睡美，道人轻打五更钟。

谁也不曾想到，他的这首题为《纵笔》的绝句，便在惠州城里传开了。后来，又传到东京，也传到了章淳的耳朵里。章淳自言自语地说道："既然他在惠州过得挺自在，那就让他再远一些吧！"

不久，朝廷的诰命发到了惠州：苏轼谪儋州！

同时被贬的还有，苏辙谪雷州，黄庭坚谪黔州。

在这之前，秦观已贬往雷州了……

苏伯伯近时可康健？"山高水远诗为伴"，苏伯伯一定又写了不少诗词，要是能读到就好了。正想着，听见有叩门之声，她放下水瓢，连忙去开门。打开门后，见一青年男子站在门口，从他风尘仆仆的衣衫上就能知道，他是远道而来的。

那青年施礼之后，问道："请问，这是礼部员外郎李大人的府邸吗？"

"正是，请问你——"

那青年人连忙从怀中取出一封信来，说道："在下是姜唐佐，这是苏轼大人在儋州写的，让我亲自交给李大人。"

"家父尚在署衙未归，我是他的女儿。"

"你叫李清照，对吧？"

"你怎么知道的？"

"是听苏大人说的。"他顿了顿，又接着说，"我去雷州拜见秦观先生时，他也说过。"

"苏伯伯和秦叔叔都过奖了。"

"我把信交给你吧！"说着，他将信递给了李清照，然后，转身欲走。

"请问你要去哪里？"李清照问道。

姜唐佐说："天不早了，我要去投店。"

李清照想，人家从千里之外的儋州而来，专程送来了苏伯伯的信，难道就这样让他离开有竹堂吗？她连忙说道："请你稍候，我去向母亲禀报一下。"她转身向厨房喊道："丁香，有客人来了，快泡茶送来。"

大约王惠双也听到了前院的声音，连忙从后院中走出来，将青年人领进了客厅。

不一会，李格非回来了。他看完信之后，便连忙安排酒菜，说是要好好招待来自儋州的客人。

吃饭时，姜唐佐望着满桌的饭菜，忽然落起泪来。

李格非见了，心中一惊，连忙问他有什么伤心之事？他指着菜盘子说道："李大人，你不会想到苏大人在儋州都吃过什么？"

李格非劝他不要伤心，慢慢说。

他稍稍平静了一会，说了苏轼在儋州遭受的罪孽——

苏轼是由儿子苏过陪着，漂洋过海到儋州的。

儋州太守张中，不但敬佩苏轼的品行，更喜爱他的诗词书画。他听说苏轼被贬儋州时，亲自带领官吏们出城迎接，设宴为他们父子洗尘，并将他们父子安排在官舍中住宿。

苏轼担心自己的罪臣身份会给张中引来麻烦，便想在外边找间能挡风遮雨的屋子容身，一天三餐有着落就心满意足了。他将这个想法告诉了张中。

谁知张中听了很不以为然，他说："苏学士能来儋州，是儋州百姓之幸。有我张中之床，就有学士安歇之处；有我张中茶饭，学士就不会饿着肚子！"

张中的仗义和真诚，苏氏父子十分感动。

苏轼住下后，张中又张罗着办起了学馆，不光儋州的本土人士纷纷前来拜师，消息传到全岛之后，不少人家都将子弟送到了儋州，甚至还有从雷州半岛来的学子，这其中就有姜唐佐。

姜唐佐的家境清贫，父亲早逝，他和母亲相依为命。他自小就想读书，放牛时常在塾学外边听先生讲课。长大后，以帮大户人家打工为生。在劳累了一天之后，便点着松明子读书练字。自从拜苏轼为师之后，听他讲解诸子百家，还教他诗词歌赋，长进很快，他在儋州学了一年，便考中了秀才。

后来，章淳派董必南下，查询被贬罪臣的情况。在雷州，太守因厚待过苏轼而被罢职。他到儋州之后，发现张中不仅厚待苏轼，还让他居官舍，接济粮菜，当即命人将苏氏父子逐出了官舍，苏轼父子只好栖身在一片桄榔林中。

幸好苏轼的学生们及时找到了他们父子，他们立即动手，伐树砍竹，在桄榔林中为苏氏父子搭建了一座"桄榔庵"，苏轼还写了一篇《桄榔庵铭》呢！

后来，张中因接济苏轼而被罢官，苏氏父子的生计更难以为继了。虽然学生们和当地农家会送来一些粮菜，但他们的日子也不好过，加之岛上连续遭灾，田里没有收成，百姓们常常以芋头、野果充饥，苏氏父子就更可怜了。

有一年冬天，因海上风大浪高，大陆货船也停航了，苏氏父子半饱半饥地熬了几天之后，最后竟无物可食，连采摘树叶野菜的力气都没有了！有一天，一个叫符林的学生做了两碗肉汤，让他们趁热喝了。喝过之后才告诉他们说，他捉了几只老鼠，这是用老鼠肉煮的汤，鼠肉能补养身子。

老鼠汤也并非能常常喝到。苏轼便开始修炼道家的"辟谷功法"，以对抗让人难以忍受的饥饿折磨。

后来，苏轼忽然发现山坡上长满了苍耳，他便摘了大半筐，在水中煮去毒性之后，便可充当饭菜，能填饱肚子就行了。

有一天，姜唐佐从永州回到海南，专程去看望苏轼时，告诉他说，他在永州时，听说新任宰相韩忠彦大人请求皇上诏回被贬的元祐诸臣，还派人去永州看望了被贬在那里的范纯仁大人，带去了医治目疾的药物，让他徙居邓州。苏大人听说之后，含着泪说："若能回京，当去看看因我受连累的门生们。"他还逐个念叨着门生们的名字，其中就有李格非！

听到这里，李清照竟忍不住呜咽起来。

（五）

自苏轼被贬之后，秦观、黄庭坚、张耒、晁补之等人也都先后被贬往偏远之邑，苏门的后四学士又分散在各处，所以有竹堂便显得冷落多了。虽然也有客人造访，但很少再有高朋满座的热闹场面了。

今天似乎不同往日。昨晚，李格非和姜唐佐整整谈到了子夜之后，便安排他在客室里安歇了。今天一大早，他急着要去汝州拜访朋友，起得很早。李格非一直将他送出了南薰门之后才回来。刚刚到家，便听仆人来报，说米芾大人来访，他便连忙出去迎接。

米芾依然是身着唐时长衫，头戴一顶黑色的软脚幞头。他边进门边笑着说道："格非老弟，你可知道我一大早就来，是为什么吗？"

李格非想了想，说道："是送来了我乞求的那幅墨宝？"

原来，李格非上个月去拜访米芾时，见他壁上挂着一幅《升仙太子碑》碑文，感到字体雍容婉畅，笔画柔而不软，圆转而豪放，让人看了久久难忘，便向他索要。米芾说，此件已经有主了。他走近仔细看时，果见左首处有一行小字：为苍樟老先生百寿笔贺。

此幅要是不成了，他便央求米芾照样再书写一幅，米芾连忙答应了。

"墨宝未曾带来，今天，我带来了一桩喜讯。"

"喜讯？谁的喜讯？"

"你家的喜讯啊！"

李格非听了，没回过神来，只是望着他，等他的下文。可是等了半天，米芾就是不说。

"米大人，你快说呀，在下正洗耳恭听呢！"

"不瞒你说，我是受人之托，来讨杯喜酒喝的！"

李格非一下子明白了，原来他是来做媒的。

这些天来，李家已接待过十多位来提亲的，但他都以女儿年龄尚小，待住些日子再议为由，委婉地谢绝了。其实，李格非和王惠双早就为李清照的婚事留心了。因为按当时风俗，有的闺女在十四五岁便定亲了。李清照的表姐可人，就是十四岁时由两家的大人们商定的。虽然有不少人来李家提亲，且男家多是王公贵胄的子弟，但总有不如意之处。按李清照的学识、才华，其婿不但人品要好，文采亦要出众，这样才能般配。不过，能兼备两者的，在东京城中寥若晨星。今日米芾专为此事而来，不知是为谁家提亲？

听说书画博士前来提亲，王惠双连忙放下手中的针线活儿，亲自端茶来到客厅。

见王惠双来了，米芾连忙说道："嫂夫人，请你坐下，一起听一听。"

正当他们在客厅谈论这桩婚事时，在后院紫罗兰架下作画的李清照，听说米芾来了，便放下画笔，大声说道："米叔叔真是我的及时雨，快看看我的构图对不对？"说着就朝客厅跑去。

她还没到客厅门口，见丁香朝她摆了摆手，示意她不要出声，又拉着她回了后园，悄声对她说："米大人是来提亲的。"

李清照问道："又是哪一家？"

"吏部侍郎赵大人家。"

"赵大人？赵大人是谁？"

"你还记得元宵节灯会吗？"

李清照点了点头。

"还记得李迥公子领来的那个太学生吗？"

是他？李清照心里"突突"地猛跳起来。她又想起了她从秋千架上跳下来，提着鞋，穿着袜子逃避时的情景；想起了他回眸望时，那双摄人魂魄的眼神。

"你怎么知道的？"李清照尽量装得心不在焉，说话的语气也显得十分平静。

"是我亲自听见的嘛！"丁香咬着她的耳朵说。

"叫什么名字？"

"没听清楚。"丁香调皮地问道，"小姐，要不要我去问一问？"

李清照的脸一下子红了，连忙说道："千万别去问！"

丁香听了，"咯咯咯"地笑起来了。

忽然，她们听见大门口又传来说话的声音。丁香悄声说道："又来客人了，我去看看。"说完，便开门出去了。

来客是陈师道。

在陈师道还未进客厅之前，米芾悄声对李格非说道："格非兄，千万别对他说我是来提亲的。"

"为什么？"

"是赵侍郎特别嘱咐我的。"米芾解释说，"他是怕若提亲被拒，很丢面子，故而不想让人知道，更不想让他的这位连襟知道。"

李格非听了，点了点头。

刚说完，王惠双陪着陈师道已经走到了客厅门口。陈师道一见到李格非，就大声说道："格非老弟，我今天来，是想讨杯喜酒喝的！"

李格非佯装不懂，笑着说道："喜从何来呀？"

陈师道口直心快，说话的声音也大："我今天是为我的外甥来提亲的。"

"你的外甥？"李格非问道，"是谁呀？"

"宫巷口赵家的三公子，太学生赵明诚。"他回避了赵挺之的名字。

李格非听了，望了望米芾，米芾的脸上也是一片狐疑，他心里说，赵挺之明明要自己对这件事不可张扬，怎么又托陈师道前来提亲呢？

原来，赵挺之和夫人郭氏决定托米芾提亲之后，郭氏仍放心不下，她担心米芾胜任不了提亲之事，便又央求自己的妹夫陈师道亲自登门提亲。因为陈师道格外喜欢赵明诚，让他介绍小儿子的品行、学问，是最合适不过了。陈师道听了，拍着胸说："姐姐，你放心好了，明诚的亲事，包在我身上了。"他昨日受托之后，今日一大早就来了，没想到在这里遇见了米芾。米芾也没想到在这里遇上了陈师道，更没想到他也是为提亲而来的！

本来自己的妻姐嘱咐他不要张扬此事，但他想，这是件光明正大的事，为何不能张扬呢？所以，他一进门，便把自己来访的目的说出来了。

三人落座之后，王惠双为陈师道送上了热茶，笑着说道："陈大人，你觉得你真的能喝到这杯喜酒？"

陈师道说："嫂夫人，若论贵府千金的人品、才华，这东京城里达官显贵们的子弟，少说也有三千，但没有哪位能般配得上！"

王惠双问道："陈大人，你说的这三千人当中，也包含着你的外甥赵明诚？"

"当然也包含着他啦！"

"既然如此，恐怕你就喝不成这杯喜酒了。"王惠双笑着说道。

"不，我还没说完呢！"陈师道说，"我是看着赵明诚长大的，虽然不能说他如何杰出，但也算得上是一个后起之秀。我打个比方吧，若那三千子弟是一大群驴的话，那么，赵明诚就是一匹马了！"

他的这个比方，引得大家都情不自禁地笑了起来。

丁香躲在客厅窗下偷偷听客人说话，忽听客厅中爆出一阵笑声，她吓了一跳，连忙抽身跑进了李清照的闺房。

自知道米芾是来提亲的之后，李清照的心里就开始慌张起来。当听丁香说是赵家的公子时，心里更紧张起来。她想知道是不是自己见过的那个赵明诚，她躲在房里，盼着丁香能赶快回来，将偷听到的话告诉自己。

丁香回来了。她俯在李清照耳边说道："是赵家的三公子，叫赵明诚。"

李清照听了，嗔怒道："你骗人！"

丁香急了，说道："我要是骗你，就是小狗！我听清楚了，是叫赵明诚！"

"管他叫什么名字呢，不听，我不听！"李清照说完，连忙用双手捂住了耳朵。

丁香指着她的脸说："小姐，看看你的脸！

李清照拿起一面云纹异兽青铜镜。她看见铜镜里是一片红色云霞。

第九章　书画博士为媒，词女叛经离道

寂寞深闺，柔肠一寸愁千缕。惜春春去，几点催花雨。
倚遍阑干，只是无情绪。人何处？连天芳草，望断归来路。

——《点绛唇》

（一）

一轮皓月冉冉升起，将它无边的银辉洒在了东京城里，不论是威严的城楼、高高的宫殿，还是高低不齐的商家店铺或低矮的百姓房舍，都披上了一层淡淡的银色，显得温柔而又神秘。在同一层银色的覆盖下，森严的宫殿里，有高墙外边难以探知的秘密；那些商家店铺中，藏着算盘和银两的秘密；在百姓们的无数房舍中，也有属于他们各自的秘密。因为有了这些秘密，人世间才变得纷杂和多彩起来。

夜已经很深了，李清照虽然躺在床上，但却没有丝毫睡意。她试着用背诵古诗来劳累自己，但背诵了一首又一首诗经、乐府和本朝一些诗人的诗歌，还默读了自己写过的数十首诗词，谁知，睡意不但未来，反而觉得更清醒了。她实在难以入睡，便索性披衣下床，来到轩窗跟前，望着当空的月轮，干脆任自己的思绪，在茫茫的月色之中天马行空起来。

她又想起了白天的事。

父亲和米芾、陈师道在客厅中整整谈了一上午。其间继母曾多次进进出出，为他们上菜、端瓜果，有时也坐在一边听一听，说上几句。丁香曾几次想替她进去送茶，都被她拒绝了。到了晌午，父母又留下两位客人吃饭，吃饭便会饮酒，他们的说笑之声不断从客厅中传出来，直到太阳偏西，客人才告辞了。

她本以为父母会将提亲之事告诉自己的，谁知他们一直未露口风，而丁香又打探不到任何消息，她便有些神不守舍了。米大人和陈大人为何同时而来？他们都是为一个人来提亲的？那个人真的是赵明诚？

她想过来猜过去，总是难有定论。她想去隔壁叫醒丁香，让她和自己一起来猜，可是又怕丁香知道了自己的心事。明月渐渐升到了半空，窗外有一缕淡淡的幽香袭来。那棵海棠的枝头，不知何时绽开了几朵红色的花瓣，在朦朦胧胧的月色中，显得楚楚动人。她忽然想起了苏轼在黄州写的那首《海棠》，便在心里默诵起来；她原想默诵了这首诗

第九章　书画博士为媒，词女叛经离道

之后心境就平静了，便可以安安稳稳地睡了，其实不然，她的思绪又随着诗句跳动起来。

她不明白，这到底是为了什么？

就在李清照长夜难眠的时候，李格非和王惠双也没合眼，他们正在商量女儿的婚事。

白天，他们没有当面答应米芾和陈师道的提亲要求，不过，也没有拒绝他们。在表示了对他们的谢意之后，说要和女儿商量一下，这就为自己留出了可进可退的余地。因为这是女儿的终身大事，要想得周到些，再周到些，不能使女儿受到委屈。王惠双悄声对丈夫说道："格非，赵家的情况你都知道吗？"

李格非说："虽然不能说十分清楚，但也有八九分。"接着，他将赵挺之的为人和赵家的情况，讲述给妻子听了——

赵挺之，是当今的吏部侍郎，字正夫，山东密州人氏。赵挺之的父亲赵元卿曾在大名府为官，他自小跟随父亲生活多年。他小时候，得了痢疾，请过不少郎中诊治过，吃了上百服药，还用了一些偏方，病情不但不见好转，反而更加重了。人已瘦得变了形，连走路都迈不开腿。家人以为难以治好，连后事都准备好了。有一天，他紧闭双眼，昏迷不醒，似乎不行了，全家人呼天喊地地哭起来！就在这时，有一信使从京城飞奔而来，送来了一封急函。家人拆开一看，里边没有信笺，只有一个药方子和一服中药。家里人也没有细问，便死马当成活马医，立即将药煨好，撬开他的嘴，将药灌了进去。奇迹出现了，不一会，他竟然苏醒过来。又按药方子抓回药来，连服了几次之后，他的痢疾不但断根了，而且恢复得很快。自此之后，再也没生过什么大病。

王惠双听了，说道："这是苍天保佑，才使他命不该绝的。"

李格非接着说道："大约是吧。事后，他父亲到处打听是谁送来的药方子。最后才弄明白了，原来这是一次误投信函。有一位京官的儿子也得了痢疾，按这个方子服药之后，病已好了，家人将药方子和剩下的一服药装在一个信封里，放在桌子上。这位京官阴差阳错地让人将信送到大名府去了。"

至于赵挺之的才能和人品，在众多的大臣之中，口碑还是颇好的。有一事，他曾受到了当地官员和百姓的赞扬。当年宋城县城地处黄河岸边，因担心决口，有的官员提出要把县城和百姓都迁往别处。他奉命前往考察之后，认为宋城县城在这里已有千年之久，不会被水淹没。而要迁去的地方，地势很低，水流又急，更容易决口。若新县城迁去后遇上大水，不但会全城被淹，百姓们更是无处逃身。由于他的坚决，最终保住了宋城县的县城。

王惠双听了，仍不放心。她说："听说赵大人历来与苏学士不和，也和黄庭坚、张耒、晁补之等人不相容，而你又是受学于苏先生，若清照嫁到赵家，你就两头都不好为人了。"

王惠双的顾虑，并非没有道理。

不过，李格非虽是苏轼的门下，但与赵挺之之间并无任何恩怨。他也知道，新法是为了"富国强兵"，只是因为官员们推行时阳奉阴违，引发了朝野的反对。旧党也不是真正反对新法，而是指责变法操之过急，增加了农民的负担，而天怒人怨。新旧两党之争，属政见各异，不应割断彼此的交往。所以，他觉得和赵挺之结成儿女亲家，没有什么不可的。

他虽然只见过赵明诚两次，对赵明诚知之不多，但他的两个兄长都是自己的学生，他们在太学里不但稳重、谦逊，而且学业都是佼佼者。再说，米芾尤其是陈师道，对赵明诚知根知底，他二人的话是可信的，他们推荐的女婿，不会是平庸之辈。

王惠双听了，觉得丈夫的分析很有道理。不过，她还要问问李清照才行，只有李清照点头了，才能答复赵家。

李格非说："还是你去问问清照吧。"

王惠双点头答应了。

月亮已经偏西，夫妇二人才吹熄了烛台上的蜡烛。

（二）

赵佶即位后的次年，也就是建中靖国元年（1101 年），为了庆贺皇上的生辰大典，各州郡的官员都在精心准备地方的特产珍品，王公皇族们还都安排了心腹专司筹办。有的大臣打制了金龙玉树，还有的重金购买了巨大的夜明珠。最苦的是那些职务不高且又在清水衙门任职的官员，他们既拿不出多少金银，家中也无稀贵之物，只好用贺诗、颂赋之类的来充数了。

有一天，赵佶问供奉官、太监童贯："童公公，天宁节朝贺之事，朝廷内库需支多少？"

童贯答道："禀陛下，朝贺所费为六百万缗，后宫几处殿宇还须要用一些金箔装饰。"

就在此时，掌管朝廷内库的三司使送来一份奏章，说去年岁收比往年减少两成；河西诸州守军军饷已欠发三月；陕西水灾，流民四散，衣食无着，需筹银购粮救济，而内库所存尚不足百万。

赵佶看后，双眉紧锁。在这之前，他从来都不知道天下竟会这么穷，朝廷的内库竟会这么空！便下了一道诏书：国家内库已不富足，天宁节庆典应宜节俭。可不告知邻国，也不要兴师动众，惊扰百姓。届时，只在大庆殿接受文武百官和皇族的朝贺即可。为示皇恩，可减罪犯囚禁一等。

诏书发出之后，童贯去见赵佶。赵佶正站在龙案之前，凝视着壁上的一幅中堂。走近一看，原来是一幅王羲之的《快雪时晴帖》的拓片，他专心致志地看着，如痴如醉，以至于童贯走到了他的眼前他都不曾知道。

"好笔力！不愧是传世之笔！"童贯望着赵佶的脸色，巴结着说。

赵佶并未转身，他的目光依然在拓片上游走。他似对童贯又似对自己说道："好倒好，可惜不是他的当时笔墨。未见到他的真迹，是平生之憾哪！"

"是啊，是啊，王氏父子的留世之作年代久远，又几经战乱，如今已万金难求了。不过，太宗皇帝当年曾下诏天下，尽力搜集名家墨迹，还在淳化三年（992年）将秘阁所藏历代法帖，命学士王著选其中的一些法帖摹刻，集编为十卷。其中就有二王的笔迹拓片。"童贯似对书法之道颇有研究，他接着说道："太宗皇帝也是一位书法圣手，正、草、隶、篆、行，样样皆通，其中草书尤佳。当今的书法大家米芾对他极为佩服，说太宗皇帝的书法是'真造八法，草入三昧，行书无对，飞白入神'呢！"

"说起书法，我就对唐太宗生恨！"赵佶愤愤地说道。

唐太宗当年，曾身体力行地推崇、学习王羲之的书法，还不惜人力、物力和财力，以金帛购求王羲之的书迹，亲自撰写了《王羲之传论》，称王羲之是'书圣'。但是他却爱极生私，驾崩前留下遗言：将王羲之的《兰亭集序》随他葬于昭陵。自此，在人间就永远见不到这件传世之宝了！

"《兰亭集序》陪葬了，可惜至极！唐太宗之举，实在令人恨之！"童贯发了一通感慨之后，试探着说道："陛下，我在杭州时，听人说，人间还有一件王献之的真迹。"

"在哪里？快说！"

"在杭州。"

"在谁人手里？"

童贯摇了摇头。

"是件什么作品？"

童贯又摇了摇头。

赵佶听了，一下子泄了气。他说："不可能，不可能，是世人以讹传讹罢了。"

童贯见时机已到，连忙说道："陛下，杭州乃东南名城，且与绍兴相邻，王氏父子笔迹留世颇多，说不定此件……"

还没等他说完，赵佶就兴奋起来了，他说："爱卿，你亲自去杭州打听一下，若真的是王献之的墨迹，朕愿不惜一邑之财购得！"顿了顿，又补充道："还有，对事主还有重奖，庶士可赐五品，官员擢晋三级！"

童贯听了，心中窃喜。他说道："陛下，那日我在驿舍小睡时，那个传信的人立在门外，对奴才说，事主愿将这件稀世之宝献给陛下，因为普天之下，唯有陛下才有资格得到此书。"

"好，好，此人不愧是我的书法知音。"赵佶转身对他说，"童爱卿，你立即去杭州查寻此人，朕巴不得明天就能看到这件珍宝！"

"奴才这就去办。"童贯临走时，见赵佶的龙案上有几幅作品，他匆匆扫了一眼，原来是苏轼写的《春色赋》和黄庭坚的《诸上座帖》，他的心头一惊。看来，在皇上的心目中，还有这两位被谪之臣呢！大约苏轼将要离开那座荒凉的海岛了。

当天晚上，他便差人去了大名府，向刚刚由杭州改知大名府的蔡京送去了一封密信。

（三）

米芾是个急性子的人，自从去有竹堂为赵家提亲之后，因李格非夫妇说要征得女儿应允之后才能确定，让他等候消息。他已等候三天了，仍不知李家的消息，便有些着急了。他心里明白，李清照的才华和名声，是赵明诚不及的，但要找一个比赵明诚更优秀的人，恐怕也不容易。虽然东京的一些显赫人家托人前往李家提亲，都被李家拒绝了；李家虽没有拒绝米芾，但也没有立即答应赵家啊！他越想越不放心，决定再去有竹堂问一问。

刚准备出发，听家人禀报说，吏部侍郎赵大人驾到。他去大门迎接时，赵挺之夫妇已经进了大门。

米芾知道他们是来听李家消息的，心中更加着急。他一边请客人进客厅，一边笑着说道："我为这事正着急呢，谁知你们比我还急！"

赵挺之听了，只是"嘿嘿"笑着。

郭氏说："自己的肉，自己痛。挺之都急得吃不下饭呢！"

原来，陈师道将提亲之事如实告诉了郭氏之后，郭氏背着丈夫悄悄告诉了赵明诚，赵明诚听了，半天没说话，便回房里睡了。

米芾向赵挺之夫妇说的话，同陈师道向郭氏说的一样。因为没得到李家的最后消息，夫妇二人急得团团转，但又无计可施。郭氏催赵挺之去问一问媒人米芾，赵挺之怕被人笑话，总是找些公务繁忙等理由搪塞郭氏。郭氏为此还同他争执起来，说他只顾公务，不顾儿子，官再大，也是皇上的，儿子却是自己的！实在被她逼急了，他只好同她一道来找媒人。

米芾故意说："依我看哪，若李家看不中赵家，难道赵家还娶不成儿媳妇？天下的才女美媛多得是！要不，我去劝劝侄儿？"

郭氏听了，连连摇头，说道："米大人，不怕你笑话，明诚说了，此生此世，非李家才女不娶！再逼急了，他说他要出家为道！"

米芾笑着说："为道好啊！当今天子不就是位道士吗？"

赵挺之知道他是在调侃自己，他"嘿嘿"了几声，对米芾说："米大人，此事，全仰仗你了。"

米芾说："你们先回府吧，我这就去有竹堂，今晚就给你们准信。"

赵挺之夫妇听了，连声道谢。

第九章　书画博士为媒，词女叛经离道

当天晚上，米芾真的打着灯笼去了赵府，当面告诉他们说：李家已经同意这门亲事了！

赵挺之夫妇听了，十分高兴，连忙命人去备好酒菜，三人边饮边议论起来。

按照东京习俗，男女婚嫁，要行"六礼"，即"纳采"、"问名"、"纳吉"、"纳征"、"请期"、"迎亲"。当男方托请媒人去女家提亲，女家同意后，便开始进行"六礼"中的第一礼——"纳采"。

古时"纳采"，男家要以大雁为贺礼。"纳采"用雁，是因为雁为随阳之鸟，比喻妻从丈夫之义。后来演变成以羔羊、合欢、嘉木、胶漆等物为贺礼，用以象征夫妇和睦、婚姻稳定。

米芾告诉他们说，李格非夫妇不仅通情达理，且为人随和。他们说，婚嫁可不必按"六礼"行事，以免累人、耗时、费钱。

赵挺之听了，连忙说道："不可，不可，李家越是开通，我们越应隆重。'六礼'之仪，缺一不可。"他转头又对郭氏说："此事，一切由你做主，挺之拜托了！"

米芾说："提亲之事，我有功劳，别的事我都不管，只等着喝那杯喜酒了！"

郭氏连忙说道："米大人，解铃还须系铃人。你可要将明诚的亲事包到底呀！我在这里替明诚求你啦！"

"你可别说'求'字，一说'求'字，我就心软了！"米芾端起酒盅呷了一口，说道，"你们说说看，'纳采'是六礼的首礼，你们准备以什么礼品去'纳采'？"

赵挺之夫妇听了，想了一会，仍不知道以何物前往李家"纳采"。郭氏向赵挺之使了一个眼神，赵挺之心里明白，说道："米大人，去李家'纳采'，应备什么礼物，需你赐教方可。"

"好吧，我再去一趟有竹堂，探探李家口气再定。"

赵挺之连忙说："拜托米大人了。"

米芾说："我可是看在嫂夫人和侄儿的面子上，才厚着脸皮再登李家大门的。对吧，嫂夫人？"

郭氏知道她是暗指她又托陈师道去李家提亲之事，笑着说道："对，对，米大人是为了明诚的婚事，才动贵步的。此恩，明诚当会铭记在心的。"

米芾听了，得意地笑了。

赵挺之终于放下了心事，他又亲自为米芾斟满了酒。

（四）

次日，正当米芾欲去有竹堂之际，仆人匆匆来报，说是大少爷从太原来了。他突然记起来了，上个月，他曾接到长子米友仁的一封信，信上说，他要来为父亲庆贺五十大寿。

原来，自己的生日到了！

其实，他今年刚刚四十九岁。但山西老家计算年龄须加虚岁，所以，他是五十岁了。

五十大寿，理应庆贺一番的。但他不喜大操大办，于是跟家人商量，决定不惊动东京的亲友，一家人在一起，吃碗长寿面就算了，但他又惦记着赵挺之夫妇的所托之事，便对米友仁说："鳌儿，你替我去一趟有竹堂，请李格非大人来这里小酌。"

"父亲，说不说你的寿诞之事？"米友仁问道。

"不能提及此事。"

"若李大人问起为何专往请他呢？"米友仁又问。

米芾想了想，说道："就说我在元祐三年（1088年）游湖州苕溪时，写了一首《苕溪诗》，今请人装裱好了，请李大人前来赐教，他一定会来的。"

过去，米友仁曾随父亲去过有竹堂，所以，很快便见到了李格非。他按父亲交代的话说了一遍，李格非听了，爽快地答应了。原来，他们每人有了得意之作，便常常邀约一起，观摩评论，相互磋学，彼此坦诚相见，无话不说，既加深了彼此的情谊，又能相辅相成。

当李清照听说父亲要去看米芾的《苕溪诗》时，便央求带她同去，以便当面聆听米芾的讲解，也能增加些见识，李格非也觉得这是女儿学习的良机。过去，都是米芾来自己家里教授女儿作画，还手把手教过她运笔之法；今日去他家，能见到他亲笔书写的诗歌，这是女儿的造化。于是便答应了她的要求。

其实，李清照央求父亲带她去米家，除了当面学习米芾的书法之外，还想从他那里听到一些赵明诚的事。至于想听到一些什么事，连她自己也说不清楚，只是觉得自从米芾和陈师道提过亲之后，"赵明诚"这三个字，便像她看到的那双明亮的眼睛一样，忘也忘不了，赶又赶不走！

米芾没想到李清照会和她父亲同来。他一面热情地将客人引进客厅，一面在心里琢磨："纳采"之事是说还是不说？要不要让李清照听见？他还没有想清楚。

他将《苕溪诗》放在茶几上，双手缓缓展开了诗卷。李清照又惊又喜，她看到诗卷上的文字潇洒、沉着，兼用正、侧、藏、露多种笔法，挥写自如，富于变化，法度整然，大饱了眼福，心中异常激动。

看了《苕溪诗》之后，李格非笑着问站在一边的米友仁："早就听说贤侄善用水与墨的晕染，开创了新的画技，善绘山水，不知近来又有何大作？"

米友仁说："李伯伯过奖了，友仁愚钝，所作之画多是涂鸦，实在不敢示人。"

"贤侄不必过谦，我已听米大人说过，贤侄作了一幅《潇湘奇观图》，可否一见？"

米友仁有些为难，米芾说："鳌儿，你可取来请李大人指教。"

米友仁听了，便到书房中取来了画卷。李清照连忙拉住画轴，二人将画卷打开了。

这是一幅不施任何色彩的水墨画。画上峰峦起伏，山间飘有云雾，层林被烟霭所笼罩，显得虚无缥缈，半山的树丛后边，还露出一间房舍，十分传神。李清照看了一遍之后又看第二遍，还边看边啧啧称赞。李格非问她："你觉得这幅《潇湘奇观图》画得怎样？"

李清照说道："青出于蓝而胜于蓝，看了这幅画，才明白什么是'米家山水'了。"

李格非指着身材修长的米友仁说："有其父，必有其子。米公子小名叫寅哥，也叫虎儿、鳌儿，号元晖，别号叫懒拙道人、懒拙翁等。其实，他勤快得很呢！"

李清照笑了。

因天气很热，米芾让人将饭桌搬到了后园的葡萄架下。

酒菜上齐之后，米芾还在思量着"纳采"之事。李清照端着酒盅站了起来，向米芾施过礼之后说道："米叔叔，清照受你教诲多年，无以为报。今日又有幸见到了你的翰墨，特向你敬酒！"说完，站在那里连饮了三盅。

米芾十分惊奇李清照的酒量。他喝了几盅酒之后，心中一亮，"纳采"之事，何不当着他们父女的面讲出来呢？于是，他笑着对李格非说："格非兄，我想同你商量件事。"

"好啊，请说吧！"

"是关于赵大人家的'纳采'之事。他托我问一问需备什么礼品？"

李格非听了，笑着说道："我已与夫人商议好了，婚嫁之事，不可循旧规，一切从简即可。"

米芾听了，点了点头，又转头问李清照："清照姑娘，你也说说。"

因为害羞，李清照一直低着头，听见米芾问起自己，本想说此事应由双亲做主，但话到嘴边又咽了回去，她抬起头来，大大方方地说道："我觉得一切从简可以，但不能一点彩礼都不要。"说完，脸上红得像一片朝霞。

米芾听了，十分高兴。他知道，只要李家提出是何种礼品，赵家便会千方百计准备出来。他问道："清照姑娘说得对，彩礼不能不要，但不知须让赵家准备些什么彩礼？"

李清照说："不要饰物，也不要金帛，只要三件礼品。"

"请说，是怎样的三件礼品？"米芾问道。

李清照想了想，说道："我去写在纸上吧！"说完，向米友仁要了纸笔，到客厅里写好之后，又装进信封里，回到后院递给了米芾。米芾将信封揣进了怀里。

李格非事先根本不知道李清照会要彩礼，更不知道她写在纸上的三件礼品是什么，心里有些不安。

送走李格非父女之后，米芾又马不停蹄地去了赵家大宅。

（五）

赵挺之今日未去吏部署衙，正在书房里看书。其实，他是在等候米芾的消息。

他知道米芾今日必来，因为他十分了解这位书画博士的秉性。米芾平素最重诚信，凡他应承之事，从不食言。

米芾真的来了。

赵挺之夫妇将他迎进客厅后，又忙着命人上茶，还端来了一大盘莱阳梨和青州银瓜。米芾也不客气，在清水中净了手之后，用一双象牙筷子夹起一块银瓜，边吃边说："啊，今天怎么啦，如此盛情款待？"

赵挺之"嘿嘿"了两声，没了下文。还是郭氏善说："你为赵家辛苦了嘛。"说完，又将一枚削了皮的莱阳梨递过去，笑着问道："米大人，'纳采'之事，李家发话了吗？"

"已经发啦！"

"是些什么礼品？"

米芾连忙放下梨，说道："我还没来得及看呢！"说着，从怀里掏出信封，递给了郭氏。

郭氏从信封中抽出信笺，看了看，不懂其意，连忙递给了赵挺之。赵挺之也看不懂，又递给了米芾。米芾原以为上边写着礼单，谁知上面只有天书一般的七个楷字：瞻丹翁黑邀鹿门。

三个人你望着我，我望着你，谁也不解其意。

为了"纳采"之礼，郭氏将自己出嫁时娘家陪嫁来的一对金丝猫眼镯，从箱子底下找出来，又购下了东京城里头名金匠雕的一支玉蝉摇叶金簪。赵挺之仍不放心，准备下了一些杭绸锦缎。他们原以为虽然彩礼过重，但还不是再随着花轿抬回赵家！出乎他们意料之外的是，除了这七个字，李家什么彩礼都不提！

"米大人，这七个字有何含义？"赵挺之问道。

米芾苦笑着说："我要是知道，还须你问？"他望着信笺的文字，自言自语地说道："清照这个丫头，今日给我出了道难题！"

见米芾都解不开这七个字，赵挺之反倒不着急了。他笑着说道："反正赵家的彩礼已准备好了，送什么？谁去送？请博士做主就行了！"

郭氏听了，连忙附和着丈夫的话说道："米大人怎么说，赵家就怎么办，全都听米大人的。"

米芾没理会他们。他端着茶杯，一个字一个字地推敲着，一遍一遍地念叨着。他想起了少年时的李清照临摹古画时的执着劲；想起了她一本又一本抄录苏轼等人的诗词的情景；还想起了自己向她讲解书谱时，她如饥似渴的眼神。忽然，他的眼前一亮，大声说道："我明白了，明白了！"

赵挺之夫妇连忙问他："米大人，你真的明白了？"

米芾说道："李清照要的彩礼，一共有三件，一件是苏轼的画；一件是黄庭坚的诗；还有一件，暂且不说。"

"何以知道？"赵挺之问。

"你们看，这'瞻丹'二字，应是苏子瞻的丹青之作；'翁黑'二字嘛，应是指黄庭坚的书法作品，因为他的别号为'涪翁'，这第二件彩礼应是黄庭坚的墨迹。"

还没等他说完，赵挺之便猜出了第三件彩礼是什么了。他说："'鹿门'二字，自然是指米大人了！"

米芾笑着点了点头。

因为米芾的别号颇多，除了襄阳漫士、海岳外史之外，还有个别号是鹿门居士。

这时，米芾发现赵挺之脸上的笑容一下子凝固了，显得很不自然。他知道其中的原因。当年因变法之事，赵挺之和苏轼由政见不和演变成了势不两立。他竭力排斥苏轼的同时，也竭力排斥苏轼的作品。他平时喜爱收藏当代大家的字画，除了米芾的之外，有晁补之、王诜、李公麟等人的笔迹数百件，就是不收藏苏、黄二人的作品！如今，李清照指名道姓地要苏、黄的作品，这令他十分为难。

郭氏知道丈夫的尴尬处境。她安慰他说："此事也并非太难，可以花重金购买嘛！听说东京城中不少人家有他们的作品，大相国寺后街的字画店里或许还能寻得。"

米芾说："自从苏学士谪往海南之后，市人争相购买他的字画，其字画已身价百倍，且几乎绝迹，有的已流传到了海外，连金国的使臣都在四处抢购呢！再说，市上所售之作，有的尚是赝品，若购得赝品充作彩礼，还不被人笑掉大牙！"

赵挺之夫妇听了，觉得他的话颇有道理，但是，不能市上购买，又能到何处去求呢？郭氏一想起丈夫因与苏轼、黄庭坚为敌，又排斥他们的作品，心中就有了气。她说："明诚的婚事，若有什么闪失，我就去跳汴河！"

赵挺之不再"嘿嘿"了，他的脸上红一阵，白一阵，再也笑不起来了。

米芾见状，知道赵挺之已无能为力了，说道："看来，侄儿的这件婚事，我还是要赔上一件拙作呢！赔就赔吧，谁叫我是媒人呢！"他边说边站起来，"不过，苏、黄二人的作品，我就无能为力了！"说完，便告辞了。

送走米芾后，赵挺之夫妇默默地坐在客厅里。赵挺之叹了一口气："夫人，有一人可解燃眉之急。"

郭氏问道："他是谁？"

"妹夫陈师道！"

郭氏一听，连忙说道："对呀！我怎么没想到呢？"

原来，陈师道虽不是苏轼的门生，但他不但与苏轼交情笃厚，也常与黄庭坚唱和交往，他的家中定有苏、黄的作品。

赵挺之说："夫人，你可否去向妹夫商量一下？"

郭氏知道，妹夫陈师道虽然与丈夫如同水火，但他十分宠爱赵明诚，为了赵明诚的婚事，他会倾其所有相助的。她连忙命人备了马车，带上两名侍女，便风风火火出发了。

不到两个时辰，马车又回来了。

赵挺之迎上前去，问道："夫人，可曾拿到了作品？"

郭氏摇了摇头。

"他舍不得？"

郭氏说："也不是。"

赵挺之听了，心中一惊。他知道妹夫的倔强脾气，他从不奉承权贵。当年，章淳在朝执政时，很看重他的才能，想拉拢他，便让秦观传递他的话：陈师道若肯到章府相见，便准备推荐、擢升他，但他拒不谒见。当年王安石执政时，以经义之学取士。陈师道说，他宁愿终生为布衣，也不参加考试！今天，他会不会因自己而拒绝帮忙呢？便问道："他当时是怎样说的？"

郭氏对他说："妹夫说了，两件作品之事，他虽家中没有，但不用着急，送礼那天，他陪赵明诚同去便可！"

赵挺之听了，轻轻地舒了一口气。

（六）

"纳采"的前一天，有竹堂里里外外都已打扫得一尘不染。细心的丁香不仅喷洒了南墙根的把竹，还用清水冲洗了那棵海棠的叶子。王惠双除备好了一些瓜果糖糕之外，还亲自安排了待客的菜谱，专等亲家登门了。

李迥也在太学告了假，回来帮忙。

刚到辰时，李迥忽然听见街上传来一阵清脆的铜铃声，跑出去一看，见一溜五辆马车停在了门前！陈师道和赵明诚扶着郭夫人正在下车，便连忙朝院内喊道："叔叔，婶婶，秘书省陈大人来了！"

李格非和王惠双连忙出门迎接。他们不曾想到赵家"纳采"会来这么多的人！

丁香连忙跑进李清照的闺房，告诉她说："小姐，赵家'纳采'的客人来了！"

"都是哪些客人？"

"除了陈大人以外，都是赵家的人。有他母亲，还有他的两位哥哥、两位嫂嫂、两位姐姐和两位妹妹，外加三个侄儿，人太多了，好像是来抢亲的！"丁香调侃地问道，"小姐，想不想出去看看？"

李清照听了，红着脸说道："不许你贫嘴！快去前厅帮忙吧。"说完，将她推出了房门。

原来，赵挺之的儿女们早就听说了李清照的才名，当知道这位才女将要成为赵家人时，都非常高兴。这次到李家为"纳采"送礼，本打算由陈师道作陪，郭氏和赵明诚亲自登门即可，谁知道赵明诚有些心怯，央求郭氏请两位哥哥陪同。郭氏答应后，不想两位已出嫁的姐姐也想早来看看这位弟媳长得什么模样，便要求陪母亲同来。既然出嫁的姐姐能去，闺中的两个小女儿便央求母亲"一视同仁"。郭氏想了想，当机立断：为了季子赵明诚的婚事，全家出动！

不过，赵挺之留在了家里。因为陈师道决不会与他同车而行、同桌吃饭！

按照风俗，长者和男客在客厅就座时，女宾和未成年者坐在前厅和偏房里。不过，媒人米芾未到，"纳采"之仪不能进行。

不一会，米芾来了。

他一进门，就笑着对郭氏说道："夫人，赵家的阵容可谓庞大啊！"

郭氏连忙说道："是啊，孩子们都想来看看清照，说是'先睹为快'呢！"

"先不忙看，我问你，那两件彩礼带来了吗？"

郭氏朝赵明诚望了一眼，赵明诚将两只锦盒恭恭敬敬地放在了桌子上。陈师道一一打开，请米芾和李格非夫妇过目。

这两件作品都是赵明诚自己收藏的。画是苏轼在黄州画的《东坡新梅图》，画上是一段老梅横过画面，两枝苗壮的新枝由下向上长去，天际是一轮明月，别无他物，既实又虚，空灵如梦。这是陈师道送他的。书法作品是黄庭坚写的一首《鹧鸪天·重九和座中友韵》，是他在涪州写的一幅行草，如龙搏虎跃，气势不凡。这是赵明诚用一件秦代的《琅琊台刻石》拓片，在大相国寺的书摊上换来的。他曾让陈师道看过，陈师道认定是黄庭坚的真迹，没想到今天派上了用场。

两件作品重新置于锦盒之后，陈师道说："格非兄，现在该轮到鹿门居士了吧！"

米芾听了，笑着说道："请备纸墨！"

李格非知道，他要当场挥笔了！便连忙取来了纸笔墨砚等物。

米芾挽了挽袖子，正要下笔，忽又停下了。他说："请把清照找来，我们是忘年之交，问她想要什么，我就写什么！"

还没等李格非吩咐，丁香早就向李清照通风报信去了。

李清照低着头走进了客厅。她虽没抬头，但已感到有那么多陌生的目光落在了自己身上，打量着自己的一行一动。她有些紧张，双眼紧紧地望着桌子上洁白的宣纸，低声说道："米叔叔，你写什么，我就要什么。"

米芾听了，爽朗地笑了起来。他对李清照说："好吧，我就信手写上几个字，以志今日之聚吧！"说完，目光朝宣纸上凝视了一会，挥笔写下了"清风化玉，新韵惠天"八个行书大字，厚重劲健又潇洒秀逸。写完之后，又以小楷落款"鹿门居士"。

王惠双望了望有些羞涩的李清照，说道："还不快谢米大人！"

李清照连忙施礼，说道："谢谢米叔叔。"

在来李家之前，赵明诚的几个妹妹和嫂嫂曾经议论过，一般而言，才女不俊，明诚看重的是李清照的才气,至于长相。并不计较,当她们进了有竹堂之后才发现,李清照眉清目秀,面如润玉,端庄雅丽,尤其那双眸子,明亮如泉,十分有神,比他们想象的姣美多了!一个六七岁的男童走到跟前,望着李清照说:"你就是俺家的婶婶?"

李清照听了,又羞又窘,连耳根都红了,她心里想,这一定是赵明诚的妹妹们教唆的!

赵明诚自进了有竹堂之后,除了向李格非夫妇行礼之外,便一直坐在郭氏的身边,双眼望着足尖,一动不动,连句话都不敢说。他在车上时,心里还憧憬着能看到李清照,想仔细看看她的脸,是不是和藏在自己心里的那个倩影是同一个人,但真在客厅里相遇了,他却没有胆量抬起头来看上一眼!只觉得在众目睽睽之下,自己活像个被审的犯人,狼狈极了。直到开席,他才如释重负,连忙用手帕擦了擦额头上的汗。

"六礼"中的第一礼——"纳采",在人们的说笑声中完成了。

此事,很快便在东京传开了。

第九章 书画博士为媒,词女叛经离道

第十章　她终于登上了爱情之船

藤床纸帐朝眠起，说不尽无佳思。沉香断续玉炉寒，伴我情怀如水。笛声三弄，梅心惊破，多少春情意。

小风疏雨萧萧地，又催下千行泪。吹箫人去玉楼空，肠断与谁同倚。一枝折得，人间天上，没个人堪寄。

——《孤雁儿》

（一）

自得到苏、黄、米的作品之后，李清照便爱不释手，一天要看上几遍。

今天一大早，她就开始临摹苏轼的《东坡新梅图》，因《东坡新梅图》的画面上，老枝如虬，新枝独秀，十分简洁，所以临摹起来得心应手。正当她低头临画时，李格非进来了，他告诉李清照，朝廷已经赦免了元祐诸臣，包括身在海南的苏轼在内。

李清照听了，问道："这是真的吗？"

"是真的，诰命已经发出来了。"

李清照放下手中的笔，激动地说："可盼到这一天了！苏伯伯若回到东京，求父亲一定带我去拜访他。"

李格非叹了口气，说道："他尚不能回京，只是别驾廉州安置。"

"那也好啊！总算离开了海岛，离东京近了！"李清照望着那幅《东坡新梅图》，幽幽地吟道，"'但愿人长久，千里共婵娟'。"

"不过，苏学士数遭贬谪，万里漂泊，备受折磨，身子已大不如从前了。"

李清照问道："不知苏伯伯从儋州动身了没有？"

"已经动身了。"李格非说道，"是云中子刚从雷州带回来的消息。"

苏轼被赦的朝廷诰命尚未到达之前，秦观已从雷州托人给他送去了消息。苏轼十分高兴，他将一直舍不得用的几块墨锭和几本药书交给苏过，让他到镇子上卖了，买回了几斤鱼肉，又在屋后的菜地里摘了半筐子新鲜青菜，置办了一桌菜，将学生们和几位乡邻请到家里，向他们辞别。

后来，当地人士知道这一消息后，纷纷前来问候、送行，有的甚至翻山越岭而来，为的是再看看这位命运不济的诗人，祝愿他一路顺风。

当他临上船时，送行的人有的牵衣执手，有的焚香捧酒，苏轼心里难以平静。他以手抚摸着长长的胡须，缓缓唱道："我本海南民，寄生西蜀州。忽然跨海去，譬如事远游。平生生死梦，三者无劣优。知君不再见，欲去且少留。"

送行的人听了，纷纷呜咽起来。

当日风平浪静。苏轼到达徐闻县梅安镇时，秦观已在岸上等候多时了，他只喊了一声"恩师"，就泪流满面了。

苏轼打量着他。这哪里是当年那个朝气蓬勃、倜傥风流的秦少游啊！只见他头发已经半白，额头刻着几道深深的皱纹，眼睛里除了泪花就是惆怅！苏轼本想安慰他几句，但一句话都说不出来，只知道用力握着他的手。

当天晚上，苏轼不肯去官舍住宿，住在了秦观寄住的一间低矮的旧民房里，图的是能一诉别后的思念之情。

这时，一位中年男子进来说道："秦先生，请与客人入席吧！"

苏轼问是谁请客？秦观告诉他说，是新来的雷州太守阮文明。他平时十分推崇苏轼的诗词，特意备了一席，为他接风。

宴席设在南国酒楼的前厅中，阮太守将苏轼让上首席，又亲自执壶敬酒，盛情难却，苏轼连连饮了三盅。不一会，有几位妙龄歌伎走进来，她们唱了几支曲子以后，领舞的红衣歌伎走到秦观面前，请他为她们填一首词，以便当场演唱。秦观听了，稍作思索，便填了一首新词。他将新词交给了苏轼，苏轼接过一看，上面是一首《江城子》：

南来飞燕北归鸿，偶相逢，惨愁容。绿鬓朱颜重见两衰翁。别后悠悠君莫问，无限事，不言中。

小槽春酒滴珠红，莫匆匆，满金钟。饮散落花流水各西东。后会不知何处是，烟浪远，暮云重。

苏轼看完了，又递给了秦观，秦观便将新词给了领舞。歌伎们略微熟悉了几遍，便边舞边唱起来了。她们唱得虽婉转动听，但总有一种哀怨在歌调中徘徊着，让人感到不忍听下去。

也许是不胜酒力，苏轼觉得有什么压在了心头，耳际总是回荡着"后会不知何处是？烟浪远，暮云重"。

次日，苏轼离开雷州城时，阮太守和秦观一直将他送到城外的凉亭。阮太守早已命人在亭中摆上了酒肴，为苏氏父子饯行。

苏轼离开雷州不久，听说秦观已被赦，恢复了原官职。但他不曾想到，自己的这位门生竟在北归途中突然病逝了！

第十章 她终于登上了爱情之船

李格非说到这里时，晶莹的泪珠已从李清照的眼眶里滚落下来了。

过了一会，李清照的心绪略为平静了些。她说："父亲，能否让人去探望苏伯伯？"

李格非说："我也是这么想的。这几天，我还收到了黄庭坚、张耒、晁补之等人投来的信，询问苏先生的近况。可是，天宁节朝贺在即，我难有理由告假，心里正着急呢！"

"为何不去与米叔叔商议商议呢？"李清照说。

李格非听了，脸上露出了喜色。是啊，米芾虽是书画博士，但并无不能脱身的公务，是野云黄鹤，来去自由；加之他与苏轼又是莫逆之交，他定会乐于出京的。他说："明天一早，我就去米府商量。"

李清照听了，心情好多了。

（二）

和所有闺中待嫁的女子一样，自定亲之后，李清照的心里既感到幸福，又有些紧张，总觉得前面是一个陌生而又奇妙的世界在等待着她。她想得很多，最多的还是赵明诚。他是什么样子？又是怎样的人？她即将走进赵家大院，第一次见到公公、婆婆时，该怎么称呼？赵明诚的哥哥、嫂嫂以及未出阁的妹妹和几个淘气的侄儿们，怎样同他们相处？他们家的院子里种没种把竹？栽没栽海棠？她心里想知道的事情太多了，真想找个人把心里话说一说，可是，又能向谁去说呢？

她忽然想起了可人和可意。

自己定亲之后，可意表妹来有竹堂住了一天。李清照曾问她为什么表姐没来？可意告诉她说，因姐夫病重，她去了洛阳，不几日便可回东京。如今，大约可人已回来了，她想去看看她。征得继母同意之后，便和丁香乘车去了虹桥旁边的二舅家。

可人表姐果然在家里。不过，她身穿孝服，脸上有悲戚之色。李清照悄声问舅母，舅母叹了口气说，女婿已于半月前在洛阳病故了，昨天才刚刚将可人接回家来。

原来，可人出嫁不久，就发现丈夫食欲不好，夜间盗汗不止。后来，胸部隐隐作痛，且不思饮食。请了不少名医诊治，都未奏效，还用过许多民间偏方，也未见好转，渐渐粒米不进，骨瘦如柴了。可人日夜守在丈夫床边，当面笑着，轻声细语安慰丈夫，背后总是以泪洗面。当丈夫最终合上眼时，可人竟哭得昏倒在床前！

可人被接回东京后，依然难从悲痛中缓过神来。她总是一个人木然地坐在房中，泪水时不时地淌下来。舅母曾多次劝她、安慰她，但她总是不言不语。舅母见李清照来了，便嘱咐李清照，要她劝导劝导表姐。

在可人的房里，李清照看到梳妆台上没有粉匣，她的鞋面上缝着白布，素衫素裙，素面朝天。当年绝美而端庄的表姐，好像一下子老了许多。

她本想劝导表姐的，但一见到表姐的眼中涌出泪水，她就鼻子发酸，陪着表姐流泪。劝到后来，她竟抱着表姐哭成了一个泪人儿了。

晚饭后，舅母要李清照留下来，多陪一陪可人。李清照爽快地答应了。

晚上，李清照住在可人的房中，她将近些日子自己写的诗词一首一首地背诵给她听，还向她说了孟后进宫后，她和东海鸥将麦花安置在雷家的经过。对于自己定亲以及赵家的情况，她都一句话带过，因为她怕引起表姐的回忆而伤心。

"清照表妹，东海鸥还在东京吗？"

李清照告诉她，因云中子在宫中参加编纂《宝文统录》，暂不能外出云游，便让东海鸥去了泰山，听道长讲授《玄德》去了。

"她何时能回东京？"

李清照摇了摇头。

"表妹，她若回东京，你可一定告诉我呀！"可人央求她说。

李清照问道："表姐，你有什么事吗？"

可人说："也没有什么事，只是心里想她。"

"她一回东京，我一定会来告诉表姐的，你放心好了。"

可人听了，没有再说什么。过了一会，她似乎一下子想起了什么，又问："那个小道姑麦花，在雷家过得惯吗？"

"过得惯，过得惯！"李清照连忙说道，"过几天，我带你去看看她。"

可人听了，脸上露出了一种难以察觉的笑容。

不过，李清照自来到二舅家里之后，便分明觉得可意表妹不同于可人表姐，她比自己还小三岁，但却像个大人了。她对李清照又说又笑，但对姐姐的悲哀，却显得有些冷静，甚至有些漠然。当可人悲伤得涌泪时，她却说："姐姐，这都是命中注定的，你应当想开些。"

可人听了，没说什么。

她又接着说："姐夫已经走了，你再哭也没用了，趁着年轻，倒不如——"话未说完，她便不说了。

李清照还发现，可意的心里像藏着什么喜事，时不时地便会从眉尖上流露出来。临睡前她将李清照叫到自己的闺房，从樟木箱中取出了几件做工十分考究的绸缎裙衫，一件一件穿给李清照看。还说，上面的花卉百兽，是秦家从苏州请去的绣娘绣制的，在东京城中也属鲜见。又说，未来的公公虽是一个县令，但教子有方，秦公子自小就聪明、灵活，讨人喜欢，将来定有大出息。说这些话的时候，显得喜于形色。

"妹夫叫什么？"李清照故意问道。

"秦桧。"

"你见过妹夫吗？"

可意摇着头说："没见过，只知道他比我还小呢！"说完，"扑哧"一声笑了，逗得李清照也跟着笑了起来。

可意接着说道："'纳采'那天，是媒人和他父母来的，他没来。"可意说着，又笑起来了，"作为妇道，嫁鸡随鸡，嫁狗随狗就行了，管他长相如何呢！"她好像按捺不住心中的喜悦，笑得眼泪都出来了。

李清照心里也一直想笑。王、秦两家定的是娃娃亲，可要出嫁，至少还要等好几年呢！

不过，李清照还发现，虽然可意比可人命好，长得比可人富态、俏丽，但却没有可人婚前的那种贤淑和端庄。

第二天一大早，可意就梳洗打扮好了。她对李清照说："表姐，我要去何大人家，姐姐的事，你就多开导开导她吧！'

"哪位何大人？"李清照问道。

"何司亮大人家。"可意说，"他家的何蕊小姐，请了一位师傅在家里缠足，双足已经小了许多，走起路来如风摇柳，婀娜多姿，我要去看看。"

可意走时，换上了一件桃红缕金长裙，在两名侍女的陪伴下登上了马车。

（三）

建中靖国元年（1101 年）的上元节刚过不久，宣德楼上的彩门和灯笼还正在向下拆卸，赵佶就觉得待在宫中有些发闷了。他问童贯："童爱卿，东京城的后苑、杏冈、琼林苑、金明池、玉津园、芳林苑，可谓天下之冠了，不知与江南的名园佳苑能否相比？"

童贯听了，连忙答道："陛下，依奴才所见所闻，东京的这些园林不但气派不凡，而且华丽无比。不过，恕奴才斗胆妄语，要与江南的山水园林比起来，唯少了些玲珑剔透和奇石异草。"他偷偷朝赵佶望了一眼，见他并无愠色，又接着说道："打个比方说，东京的园林像一位有阳刚之气的潇洒君子，而江南的园林，就是一位百媚千骄、韵味无穷的淑女。"

赵佶听了，哈哈大笑起来，说道："经你这么一说，我真想去江南看看！可是，身不由己啊！"

童贯连忙说道："陛下日理万机，难能离京。奴才以为，可将江南搬到东京来，置于陛下面前，陛下随时可去巡幸。"

"将江南搬到东京？这可是个好主意！"赵佶说到这里，顿了顿，不无顾虑地说道："不可，此举专为朕一人，工程浩大，兴师动众，得不偿失。"

"陛下，万里江山，皆是陛下的社稷；江南山水，亦是陛下的王土，若按浙江余杭凤凰山之势，仿杭二州的园林，在东京艮方筑起一座山，供陛下御览，不是天下的一件盛事吗？"接着，童贯还说了一些江南的景致和筑山的设想，说得赵佶心花怒放起来。

他说："童爱卿之言，也有几分道理。"

"人生当以四海为家，太平为娱。岁月几何，又何必自苦呢？"童贯此话，像是对自己，又像是在开导赵佶。

可能是童贯的建议打动了赵佶，他对童贯说："童爱卿，依你说，谁能胜任此事？"

"回陛下，奴才以为，此事两人即可。京城里，蔡京可胜任；在江南，可由朱勔总监。"

赵佶听了，说道："爱卿所言极是，待工部绘出图来再议。"说完，他走到龙案旁的一张大方桌旁，开始练字。他有个习惯，无论多忙，每日都会抽出两个时辰练字，雷打不动。

这时，蔡京来了，他是为晋尚书右丞来谢恩的。行过大礼之后，他站在童贯旁边，恭恭敬敬地看着赵佶写字。

其实，蔡京的书法造诣也许不在蔡襄之下。书品即人品，因他的人品低下，故而无人看重他的作品罢了。因为他是书法行家，又仔细研究过赵佶的作品，对赵佶创造的"瘦金体"十分赞赏。过去是在纸上见到过"瘦金体"，今天又亲眼见到他用"瘦金体"写字，颇感荣幸。

赵佶的这种瘦硬的字体，横画收笔带钩，竖下收笔带点，撇如匕，捺如刀，竖钩细长，刚劲有力，其连笔飞空，精神外露，没有很强的笔力是写不出来的。

当赵佶写完一张四尺宣之后，问蔡京："蔡爱卿，朕历来推崇黄庭坚的书风，不知朕的这种'瘦金体'，能否与黄氏相比？"

蔡京答道："陛下的书法天才名噪海内外，陛下独创的'瘦金体'，体中见骨，骨中见刚，刚中又有龙形之象，当为前无古人之书。此书一字可值万金！"

赵佶听了，心中十分受用。但嘴上却说："若真能一字值万金就好喽，我就在司库里写上三天三夜！"

蔡京知道，他正在为内库缺钱而着急，心中忽然有了灵感。他对赵佶说："陛下，你的一字何止万金呢？若将陛下'瘦金体'的手迹，铸在新铸的大钱上，天下之人既得大钱，又得陛下的'瘦金体'手迹，不但一举两得，钱的价值也会陡涨。"

赵佶听了，十分高兴，觉得这就是生财有道。于是，在第二天的朝会上，他下诏颁行大钱，并规定新大钱的重量是小钱的三倍，但面值却是十倍。

大钱开始在全国使用之后，果然是财源滚滚而来，内库渐渐丰满了，只是穷了天下的百姓们！

（四）

细心的丁香发现，李清照近来与往常不同，除了脸上常挂着笑意之外，总是丢三落四，心不在焉。打过秋千之后，把放在旁边的一卷《李煜轶词》忘记了；伏案读书时，上午读过的书页，下午又会重读；刚刚做过女红，一转身又忘了针线搁在哪里了。更令她好奇的是，李清照虽然还像昔日那样，独自坐在窗前作诗填词，但往往写下几句之后，便半途而废了。接着再写，再废。过去可不是这样，她构思好了之后，总是一气呵成。有一天，她问李清照："小姐，你总是魂不守舍的样子，是不是——"

李清照问道："是不是什么？"

丁香悄声说道："想姑爷了？"

李清照的脸"唰"地红了。她分辩说："因为苏伯伯已从海外回到中原，也许很快就会回到东京，这是一件大喜事。"

她设想，苏轼回京后，有竹堂就会热闹起来。张耒、晁补之、黄庭坚，以及父亲的几位文友，便会时常在有竹堂相聚，他们谈各自的经历和趣事，也唱和、评论。父辈们以文会友，自己在旁边看着、听着，一定会大有收益。

李清照说的是心里话。除了有少女的闺中怀春的喜悦之外，也真的与她企盼着能早日见到苏轼有关。

其实，她只在小时候见过苏轼一次。有一年，她随继母从百脉泉老家来东京看望父亲时，恰逢苏轼在有竹堂做客，苏轼曾笑着问她，百脉泉的泉水是从哪里来的？甜不甜？她平时读过哪些书？喜不喜欢诗词等。李清照一一回答了。苏轼当时以手拍了拍她的头，说道："好，好，你若是写了诗词，能让我看看吗？"李清照腼腆地点了点头。

后来，也不知道为什么，自己对诗词那么钟情，以至于以命相许，也许是受父亲和父亲朋友们的影响。她尤爱苏轼的诗词，每当得到一首，不但能背诵下来，还要工工整整地抄录在诗册上。这么多年来，她总想将自己写的所有诗词都让苏伯伯看一看，当面听听他的评说。但苏伯伯自离京后，总是一贬再贬，四处漂泊，萍踪不定，一直再未见到他。如今，听说他已被赦，她能不从心眼里感到高兴吗？

她盼着能早一天知道消息，甚至还盼着自己去开门时，能看到父亲和苏伯伯就站在自己面前！

今天，暮色已经浓了，父亲还没回来，李清照有些心神不宁，以为是父亲因公务缠身而晚归了，要不就是米叔叔已经回京，父亲去他那里打听消息去了。所以，她一直守候在院子里，一旦听到叩门声就去开门。

又过了一个时辰，父亲终于回来了。

李清照发现，父亲今天似乎有些疲倦。回家后只喝了一碗米粥，就放下筷子去了书房。李清照知道父亲一定有什么心事，是不是在礼部署衙遇到了什么烦心的事？

她为李格非送去了一杯茶，问道："父亲，米叔叔回来了吗？"

"已回来了。"李格非说。

"苏伯伯何日回京？"李清照激动地问道，"米叔叔怎么说的？"

李格非刚端起茶杯，又轻轻放下，说道："我还没来得及问呢！"停了一会，又接着说道："待我抽空去问一问。"

李清照听了，没再打扰父亲，因为她发现父亲的情绪有些低落，似乎太劳累了，便说道："父亲，你尽早歇息吧！"说完，便回自己的住房了。

李格非确实感到有些劳累，这种劳累，不仅仅是身上的四肢，而是在心底里感到了劳累。

他今天已经见到了米芾，米芾从常州带回来的消息，就像一声闷雷，将他震得目眩耳鸣，差一点站立不住。他不敢将这个消息如实地告诉李清照，因为她太想见到她的苏伯伯了！

原来，米芾带回来的，是一个让人难以置信的消息。

建中靖国元年（1101年）初春，苏轼一家在北归途中来到了赣县，因为赣江冬季水涸，在这里停留了七十多天。时逢当地发生瘟疫，有几个孩子病了，还有几名同行的人染病而死。苏轼在这段难熬的日子里，先是给人看病，到市镇上的药铺配药，忙得少有闲暇时间。当瘟疫渐渐去时，又忙着为慕名而来的人写字题诗。他不收礼品，不要润笔，凡来求字者，皆能得到他的墨迹。

五月初，他从金陵抵达仪征时，身子已十分虚弱了。这时，米芾去了。在这之前，苏轼曾给米芾写过九封信，所以米芾知道他的病情。米芾临行，专门为他配了一种药，叫"麦门冬汤"，家人煨好后让他服了，也不见有大起色。不过能见到自己的这位好友，苏轼的心情还是不错的。米芾虽然比他要小十五岁，但他并不把米芾视为晚辈，而是以相知的文友看待。二人还想一同去游仪征的东园，让米芾作画，自己在上边题上一首诗，但因体力不支，只好作罢。

六月十五，苏轼经运河到了常州。

当时，天气十分炎热，但到码头上迎接苏轼的人群，一批接一批地拥来。人们有的打着纸伞，有的戴着斗笠，有的头顶着烈日，一个个汗流浃背，都争先恐后地想向前摸摸他的手。挤不过来的，能在远处亲自看到自己崇敬的诗人，也是一个安慰。一直躺在船舱里的苏轼，不顾家人的劝阻，他头戴小帽，身穿长袍，坐在舱口向人们含笑致意。

他在常州时，曾向赵佶上表，请求退隐林下。七月中旬，朝廷恩准的诏命送达常州。苏轼得知，轻轻舒了口气，有了一种解脱之感。

听说苏轼已去了常州，杭州智果寺的参寥子大师，连夜赶往常州探视。当年，因参寥子与苏轼唱和的诗词流传很广，被章惇从寺中逐出，迫使他还俗。苏轼听说后十分不安，请他恕罪。参寥子听了，连忙转了话题，向他说起了他在杭州时开浚西湖，用湖泥筑成的大堤，遍种桃树杨柳。湖光水影，长堤如虹，人们都称此堤为"苏堤"。

"杭州的百姓们没忘记你，许多人家还供着你的画像！他们都盼望着你再去苏堤上走走呢！"参寥子说道。

苏轼听了，脸上露出了一种会心的笑容。他断断续续地说道："是啊，我真想去看看西子湖，还想去东京，见见那些因我而受株连的朋友们！"

米芾告诉他说："东京的朋友们，一直盼望你能早日去京呢！你还记得王诜家的西园吗？"

苏轼点了点头。

王诜不但是位造诣很深的画家，还是一位大收藏家。他和黄庭坚、李公麟、米芾等人常在西园饮酒赋诗、焚香作画，交流情谊，切磋艺术。李公麟后来还画了一幅《西园雅集图》，画面上再现了苏轼等十六位文士当时欢聚西园的情景。

为了使他忘却痛苦，米芾安慰他说："苏公，李格非的有竹堂虽不及西园，却是张耒等友人常聚之处。你回京时，我等在有竹堂为你接风！"

苏轼听了，有些伤感。他说："提起这些旧友，我心中便会隐隐作痛。黄庭坚、张耒、晁补之和刚刚谢世的秦少游，他们在为人处事上光明磊落，在文坛艺苑上都有大家风范，只可惜因为受累于我，却难展抱负。"说到这里，眼圈已经潮红了。停了一会，又转脸对米芾说道："米博士，你回东京时，盼能替我向他们致意，我拜托了！"说完，泪水终于顺着清瘦的脸上淌了下来。

七月二十八日，家人发现他已不省人事。按照风俗，苏过在他的鼻子上放了一砣棉花，以观察他的呼吸。他嘴里喃喃地说着什么，苏过等人连忙俯身细听时，声音已逝……

根据他生前的遗言，拟由弟弟苏辙为他写墓志铭。次年，再将他葬于汝州夹县钓台乡的小峨眉山上——那是他当年亲自选的长眠之地。

在回家的路上，李格非心想，若将米芾带来的消息告诉了李清照，她一定会悲伤多日的。眼下，她的婚期将近，还是暂时不说为好。

（五）

为了准备赵明诚的婚事，郭氏一直在里里外外地忙碌着，赵挺之虽然帮不上什么忙，却一直关注着这件事。

有一天，米芾来访，赵挺之因在吏部未归，郭氏亲自接待他，在叙谈家常中，郭氏道出了为迎娶儿媳，她费神劳心的苦衷，米芾说："夫人，我正是为此事而来的。"接着，他将李格非夫妇的想法告诉了她。

原来，自"纳采"之后，李格非就与王惠双商量过，迎娶的礼仪要去繁就简，不必按照"六礼"行事。"问名"、"纳吉"、"纳征"、"请期"等可一概省去，只要赵家将"迎亲"的日子确定下来就行了。

郭氏听了，觉得李家十分通情达理，心里自然十分高兴，但此事重大，需和丈夫商量一下，才能定下来。

米芾还想告郭氏，远方的一位老朋友，也非常关心这桩亲事。

原来，他去看望苏轼时，闲谈中曾提到过李清照，苏轼说他还记得她小时候的模样；米芾告诉苏轼说，李清照自小喜爱苏诗苏词，很有才气，她的词在东京流传颇广。

苏轼边听边点头说，他也曾听人说过此事。

当说到她将出嫁时，苏轼笑了，问道："嫁往谁家？"

米芾想，若说出嫁给赵挺之之子，定然会勾起这位诗人的旧怨，便连忙说夫婿是太学的一位学生，遮挡过去了。

苏轼笑着说："好啊，你就代我讨杯喜酒喝吧！"

然而现在，苏轼已仙然长逝，所以米芾回来之后，既没向李家说，也没敢告诉郭氏。

赵挺之回家之后，郭氏便向他转告了李家的想法。谁知，赵挺之一听，坚决不可。说道："像我们这样的人家娶媳，若同等于庶民人家，有失身份和门户！再说，儿媳是世人皆知的才女，若不行'六礼'，岂不是怠慢了她？"说到最后，又斩钉截铁地说道："'六礼'中的每一礼都不能少！非但不能少，还要胜过当年存诚和思诚的'六礼'！"

赵挺之的这席话，听来无懈可击，但郭氏心中明白，丈夫不光是为了吏部侍郎的面子，还有一种藏在心里的内疚：当初"纳采"时，李家什么都不要，只要了苏、黄、米三人的墨迹一件，自己家里收藏虽多，竟拿不出一件来！若不是妹夫陈师道帮忙和明诚自己留意收藏，恐怕"六礼"的第一礼就过不了门槛！

郭氏还想同他商量别的事情，刚刚开口，就被他打断了，他说："近来蔡京、童贯等人密交频繁，恐有他谋，为防患于未然，我拟向皇上上书，明诚的婚事，就有劳夫人了，我不胜感激。"说完，便转身去了书房。

郭氏理解丈夫的心情。自此之后，对赵明诚婚事的每一礼，都安排得十分精心。不过，有一件事，一直在困扰着她，即这对未来的小夫妻的新房。

赵家大院里的房子原本不算少，后因两个儿子先后成亲，新房加书房占去了一些房子。赵明诚只有一间住房，因他收藏了众多的石刻、古籍、古器等物，已将一间书房塞得满满的。成亲之后，二人便缺了读书、写字和会客的地方。盖新房已来不及了，怎么办？她在院子里边走边看，忽然有了主意：将旁边的三间仓房腾出来，粉刷、修整之后，让赵明诚贮存他的那些古董，书房不就腾出来了吗？

她立即让管家安排人手腾房修房，赵府里一下子变得热闹起来了。

（六）

"六礼"之仪已过了"五礼"，最后一礼就是"迎亲"了。

"迎亲"，是新郎在黄昏时分，到女家去迎接新娘。

这一天一大早，宫巷口的赵家大院已张灯结彩，鼓乐之声不绝于耳。

因为赵、李两家都是官宦人家，所以，赵挺之特别重视儿子的婚礼，办得十分隆重，喜帖子早就发出去了，亲朋好友们纷纷前来贺喜，门前车水马龙，宅内高朋满座，就连远在老家的亲戚和族人，也赶来了。

晌午饭之后，人们就开始在宫巷口聚集，有的是左邻右舍来看热闹的；有的听说赵家迎娶的是誉满京师的李清照，想亲眼看看这位当今的第一才女！

由于人多，竟将颇宽的宫巷口塞了个严严实实。

迎亲的队伍从有竹堂回来时，由于人们纷纷拥上去想看新娘子的芳容，道路被看热闹的人群堵塞了。郭氏早就料到会出现这种情况，她命人将准备好了的山楂、红枣、核桃和彩纸包着的喜糖挑了出来，又向执事示了个眼色，只见八个年轻后生一人手里擎着一根竹竿，竹竿上缠着一挂万字头的鞭炮，点火之后向人群走去，人们纷纷闪到两边。这时，又有一队女子将糖果纷纷抛向路边，大人们，尤其是孩子们欢叫着奔了过去，连拾加抢，笑成了一团。迎接队伍趁机过了宫巷口，进了赵家大院。

赵家大院颇为宽敞，除了前庭、客厅之外，连厢房、书房和前后天井都摆了桌子，熙熙攘攘，座无虚席。当执事高声喊出"行合卺之礼"时，喧哗之声骤然停了，人们纷纷望着这对新人。

卺，就是瓢。把一个葫芦剖成两个瓢，各盛以酒，新郎新娘各饮其一，叫作合卺，含有夫妻互敬互爱、同为一体之意。

来贺喜的宾客们一直到二更时分，才席终离去。一对新人被送进了温馨而又神秘的洞房里了。

夜已三更，二人都默默无语。周围静极了，连烛火的"噗噗"之声都听得清清楚楚。赵明诚站起身来，一边用剪子修剪案头的灯花，一边偷偷望着李清照，但李清照被一幅红盖头遮住了。在烛光下，盖头后边是一个看不真切的倩影。他去有竹堂"亲迎"至今，还没有真真正正看清楚李清照的脸。当年，虽在灯会和秋千架下各见过一次，但由于心慌距离远，只是一瞬间见到了一个影子而已。如今，玉人已娶回家来，而且就在自己的咫尺之间，却不能立刻看到，心有不甘。于是，在剪完烛花之后，他大着胆子走到床前，轻轻掀开了红盖头。

李清照羞涩地望了他一眼，连忙低下了头。

赵明诚目不转睛地望着她，生怕一眨眼，她会飞走了。看了好大一会，才喃喃说道："是这样，是这样……"

李清照听了，柔声问道："公子，你说什么？"

赵明诚说："原来我梦里的那个人，就是娘子。"

李清照听了，笑了。她曾听李迥说，赵明诚曾做了一个"词女之夫"的梦。她当时觉得是赵明诚在故弄玄虚，以引起他父亲的注意，为他择媳而已。没想到他今天梦已成真了，这是他的小聪明。她想戳穿他的这个小把戏。她说："公子，我听说，有一天午睡时，你梦诵一书，醒后只记得三句，还记得吗？"

赵明诚听了，脸上窘得通红，连忙支吾着说道："我已记不起来了。"

李清照莞尔一笑，问道："真的吗？"

"真的记不起来了。"

这时，忽听窗外传来说话之声："言与司合，安上已脱，芝芙草拔。"说完，是一阵嬉笑之声。

赵明诚忽然想起来了，"迎亲"回来时，何云和几个太学同学挤到他的面前，挤眉弄眼地对他说："洞房花烛夜，有好戏看呢！"他知道，他们一定会来闹洞房的，没想到他们已经躲在窗下，正在偷听他和李清照的对话！

李清照转头朝窗子望去，见窗纸已有几处被水浸破了，心里一阵慌乱，连忙转回脸来。

赵明诚也发现了窗纸上的窥孔，但他故作未见，见桌子上摆着几盘红枣、花生、桂圆、松子，便一手抓了一大把，猛地朝窗子撒去。只听窗外"哎呀"了一声，接着是一阵嘻嘻哈哈的笑声。

笑声渐渐远了，醮楼传来三更的鼓声。

赵明诚又到窗前听了听，待确信没有潜伏者之后，才走到李清照的跟前，心里有些慌张，试探着说："娘子，夜已深了，是不是——"

李清照含情脉脉地望着他，借着跳动的烛光，她终于看清了他的脸，看清了曾经让自己心动的那双又明又亮的目光，她说道："其实，赵大人，不，是父亲，他对那三句话的解释，只是一家之言，还有一种解释呢！"

"还有一种解释？"

"对，想不想听一听？"

赵明诚说："愿洗耳恭听。"

李清照说："言与司合，是指夫君所言，乃合上司之意；安上已脱，安通鞍，战马脱鞍，意免征战，夫君今后乃是文官；芝芙草拔，是说夫之妇，贱若小草。"

赵明诚听了，笑着说道："娘子，你这是望文生义。"说着，一下子吹熄了蜡烛。

本来，赵明诚自进了洞房之后，心里便有些忐忑不安：他早就听人说过苏小妹新婚之夜三难秦少游的传说，李清照文思敏捷，才华横溢，若同她作词联对，自己必输无疑，会尴尬不堪，在此时此刻，可没有人能来帮忙！没想到新娘子并没有难为他，他不再害怕了，便大着胆子，轻轻地抓住了李清照的手……

一轮皎洁的月盘，已升至中天，照着东京城里的巍峨宫殿，也照着赵家大院里的这间新房……

第十一章　在大相国寺，救下了一只白眼狼

淡荡春光寒食天，玉炉成水袅残烟。梦回山枕隐花钿。

海燕未来人斗草，江梅已过柳生绵。黄昏疏雨湿秋千。

——《浣溪沙》

（一）

天色刚刚放亮，李清照就将赵明诚推醒了。

"明诚，快起来吧，天已亮了呢！"

"让我再打个盹儿吧！"赵明诚翻了个身，又躺下了，因为他太困了。昨天，他买到了一册五代后蜀刊印的《白氏长庆集》，晚上，夫妻二人在灯下读到了三更。上床之后，又说了些对这部书的评论，直到赵明诚打起"呼噜"来，李清照才吹熄了蜡烛。

"再不起来，可就要误学了！"赵明诚仍未动弹。

"公爹来了！"李清照连忙喊道。

听说父亲来了，赵明诚一个鲤鱼打挺，坐了起来。

李清照忍不住"咯咯咯"地笑出声来。

赵明诚怕他父亲，虽然父亲从未打骂过他，甚至都没训斥过他，不知为什么，他总是怕父亲。怕父亲常常锁着的浓眉，怕父亲冷峻的目光，甚至怕父亲不大常有的笑容！

知道自己被妻子捉弄了，赵明诚并不生气。他连忙穿好衣服，洗梳过了，打开房门，先朝院子里看了看，见仆人们还在打扫院子，院子里静悄悄的，才朝房里点了点头，李清照走出来，二人挽着手儿，轻手轻脚地走出了前院的大门。

自从成婚之后，赵明诚便从太学里搬回赵家大院住了，每天一大早出门，到申初回家，好在太学离家不远，所以，从未误过学。

李清照每天都将他送到大门口，到了傍晚，便在大门口等候着他回来，天天如此，风雨无阻。只是她怕婆婆家人多眼杂，每天送丈夫上学怕人看见，所以，总是催着赵明诚早些起床，一不会误学，二不会被别人看见。

其实，这对小夫妻的恩爱举动，细心的郭氏早已看到了，她十分喜欢这位新媳妇，只是不露声色而已。

每次望着丈夫越走越远的身影，李清照心里总会无端地生出一些惆怅，还有些心神

不定。她常常心中好笑，只有半天的分别，怎么也会生相思之病？好容易盼到夕阳西下时，心中又有了一种莫名的激动。她独自站在石狮子旁边，眺望着宫巷口的长街，一旦那个熟悉的身影进入了视线，便觉得整个世界都变得明亮起来了！

也许是受了丈夫的影响，李清照送走丈夫后，便回到自己的新房，一头扎进古籍和金石营造的世界里。她帮丈夫抄录碑刻文字，整理书帖，校对文稿，每有心得，便写在纸上。有的只寥寥数语；有的长达数百句之多。她对丈夫的爱好和研究，也渐渐有了浓厚兴趣。金石古籍和诗词文章，相辅相成，这也是其他才女们所欠缺的造诣。

今天，她正在房中阅读《汉书·王莽传》，忽然听见门外有说话之声："夫人在家吗？"

开始时她并不在意，因为她不知道是在叫谁，过了一会，门外又连着问了几声，她才忽然意识到这是在叫自己。因为新婚的第二天，她便同赵明诚约好，彼此间不以"相公""娘子"相称，直呼其名即可。时间久了，婆婆家也都随着叫她为清照，只有女仆或下人才称她"夫人"，叫起来虽然觉得别扭，但想想也合乎道理，因为自己确实是赵家三公子的夫人嘛！

"是谁呀？"她问道。

一女仆在门外答道："回夫人，有位客人要见你。"

打开房门之后才知道，客人原来是丁香！

李清照将丁香让进房里，拉着她的手问道："丁香，你怎么来了？"

"来看你呀！"丁香笑着说道，"自打你出阁之后，我心里就常常想你，连做梦都和你在一块儿。"说到这里，连忙用手背抹了一下眼泪，抹完了，又笑起来了。

李清照说："其实，我也很想念你，想念有竹堂呢！"李清照说的是心里话。赵家大院虽然显赫，但她总觉得不如有竹堂里温馨、亲切。有竹堂里有慈父的身影，继母的笑容，弱弟的调皮，文坛长辈们的话语笑声；还有南墙根的那丛把竹和院里的海棠花……

"清照，我是来给你送信的。"

"什么信，快说。"

"二舅家的可人小姐让我告诉你，有人将麦花抢走了！"

李清照听了，大吃一惊，连忙问道："是谁抢的？抢到哪里去了？"

丁香摇了摇头，说道："不知道。"

李清照连忙去了郭氏房中，说是娘家有件小事，想回去半日。

郭氏爽快答应了，又要命人备车。李清照连忙推辞了，说去有竹堂有一条近路可走，行车反而不便。

出了宫巷口之后，二人径直去了作坊街。

到了雷家门口，不见有什么异常，院子里传出的凿石之声，铿锵不断。推开门时，见麦花正坐在石凳上同雷嫂说笑呢！李清照悬着的心，终于落下了。

见李清照来了，雷俭连忙放下手中的铁锤，让妻子去端来茶水。麦花迎上去拉着李清照的手说："李姐姐，你怎么来了？"

"你不是——"李清照望了望丁香。

丁香连忙解释说："可人小姐亲眼看到的，说是小麦花——"

雷俭笑着说道："小麦花确实被人抢过。不过，住了一天就被送回来了。"又转头对麦花说："是吧，小麦花？"

麦花点了点头。

原来，三天前的晌午，麦花正在作坊街头的井边洗衣，忽然一辆马车停在她的身边，从车上跳下三个男子，有一穿皂衣长衫的男子问道："小闺女，你叫什么名字？"

"我叫麦花。"

皂衣人笑着说道："来得早不如来得巧！"说完，朝其他二人摆了摆手，二人敏捷地将麦花抱到了车上，放下窗帘，然后急驰而去。

正想来看望麦花的可人刚好路过这里，她惊骇地目睹了全过程。待她明白过来之后，马车已不见了。于是，她连忙告诉了雷俭夫妇，雷俭夫妇放下手里的活计，又邀了几位邻居，便四处寻找去了。

可人又连忙去了有竹堂，让丁香速给李清照报信。谁知李清照来了之后，麦花已经安然回来了，而且还是乘着一顶青呢小轿回来的！

"小麦花，快告诉姐姐，到底是怎么回事？"

小麦花告诉她，自己被人抱上车时，心里怕极了。刚要大声喊救命，车厢里的一个年长的女子笑着说，他们是奉了孟后的旨意来找她的。因为孟后很想念她，但自己又不便出宫，便打发她带了几个人，来接她进宫。因为此事不宜张扬，所以才在井边"抢"她上车的。

"你见到孟后了？"

"见到了。"

"她对你说了些什么？"

"孟后说，住在雷石匠家，比住在瑶华宫好，也比后宫好。还说，她也许还会回瑶华宫的。"

"她还好吗？"李清照又问。

"她总是叹气。"麦花说，"晚上，我睡在她的帐子外边，听见她小声哭了。"

众人听了，便不再问了。

"临走时，她嘱咐我，不让我将此事告诉外人。"

李清照笑着问道："你这不是告诉外人了吗？"

"你们不是外人，都是我的亲人。"小麦花说得很认真，为了证实自己确实见到了孟后，还指着桌子上的一只精致的藤箱说道："那是孟后赐给我的。"说完，打开箱盖，里边整整齐齐地摆放着一些做得十分精美的后宫糕点。

李清照放心了。看见太阳已经偏西，她担心赵明诚下学后见不到自己而着急，便告辞了。

（二）

当李清照匆匆走到宫巷口时，见太阳尚未落山，她知道赵明诚还在太学里上课，便放慢了脚步，边看着熙熙攘攘的街景，边向赵家大院走去。

忽然，远处的一担鲜花引起了她的注意，便连忙走到跟前。

东京西郊，住着百余户花农。他们培育出的名贵花卉，远近闻名，除了梅、兰、菊、碧桃、芍药、牡丹等世人喜爱的品种外，还有用窑洞暖房培育的应时鲜花在街头售卖。李清照看到的，是一担刚刚剪下来的茶花，那茶花瓣红蕊黄，颜色又深又鲜，逗人喜爱。她在花担上选中了两枝将放未放的茶花，付了钱之后，刚刚走了几步，忽又转回身来，将其中的一枝还给了卖花的汉子。

那汉子将花放回花担，正欲退钱给她，却见她手里擎着茶花已经走远了。

卖花的汉子有些奇怪，她退了一枝，为何不要退的钱呢？

其实，李清照十分喜爱这些茶花，恨不能把整担花都买下来！当她选好两朵后，心里寻思，一个人一朵花就足够了，多了，也就可惜了，不如留在花担上，多一个人得到它，不是更好吗？

回到房中之后，她找了个琉璃瓶儿，在里边注满了清水，将茶花插进瓶口里，放在梳妆台上，久久地端详着。那茶花似懂得她的心事，刚才尚卷着的花瓣，此刻竟然悄悄地展开了。那艳丽的色彩，将梳妆台上的铜镜都映成了胭脂红！忽然，她心中有了灵感。于是，连忙铺开诗笺，提起笔来，略加思索，便写下了一首《减字木兰》。

像往常一样，赵明诚边向家里走，边想象着妻子站在暮色中等待自己的样子。自成婚以来，虽然每天早出晚归，但总觉得在太学里的时间太长了，真可谓半日不见，如隔三秋，恨不得时时厮守在一起才好。

当他走进宫巷口时，那个准时站在那里的倩影怎么不见了？他有些不相信，又仔细向周围望了望，仍然没有见到！他急了，匆匆地进了大院，穿过天井，推开了那扇温馨的房门。

新房里没有人。

书案上的一张诗笺引起了他的注意，连忙拿起来。

卖花担上，买得一枝春欲放。泪染轻匀，犹带彤霞晓露痕。
怕郎猜道，奴面不如花面好。云鬓斜簪，徒要教郎比并看。

这时，从帐子后边走出一个人来，轻声唤道："明诚。"

赵明诚转头一看，原来是李清照！只见她黛丝上斜簪着一朵娇艳的茶花，茶花衬托着含情脉脉的眸子，正在望着自己。俄而，她又轻声问道："明诚，你看，这花儿好看吗？"

赵明诚望着她，也望着那朵茶花，如痴如醉。平日里，妻子喜素妆，即使出门，也不描眉施粉，不戴艳丽的头饰，更未见过她在头上簪过花朵！今天戴了一朵茶花，显得比以往更加明媚俊丽、光彩照人了！他连忙说道："好看，好看，这花儿好看，人儿更好看！"

"真的吗？"

"真的！"赵明诚轻轻地将她拉到身边，说道，"这满下天的人，没有谁比我的清照更好看的了！"

李清照听了，连忙低下了头。

赵明诚点燃了案头的蜡烛，烛光将新房照得通亮。他擎着蜡烛，走近李清照，目不转睛地端详着，将李清照看得又羞又窘，便问道："明诚，你这是看什么？"

"你还记得苏轼先生的那首《海棠》诗吗？"

李清照听了，脸上立即泛起了一层红晕，但她佯装不知，笑着说道："我已不记得了，你若记得，就吟哦听听。"

"全诗我也记不住了，唯记住了最后两句。"

"是哪两句？"

"只恐夜深花睡去，故烧高烛照红妆。"

李清照从发际上将茶花轻轻取下来，插进了那只琉璃瓶儿，又从书架上取下《汉书·王莽传》，打算和赵明诚商量撰写一篇补记。谁知赵明诚将书册重又放回书架，从瓶中取下茶花，借着烛光，小心翼翼地将茶花重新簪在了她的头上，目不转睛地望着她。

"难道今晚上不看书了？"

"不看了！"

"不写笔记了？"

"不写了！"

"为什么？"

"我怕熄了烛，这朵茶花睡了！"

李清照听了，轻轻地将头倚在赵明诚的肩头上了。

新房里的烛光，一直亮到了深夜。

后院北屋里的烛光，也一直亮到了深夜。

这是赵挺之的卧室，这已是他第三个难眠之夜了。

要不要再废孟后？这是他难眠的起因。

郭氏也为丈夫的处境悬着心。她披衣坐起来，对丈夫说："再废孟后，定不得人心。不过，你是中书舍人兼侍讲，此事要看官家本意才可行事。"

"官家"，是朝野对赵佶的称呼。不过，这个称呼只能在私下谈话时使用，若在正式场合或在朝会上说漏了嘴，会惹来大祸的。

赵挺之说："依我所见，官家对他的这位皇嫂十分敬重，且孟后在后宫中也极得人心。只是蔡京一复职，就在孟后身上做文章，不知是何用意？"

郭氏说："孟后深居宫禁，无碍于蔡京；孟后再回瑶华宫，也无益于蔡京。他明知官家无废孟后之意，却又不肯罢休，有不可告人之嫌！"

赵挺之虽说官场的阅历丰富，但他一时也看不透再废孟后的真正企图。不过，他已经意识到，朝廷里快要出大事了。

夜已很深了，赵挺之夫妇仍然难以入眠！

（三）

转眼间已经到了端午节。

这是赵佶登基后的第二个端午节，东京城里显得格外热闹。除了民间的赛龙舟、插艾蒿、驱五毒、吃粽子、饮雄黄酒等活动之外，朝臣和皇族成员还要去看龙舟比赛。

李清照和赵明诚一大早就起来了。他们昨晚已商量过，趁着太学放假，夫妻二人要去顺天门外的金明池观看龙舟赛。谁知到了那里之后，却见外边站着一些禁军士兵，将去看龙舟赛的游人挡在了一条小河旁边。他们不知道里边发生了什么。后来，还是从一名守园人那里得知，皇上已落驾这里，正和嫔妃们在里边看龙舟赛，闲散人等，不得入内！

一大早乘兴而来，却败兴而归！在回来的路上，见路边一个小食店的门口，摆着一竹筐粽子。李清照说："明诚，咱们吃几个粽子充充饥吧！"

因起得太早，又走了一个多时辰的路，赵明诚的肚子早就饿了。他在竹筐里挑选了几种粽子，付了钱之后，店家送来了两只木板凳和一碟红糖，二人便在路边吃起来了。

李清照边吃边问："明诚，你可知道端午节赛龙舟和吃粽子的来历吗？"

赵明诚答道："五月初五的龙舟赛，与楚国左徒屈原有关。因楚王宠信奸佞，听信谗言，将他削职逐放。当他得知都城被秦国攻破时痛不欲生，于五月初五怀抱石块投汨罗江而死。楚人哀之，便以舟楫在江上拯救，但未成功。百姓们怕水中恶龙鱼蟹分食屈原的遗体，便以粽叶包上米、枣、肉、蛋、粟子、白果、红豆等食物，扔进江中，以喂食水族，使它们不伤害屈原。这便是端午赛龙舟和吃粽子的来历。"

李清照听了，说道："我还知道一种说法，不过，却与屈原无关。"

"与屈原无关？"赵明诚为她剥了一只有红枣的黄米粽子，说道，"愿洗耳恭听。"

第十一章　在大相国寺，救下了一只白眼狼

李清照说："东汉《曹娥碑》上说，吴王夫差杀了伍子胥之后，将他的尸首装进皮袋中，抛进了钱塘江里。自此之后，钱塘江便常常掀起滔天怒潮，而五月初五这一天的江潮最为汹涌，江水一直冲入越国境内。当地人都说，这是伍子胥显灵了。伍子胥有个女儿叫曹娥，她冒着生命危险，驾着小舟冲向江潮，为的是能拜见自己的父亲。人们出于对伍子胥的尊敬和对曹娥的同情，纷纷驾船相随。后来，就演变成民间的龙舟竞渡了。"

"好，这个传说也十分耐人寻味。"赵明诚忽然想起了什么，说道，"反正是看不成龙舟赛了，不如随我去大相国寺赶大集吧！那里挺热闹呢！怎么样？想不想去开开眼界？"

李清照早就听说御街东侧的大相国寺附近，是一个古器字画、金石碑刻和图册善本的大集市，名叫"百姓交易"。那里，不但有各省来的商贩，还有外国商人都在那里交易。旁边，有上演歌舞百戏的勾栏，每日里总是人潮如涌。她既好奇，又觉得有些神秘，但是一直没有机会去看一看。所以，当赵明诚一提出来，她便连忙答应了。

过了州桥之后，便听见从大相国寺方向传来的喧闹之声了。有敲锣的，有击鼓的，还有唱曲、说书、摔跤的，以及舞刀弄枪的撞击之声。赵明诚悄悄对李清照说："前边就是资圣门，若是运气好，说不定还能见到传世之宝呢！"

资圣门两旁，是一间接一间的书肆、画社、笔墨庄、玉器轩、古董斋等店铺。有些店铺的主人显然认识赵明诚，见他来了，纷纷出店问候、打招呼。

他们刚刚走到"逸云书庄"时，一位年约花甲的老者迎了出来，说道："本庄前日收下一卷古文，不知公子和夫人有兴趣看否？"

赵明诚虽多次来过这家书庄，但不曾见过这位老者，便问道："老人家，你是——"

老者笑着说："本庄的掌柜病了，我是来帮忙的。"

赵明诚问道："古文是谁写的？"

"扬雄。"

"扬雄？"赵明诚听了，心中一震，接着问道，"文题是什么？"

老者说："你看了就知道了。"

赵明诚听了，连忙拉着李清照进了书庄的店门。

老者让人奉上茶来，赵明诚顾不上喝茶，便急着要看原文，老者只好将他们领进了书店的一间清静的客室中。他从一口木箱中取出一个麻布长包，解开麻布，里边是一只包着桐油布的木匣。他小心翼翼地从木匣中取出一卷边缘已有些破损的绢轴来，轻轻摊开，见卷首上写着三个篆体字：甘泉赋。

赵明诚仔细看了一会，又和李清照一起看。因从前从未见过扬雄的手迹，所以，对它的真伪难以把握。

老者已经看出了他们的顾虑，指着绢轴说道："公子和夫人，这是洛阳的一位客人送来的，委托小店代售。说实在的，开始我也怕是赝品，不想经手。后来，他出示了龙眠居士李公麟写的鉴考，我才放心了。"说完，指着绢轴背面的一方朱砂印章，说道：

"这是他在上面留下的。"

赵明诚凑近看了看，上面是"伯时之印"。

"伯时"是李公麟的字。他不但善绘山水人物，而且书体独树一帜，曾受到王安石的推许。他画的《五马图》、《九歌图》等已闻名遐迩，被人誉为"宋画第一"。可惜的是，这位书画大家去年已经谢世了。李清照曾在米芾家中见过他画的《西园雅集图》。

"请问，此卷索价多少？"赵明诚问道。

老者说："那位客人当时并未定价，只说由我定价即可。不过，他曾留下了一句话，说，此物应归有德之人。以我所识，公子和夫人是应得此物之人。"

赵明诚笑着说道："老人家，你过奖了。不过，我虽爱此物，但也知此物的身价不菲，力不从心啊！"说完，又恋恋不舍地望了望《甘泉赋》，准备和李清照离去。

老者连忙说道："公子，我还没说价呀，你怎么知道力不从心呢？"

赵明诚和李清照站住了。

老者说："客人既然让我作价，就是信得过我。我为他出售此物时，其价也要因人而异。平心而论，此物可值八万钱，但公子若要，三万钱即可。"

三万钱？这实在是太便宜了！不过，对这对小夫妻来说，三万钱也是个难以承受的数字。平日，父亲每月给赵明诚三千钱，母亲又会悄悄塞给他一千钱。他省了再省，每月都把钱积攒下来，也只能在资圣门购得一二件石刻、图册之类的古物。有一次，他看中了一件龟形元显隽墓志，甲背上竖刻一行楷字："魏故处士元君墓志"。店主要五千钱，他将平日里的全部积攒凑起来，才凑足了四千钱。他先将这四千钱作为定金交给了店主，讲明次日送一千钱来之后，再取这件龟形墓志。

他知道求父亲不但难能如愿，说不定还会受一次训斥呢！只有要求母亲才行，谁知母亲当天去了姨妈家，第三天母亲回来后，给了他一千钱。他拿起钱就往资圣门跑去，跑到以后才知道，因自己未按时送钱去，那件龟形墓志已被别人买走了！

他脸上有些愧意，对老者说道："谢谢你的一番好意，我确实一时凑不出三万钱来。"

他说的是真情实话。自成婚以来，虽然家中每月多给他一千钱，加上近几个月未购古董，也只积攒了一万多钱，离三万钱还差得远呢！他对李清照说道："清照，咱们走吧！"

李清照似乎没有听见，仍在俯首望着《甘泉赋》。她看得非常认真，好像绢上的文字对她的目光有一种特别的吸力。忽然，她摘下了手腕上的一对翡翠手镯，递给了老者。说道："请问，这对手镯能否值得三万钱？"

对她的这一举动，老者竟一时没回过神来。他看了看李清照，知道她是出自真心的，手镯亦是上乘之品，在东京的玉器行里，少说也值十万钱，便说："若以此镯交易这件《甘泉赋》，夫人就吃亏了！"

"老人家，这件《甘泉赋》，也不止三万钱呀！你说是不？"李清照说。

老者笑了。他收下手镯，将《甘泉赋》重新包扎起来。

因为事情发生得太突然了，赵明诚被李清照的这一大胆举动惊呆了。当他明白过来正欲阻止时，李清照已将《甘泉赋》抱在怀里了！

老者说得对，李清照的那对手镯，是生母王淑贞出嫁时，姥姥命人请了东京最好的玉匠，选了上等的坯料雕琢成的。

在回家的路上，赵明诚埋怨李清照，不该将她最喜爱的一对手镯换成了《甘泉赋》。李清照却笑着说道："翡翠手镯，天下不缺。但《甘泉赋》却是天下独有！我当时还担心店主不肯换呢！"

赵明诚听了，心中十分感动。为了自己的爱好，妻子竟然将出阁时娘家的陪嫁也舍弃了！他想安慰妻子几句，但却找不出一句合适的话。

（四）

崇宁元年（1102年）六月，天气奇热，但赵挺之总觉得朝会上有股不知从哪里刮出来的冷风，让他不寒而栗。他须时时提防着，瞪大眼睛望着朝廷中林林总总的大事和琐事。他觉得尤其要提防一个人，这个人就是蔡京。

蔡京是个善于见风使舵的人。当年，他虽然遭到弹劾而被贬居杭州，但投靠宦官童贯又东山再起。今天，赵佶想调和朝廷中的党争，恢复神宗年间王安石所推行的新法，已改元崇宁。蔡京又立刻打出"新政"的旗号，得到了赵佶的重用。

赵挺之知道自己斗不过蔡京，但又不甘心被人挤出朝廷。所以，他也仿效蔡京的为官之道，一会依附于章惇，一会又倒向蔡京，一会儿又投靠与章惇有矛盾的曾布，终于当上了尚书右仆射。

七月初，蔡京终于扳倒了老对手曾布，自己顶替了他的尚书右仆射兼中书侍郎之位。上任的第一天，他就向赵佶提出，要确立新政主体，就要追究元祐党人的罪责。他认为在长达九年的元祐年间，奸党遍布朝政。元祐人中的司马光、苏轼、苏辙等人虽然有才，但属奸党的中坚骨干，应当严处。若不除奸党，党争便不能绝根。党争不绝根，新政就难成功。

赵佶听了，表示赞同。

蔡京接着说道："陛下，若究元祐党人之责，就要尽焚元祐诸法。此事不可犹豫！"

赵佶当即说道："朕准爱卿之奏。"

果然，他在第二天下了诏书，将元祐年间的各项法令制度，全部付之一炬！

一场自天而降的狂风暴雨即将来临。一大团乌云，在东京的宫阙上空翻滚着，变幻着。

李清照和赵明诚这对新婚不久的夫妻，每天都沉浸在恩恩爱爱的幸福之中，并不知道一场风暴即将席卷而来，更不知道这场风暴将会改变他们的生活和命运。

端午节过后不久，有一天傍晚，一家人都在等候赵挺之回来，因为他回来了，全家人才能坐下吃饭，但一直等到了掌灯时分，仍未见他回来。郭氏有些心神不安，便站在大门口等候丈夫。这时，只见跟随丈夫身边的仆人赵昆匆匆从宫巷口跑来。他告诉郭氏说："夫人，因官家紧急召见老爷，老爷可能很晚才能回家，也许今晚就不回家了，让家里人不要等他了。"

郭氏听了，心中一惊。连忙问道："官家还召见了哪些大臣？"

赵昆说："我不知道。不过，我看见不少大臣都没回家，都在朝房里守候着。"

"蔡京大人在吗？"

"我没看见。"

郭氏的心一下子提到了嗓子眼里了。不知为什么，这些天来，蔡京的影子总在她眼前晃动。虽然赵挺之和她见面时又说又笑，但她却时时为丈夫捏着一把汗。有一天，赵挺之散朝回家后，悄悄对她说："今天晌午，蔡京大人邀我去他府上赏花时，顺便说了一句话，我一时猜不透他的用意。"

"是句什么话？"

"他说：'按你的学问、人品，应在我等之上，待有了合适的机会，我定会力荐的。'"

就在当天晚上，郭氏做了一个梦，梦见蔡京手持一柄牛耳尖刀，正在追杀自己的丈夫！她被吓醒了，出了一身冷汗。

官家为什么此时召见丈夫呢？

"夫人，还有一件事向你禀报。"赵昆说道，"老爷让我告诉你，明日，王皇后要去观赏芍药，朝臣大员之女眷可去伴驾，同游琼林苑。谁去？老爷让你安排。"

听了这句话，郭氏才放下心来。

去皇家园林赏花，是女眷们求之不得的幸运之事。但家中儿媳、女儿颇多，让谁去最合适呢？当然，自己是一家之长，又是一品夫人，去伴驾赏花，最有资格。可是，皇后身边的那些嫔妃们，都有些雅兴，常常会现场赋诗填词，若遇上这种情况，自己往往十分为难。正在犹豫不决时，大儿媳笑着说道："娘，还是你老人家去吧。去时，带上清照妹妹，让她给你做个伴儿。"

李清照听了，连忙推辞，她说："还是让两位嫂嫂去吧。"

两位嫂嫂说，过去她们都去过宫中，参加过不少后宫的节日和游园活动，这次轮到新进门的媳妇了。

郭氏听了，正合自己的心意。因为自己的三儿媳妇，虽是京城闻名的才女，但后宫中和朝臣们的女眷，都没见过她，这次也让她们见识见识。更重要的是，当遇到作诗填词的场合时，自己就不用发愁了。

李清照还想推让给比自己小两岁的小姑。小姑说："三嫂，我已经去过三次了。"

郭氏在家里是一言九鼎。她说道："清照，你也别再推让了，明日随我去琼林苑，

第十一章 在大相国寺，救下了一只白眼狼

153

说不定还会见到孟后呢！"

听说能见到孟后，李清照也就应允了。

次日一大早，两乘青呢小轿便从赵家大院出发了，到了琼林苑之后，王皇后尚未出宫，一些文武大臣的夫人、千金们已经在苑中候驾了。

郭氏下轿后，女眷们立即向她围拢过来，有的走过来行礼；有的说她裙子上的花绣得好看；还有的夸她越活越年轻，问她是怎么样保养的。郭氏和她们有说有笑，显得十分得体、随和。

看见婆婆忙着和众人应酬着，李清照悄悄离开了人群，沿着一条小径边走边看。

这琼林苑原是宋太祖赵匡胤所建，和金明池南北相对，俗名叫青城。这里还是皇上宴请新科进士之处。太平兴国二年（977年），宋太宗赐宴新科状元于此，便有了琼林之名。琼林苑以佳花名木为胜。苑中小径汉白玉铺成，两旁植以古松奇柏；花圃中栽有山丹、茉莉、瑞香、含笑、射香等花卉；还辟有石榴园、樱桃园、梅亭、牡丹亭等专园养育花木。苑中凿有明池，池上有一小桥，桥头被垂柳掩映，宛若画境。在牡丹亭边，是一片数十亩的芍药园，万千花团如云如霞。由于皇后要来赏花、巡幸，芍药园附近已由宫中禁军守护起来，在王皇后赏花之前，不许闲杂之人进去。李清照只能站在一个高岗上远远地眺望，想象着芍药盛开的模样。

又过了半个时辰，听见远处有人喊道："皇后驾到！"

女眷们连忙跪下，迎接皇后。

李清照看到一支由宦官、宫女组成的队伍，像一股五颜六色的潮水，从琼林苑大门涌了进来。在这支队伍中，她看到了两辆红色安车，车上的金纹在阳光下熠熠闪光。她知道，只有皇太后和皇后才能乘坐这种安车。既然来了两辆安车，那么，孟后就一定在里边，只是不知道她坐在哪一辆安车中。

不知道为什么，她自从在瑶华宫见到孟后之后，心中便常常挂念着她。若有机会单独相见，她一定要问问孟后，她为什么说还会回瑶华宫？

赏花开始了。李清照随着衣着华丽的女眷们在小径上缓缓地走着、看着，女眷们不时地发出一声声的赞叹。王皇后和孟后在众人的拥簇之下到了芍药园边。由于人多距离远，李清照看不真切孟后的脸，又无法越过前边的女眷和嫔妃们，所以，便转过头来，仔细地观察园中的芍药。

人们称牡丹是"花王"，芍药便是"花相"。琼林苑的芍药有单瓣的，也有复瓣的，花色艳丽夺目，有紫红的，粉红的，也有黄色的和白色的，它们在徐徐的清风中轻轻地摇曳着，似在向赏花人点头示意。李清照蓦然想起了《诗经·国风》中的一句诗："赠之以芍药。"若能得到一朵芍药，回去后插在瓶中，和明诚共赏同品，该有多好！

前边的人停下来了，接着就见宦官和宫女们在芍药园旁摆上了桌子，备上了纸笔墨砚。原来，宫中早就安排了题诗填词活动。

赏花的人群，一下子安静下来了。

一名当值宦官大声说道："皇后口谕，凡赏花宾客，不分长幼身份，不限时辰，皆可以芍药为题写诗填词一首。优者赏芍药一枝。纸笔已备，请各位自行题写。"

人们听了，纷纷去取纸、笔。

郭氏也取来了纸笔。她朝李清照点了点头，领着她来到一个亭子里，笑着说道："清照，你也写一首吧！"说着，用手帕揩了揩石桌上的浮尘。

李清照不便推辞。她在两位皇后未来之前，已在园中观察过芍药的花姿。皇后进园后，她随众人又细细地看了一遍，心中已有了腹稿。她接过笔之后，稍作思索，便挥笔而写：

禁幄低张，彤阑巧护，就中独占残春。容华淡伫，绰约俱见天真。待得群花过后，一番风露晓妆新。妖娆艳态，妒风笑月，长殢东君。

东城边，南陌上，正日烘池馆，竞走香轮。绮筵散日，谁人可继芳尘。更好明光宫殿，几枝先近日边匀。金樽倒，拚了尽烛，不管黄昏。

一直站在旁边的郭氏，简直不敢相信自己的眼睛！虽然她也知道三儿媳是位少有的才女，但无论如何都没想到，她能一气呵成一首咏哦芍药的《庆清朝慢》！而且写得这么快，这么精妙！

李清照为赵家争了光，也扬了名！

见纸上的墨迹已经干了，郭氏连忙亲自送到了当值的宦官手里。

这时，有的人正在构思；有的人虽然写了，但还在修改字句；还有的尚未动笔。当值宦官也没想到会有人写得这么快，早早就把词稿送上来了！他看了词稿后，说道："夫人，此词尚未落款呢！"

郭氏笑着说道："是我家的三儿媳妇李清照写的。"

听说是李清照写的，人们纷纷围拢过去，一句一句地吟哦起来。

这时，一个小宫女走到李清照跟前，低声说道："夫人，孟后想见你。"说着，朝回廊上指了指。

李清照抬头望去，见孟后坐在回廊的木椅上，正在朝自己招手呢！

李清照快步走过去，刚要跪拜，孟后连忙拉住了她，说道："听说你出阁了，真为你高兴。"

李清照答道："谢孟后对民女的关爱。"

"我曾读过你填的词。"孟后把她拉在身边的木椅上，吟道——

淡荡春光寒食天，玉炉沉水袅残烟。梦回山枕隐花钿。

海燕未来人斗草，江梅已过柳生绵，黄昏疏雨湿秋千。

"拙词俗语，清照心中怵然。"

"不，此词清耳，引人入胜，就凭'黄昏疏雨湿秋千'七字，就是一幅绝妙的丹青。"

"孟后过奖了，清照心中不安。"李清照见宫女不在身边，便悄声说道："自你进宫后，就不易见到你了。"

孟后听了，脸上的笑容悄然消逝了，眼神里有一种迷惘。不过，她很快便恢复了常态。问道："我若再去瑶华宫，你还会去看我吗？"

"当然会啦！"李清照忽然觉得她说的话有弦外之音，这和小麦花说的有些相似，便说道，"既然回了宫，就不会再去那里了，况且当今皇上也不会答应的。"

孟后听了，没再就这个话题继续说下去，她们又谈起了诗词。李清照早就听人说过，孟后不但精通四书五经，而且擅长绘画诗词。当年，赵佶年幼时，她还手把手地教他作画、写字呢！自从接回宫中之后，王皇后也时常跟她学画练书，王皇后填的词，还得到了赵佶的赞许呢！正因为她们二人是诗词知音，所以，谈得很融洽。

这时，王皇后派人送来了众人吟哦芍药的诗词，共八十六首。经几轮评选之后，头一名就是赵府李清照的咏物词《庆清朝慢》；第二名是杨府严夫人的律诗《芍药》；第三名是田府阮夫人的《南歌子》。王皇后一共取了十名，李清照看到了一个熟悉的名字：何蕊。何蕊排在第九名上，写的是一首《长寿乐·随王皇后观赏宫苑芍药》。

孟后看了李清照的《庆清朝慢》之后，说道："此词好！你把握了芍药的神韵。'容华淡伫，绰约俱见天真'十个字，既写活了芍药，又不刻意杜撰，十分难得。此词独占鳌头，天公地道。"说着，命人在园中剪下了一枝硕大的紫色芍药，亲自赐给了李清照。

评完了诗词，王皇后和孟后到园中的暖阁歇息去了。因为宫中的宴席尚未到时辰，所以众人便随意在园中观赏起来。

就在这时，郭氏悄悄将李清照叫到一边，低声说道："刚才有竹堂带信来说，亲家李大人病了，让你回去看看。"

李清照听了，十分吃惊。父亲病了，让自己回娘家看看？这不是父亲为人行事的习惯。难道家中有什么急事而又不便说明，才托词父亲有病让自己回去？她猜测不透。

郭氏说道："清照，你就先回去吧。待会儿，我再向两位皇后告罪。"

李清照点了点头，悄悄离开了琼林苑。

（五）

李清照和郭氏去了琼林苑之后，赵明诚见天气晴朗，便又去了资圣门。

自从得到了扬雄的《甘泉赋》之后，他总觉得在大相国寺一带，说不定什么时候，在哪个店铺里，就会遇上一件"踏破铁鞋无觅处"的宝贝。今天，他又想去试试运气。

刚刚走到大相国寺的后殿，见一群人围在那里，他不知道发生了什么，便挤了进去。

原来，人们围着一个二十出头的男子，那男子长得还算白净，只是显得瘦弱了一些，从身上的衣着来看，像是个读书之人。人们围着他，你骂一句，我斥一声，那男子吓得浑身哆嗦，左脸上被打得又青又肿。赵明诚问一位熟悉的店主："孙老板，到底发生了什么？"

孙老板指着地上的一件双羊青铜尊说道："他的这件双羊尊，貌似商代古器，实则是今人仿铸的，不信，你看！"说着，他拿起铜尊，用手指着羊腿说道："上面的铜锈，是用醋水浸成的，羊肚上的空洞，是用观音土充塞的。去年，他用一件假盂鼎骗了我一万八千钱，今天，他又来行骗，被我逮住了。你说该打不该打？"

就在这时，一位中年店主风风火火地挤了进来，一把抓住那个男子的前襟，大声骂道："骗子！骗子！上个月，他拿着一件古画来找我，说是祖上传下来的镇宅之宝，因父母病重，才迫不得已拿出来卖的。我看他可怜，还管他吃了一顿饭呢，没想到那幅古画竟是一件赝品，你们说可恶不可恶！"说着，举手打了他一巴掌！

周围的人都十分气愤。众怒难犯，人们在气头上往往会不想后果，若不为这个男子解围，说不定人们会将他打死！打不死，也会打成残废！赵明诚连忙走到男子身边，用自己的身子挡住了人们挥舞的拳头，护住了那个男子，大声说道："父老乡亲们，请不要再打了，再打，会出人命的！"

人们的愤怒并未平息。有人说道："这种人不值得公子可怜，今天你可怜了他，今后，他还会害人的！"

那个男子连忙说道："各位爷们，高抬贵手饶了我吧！我再也不敢行骗了！"他一面说，一面哭，还一面抽打自己的耳光，鼻涕和眼泪抹了一脸。

赵明诚问他："你骗去的钱，想不想还呢？"

"还，我一定要还，不还是个畜生！"那男子一边说，一边赌咒。

"何时还呢？"

"我去变卖了山西老家的祖产以后，就即刻把钱送来！"那男子见有人为他解围，身上不再哆嗦了。

有的人平静下来了，有的人仍不消气，还在不住地骂他。赵明诚朝四周施个礼，说道："他已知错，还发了毒誓，请诸位看在赵某人的面子上，就让他走吧！"

大家见赵明诚出面打圆场，虽然心中的气尚未全消，但也就不再坚持，纷纷回店里做生意去了。那个男子也悄悄溜走了。

赵明诚又去了资圣门的逸云书庄。

那位老者见赵明诚起来了，连忙迎出来，说道："请公子来店里歇歇贵脚，我给公子看一样东西。"

第十一章 在大相国寺，救下了一只白眼狼

157

赵明诚听了，便随他进了店堂，一名店员连忙送上了一杯热茶。

老者从里间里取出一幅拓片，展开一看，原来是秦代的刻石拓片。

老者说："赵公子精通金石，这件拓片，是从青州购得的，因上面字迹残缺不全，不知是何人所写？又是作何之用？请赵公子赐教。"

赵明诚仔细看了几遍。此拓片是从一块残石上拓下来的，高约四尺，宽约二尺，原为四环刻字，因年久剥蚀，仅存十四行共八十六个字。他指着拓片上的文字说道："秦始皇统一六国之后，曾出巡东行，每到一地，便会刻石记之，曾有《峄山刻石》、《泰山刻石》、《琅琊台刻石》、《芝罘刻石》、《东观刻石》、《碣石刻石》、《会稽刻石》七处，皆是丞相李斯所书的小篆，其字结构平稳、端严、凝重，疏密匀称，一丝不苟，是字中的神品！只是不知此是何处的拓片。"

老者问道："公子喜欢这幅拓片吗？"

赵明诚点了点头，说道："不知多少钱可卖？"

老者伸出了一个指头。

"十万钱？"

老者摇了摇头，说道："用不了。"

"一万钱？"

老者仍然摇头。

"难道是一千钱？"

老者还是摇头。

赵明诚有些不解，难道一幅这么难得的拓片，会用不了一千钱？

老者说："此幅拓片，只收赵公子一百钱！"

赵明诚以为老者是在同他开玩笑，便问道："老人家，你就别难为我了，开个价吧！"

老者说："卖给赵公子，收一百钱足够了。"

"老人家，你这不是白白送我了吗？"

"也并非白送，其实，我还赚了赵公子的五十钱呢！"

"还赚了我五十钱？"

"对，我并不赔本。"接着老者将不赔本的道理告诉了赵明诚。

逸云书庄派伙计在青州购得了一批古籍，装车时，发现地上丢着一卷陈纸，其中就有这幅拓片。因已结清了账，卖家便顺手将拓片放到了车上，伙计说不可，须付钱才肯收下。卖家指了指旁边的瓜摊，笑着说："那好，你就买个银瓜给我吃吧！"

伙计用了五十钱，买了半筐银瓜给了他，这件拓片便运回了东京。所以，他才说收一百钱还赚赵明诚五十钱呢！

赵明诚十分钦佩逸云书庄的商德和诚信，但用一百钱买下这件拓片，无疑就是白送了。他心里有些不忍，便想多付些钱。老者已看出了他的心思，便坦率地说道："赵公子，你也不必过意不去。我一是敬仰你和夫人真心喜爱古物的精神；二是夫人那天摘下双镯换一赋，着实让我感动。你就收下这件拓片吧！"

赵明诚听了，知道不能再推让了，便说："好吧，我收下就是了。"说完，付了一百钱，便出了逸云书庄。

老者一直送到门口，分手时还特意说道："请公子代我问候才女李清照，不胜感激。"

辞别了老者之后，赵明诚沿着虹桥向前走去。走着走着，觉得肚子饿了，见街旁有一家饭铺，便进去了。

小饭铺不大，倒也十分干净。他要了一盘千层饼和两个炒菜之后，便坐在窗前，取出那幅拓片，慢慢地看起来。

一个年轻男子也随后走进饭铺。店小二问他要什么饭菜？他未作答，径直走到赵明诚身边，"扑通"一声就跪下了。他的这一举动，让赵明诚吃了一惊。低头一看，原来是在大相国寺后面被打的男子。赵明诚连忙伸手去拉他，那个男子不肯起来，说道："公子，你是我的救命恩人，容我向你叩头拜谢！"

"不可，不可！"赵明诚将他拉起来，问他叫什么名字？何时来到东京的？

"我叫张汝舟，今年二十一岁，祖父曾任过长沙推官，死在了任上。我曾是太学生，因父母双双病故，只好辞学回籍。那几件古物，原是父亲留下的，自己并不知道是仿制的赝品。亏了公子出面，今日才未能被人打死于街头。"

听说他曾是太学的学生，赵明诚的心中便生出了一些怜惜之情。他问道："你不是说要回山西老家吗？何时动身啊？"

张汝舟听了，低声说道："我本想即刻动身，只是路途遥远，且身无分文……"

没等他说完，赵明诚连忙将准备买古董的钱从怀中取出来，放在桌子上，说道："你就拿去做盘缠吧！"

张汝舟听了，又连忙跪下，哭着说道："赵公子的大恩大德，我张汝舟铭刻在心，今生来世绝不敢忘。"说完，不住地在地上叩头。

赵明诚忽然想起了什么，问道："你还没吃饭吧？"又朝店小二招了招手，吩咐道："请给这位先生称一斤油饼，炒两个小菜。"说完，将饭钱交给了店小二。

店小二端上饭菜之后，张汝舟便狼吞虎咽地吃起来了。

看看天色不早了，赵明诚便离开了小饭铺。

赵明诚做梦都不会想到，他救下的这个张汝舟，却为自己埋下了祸根！

就是这个张汝舟，三十一年之后，不但骗走了赵明诚和李清照毕生收集的一些珍贵字画，还险将女词人置于他精心设计的罪恶陷阱。

第十一章　在大相国寺，救下了一只白眼狼

第十二章 一方党人碑，将词女打进了另册

天接云涛连晓雾，星河欲转千帆舞。仿佛梦魂归帝所，闻天语，殷勤问我归何处？
我报路长嗟日暮，学诗谩有惊人句。九万里风鹏正举，风休住，蓬舟吹取三山去。

——《渔家傲》

（一）

李清照匆匆赶到有竹堂时，李迥已站在大门口，正焦急地到处张望着，见李清照来了，连忙迎了上去。

"哥哥，我父亲得的什么病？"李清照问道。

"叔叔只是受了点风寒，并无大碍。"李迥将她拉到自己住的东厢房里，对她说道，"我是借叔叔有病之名，让你回来的。"

李清照已经意识到出了什么事，至于是什么事，她并不知道。便问道："到底出了什么事？"

李迥对她说，今天，他在太学里听说，冬祭之前，蔡京联络了一些执政的重臣，正在密谋再废孟后，还要对元祐年间的朝臣们下手。

原来，蔡京等人认为，其一，虽然元祐年间的法令已全部焚了，但人心无法焚。孟后是元祐年间的皇后，她在位，就成了元祐党人的象征。若不废孟后，元祐党人的影响便不会消除。其二，赵佶对孟后十分敬重，王皇后和孟后私谊颇笃，恐一两个朝臣提出再废孟后不易成功。其三，是试探皇上。若皇上坚决反对再废孟后，则难以一下子铲除元祐党人；若皇上对再废孟后犹豫不决，则表明他的"绍述"之志并不坚定，只好在追究了元祐党人之后再废孟后。

赵佶看了蔡京等人呈请再废孟后的奏疏之后，心中十分为难。要再废这位自己亲自下诏接回宫中的皇嫂，于情于理都说不过去。若不废她，如何推行"绍述"新政？他下朝后一直闷闷不乐，便独自去了后宫。

王皇后和孟后正在一张长条案上写字，也许是太认真了的缘故，二人都未发现赵佶已从侧门悄悄走到了她们身边。他俯身一看，见孟后正在批改王皇后临摹的《欧阳询仲尼梦奠帖》，凡字形好的，便以红笔圆点；凡字形散漫或笔画不足的，则另写在了旁边。

这位王皇后入宫前虽然读书不多，但进宫后以赵佶的字为帖，常常临摹，便有了兴趣。孟后回宫后，不但教她书法，也教她诗词古文，有时，也临摹宫中的山水画卷。赵佶看了《欧阳询仲尼梦奠帖》之后，为她在书艺上的长进大吃了一惊。此情此景，他不能将朝臣们再废孟后之事说出来。他将龙袍脱下，放在卧榻上，挽了挽袖子，提笔写了一首李白的《云想衣裳花想容》。那一个个他独创的瘦金体字，令两位皇后惊叹不已。

　　是什么掉在了地上？王皇后拾起来一看，见是一份《奏请再废孟后》奏疏。原来，赵佶在脱龙袍时，这份奏疏从衣袖中掉了出来。她看着看着，脸上的笑容没有了。看完了，将奏疏朝桌子上一掷，问赵佶："陛下，你看过这份奏疏了？"

　　"我，我还没来得及看呢！"赵佶未停下手中的笔，仍在一笔一画地写着。

　　孟后见王皇后问奏疏的事，便借故出去了。因为她知道，后宫不应问及朝廷的事。

　　见赵佶写完了，王皇后说道："陛下，妾主持后宫以来，从不过问朝廷政事。不过，这奏疏却干预起后宫的事来了！妾居住宫中，宫闱之事由我做主。对吧？"

　　赵佶听了，点了点头。

　　"当年，为孟后复位，是向太后做的主。今天，废不废孟后，应由我做主才可！"平时，王皇后文静贤淑，又多愁善感，没想到她看了蔡京等人的奏疏之后，竟然大气凛然，说的话掷地有声！她接着说道："请陛下劝劝那些执政大臣们，让他们多想想治国安邦之道，宫闱中的事，是家中私事，无须他们说三道四！"

　　赵佶听了，半天无语。

　　其实，赵佶心里也十分为难。蔡京、童贯等人说，若是不废孟后，便是拒绝纳谏，阻塞言路，是对先帝的不敬！他不便将实情讲给王皇后听，便说道："这类的奏章还有几件，我都搁置起来了，请皇后放心好了。"

　　王皇后听了，说道："陛下，你是一国之主，你的话一言九鼎，只要你心中有数，腰杆硬，朝臣们才不敢有非分之想！"

　　"皇后之言，甚有道理。"赵佶说完，又提笔写起字来。

　　李清照对李迥说道："我今天在琼林苑见到孟后了。她虽未说自己有被废之灾，但从她的口气里可以听出，她已有了再次被废的准备。难道孟后再废，会波及我们家？"

　　李迥点了点头，心事重重地说："听太学生们议论，此事不但波及叔叔，还会波及你我呢！"

　　"真的吗？"李清照觉得不可思议。

　　"是真的！这不，晁补之先生和叔叔正在客厅中议论此事呢。"李迥指了指客厅的窗口说道。

　　"走，我们也去听听！"李清照拉着李迥去了客厅。

　　见女儿和侄儿进来了，李格非指了指李清照和李迥说道："补之弟，他们已长大成人了，我们所谈之事，让他们知道也好，免得事到临头没了主意。"

晁补之听了，望了望李清照和李迥，重重地叹了口气，说道："看来，如今已是'黑云压城城欲摧'了！"接着，他说了蔡京等人预谋追究元祐朝臣的种种迹象。

蔡京取代了曾布，成了尚书右仆射兼中书侍郎之后，赵佶曾向他说过："神宗皇帝创立新法，哲宗皇帝继承。朕即位后，社稷大计应承前启后，力行父兄意志。朕想听听蔡卿的见解。"

蔡京连忙伏地叩拜，说道："陛下实为千古明君。继承先帝遗志，合天意，顺民心。承祖训，是自古以来的孝悌。陛下若想干一番轰轰烈烈的千古大业，首当实行'绍述'大计。若实行'绍述'大计，又首当追究元祐奸党。元祐奸党执政达九年之久，党羽遍布朝野，不追究元祐奸党，'绍述'大计难以推行。"

赵佶问道："依蔡卿所见，应如何追究元祐奸党呢？"

"微臣以为，田陌除草，须除草根。追究元祐奸党，应连根拔出，以绝后患！"蔡京答道。

"如何根绝后患呢？"

"微臣以为，可分批处之。"

"如何分批处之？"

蔡京说："微臣已拟就了头批元祐奸党名单。"说着从袖子里抽出了一份名单，递给了赵佶，继续说道："乞求陛下御书元祐奸党名字，刻于石上，置于东京端礼门。此举不但令天下之人都知晓元祐奸党之名，也可令天下之人一饱瘦金体之眼福！"

赵佶听了，当即恩准。

也有些大臣以为刻石之举，对元祐大臣有失公允，恳求赵佶缓行，但赵佶并不采纳。

蔡京让三省分三次开列了元祐党人的名单，第一批共一百二十人，定为"元祐奸党"，生者贬逐，死者削官！

"父亲是否在名单之中？"李清照问道。

晁补之说："名单我尚未看到，听说有司马光、苏氏兄弟等人。"

李清照听了，浑身一震，感到一股寒气从心中透了出来！

李格非只是默默地坐着，脸上既无惶恐，也无笑意，显得异常沉静，好像晁补之说的与自己无关一样。

王惠双看到李清照回来了，便忙做饭，想留她吃了饭再回赵家大院。李格非摇了摇头，说道："清照，天快下雨了，你还是尽早回去吧。我已早有了准备，无非是除官罢职而已！"

李清照听了，对李格非说："父亲，你可要保重自己啊！"说完，又去厨房向王惠双告别，才依依不舍地离开了有竹堂。

走到路上时，一大团乌云从西北方向涌来，乌云中不时亮起闪电，像一条条紫色的鞭子，抽打着乌云朝地面压下来，那乌云像一头头奔跑的虎豹。

李清照加快了脚步。

（二）

回到赵家大院之后，李清照心里一直忐忑不安。她实在想不通，自己最为敬仰的苏伯伯怎么会成了元祐奸党呢？

晚上，赵明诚回来后，连忙回到他们的新房，又返身掩上了房门，轻声说道："清照，我有事对你说。"

李清照知道他要说什么，因为李迥是他的挚友，他在太学里听到的，也是李迥在有竹堂说的消息。她问道："元祐奸党名单中，有没有父亲的名字？"

赵明诚说："因尚未下诏刻石，所以不知道是否有岳父。"

李清照听了，更加焦急起来。

赵挺之已从衙署中回到家里。吃过饭之后，便和郭氏坐在书房里品茶，对于朝廷中的事，他只字未提，更不提要追究元祐大臣之事。

其实，郭氏已知道朝廷将要追究元祐党人了。下午，妹夫陈师道来时，已将蔡京等人鼓动赵佶清算元祐大臣的来龙去脉告诉了她，还特意告诉她说："这一次，姐夫可要立功了！"

郭氏连忙问道："立功？立什么功？"

陈师道说："姐夫和蔡京联手，要追究苏轼等大臣的罪行，不就是立了大功吗？"

郭氏叹了口气，说道："挺之常和我说，蔡京是个朝三暮四、见利忘义之徒，绝不可交往。他为什么还要追随蔡京呢？"

"为什么？为的是换手抓背，各有所图！"陈师道接着分析了自己这位连襟为何要为虎作伥的道理。

赵挺之虽说是尚书右仆射，位高人显，和蔡京所任之职相似，而且赵佶对他更为赞赏，但他深知自己不是蔡京的对手，而且也深知不可与蔡京共事，否则，结局难以预料。唯一能选择的，就是防着他，也顺着他，才能明哲保身。另外，他对追究元祐党人，也从内心里感到高兴，这样一来，自己和苏轼、黄庭坚等人的旧账，也该算算了，他可借蔡京之手，报自己对政敌的一箭之仇！

陈道师问郭氏："姐姐，你可听说过朝廷中'六贼'吗？"

"我听挺之说过。"

"'六贼'之首就是蔡京。"陈师道说，"我担心姐夫上他的贼船容易，下他的贼船难矣！说不定还会被他推下水呢！"

郭氏听了，心惊胆战起来。

临走时，陈师道又丢下一句话："世事莫测，让姐夫为自己留一条后路啊！"

陈师道走了之后，郭氏的心都揪起来了。她知道丈夫眼下还不会有什么变故，她担心的是三儿媳妇李清照。

这次追究元祐党人，亲家李格非必在其中！因李格非是蜀党苏轼的后四学士之一，蔡京会轻易放过他吗？若他被罢被贬，李清照怎么办？

她又想起了白天在琼林苑的情景。当李清照离开琼林苑之后，赏花的女眷们便争着吟哦她的那首《庆清朝慢》，还有人在亭子里抄录这首词。王皇后特意将她叫到身边，详细问了李清照是如何读书、填词的，问完了，又将自己手中的一朵粉红芍药赐给她，让她回去后转送给李清照。

郭氏受宠若惊，连忙谢道："愚妇代儿媳谢谢王皇后。"

王皇后笑着说道："我虽是大宋国的皇后，但却难比词国皇后李清照啊！"

周围的女眷们听了，都用羡慕的眼光望着郭氏。似乎在说：天下只有一位词后，却成了你赵家的儿媳妇了！她从心眼里感到荣耀。

谁知风云突变，还不知道今后会有什么灾难落到李清照身上呢！

她要处处护着李清照。

每天晚上，李清照和赵明诚都要在灯下或读书，或整理金石，这既是他们的兴趣爱好，亦是他们每晚都要研修的功课。唯今晚不同，夫妇二人都被这突如其来的风暴冲击得有些束手无策。也许是为了安慰妻子，赵明诚对李清照说道："清照，岳父不会有什么事的。退一步说，若岳父有什么事，父亲能视而不管吗？"

李清照听了，觉得有些道理。儿女亲家和同僚朋友，两者毕竟不是一样的关系。

这时，大院门房的值更老仆人悄悄来到他们房外，轻轻叩了叩门。李清照问道："是谁呀？"

"夫人，是我，门房的赵生。"

李清照连忙开了房门。

老仆人小声说道："夫人，有位小道姑想见你。"

小道姑？难道是麦花来了？黑灯瞎火的，她来干什么？李清照问道："她在哪里？"

"在大门的耳房里。"

"你去把她领来吧。"

赵生应声去了。

不一会，他领来了麦花。

麦花一见到李清照，一下子扑到她的身上，呜咽着说不出话来。

李清照连忙将她扶在椅子上，问道："麦花，慢慢说，到底出了什么事？"

麦花哭着说道："雷叔被一些人抓去了！"

李清照大吃一惊，连忙问道："是什么人抓去的？为什么要抓他？"

麦花一边抹泪，一边摇头。

赵明诚为她倒了一杯热茶，安慰她说："别怕，你慢慢说。"

麦花点了点头。

他们从麦花断断续续的话中，大致知道了发生什么——

后半晌，雷俭正在院子里刻凿一件墓碑的碑顶，忽然听门外响起了一阵脚步声。他刚开了门，一名中年太监率领一队禁军来到了他的作坊。太监问道："谁是雷俭？"

雷俭连忙答道："小民便是。"

太监朝他打量了一眼，说道："原来你就是东京'第一锤'啊！"

雷俭说："过奖了，不敢当。不知有什么石活要我去做？"

"我是奉蔡丞相之命，专程来找你的。"那个太监从身上摸出一个黄缎子小包袱，在手中晃了晃，得意扬扬地说道，"这可是天下第一石活呀！"

天下第一石活？雷俭干了大半生石活，大都是墓碑一类，却从没听说过有什么天下第一石活！

太监又说："接活吧！"

雷俭听了，连忙伸手去接他手中的小包袱。谁知，他扯着高腔喊道："净手、焚香、跪接！"

雷俭吓了一跳，他听不懂太监喊的是什么，木木地站在那里，不知如何是好。

那个太监有些生气，指着黄缎子小包袱说道："这是当今皇上亲笔书写的瘦金体，命你刻在石碑上！这是你光宗耀祖的大事，还不跪拜迎接？"

雷俭此刻才明白是怎么回事了。他连忙洗了手，点上香，跪在地上，双手接过了黄缎子小包袱。

待太监和禁军们走了之后，左邻右舍们都赶来看热闹，雷俭的院里院外站满了人，有的说他交了大运，能亲自刻下当朝天子的字迹；有的向他祝贺，说刻好官家的字，定会得到官家的赏赐；还有的说，童贯从江南弄了些奇石异草，官家乐了，一口气晋了他五级！说不定官家会赐雷师傅一个九品官呢！

雷俭解开小包袱，原来里边包着一张白纸，上面密密麻麻地写着一些人的名字和他们的罪状。他们都是元祐年间的朝廷重臣，他不知道这些朝廷重臣犯了什么罪，也不知道将这些名字刻在石碑上作何之用。

忽然，他的目光落在了第五位上，上面写着"李格非"。他大吃一惊！这上面怎么会有恩人的名字呢？别人他也许不清楚，但他清楚恩人的为人！

第十二章 一方党人碑，将词女打进了另册

165

原来要他刻的是一块元祐党人的罪碑！

众人也围拢过去看纸上的名字，有人指着司马光、文彦博、苏轼、曾布等人的名字，说道："这几位大人都已作古了呀，为什么还要讨伐？"还有的人问道："我不明白，这些元祐党人到底犯了什么罪呢？"

雷俭说道："我雷俭再糊涂，也知道黑白好歹啊！就是砍了我的手，我也绝不会将恩人的名字刻在上面！"

又住了一个多时辰，那个太监坐着一乘小轿又来了。他说要刻当今皇上的亲笔文字，须在官署进行。他奉蔡相之命，要带雷俭去开封府衙刻碑。

雷俭正想推掉这件"天下第一石活"，他将黄缎子小包袱退给了太监，说道："小民手艺平平，怕将瘦金体刻变了形，请公公另找高手刻吧！"

太监没想到他敢拒刻皇上的亲笔字迹，这简直是不识抬举！是心无皇上、目无蔡相！便命禁军们将他押走了。

"雷嫂呢？"李清照问道。

"雷婶去河边洗衣去了。回来时，雷叔已被禁军押走。她放下筐子就跑出去了，一直找到现在，也不知道雷叔押在什么地方！她在家里急得大哭，我才来报信儿的。"麦花说。

李清照为她擦了擦眼角上的泪花，安慰她说："你先回作坊街吧，好给雷嫂做个伴儿。明日一早，我就出去打听。"

她将麦花送到了宫巷口，一直看着她瘦小的身影消失在茫茫的夜色中。

（三）

李清照彻夜未眠。第二天一早，她送走赵明诚之后，便只身去了作坊街。

雷嫂和几位邻居去城郊的石场子找雷俭，一夜未归。麦花孤零零地坐在院子里的一块青石板上，眼睛红红的，脸色苍白，大约是因为受了惊吓，身子还在微微颤抖。

麦花太让人可怜了。自孟后回到了后宫，又撇下她栖身在冷寂、荒凉的瑶华宫中。好不容易到了雷石匠家，雷氏夫妇把她当成自己的亲生闺女，一家人起早贪黑地忙碌着，虽不富足，但不乏欢声笑语和人世间的真情。没想到好日子刚过了几天，祸从天降，雷俭又被禁军押走了！

上个月，她来看麦花时，雷嫂曾对她说过，既然孟后已回到了后宫，她想收留麦花为干女儿。等长大后，再寻一家好人家嫁出去，自己和雷俭在东京也就有一门亲戚了。李清照告诉她说，只要麦花愿意就行。

见李清照来了，麦花连忙站起来。雷叔、雷婶不在身边，李清照就是她唯一的亲人了。

"吃饭了吗？"李清照问她。

麦花摇了摇头。

李清照连忙解开手中的一方手帕，里边包着两块黄米糕和一个熟鸡蛋，说道："你趁热吃了吧。吃饱之后，咱们就去寻找雷叔，好吗？"

麦花点了点头，便偎在李清照身边吃起来了。

这黄米糕和鸡蛋是李清照特意准备的。

平时，她总是陪着赵明诚吃了早饭后，再送他去太学。今天清早，她将二人的早饭带回了自己的房间，赵明诚吃了一份，她悄悄把自己的一份包在手帕中了。

她们先去了开封府衙门，在附近打听了几个人，没人知道。她们看到一个衙役从大门中走出来，便壮着胆子向他打听，那衙役说，衙门里根本没抓过什么石匠。她们又去刑部和东门大狱，走得双腿又酸又累，却没有任何消息。下午，她们路过瑶华宫时，忽然看见有位花白头发的老人在打扫院子，这是谁呢？是谁派他来打扫的？走到跟前时，麦花忽然喊道："罗公公！"

罗公公转过头来，他也认出了麦花，便笑着说道："原来是麦花呀！"

麦花告诉李清照，自己随孟后进宫时，是这位罗公公安排她吃饭的，也是他亲自送她出宫的。

李清照听了，连忙施礼。

罗公公问道："请问夫人是——"

李清照说道："民妇李清照。"

"李清照？你就是写'争渡，争渡，惊起一滩鸥鹭'的那位才女啊！"

李清照连忙说道："公公过奖了。"

"不，不，在后宫中，不少人都在传诵你的词哩！连皇后都夸奖过你！"老人放下手中的长把扫帚，将她们引进偏殿，又为她们端来一盆冰凉的井水，让她们洗了洗脸上的汗渍。然后，又忙着去烧水、泡茶。

李清照问他："老人家，你来瑶华宫做什么？"

"是孟后命我来的。"老人说道，"她怕这里长期无人居住，荒芜了院子，让我来看看。你们来这里是——"

麦花连忙说了雷俭被抓的事。他听了，叹了口气，愤愤地说道："这些害人的畜生！"

"老人家，你知道雷叔的消息？"

罗公公点了点头。

"在哪里？"李清照问道。

"他被关在蔡府管家的后院里。"

"是蔡丞相的管家？"

"正是他！叫蔡同。"接着，他将自己见到的情景说了一遍。

昨天晚上，他有事去蔡同家，见后院的树上捆着一个中年人，蔡同站在一边，两个恶汉正在抽打他。

他问道："这是何人？"

蔡同告诉他，是个石匠。

他又问："他犯了什么罪？"

蔡同说，犯的是抗旨罪！

见罗公公吃惊，蔡同便将石匠的罪行说了一遍。

赵佶已将元祐党人定为奸党，并亲笔御书了奸党名单和罪状，下诏刻石。蔡京为了使赵佶的瘦金体不走样，便选定东京刻碑第一高手雷俭亲自刻石。不知雷俭是怕刻不好加罪，还是心里向着元祐党人，总之，他竟拒绝刻碑！

这时，手执长鞭的恶汉走到蔡同身边，说道："蔡爷，这个石匠不识好歹。我看，把他的右手剁下来算了，让他一辈子再也刻不成碑！"

蔡同听了，骂了一声："你是个没脑子的混账！剁了他的手，谁来刻碑？若蔡大人追查起来，不剁了你的两手才怪呢！"

那恶汉听了，吐了吐舌头，又去抽打石匠去了。

李清照听了，知道了雷俭被关押的地方，又知道他们不敢立即加害于他，才稍稍放了心，自言自语地说道："这真是飞来的横祸哪！"

麦花心里一直惦记着孟后，问道："老公公，孟后在宫里过得好吗？"

罗公公说："前一阵子，蔡京等一些大臣们曾乞请再废孟后，因王皇后和一些朝臣一再反对，此事才放了。不过，当年孟后复位时，蔡京就坚决反对，亏了向太后执政，孟后才得以回宫。如今，蔡京大权在握，官家又宠信于他，他对这位元祐皇后能善罢甘休吗？"

"孟后的命真苦！"李清照不无担心地说道。

罗公公说："是啊，她命我前来打扫瑶华宫，就是准备再次来这里当她的华阳教主呢！"

李清照说："孟后若能离开那块是非之地，或许是件好事。"

麦花笑着说："是啊，是啊，孟后回到了瑶华宫，我们就能天天在一起了！"

罗公公听了，点了点头，他苍老的脸上，有一种不易察觉的悲戚，一阵风吹来，他的头发像一片飘动的枯草。

（四）

从瑶华宫回来的路上，李清照路过大相国寺时，见不少画店、书肆的门上写着"本店盘点，暂时歇业"；也有的虽然门上并无告示，但也关着店门。平时这里客商云集，今天似乎冷清了许多。虽然也有人在大街上走动，但都行色匆匆，李清照心里有些奇怪。

当她走到逸云书庄时，见那位老者正在朝她招手，便连忙走进去了。

"夫人，贵府有苏轼的字画吗？"

李清照说："家中已收藏了数幅。"

"你可要收藏好啊！"老者笑了笑，说道，"前几天，有几位客商来到小店，将苏轼的几幅小件买走了，还委托小店重金收购苏轼的字画。消息传开后，资圣门一带的苏氏字画被争购一空。夫人，你知道是什么原因吗？"

李清照摇了摇头。

老者小声对她说："听说官家要追究苏轼之罪，苏氏的墨宝丹青就更稀罕了，其价也就比以往贵了许多。不瞒你说，那些来收购的客商，他们不嫌价贵，只要能买到就可。"

李清照点了点头。

老者又说："还有，都说朝廷还会以'藏有元祐奸党之作'为由，给人定罪呢！"他还告诉李清照，朝廷已下诏毁禁三苏、秦、黄等人的文集了！

此时，李清照已明白老者要她妥善收藏苏轼作品的原因了。

在出嫁之前，她已收藏了苏轼的四幅作品。成婚后，又和赵明诚一道，收藏了两件。平时，置于樟木箱中，天气晴朗时，便在太阳底下晾晒。她和赵明诚都十分珍视这些作品。今天，听了老者一席话之后，她真的担心起来了。打算赵明诚从太学回家之后，先将在资圣门的见闻告诉他，然后二人再想万全之计。

赵明诚刚回到家里，赵挺之便派人将他叫到书房去了。

赵挺之坐在一乘梨木太师椅上，对赵明诚说："明诚，朝廷正在追究元祐诸臣的罪责，你听说了吗？"

"孩儿在太学里听说了。"赵明诚说。其实，李清照也告诉过他。

"皇上已准蔡相所奏，将元祐诸臣定为了'元祐奸党'。"

"孩儿已听说了。"

"苏轼虽已下世，但其罪责不赦。"

"孩儿已听说了。"

"既然已钦定'奸党'，那么，奸党的文字墨迹，亦不应收藏了！"

"孩儿知道了。"

赵挺之觉得，自己的这个季子既没有火气，又没有刚性。不管你说什么，总是用一句"孩儿听说了"，或"孩儿知道了"来对付！他有些生气，他的口气变得严厉起来了："你过去喜爱收藏他的作品，我不怪你。今后，再不许收藏他的作品了！"

"孩儿知道了。"

"你回去将他的作品都清理出来，送到灶房烧了吧！"

"孩儿已没有苏先生的作品了。"

"你姨夫不是送给你一幅吗？"赵挺之问道。

"孩儿'纳采'时，和母亲一道，将苏、黄的两件作品都送到有竹堂了。"

赵挺之听了，不再追问了。当初亏了苏、黄的这两件作品和米芾当场作书，才过了"纳采"这一关的。他看了看低头不语的赵明诚，说道："你先去吧！"

赵明诚如获大赦一般，连忙退出书房，回到了自己的房里。

李清照连忙问道："明诚，公爹叫你去做什么？"

"问我们是否藏有苏先生的作品。"

"你怎么应答的？"

赵明诚绘声绘色地说了一遍。他说，在父亲面前，他故意装作害怕的样子，不敢多说一句话，其实，心里正想着他和李清照收藏的那些作品，他还暗暗庆幸自己过去没让父亲看见这些作品呢！李清照听了，不由得笑了起来，说他是"绵里藏针"。

接着，李清照将逸云书庄老者说的话告诉了赵明诚。这时的赵明诚可真的有些担心了。他怕不在家时，父亲若来看贮藏金石、古籍的仓库，便会发现那些作品。他同李清照商量，想将作品藏在箱子的最底层，上面再放一套《西汉书》，后来，又觉不妥；便商量藏在靠墙的柜子里，但又担心受潮和被饿鼠所毁。

正当夫妻二人着急时，郭氏派女仆为李清照送来一碗莲籽汤。

女仆走了之后，赵明诚忽然笑起来了。

"我都要急死了，你还笑呢！"李清照说道。

赵明诚说："我想起了一个最稳妥的地方！"

"哪里？快说！"

"母亲的房里！"

李清照开始一惊，马上就醒悟过来了。笑着说道："再也没有比那里更好的地方了！"

赵明诚虽说是个书呆子，但他这个收藏苏氏字画的想法，却一点都不呆！因为郭氏不但喜欢李清照，而且偏爱赵明诚！当儿子、媳妇提出将字画藏在她的房里时，她能不答应吗？再说，赵挺之无论如何都不会想到，在自己的卧室里会有"元祐奸党"的作品！

说动手就动手。二人取出了那些作品，先用竹纸包好，外边又用桐油布扎紧，趁着赵挺之在书房里看书之际，二人轻轻地叩开了郭氏的房门……

（五）

崇宁元年（1102年）九月初五，秋雨连绵，半月未停，东京的房舍、树木，一片迷蒙。

这天刚刚上朝，赵佶忽见蔡京、许将、温益、赵挺之、张商英五名大臣，一齐从列班中走出来，齐刷刷地跪成了一排，一齐上奏说，他们已向皇上多次上书，请求废除元祐皇后孟氏，至今圣上尚未下诏，再次乞请圣上下诏废孟氏。

赵佶没想到他们会突然再提此事，心中有些不快，便说道："孟后原本无罪，不应废除。众位爱卿为何对后宫之事如此固执呢？"

蔡京说："臣以为，孟氏不废，新政难行。"

赵挺之等人也附和着说："当废孟氏。"

赵佶仍不应允。

这时，在这五人后面，又跪倒了十几名大臣，他们声嘶力竭地申述废除孟后的种种理由，好像不废孟后，国将不国；废了孟氏，则会天下大吉了！

赵佶又朝列班的文武大臣们望了望，希望能有人站出来，呈上一折不同意废除孟后的奏章，或提出后宫之事，不宜朝会议论，他便可以"待日后再议"为由，借着梯子下台。但两边的朝臣们一个个都噤若寒蝉，没有一个敢说话的！于是，他只好说道："朕准奏。诏罢孟氏元祐皇后之号，仍居瑶华宫。"

蔡京等人连忙高呼"皇上圣明！"

赵佶哭丧着脸，朝他们摆了摆手，示意退朝。

他当年向孟后说的话，许的愿，早已经抛到九霄云外去了。

孟后对再次被废，既无怨言，又无悔意。她离开后宫时，十分平静，回到瑶华宫之后，依然十分平静。由一位显赫的皇后，一下子成了一名一心诵经的女道士，她没觉得有什么失落，好像从一个庙宇里到了另一个庙宇里。她已没有任何奢望了，只求每日守着一本道经，望着从香炉中飘起的青烟，打发一个接一个的晨暮。

李清照见到她时，她坐在偏殿的石阶上，正在为麦花改裁一件道袍。

见李清照来了，麦花连忙为她端来马扎子，又忙着去煮菊花茶。她说菊花是孟后从后宫里摘来的，喝了菊花茶，能防寒去热。

李清照笑着说道："麦花还懂医术哩！"

孟后指了指身边的一册《太医药志》，说道："这孩子聪明，好学。"

不一会，麦花端来了菊花茶。李清照问她："找到雷叔了吗？"

麦花听了，眼圈儿渐渐红了。她告诉李清照，雷俭是被人抬回来了，不过，右手已经残废了。

原来，雷俭在蔡同家里关了三天之后，在威逼之下，答应了刻碑。

蔡京听说雷俭同意刻碑了，心中十分高兴，因为他的一整套计划就要圆满成功了。为了将自己的政敌一网打尽，他曾向赵佶上过一书：

崇宁元年（1102 年）九月，陛下御书刻石，钦定元祐奸党一百二十人。今奉旨将

第十二章 一方党人碑，将词女打进了另册

171

元祐臣僚章疏编类，重定元祐、元符党人合为一藉，共三百零九人，以刻石朝堂，并颁之州县，皆令刻石，永为万世子孙戒，请旨定夺。

赵佶看后，当即说道："朕准奏。文德殿门之东壁，由朕手书；朕命蔡爱卿手书余碑，颁之天下。"

如今，蔡京心中窃喜，一切都在按自己的计划行事。当刻石完成之后，自己之书和皇上之书并行天下，这可是前无古人之举啊！

皇上的瘦金体一定要绝对刻好；自己的字体，也要绝对刻好，不能有一丝一毫的疏忽。他要当面向雷俭交代清楚。

雷俭被带进了相府大厅。蔡京说道："你就是雷俭？"

"草民就是。"

"听说你是东京'第一锤'？"

"那都是同行们的戏言。"

"你若是把党人碑按原字刻好了，可得朝廷赏金百两，帛十匹。若有失误，将严惩不贷！如道了吗？"

"草民知道了。"

蔡京朝蔡同指了指，蔡同将待刻的文字递给了雷俭，雷俭接过来一看，开头有一段文字：

恭唯皇帝嗣位之五年，旌别贤奸，申明赏罚，罢黜元祐害政之臣，无有遗罚。乃命有司，考察罪状，列其首恶与附丽者以闻，永为万世子孙之戒。

"看清了吗？"蔡京问道。

"看清了。"雷俭答道。

"自现在起，就施展你的本事吧！"蔡京又对蔡同说道："雷俭刻碑，你等应好生伺候，要饭好菜精，茶水不断，若有怠慢，决不饶恕！"

蔡同唯唯诺诺地说道："奴仆遵命，奴仆遵命！"

雷俭在后院里整整刻了一夜，第二天一大早，蔡同来看时，见地上散落着几块石头，除此之外，连一个字都没有！

蔡同问他，碑石怎么碎了？

雷俭说，是这块石碑的石质不好。

蔡同连忙派人去作坊街又选了一块。当着蔡同的面，雷俭一手握钢凿，一手持锤，只轻轻一敲，那块青色的石碑便裂开了一道纹！

后来，又找来几块碑石。雷俭又干了一夜，终于将石碑刻好了。蔡京来察看过了之后，十分满意。谁知刚刚让人竖起来，却发现刻着苏轼、李格非等十多个名字的地方，石片已脱落下来了！

蔡京见了，气急败坏地喊道："来人哪！把他的手砸烂！"

雷俭听了，没等几个恶汉动手，将右手平放在石板上，举起了铁锤，猛地砸了下去！只见青石板上溅上了一摊殷红的鲜血，他也晕倒在地上了……

雷俭的壮举，令李清照震动不已。她告别了孟后和麦花之后，便去了作坊街。

雷家的大门上挂着一把锁。

一位邻居大嫂告诉她说，雷俭知道蔡京不会放过他，夫妻二人连夜逃出了东京城！

也许是身心太劳累了，李清照感到双腿软软的，有些走不稳重。麦花离开了雷俭家，去了瑶华宫，雷俭夫妇又远走他乡了，在熙熙攘攘的大街上，她觉得十分孤单。

（六）

灾难像这一年的秋雨，一场接着一场。

这场由蔡京等人策划、赵佶钦定的党祸，虽然落在了李格非的身上，但也深深地伤害了李清照。

因朝廷规定，元祐党人不得在京任职，李格非便被罢去了礼部员外郎之职，贬为京东路提刑。京东路在河南商丘。

李格非赴商丘上任前，经郭氏同意，李清照头一天便去了有竹堂。

王惠双已为丈夫收拾好了行李。

晚饭时，王惠双特意炒了一碗李格非最爱吃的泥鳅钻豆腐，李清照也挽起了衣袖，切了一盘清脆的藕片，这是在百脉泉老家时，爷爷教会她的一道菜。

吃饭前，李格非从仓房里取出一罐多年的陈酒，他一边向杯里倒酒，一边笑着说："这罐酒，原本是为苏轼先生回京时备下的，谁知他——好，不说这些了。今天清照也回来了，咱们全家就喝次团圆酒吧！"

虽然李格非爽朗地笑着，脸上亦没有即将离别的惆怅神情，但李清照分明从父亲的声调里，听出了一种愤慨和无奈。她不想让父亲和继母伤感，先端起酒杯，说道："父亲，做女儿的不能随行侍候你，就让这杯酒为你一路遮风挡寒吧！"说着，一饮而尽。

接着，她又为继母敬酒，最后，还和李迥、李杭对饮了一杯。

许是为了不让家人看出自己的心事，李格非说："我在京东路任职期满之后，就请辞回归百脉泉，农忙种地，农闲教书，月白风清之夜，就在泉水旁边吟诗填词，恐怕连天上的仙人也眼馋呢！"

大家听了，都笑起来了，好像不是将要别离，而是在一起聚会。

接着，李格非又谈了些他在外地经历的趣事、奇事，一直谈到三更。

第二天一早，李格非就骑着一匹黄马出城了。

除了家人，他谁也没告诉自己离京的日期。在这多事之秋，他怕连累了友人和同僚们。

谁知，刚刚走到八里铺时，见路边的凉亭里聚着一些人，到跟前一看，原来是一大群太学生们，其中也有女婿赵明诚。

听说李格非要去京东路上任，何云等人天不亮就等在这里了。

"李大人，请饮学生的这杯薄酒。"何云单膝跪在地上，将满满的一杯酒捧到了李格非的面前。

李格非双手接过酒杯，一仰头，喝下去了。

接着，又有几个太学生向他敬酒。他觉得有些微醉了。

赵明诚双手各端着一杯酒，说道："岳父大人，小婿和清照向你敬酒，愿岳父大人多多保重。"

李格非望着眼前的赵明诚，本来想说我走后，你和清照也要多多保重，但又觉得这是多余的客套之话，便没有开口，只是默默地接过酒杯，慢慢地品尝着，好像能品尝出一种特别的滋味。

上马后，他又转身向太学生们挥了挥手，一抖缰绳，黄马便沿着驿道疾奔而去了。

（七）

自从李格非被贬出京城之后，李清照感到心里空荡荡的。

有一天夜里，她忽然梦见了父亲，她看见父亲赤着双脚，背上背着一大捆书籍，正在一片河滩上走着，也许是背上的书太重了，她看见父亲弓着腰，低着头，走得十分吃力，她想去帮帮他，便在后面拼命地追赶，父亲回头看了她一眼，又朝前走了，她急了，哭着喊道："父亲，我是清照呀……"

她被赵明诚推醒了。

"是不是做噩梦了？"

李清照摇了摇头。

"我听见你在喊！"赵明诚点亮了蜡烛，问道："你哭了？"

李清照幽幽说道："明诚，我想父亲了。"

赵明诚为她擦了擦眼泪，说道："我也十分想念岳父大人。"

李清照说："公爹如今已身居朝廷要职，你是否去求求公爹，能让他看在亲家的面上，给父亲网开一面。"

赵明诚叹了口气，说道："我向你说实话吧，为了岳父的事，我不但求过父亲，还央求母亲去求过父亲呢！"

"公爹怎么说？"

"父亲告诉母亲，刻元祐党人碑，经官家钦定，已成为国是，铁板钉钉，无法翻案。是蔡京看在父亲的分上，才将岳父贬为京东路提刑的。父亲还说，他对岳父之事，已是爱莫能助了，倒是在为你担心呢！"

"为我担心？为什么？"

"他未说原因。"

反正是睡意全消了，李清照干脆披衣下了床，在书桌上铺好纸，埋头写了起来。

"清照，三更半夜的，你写什么呀？"赵明诚问道。

李清照说："我要给公爹写封信，求他救救父亲。写好后，我不便出面，请你呈给公爹，好吗？"

"好，只要能救岳父，我给父亲下跪都行！"

听了赵明诚的话，李清照觉得心头热热的。她说："你先睡吧，我一会就可写好。"

赵明诚虽又躺下了，但睡不着，见李清照已写完了，又披衣下了床。他为妻子披上了一件夹衫，双手抚摸着她的双肩，朝书桌上看了一眼，看见了一张信笺和一首七言诗，其他句子没看清楚，只看到了最后一句："何况人间父子情。"

李清照将诗递给了赵明诚，让他先看看，若无不妥之处，请他当晚就转给公公。

赵明诚说："不用看了，一定是声情并茂；不过，我不敢直接送给父亲。"

"为什么不敢？"

"怕他训斥。"

"这怎么办呢？"

"我让母亲送他。"他又补充了一句，"他怕母亲。"

李清照听了，点了点头。

李清照为他点亮了一只手提灯笼，赵明诚便连夜送去了。

次日早上，李清照刚刚送走了赵明诚，仆人便来告诉李清照，老爷命她去书房。

李清照听了，心里一喜，以为公爹看了自己的信和诗之后，一定会答应搭救父亲。因为她知道，公爹的一句话，就足以决定父亲的命运。走在路上时，她还在想，若父亲复职回京，一定让他来向公爹致谢。

进了书房之后，见公爹和婆母都坐在那里。还没等她开口请安，公爹就开始说话了："清照啊，我们是一家人，一家人就说一家的话。令尊的事，也就是我的事，但我难能援手相救。如今，连元祐皇后的封号都剥夺了，何况元祐诸臣呢？朝廷近日又重定了元祐党籍名单，令尊列入了余官类第二十六名，由圣上御书刻碑，将立于文德殿端礼门之东壁。"

李清照抬头望了望赵挺之，问道："难道我父亲的京东提刑之职也要免去吗？"

赵挺之轻轻点了点头。

李清照只觉得头脑里"嗡"了一声，像中了雷击，便一头歪倒了……

李清照大病了一场，两位嫂嫂一直守在她的床边。当她醒来时，才知道自己已经昏昏沉沉地躺了四天。

她问道："嫂嫂，怎么不见明诚呢？"

大嫂说，赵明诚和郭氏去奔姨夫的丧礼去了。

李清照有些不敢相信，一个月前，她还见过为她做媒的陈师道呢！

二嫂告诉她说，姨夫是参加郊祀时受寒得病，不治而逝的。

李清照心中十分难过，又因没让她去参加姨夫的丧礼而埋怨赵明诚。大嫂劝慰她说，姨夫去世时，她高烧不退，还在昏迷之中呢！

下午，郭氏和赵明诚回来了。

李清照听见房外传来赵明诚的说话声时，便闭上眼，佯装睡着了。她不想理丈夫，因为丈夫未带她去参加姨夫的丧礼！

赵明诚进房后，见李清照睡着了，便悄悄用手试了试她的额头，又自言自语道："这下好了，已经退烧了。"

李清照没有睁眼。

仆人送来了煎好的药汤，明诚接过去试了试，有些烫。他用嘴吹了一会，轻轻对李清照说道："清照，醒醒，该服药了。"

李清照心中不忍，便坐了起来。

喝过药汤之后，赵明诚对她说道："今日出了件奇事，内城刚刚立起来的一块党人碑，不知是谁将它砸断了！"

"真的吗？"李清照问道。

赵明诚说："千真万确！这不，士兵们正在满城缉捕砸碑人呢！"

"捕到了吗？"

赵明诚摇了摇头。他说："断碑要重刻，但石匠们都躲起来了。"

"为什么？"李清照问道。

"近来有首童谣，说是'谁刻党人碑，骨头变成灰'。所以，石匠们都不敢刻党人碑了！"

李清照听了，心中有一种说不出的痛快之感。她又在心里默默地祷告着："老天爷，你睁开慧眼护佑砸碑人吧！"

（八）

李清照病愈之后，似乎变成了另一个人。她不但看书少了，而且连每日的写字、绘画也中断了，偶尔想提笔写词，也都有始无终，不是写了个题目便放下了，就是只有上片没有下片的半截词。

她常常独自坐在窗下，望着院子里的几棵老枣树出神。她想了很多，不但想起了在百脉泉游莲湖的野趣，出阁前在有竹堂听晁叔叔讲的故事；还想起初到赵家时的羞涩和欢乐；最令她感到伤心的是，为了救父亲，她鼓起勇气向公爹求救，本企盼着公爹会在儿女亲家最需要的时候帮他一把，谁知求救信、诗如泥牛入海了！

公爹之心，为何会如此冷漠呢？

难道朝廷中的党争，竟连常人的手足亲情都不顾了吗？

公爹不怜悯儿媳妇，也应当怜悯自己的亲生儿子啊！

听嫂嫂说，丈夫将李清照的诗、信交给婆母后，婆母转给了公爹，公爹不但未出手救李格非，还将赵明诚训斥了一顿。说他不明事理，不知轻重，政事不是古董！古董能鉴别出真假，而政事难有定论，如同"指鹿为马"！

为了救自己的亲家，郭氏倒是敢说敢为。她说公爹明哲保身是助纣为虐！不救亲家是铁石心肠！她想起了妹夫陈师道说过的话：他今天上了贼船，明天小心会被贼人推进水里！到时候，可别指望有谁肯出手救他！

郭氏连着三天没跟赵挺之说一句话！

赵挺之真的有副铁石心肠。

这一天，朝会之后，他就匆匆回来了，又派人把赵明诚从太学里叫了回来。他坐在前厅里，当着全家人的面说道："圣上下诏，凡名刻元祐党人碑上者，皆罢官夺封。"

听到这里，李清照已经意识到公爹将会说什么了。她的心骤然紧张起来。

"明诚的岳父，已被朝廷免了京东提刑之职，回京之后，即押送原籍！"

一家人听了，都十分吃惊！

赵明诚连忙握着李清照的手，他分明觉得妻子的手在微微发颤。

赵挺之继续说道："明诚，你和清照去有竹堂看看，也代我向亲家问候一声。有什么难处，尽管对我说，我会酌情安排的。"

李清照听了，没有说话。

全家人听了，也都没有说话。偌大的前厅里显得异常寂静，寂静得让人心里发虚。

李清照默默站起来，向赵挺之和郭氏施过礼之后，便离开了前厅。

还有什么可说的！即便有话可说，也已经迟了，毫无意义了。李清照迈出前厅后，心里只有一句话："炙手可热心可寒。"但她没有说出声来。

李清照和赵明诚到有竹堂时，见两名差人站在大门口，手里还持着一根长长的水火棒。李清照的心头一惊，难道他们现在就要押着父亲上路吗？

他们刚要进门，便被差人挡住了。有个中年差人说道："这里是元祐罪臣李格非之家，不许外人进入！"

李清照告诉他们，自己是李格非的女儿。

"谁也不许进入！"那个差人十分蛮横，他不但不许他们进去，还用水火棒向外推他们，差点将李清照推倒！

一向性情温和的李清照被惹火了，她向前走了一步，高声问道："'一人犯罪一人当'，这也是我的家，为何不许我回家？"

那个差人冷笑了一声，说道："'一人犯罪一人当'？早成老皇历了！告诉你吧，凡上了'元祐党人碑'的，全家老少都要跟着发配！"

"这是谁的规定？"

"官家规定的！你有本事，去向官家讨说法去！"

李清照听了，气得一时说不出话来，便拼着全身之力向大门里撞，却被差人死死地拦住了。

一个差人举着水火棒吼道："你敢再撞，我就打断你的腿！"

"你敢！"随着一吆喝，一辆三匹马拉的华丽马车骤然停在了门口。

郭氏从车厢里下来了。她指着那个差人骂道："混账东西，给我让开！"

看到来人的架势，那个差人有些发怵，说话的声调也软下来了，但又不甚甘心，仍然横在那里，嘴里嘟噜着说道："我是奉命行事。"

"奉何人之命？"

"蔡京，蔡大人之命。"

郭氏本来就窝了一肚子的气，当她听到蔡京的名字时，火苗一下子蹿起来了。她挥手一掌，打在了那个差人的右脸上了！

院子里的几个差人听见了门口的吵闹之声，一个领班的班头跑出来，一眼就认出了郭氏，连忙作揖，说道："误会，误会，请老夫人息怒。"说完，又转头对那个差人吼道："你真是个混账东西，该打！"

这几个差人，都是开封府的。那个为难李清照的差人，本想向她索要点钱财的，不想半路上杀出了一个程咬金来，不但没讨到便宜，还挨了一个耳光。说不定这位老夫人的一句话，还能砸了他的饭碗呢！

李清照没想到婆母也会来为父亲送行，更没想到正在自己危急时刻，她挺身保护了自己！

她望了望婆母，眼神里充满了感激之情，便扶着婆母进了大门。

李格非戴着枷锁坐在一个行李卷上。李杭偎在王惠双怀里，他虽已十五岁了，但瘦弱、文静，像个女孩儿。见李清照来了，他连忙站起来："姐姐，你要是再不来，我就见不到你了！"说完，扑在李清照怀里，"呜呜"地哭起来了。

李清照心里酸酸的，勉强忍住了眼泪。

不多的行装已经收拾好了，书房、卧室都已贴上了开封府的封条。因为已经接到了郭氏事先派人送来的信，一家人坐在天井里，只等着李清照和赵明诚前来送行。

郭氏本来没打算来的，但觉得丈夫为亲家之事不但没帮上忙，反有落井下石之嫌，一个好端端的人家，一眨眼工夫就毁了，实在让人心中不忍。待李清照和赵明诚走了之后，她让管家备了车，匆匆赶来送行，以减少些心中的不安和内疚。

虽然戴着枷锁，但李格非显得十分达观。他站起来，双手在枷板上握了握拳，对郭氏说："谢谢亲家母能来看我。"又转身对李清照说："我走后，你更要孝敬公婆，和明诚互尊互让，研究学问。要是想我了，就回百脉泉住几天，漱玉泉的泉水，比京城的井水甜多了！"说完，仰头大笑起来，笑声爽朗，好像他不是犯人上路，而是要去游览名山大川！

这时，丁香哭着走过来，说道："我也要同老爷和夫人回百脉泉。"

王惠双说："你不是罪臣家属，不需同行。"

丁香说："我在东京无依无靠，你们就是我的亲人。清照妹妹，你说呢？"

李清照能说什么呢？

那个班头走到郭氏面前，笑着说道："老夫人，时间不早了，小人要和李大人上路了。"

"把李大人的枷锁取下来！"郭氏说。

"小人怕被上司追究，是不是出城再除李大人的枷锁？"

郭氏点了点头。

她忽然又想起什么，问道："从东京到百脉泉有多远？"

"一千零八十里。"

"山高路远，我的亲家又年老体弱，怎么吃得消？"

"请夫人放心，我们一路上小心侍候着就是了。"

"你们侍候着我也不放心！"她看了看马车，说道，"用我的车上路吧！"

"那敢情好！"班头连忙说道。

郭氏又转身对车夫说："记住，路上出了什么差错，回来告诉我！"

车夫说："请老夫人放心好了，我会把李大人一家平安送到老家的。"

赵明诚取出了两锭银子，对班头说："有劳各位军爷照料岳父大人一家。这点银子，你们在路上买碗水喝吧！"

班头客气了几句，便收下了。

马车终于上路了。

李清照和马车之间，似乎有一根无形的带子在拽着她，不由自主地在马车后边走着。走了一程之后，她终于站住了，久久地望着越走越远的车影，眼泪像断了线的珠子，"吧嗒吧嗒"地滴在衣襟上。

一阵秋风掠过，吹乱了她的鬓发。枯黄的落叶，无助地在风中飘动着。

（九）

送走父亲后，她本想再回有竹堂，扫扫天井的败叶，给南墙的把竹浇些井水的，谁知，一走到大门口，见门上贴上了盖着开封府大印的封条。此时，她才知道，自己已是有家归不得了！

不知为什么，父亲走了，她的心反而平静下来了。她心里想，虽然父亲被削官归乡，但毕竟有乡可归呀！比起长眠于异乡的苏轼伯伯、秦观叔叔，父亲幸运多了。再说，回到家乡之后，若真的能像他说的那样，农忙种地，农闲教书，月白风清之夜，品茶吟诗，也就知足常乐了。

急骤的风雨，一场接一场地袭来，转眼之间便过去了。

陡起的灾难，一次连一次地扑来，如今也过去了。

李清照很少外出，因为她是元祐党人的子女，人们会用异样的眼光打量她。大舅、二舅家虽然派人来接过她，但她借故未去，她怕连累了亲戚们。她将自己关在书房里，用读书、写字来冲淡心头的愁绪。到了晚上，便和赵明诚或修补残破的古籍，或翻阅群书，鉴定古器。日子平淡、平静，但心里十分满足。没有党争党祸的日子该有多好啊！

党争党祸是一条疯狗，你不去惹它，它也会冷不丁地咬你一口！

一心研究学问的李清照并不知道，又一场更为可怕的风暴，已在朝廷里悄悄酝酿起来了。对李清照来说，这场风暴将是致命的，它要将这位词女撕成碎片！

次年三月，赵佶颁布甲辰诏："尚书省勘会党人子弟，不问有官无官，并令在外居住，不得擅到阙下。"

李清照心里明白，自己是元祐党人之女，按照此诏，不许居住京城！

九月，赵佶又下诏：宗室不得与元祐奸党子孙互通婚姻！

同月又诏令天下：再立元祐党人碑！

官家的每一道诏书，都像一把锋利的剔骨刀，刀刀都剜着李清照的心。执政者不但要把元祐大臣们赶尽杀绝，让他们在石碑上示众，遗臭千年，还要销毁他们的文稿、书籍和画像，让他们再也不能翻身！秦始皇因为焚书坑儒而成暴君，赵佶比他高明，他发明的党人碑，当属空前绝后！

李清照知道，自己已面临着被逐出京城的命运。她不想再求公爹了，更不想让丈夫左右为难。她以回原籍看望父亲为由，对郭氏说，要求离开东京去百脉泉。

郭氏爽快地答应了，还派了车送她上路。

到了百脉泉老家之后，她像回到了梦里的世界。去爷爷坟前拜祭，帮继母洗菜、淘米，为漱玉泉重修了护栏，又和丁香去邻村看戏，到莲湖采菱角、摘莲蓬，竟忘了自己尚是罪臣之女。她把东京的烦恼一下子抛到九霄云外了。

回东京的日子到了，但未见有人来接。

又过了一个月，仍没有消息。

李清照不安起来。是明诚忘了约定的日期？再等等吧！

一直等了五个多月，她心中有些疑虑了。会不会是与"元祐党人子弟不得擅到阙下"的诏令有关？

她失眠了，夜夜都做怪梦、噩梦，但一次也没有梦见赵明诚。

又过了一个月，赵家终于派车接她了……

就在李格非一贬再贬时，赵挺之却连转三官，也就是连升了三级！因他追究元祐党人立下了汗马功劳，他的对手、老奸巨猾的蔡京举荐他为中书侍郎。后来，赵佶又下诏，改授他为金紫光禄大夫、观文殿大学士之职。还下诏安抚他："闻卿未有第，已令就赐，赐赵第一区。"

赵佶赐给赵挺之的豪宅，左右邻居称之为"赵氏府第"。赵氏府第离宫巷口不远，墙高院深，里面房舍五进五出。院中池水假山，亭阁水榭，一应俱全，可谓风光至极。

有一天，赵家为谢皇恩，从教坊请来一班歌舞伎，在临时搭起的戏台上表演歌舞节目。

李清照推说身子不适，独自留在房中歇息。她似睡未睡，恍惚中又回到了百脉泉，和女伴们过乞巧节……

这时，从外边传来了阵阵丝竹之声，委婉的歌声不绝于耳。她忽有所感，便草拟了一首《行香子》：

草际鸣蛩，惊落梧桐，正人间、天上愁浓。云阶月地，关锁千重。纵浮槎来，浮槎去，不相逢。

星桥鹊架，经年才见，想离情、别恨难穷。牵牛织女，莫是离中。甚霎儿晴，霎儿雨，霎儿风。

第十三章　宦海风浪，词女经历了悲欢离合

揉破黄金万点轻，剪成碧玉叶层层。风度精神如彦辅，大鲜明。
梅蕊重重何俗甚，丁香千结苦粗生。熏透愁人千里梦，却无情。

——《摊破浣溪沙》

（一）

按照朝廷对元祐党人的治罪规定，受党争牵连的官员，不但要被罢官，且不准擅自回到阙下，就连他们的子女，也都不许进入京城。

李清照是罪臣李格非之女，也在不许进京之列。她在百脉泉居住时，久久不见婆家派人来接她，曾埋怨过赵明诚忘记了约定接她的时间。回到东京之后发现，凡名字刻在党人碑上的官员子女，都迁出了东京，唯自己回到了东京！后来才知道，是因为赵明诚三番五次地央求郭氏，郭氏又以李清照是赵家的媳妇为由，据理力争，说服了赵挺之，赵家才派人派车将她接回东京的。

其实，李清照是赵家的儿媳妇只是理由一，更重要的，还是身为宰相的赵挺之的权势。

这是大嫂悄悄告诉她的。

大嫂发现，赵明诚回家之后，总是闷头不语。有时不吃饭便回房睡下了；有时又独自坐在桌前，边看书边流泪。她知道她是想念李清照了。长此下去，非闷出病来不可！便悄悄告诉了郭氏。郭氏也天天挂念着自己的三儿媳妇，但又无计可施，心里十分焦急。大嫂便问她："这出了嫁的闺女，到底算娘家的人，还是婆婆家的人？"

"嫁出去的闺女泼出去的水嘛，当然是婆婆家的人了！"

"既然清照是赵家的媳妇，赵家又不是元祐党人，她为什么不能到东京来住？"

大嫂的话点醒了郭氏。当晚，她就在书房里和赵挺之争论起来。她说："我问你，你随着蔡京惩治元祐党人，立了大功，天下人皆知。对吧？"

赵挺之听了，放下手中的书，笑着说道："夫人，你想说什么就只管说吧，别绕弯了！"

"我再问你，我现在是赵家的人，还是郭家的人？"

"当然是赵家的人啦！"

"既然如此，清照也应是我们赵家的人了，对吧？"

赵挺之听了，点了点头，表示认同。

"那好，明日我就把她接回来！"

赵挺之既没点头，也没摇头。虽然对元祐党人的惩治有明细规定，甚至不许皇族与元祐党人子女通婚，但对已嫁之女却未做过具体规定。不过，许多朝臣惧怕蔡京，对此大都宁严勿宽，宁远勿近，以免惹火上身。

郭氏想起了赵明诚以泪洗面的样子，想起了千里之外的李清照，心中一酸，转身而去。临出书房时甩下了一句话："打狗还看主人面哩！你们怎么这么狠心呢？"

第二天一大早，郭氏的那辆豪华油壁马车，便驶出了赵氏府第。

（二）

赵挺之对妻子的指责，心里早已有了准备，不过，他的心思不在家事上，而是在国事上。这些天来，他天天和蔡京在朝会上见面，每逢见面，都能看到一张谦逊的脸和脸上的那堆笑容。但他心里一直在提醒着自己：千万要小心！那笑容后面一定藏着什么。

他知道自己和蔡京在同船共渡，稍有大意，便会被他推下船去。若不想葬身大海，只有两步棋，其一，是把蔡京扳倒！只要除了朝廷中的这一祸根，朝政才会安宁；其二，若扳不倒他，则应请求辞职，以远避祸害。他已从骨子里看透了自己的这位政敌。蔡京不但容不下有才之士和有识之吏，甚至容不下与自己政见不一的弟弟蔡卞。可见他有多么狠毒！

赵挺之记得，崇宁四年（1105年），蔡京提出出兵西夏，并推荐宦官童贯出任陕西制置使。蔡卞则认为，宦官任监军尚可，委托为领兵打仗的统帅不可行！蔡京便在赵佶面前告了蔡卞一状，说他是结党营私，想长期执掌兵权。

蔡卞知道后，便自请离开东京，外任西京留守，自此再也不回朝廷了。

有一天，赵挺之奏请赵佶：元祐党人久责边远之地，应稍迁内郡，并解除党人父子兄弟之禁。

蔡京在朝会上铁青着脸，一言不发。

赵佶准奏，并颁诏全国。

赵挺之还上奏：西北边境，屡有争端，兵战不断，应令边境将领守好疆土，妥处边境争端，使边民得以休养生息。

蔡京虽然不悦，但未当面反对。

赵佶又准奏。

赵挺之还与几位朝臣上疏，公开反对蔡京在东京修建四辅和每辅增二万兵力的主张，认为此举徒增修建之劳，又失水运之便，若再增兵，弊端更大。

蔡京本想陈述反对的理由，但赵佶立即同意了。

他乘胜再进，又与同僚们联名具奏：反对在近郊修建明堂。认为当今宫室齐备，举凡朝会、祭祀、庆赏、进士等诸典，均已有殿堂。若只为崇古、观赏而大兴土木，属徒有虚名，不但占用了良田沃土，也耗费了国库财力，实不可取。

赵佶也准奏了。

他的这一奏章，让蔡京感到一种威胁。因为他怕修筑万岁山的浩大工程会受到影响！他不能直接反对赵挺之的意见，便上了一道奏折："国运鼎盛，理应大庆。昔禹收九牧之宝，铸九鼎以象九洲，遂成历代传国之宝。后周衰微，九鼎湮没。今逢盛朝，圣主当政，重铸九鼎，此盖世之功，当与大禹一同扬名万世。并奏请于苏州设供奉局，取江南各路珍奇以进，以筑万岁山，朱勔专办。"

赵挺之以为，赵佶看后，必然驳退。谁知，他竟准奏！

赵挺之知道，自己再也没有退路了，和蔡京的一场血战，势在难免，不是你死，就是我亡！为此，他称病三日，闭门不出，以谋对应之策。

这时，郭氏进来了，她将一碗红枣粥放在桌上。她知道丈夫的心事，便对他说："老爷，我刚才在明诚房里，和他们说了一会话儿。他们的几句话，我觉得很有见地。"

"他们是怎么说的？"

"他们说，蔡氏独揽大权，必会左右朝政，援引私党，排斥异己，势可指鹿为马。若一味迁就追随于他，则青史留污；若不唯他而行，必将受他所制，亦难为人；若能急流勇退，可避祸害，还能独善其身。"

赵挺之听了，颇感心服。

其实，这几句话是李清照说的。郭氏不便说明，便以"他们"的口气说了出来。

第二天，赵廷之向赵佶呈上一道奏章，在历数了蔡京的种种劣行之后，他请求罢去蔡京的相位，还请求拆毁天怒人怨的党人碑！在奏章的最后，他以自己年迈才疏为由，请求辞官让贤，以安度晚年。

其实，赵佶对蔡京是既宠又惧。宠他，是因为他善办事，会说话。他办的每件事，都十分中自己的心意，他说的每句话，也都得体而中听，自己的身边不能没有他；但他又心里惧怕他。曾有许多言官对蔡京进行过弹劾，也有不少朝臣上疏，奏请或罢免他的相职，或建议调任为外官。还听说东京城里流传着一首民谣："打破筒，泼了菜，人间才是好世界。"民谣中的"筒"，就是童贯，"菜"，是指蔡京。当他看了赵挺之的奏章之后，有些左右为难起来，便放在龙案上了。

此刻他在心里掂量着，是去蔡留赵，还是去赵留蔡？他拿不定主意。不过，若让赵挺之留在朝廷里，倒是可以牵制蔡京的一些权势。

他忽然想起了在家养病的中书侍郎刘奎。

月初，他曾单独召见过刘奎。刘奎告诉他说，自己微服私访民情时，许多人都说，蔡京竖党人碑是向天下宣示自己之威。他忽然对自己御书的元祐党人碑有了兴趣，不知竖起来以后会是种什么样子？百姓们是怎么说的？

当天夜里，一行人借着夜色，在熙熙攘攘的人流中走着。走在前头的是两个男子，都是书生打扮，他们边走边看，行止有度。身后是四个年轻汉子，随从打扮，不紧不慢地跟在后边。

当两个书生走到一方党人碑时，见一个男子挑着一担劈柴走来，匆忙间撞在了党人碑上，前边筐子中的劈柴散落了一地。他放下担子，一边收拾劈柴，一边骂道："好狗不挡道！"

旁边的一位老者听了，说道："你说党人碑是狗？那上面刻的名字，有些可是咱大宋的好官啊！比方说，大学士苏轼和他的弟弟，还有——"

"我是说立碑人！他们才是挡道的狗！"那汉子愤愤地说，"这碑，早就该砸了！"说完，猛地朝石碑踢了一脚！

"你可知道是谁立的碑吗？"老者又问。

"是蔡京呀，他借大宋的官家之手，造下了这伤天害理的大孽！等着瞧吧，非得报应不可！"

刘奎听到这里，心中一惊，连忙向随从们示意，却被赵佶止住了。待老者和挑担人走了之后，赵佶弯腰朝石碑看了看，见上面有下雨时溅上的泥土，碑的左边已被砸了三个缺口！

在回宫的路上，刘奎请求他罢蔡毁碑，但他仍犹豫不决。

又过了不几天，有天夜里，东京上空出现了一个奇特天象：一颗彗星出现在夜空之中，其光耀眼，直至拂晓方隐去，彗星连续数日出现。一时间朝野上下，议论纷纷，认为这是上天的昭示，必有灾难降临。

赵佶慌了，他日夜烧香祈祷，乞求上苍免灾。

赵挺之认为，这是扳倒蔡京的最好时机，便上书请求赵佶，特许文武百官批评朝政得失。赵佶接纳之后，刘奎等一大批朝臣纷纷弹劾蔡京之罪，奏请罢免蔡京相职。

刘奎在奏章上写着：蔡京专横，目无朝纲，不敬君父，结党营私，陷害朝臣，天怒民怨，以倡导"绍述"为名，行败坏新政之实，应即罢黜，以安国利民。现天象示警，当先去元祐党人碑，以广开言路。

还有不少痛恨蔡京的朝臣们，平时敢怒而不敢言，这次也借着"免天怒"的机会，都纷纷上书弹劾蔡京的罪行。

就在朝臣们纷纷上书的时候，立在端礼门、开封府门口及朱雀桥旁的党人碑，夜里被人砸断了；还有几方碑被人扔到了护城河里！

次日，在朝会之前，群臣们见到殿外的党人碑被毁之后，有的暗自高兴；有的沉默不语；有的喜形于色。正当大家纷纷议论时，蔡京来了。他见党人碑已毁，十分生气。问是谁毁的？无人应声。

朝会刚刚开始，蔡京便出班奏事，追问是谁毁了党人碑？其声其势，完全以居高临下之态发问，好像坐在御座上的不是当今皇上，而是一段摆在那里的木头！

赵佶似被他的气焰所慑，说话的声音有些底气不足，说道："朕以为，元祐党人已迁谪数年，应宜宽容。再说，碑立朝堂，亦极不雅。殿前之碑，是朕命人拆毁的。"

他说的是真话。

当昨晚回宫走到端礼门时，见自己亲书的那方党人碑旁边，有一团黄乎乎的东西，走过去一看，原来是一只野狗在撒尿！

蔡京没想到赵佶会命人拆殿前的党人碑！他心中极端不满，但又不能发作，便追问道："各州县所立之碑，是否也要拆毁？"

蔡京本想以问各地所立的党人碑为由，向赵佶施加些压力，以在群臣们面前显示自己的权威。谁知赵佶说道："也一并拆毁了吧！"

蔡京急了。他早已忘了自己是什么身份，在什么地方，他向前跨了一步，厉声说道："元祐党人碑可毁，但元祐党人之罪不可恕！"

赵佶似被他的这句话震住了。

刘奎实在忍无可忍了，他连忙跪奏道："身为辅臣，蔡京不但目无朝廷，而且胆敢斥责圣上，狂妄至极，应治作乱之罪！"

蔡京听了，脸一下子煞白了，连忙伏地叩首，请求赵佶恕罪。

赵挺之见火候已到，便向身边的大臣们使了一个眼色，率先跪在地上。他说："彗星夜出，乃丧门之兆，恳请陛下罢去蔡京之相，以求上苍免灾。"

其他朝臣也纷纷奏请罢蔡。

赵佶听了，朝众人挥了挥手，有气无力地说道："散朝吧！"

这次，没扳倒蔡京。

事有凑巧，谁知彗星十余天未去，而太白星又在白昼出现！京城中更加恐慌了。赵佶连夜诏见了赵挺之。赵挺之说："此祸乃由党人碑引发，我和蔡相都难免其责。恳请治我和蔡相之罪，以应天意。"

他很聪明。本来立党人碑是蔡京为打击政敌而出的主意，御书党人碑的，是赵佶本人！而自己仅仅是随声附和而已。但他只字不提赵佶与元祐党人碑的关系，把罪责归于自己和蔡京，这就为他搭了一道下台的梯子。

当晚，赵佶让人拟好了诏书。在次日的朝会上宣读了诏文：元祐及元符列入党籍者，迁谪数年，已定惩戒，可复仕籍，许其自新。朝堂石刻，已令毁去；各州县石刻，令毁除。今后更不许以前事纠弹，常令御史台查察，违者勘究。

诏书发布之后，当天，太白星就不见了。

当晚，彗星也消失了。

接着，赵佶便罢了蔡京的宰相之职，改为开封府仪同三司、中太一宫使等虚职，留东京居住。

同时，下诏赵挺之加特进，复官尚书右仆射兼中书侍郎。

新的荣耀接踵而来。不几日，长子赵存诚委以在皇上身边的卫尉卿；次子赵思诚任秘书省少卿；季子赵明诚任掌管朝廷礼宾的副职——鸿胪少卿！

虽然赵家父子官运亨通，赵家的地位也达到了鼎盛，但李清照的心结并未解开。因为自己的父亲仍未能获得回东京任职！

在大赦元祐党人时，还有一条规定："仍健在的元祐党人，应在地方上安置居住。安置的标准是：重者不能到四辅，轻者不得至京畿，余官三等以下者，方允许回到东京。因李格非属余官轻一等之列，应在地方上提举某个宫观。有了这种闲职，就有一份朝廷的俸禄。

经过这场残酷的党争之后，李格非早已厌倦了官场的是非，他巴不能在自己家乡安排一个闲职，专心研究学问，访山问水，做一个真正的超脱之人！他给李清照写了一封长信，不但将自己的想法告诉了女儿，还写了他在百脉泉的所见所闻。尤其令李清照激动的是，父亲在信上说，她的那眼漱玉泉，泉水清澈透明，长年不竭。他每每走到泉边时，就会想起女儿！

李清照读到这里，眼泪不由自主地涌了出来。她仿佛看到了漱玉泉里的那些涌动不歇的水花！

（三）

自从赵明诚当了鸿胪少卿之后，便按月有了薪俸。薪俸虽没有两位哥哥多，但衣食倒是无忧的，而且也有了一些收集古物的经济能力。按照分家立户的习俗，经济上独立之后，夫妇二人便开始过自己的小日子了。为了省下钱来购置金石书画，小夫妻不嫌粗茶淡饭，甚至李清照该添置的衣裳，也都省下来了，好在平素里她也不大看重华丽的服饰。

由于父亲的地位和哥哥们的职务，赵明诚有机会看到昭文馆、史馆、集贤院和秘阁中收藏的皇家秘籍和珍贵书籍。有时，赵明诚也将古籍借回家来，李清照便一字一句地抄录。为了能按时退还回去，常常是赵明诚一边研墨一边念，李清照在一边抄录。有时会抄录到天色破晓，她握笔的手都不听使唤了，指头和笔杆似僵在一起！

李清照望着装满金石古籍的柜子、书架，心里感到无比充实。

近些日子，来赵氏府第拜访的客人格外多，那间门楣上描着金粉云纹的客厅里，总是高朋满座。前一批客人还没离开，后一批客人已经到了大门口。来访的客人中，不但有公爹和两位哥哥的同僚们，也有开封府和外地的官员们，有的甚至还是皇室的郡王！

他们来了，少不了还要净街、回避呢！有些过去并无什么交往的官员、商贾，也携带着重礼赶来凑热闹！最令李清照反感的是，有些颇有身份地位的人，还特意提到读过李清照的词，问能否见一见？李清照无法推却，只好在客厅里陪着坐一会，听人家说一些溢美之词，自己则要陪在一边说些言不由衷的客套话！为了避免这种尴尬，她总是想方设法回避。

昨天，赵明诚去了署衙之后，她也悄悄出了赵氏府第，去了大相国寺后面的资圣门。她在一家书肆中见到了一卷《历代名画记》，虽然此书已经残缺了，但书名下的一方"张彦远"的阳章，引起了她的兴趣。此书十分古朴，不似今人伪作，便狠着心用三千钱买了下来。

当天晚上，正当她想让赵明诚看这本书时，赵明诚也喜滋滋地从怀中取出了一幅王维的《雪图》，画的右上角还钤有"米芾"二字。没等李清照开口，他便滔滔不绝地讲起了这幅名画的来历。

今天后半晌，署衙的门房来报，说他的一位老朋友前来拜访。待见了面，才知道是自己曾救过的那个叫张汝舟的青年人。

张汝舟告诉他说，自己在家中清理祖上遗留的杂物时，无意中看到了这幅古画。他知道自己的救命恩人是收藏行家，便专程送来，奉献给恩人。

赵明诚婉言拒绝了。

张汝舟见赵明诚不肯收下，便哭着说，恩人救过他一命，还赠钱让他回乡，他终生难忘，又无以报答，送这幅古画是他的一点心意。若是恩人不收，就他跪地不起！

看到实在难以推辞，赵明诚便想以市价买下来，但又不知此画的估价，说要去字画店估估价。张汝舟说，洛阳的一家画店肯出三千钱买下，他不肯卖，为的是送给自己的恩人。

赵明诚听了，立马将当月的薪俸和身上的五百钱拿出来，又向同僚们临时借了一千钱，一并塞给了张汝舟。

开始时，张汝舟死活都不肯收，推来让去了好一阵子，才勉强收下了。

李清照一面仔细看着画面，一面说道："明诚，这幅《雪图》上的印章，虽是米叔叔的字体，但朱砂显得太浓了一些。你说呢？"

赵明诚说："也许是书画博士见了这件真品之后，心中太高兴了，在印盒里蘸色时，用力太猛，印章上的朱砂蘸得太多了！"

"真的吗？"李清照笑着说，"你可是上过好几次当哩！"

"若不信，等书画博士来时，请他当面鉴定。"

李清照听了，点了点头。二人便开始在灯下细细阅读《历代名画记》。

由于刚进二月，寒气尚重，有时还会飘落一阵碎雪。赵明诚今日不去署衙公干，李清照便生了一盆炭火，不一会，房里便温暖如春了。

事也凑巧，潇洒、超脱的书画博士真的飘然而至！

米芾本来是看望赵挺之的，因赵挺之刚刚出府，他扑了个空，便转身来到赵明诚和李清照的书房。一进门，便连声说道："好暖和呀！"说着，在火盆旁烤一会，问道："近来，你们又进了些什么宝贝呀？"

李清照说："我们正想向米叔叔求教呢，不想米叔叔亲自来了，这可是千年难逢的好机会呀！"说着，将《历代名画记》取了出来，请米芾鉴定。

米芾不但是位书家、画家，也是大宋当代最大的一位收藏家，他见多识广，还精于鉴赏。在他写的《书史》和《画史》中，不但写出了自己收藏的一些书画目录，还记录了其他人收藏的书画目录，而且对书画的印章、纸绢、裱褙等，都加了评语。他知道晚唐的书画大家张彦远撰写了一部《历代名画记》，但并未亲眼见过。今日在两位年轻人家里，终于见到了这部心仪已久的古书，心中自然十分高兴。他告诉他们说，张彦远出身于宰相世家，高祖、曾祖、祖父不但都任过宰相，且都喜爱书画。他曾任过大理寺卿。这部《历代名画记》共有十卷，除了有古代名画目录外，还有三百一十位画家的传论，以及自古及今的鉴赏收藏、押署、印记、装裱和市场估价等记述。他还别出心裁地将画家们的画作分为"自然"、"神"、"妙"、"精"、"谨细"五等，也就是上品上、上品中、上品下、中品上、中品下五个等级。

说完了，米芾指着书案上的《历代名画记》说道："此书十分难得呀！"

听了米芾对《历代名画记》的评价之后，李清照连声说道："听了米叔叔的这席话，真的胜读十年书啊！"

赵明诚笑着说道："米大人，我购得了一件古画，你看了，定会高兴的。"说道，展开了那幅《雪图》。

米芾看了看，忍不住大笑起来。

"米大人，你笑什么？"赵明诚问道。

米芾笑得更厉害了。他指着画面说道："此画是幅伪作！"

"伪作？可上面有米大人的鉴赏印章呢！"

"印章亦是伪作！"米芾指着上面的印章说道，"米芾两个字，虽是我的，但印章却不是我的！"

看见赵明诚有些迷惑不解，米芾便将自己收藏字画时钤章的方法告诉了他们。

米芾已收藏晋唐古帖一千余轴，上面均钤上了收藏记印。凡名画皆钤在四角上，有"审定真迹""神品""平生真赏""米芾秘箧""宝晋斋""米姓翰墨""米姓秘玩"等印章。他常用的是六枚玉印，即辛卯米芾、米芾之印、米芾即印、米芾印、米芾氏、米芾元章。这些印章皆为白字，是他亲手所刻。

"对古人手迹的鉴识，不能光凭名气和藏家之题签，须从字形、手法、款式，甚至纸墨、颜色、裱褙等细微之处着眼，才不会走眼。此画虽有王维之貌，但无王维之骨，更无王维之神！"

李清照和赵明诚听了，连连点头。

说到这里，米芾有些气恼起来。他指着那幅《雪图》说道："伪造此画者，是利禄之徒，可恨！兜售此画者，属无耻小人耳！"

李清照听了，朝赵明诚望了一眼，赵明诚的脸上有愧悔之色。他抓起画来，狠狠地撕成几片，丢进了火盆。伪画霎时便成了一堆纸灰！

（四）

过了端午节之后，细心的李清照发现，公爹赵挺之的情绪有些异常。每天回家后，便独自坐在书房里，很少与家人说话，似有什么心事。还有，来赵氏府第拜访的人，也渐渐稀少了。她曾悄悄问过赵明诚，赵明诚说，他曾听人说，蔡京可能再次复相。父亲的情绪，是否会和蔡京复相有关？

李清照听了，不以为然，因为他刚刚被罢呀！就是要复他的相位，也需要等些日子呀！若他真的复相了，真可谓是朝政反复无常，像儿戏一般了！

赵明诚也觉得蔡京不会很快复相。以为蔡京复相，不过是种谣传而已。

是什么困扰着赵挺之呢？

其实蔡京复相之说，并非空穴来风。

赵佶的大宋朝政，如同东京的天气，常有不测风云。

崇宁五年（1106年）七月初一，一个名叫马地雄的日官上奏赵佶说："三天之后，将有日食。"

赵佶听了，心头一惊。他又想起了东京出现彗星时的恐慌。

但三天后，日食并未发生。

于是，有几位朝臣上表祝贺，说是因为圣上的圣德，才使日全食而不亏，是大吉兆。

赵佶心中大喜，于是下诏，恢复蔡京相位。

变化之快，令朝廷上下惊愕。

其实，日官马地雄和上表祝贺的大臣，都是蔡京之子蔡攸事先安排好了的。

蔡京复相后，即向赵佶建议改元。赵佶恩准，下诏改元为大观。

恢复相位的蔡京，忽然像变了一个人，他待人接物，十分随和，再也不像过去那样狂妄了。在朝会上，也显得稳重、矜持多了。就是与同僚或下属议论政事时，也变得十分谦逊。甚至见了老对手赵挺之，还显出一副不计前嫌的样子。但赵挺之却觉得他的一言一行，都隐藏着一种杀机。这种杀机主要是对着自己的，这让他不寒而栗。而赵佶又是个没有主见且反复无常的人，在今后与蔡京的较量中，还说不准他会偏在哪一边呢！

既然这样，倒不如像赵明诚他们说的那样，急流勇退，以避祸害。于是，他以有病为由，向赵佶呈上了一折告退奏疏。

他是想以此来试试赵佶，以为赵佶会挽留他而牵制蔡京。谁知不到三天，赵佶竟恩准了他的辞呈！

在回家的路上，他觉得脚下轻飘飘的，好像踩在了棉花絮上。随行的仆人连忙召来了停在路边的肩舆。他坐进去之后，觉得整个身子都飘起来了。仆人见他在里边不住地左摇右晃，便问道："老爷，你这是——"

"我这是无官一身轻啊！"说完，自顾自地笑了起来。

回到赵氏府第之后，他将全家人都叫到了前厅里。

前厅十分宽敞。香案上供奉着一只黄缎子锦盒，那里面装着拜相时赵佶颁发的一卷圣旨。圣旨前面是一只镏金香炉，香炉里燃着一炷高香，香头上的青烟袅袅四散，整个前厅都弥漫着一种淡淡的烟香味。正北的墙上挂着唐人杜牧的一首绝句——《江南春》，这是赵佶亲笔所书的瘦金体，每个字都有核桃大，字字瘦硬劲挺，笔画锐利，笔力过人，精神外露。这是赵挺之拜相后去谢恩时，赵佶当场赐他的。他将此书视为最珍之物，请东京顶尖的匠人装裱起来，挂在这里，时时瞻仰。

前厅不常打开，除非有重要客人或家中有重要事件才使用前厅。赵挺之坐在一把楠木太师椅上，郭氏和子女们都到齐了，因不知发生了什么，一个个都默不作声地坐在四周。

李清照和赵明诚去得较早，他们坐在二嫂一家人旁边。李清照已经料到一定发生了什么大事。至于是什么事，她猜不出来。

赵挺之见一家人都到齐了，便缓缓说道："我的年事已高，且身子不济，曾数次向圣上呈了辞退奏疏，圣上英明，今日已恩准了！"说完，微微笑了。

他的话音不高，但却像一声炸雷，让全家老小都感到了震动！偌大的前厅里，鸦雀无声，静得让人有些发怵。

"这下好了，没有政事缠身，可以在家里享享清福，安度晚年了。"他逐个望了望儿女和孙辈们，长长地舒了口气，接着说道："还可以拜米芾先生为师，向他学些鉴定字画的学问。有空时，还可帮着明诚和清照收藏整理金石古籍呢！"

公爹的话，虽然说得很轻松，但李清照已听出了他语气中的失落和无奈了。这也难怪，昨天，公爹在皇上面前还是个红得发紫的宰相、权势显赫的执政大臣，今日却一下子被皇上抛开了，成了一个无足轻重的平民百姓。他心里能承受得了吗？

赵挺之忽然想起了什么，他对郭氏说："夫人，明诚他们要我'急流勇退，以避祸害'的话，现在想来，颇有见解。"说到这里，他朝赵明诚和李清照望了望。

"清照，格非近来可好吗？"赵挺之忽然问道。

李清照觉得有些奇怪。过去，公爹称呼自己的父亲时，总是称"李大人"或"亲家"，今日为何直呼其名呢？不过，李清照觉得，直呼其名反而更亲切一些。她说："自家父回了百脉泉之后，不是探亲访友，就是遍游山水，闲时在家整理、编辑旧稿，精神和身体比在东京时好多了！"

"这就好，这就好。能淡泊俗欲，是哲人也！"赵挺之边说边以食指敲击着桌面，说道，"若格非的文稿成书时，我一定拜读。"

李清照说："家父的书行世时，一定会先送你请教的。"

"那就太好了！"赵挺之的目光转向了赵明诚，说道："明诚啊，你可要好好——"说到这里，他忽然停住了，待了一会才接着说道："在诗词和绘画上，你可要好好向清照学啊！"

赵明诚点了点头，说道："明诚记住了。"

其实，细心的李清照已经猜到公爹想说，要赵明诚好好善待自己，将心中的愧疚，通过儿子"好好善待"做些补偿，但话到嘴角时又改口了。李清照想，这也是一种折磨。

当年，父亲因党争之祸受到牵连，两度被贬，远离东京。自己曾蘸着血泪向公爹上书呈诗求情，恳求他出手救救父亲。此事对于公爹来说，也就是动嘴之劳或提笔之劳，但他却是一副铁石心肠！她永远都忘不了自己同父亲生离死别时的情景。每每想起，心头都会隐隐作痛。

虽然她怨过公爹，也恨过公爹，但看到公爹的那头白发和苍老了许多的脸，以及那双曾经炯炯有神如今已经浑浊了的眼睛，心中便有一种怜悯。公爹不但老了，在一场接着一场的争斗之中，他终于败下阵来了。

赵挺之望了望三个儿子，语重心长地说道："你们三人，如今都已出仕，我已经没有什么心事了。不过，你们要切切记住，在官海之中，不求飞腾发达，但求风平浪静，为父的也就放下心了。"

三个儿子连忙点头。

接下来，他又谈了自己的一些往事和为官执政的经验，一直谈到了二更。郭氏对他说："老爷，天不早了，你也该歇息了。"

"歇息？对，该歇息了。自明日起，就可以一觉睡到天大亮了，再也用不着——好，都回去歇息吧！"说完了，他由郭氏扶着，缓缓走出了前厅。

李清照在离开前厅之前，又回头望了望，见烛台上的烛光不停地跳动着，那幅瘦金体上的文字，在跳动的烛光中忽明忽暗，像一群面目不清的幽灵。

（五）

李清照有个习惯，古人是"闻鸡起舞"，她却总是鸡鸣之前就会起床。因她平日不施脂粉，也不画眉，故而洗漱的时间很短，而后便去书房，静心读她头天晚上就放在桌上的书。约一个时辰后，再回去叫醒赵明诚。饭后，赵明诚和两位哥哥去了署衙，自己再回房里看书或抄写文稿。

今天是赵挺之辞官后的第一天，李清照特别留意他的活动。

到了红日三丈高了，还不见他走出北院。李清照想，如今不再上早朝了，公爹真的一觉睡到大天亮了呢！

为了不打扰他，李清照没有去北院请安。

一直到了中午，仍没有看到公爹的身影。

到了下午，她才听婆婆说："老爷病了，已派人去请郎中去了。"

李清照连忙叫上两位嫂嫂前去看望。

赵挺之半靠在炕上，闭着眼，锁着眉，还似乎有些畏寒。他虽然盖着厚厚的被子，但身子还在微微发抖。听说儿媳妇们来了，他睁开了眼，说道："不碍事的，待会服了药之后，就没事了，你们都回去吧！"

妯娌们只好悄悄地退了出来。

第二天，赵氏三兄弟没去署衙，因昨日服了药之后，赵挺之的病情非但不减，反而更加重了，他脸色苍白，双唇发乌，总在说自己的前胸闷得慌。

三个儿子忙着请郎中，跑药铺，接待来探望的亲友。因两个嫂嫂有孩子拖累，李清照便亲自煎药，煎好后怕药汤太烫，亲自尝过之后才端给赵挺之。

第四天，赵挺之粒米未进，身子已十分虚弱了，但心里依然明白，他对郭氏说："夫人，我知道，我和你们守在一起的天数，已经不多了！"

郭氏笑着说："老爷，看你说到哪里去了！你刚刚告老辞官，来日方长呢！几个孙子孙女和外孙们还等着你教他们写大楷字哩！"说完，转过身子，用衣袖擦了擦泪。

"看来，我是没有这个福分了！"他望了望李清照，说道："清照，我，我——"后边的话没说出来，泪水便从浑浊的眼里淌了下来。

李清照连忙用手帕擦去了他的泪痕，本想安慰他几句的，但还没开口，自己的双眼已经模糊起来了。

第五天上午，赵挺之不再说自己胸闷了，他安安静静地睡了一会儿之后，对李清照说："清照，你去把明诚叫来！"

赵明诚就守候在外边，他进去之后，轻声问道："父亲，你好些了吗？"

赵挺之伸出食指，指了指炕沿，赵明诚连忙俯在炕沿上。

"为父曾训斥过你，认为你用在金石上的心思太多了，少有出息。现在看来，是为父的错了，尤其我不许你收藏苏、黄笔迹，更属门户之见。"他又转头对着李清照："清照天资过人，又温良恭谨让，是明诚的福分，也是赵家的荣耀……在金石收藏上，可助明诚一把，必成气候。"

李清照见他说得太多了，且有些激动，怕他劳累，便说道："你的话，我们都记住了，你歇一会吧。"

"不，我平生也喜字画，亦收藏了一箱，置于宗谱房里，你们可悉数搬去。"说到这里，有些吃力，停了停之后又接着说道："我知道，明诚不宜久在官场，若有变故，你们可去青州，我已在青州购置了一宅，切切记住！"说完，长长地舒了口气，好像了却了一件很大的心事。他喝了李清照端上的药汤之后，便闭上眼睛睡过去了，他睡得很安稳。

赵明诚看到父亲睡着了，脸上还出现了少见的红晕，心中十分高兴，悄悄对李清照说："你看，父亲不再胸闷了，气色也好多了，再住几天，就可以下炕了。"

李清照没有说话，"人之将死，其声也哀"，她从公爹的言语中，已经察觉到了一种不祥之兆，但她不敢向丈夫直言。

后半晌，李清照正在灶房里煎药，忽听北院传来了一声撕心裂肺的哭声——那是婆婆的哭声！

当西天的一抹残阳渐渐隐去之后，赵挺之终于走完了他的人生之旅。

从赵佶恩准他辞退，到他离开这纷杂的世界，只有五天的时间！也就是说，他想安度的晚年，仅仅只有五天！其实，不是安度，而是痛苦地挣扎了五天！

（六）

赵挺之的猝死，是对赵氏家族的一个灾难性的打击，好像是一座高高的楼阁突然倒塌了，住在楼阁中的人，一下子失去了庇护！

当天夜里，赵氏府第一片混乱，哭声，到处都是哭声。郭氏因悲伤过度晕过去了，李清照和嫂嫂们为她掐人中，灌汤药，忙乎了半个时辰才苏醒过来。

赵存诚是长子，自然是主持丧事的总管，他简单向两个弟弟交代了丧典的大事之后，便连夜向朝廷报丧去了。赵思诚和管家忙着布置灵堂，安排丧仪。女眷们连夜缝制孝服、孝巾。赵挺之的灵前已点起了长明灯，赵明诚跪在灵前守灵。因为事前家中并无准备，所以显得有些忙乱，幸亏郭氏不久便醒了过来，里里外外都由她张罗着。

次日上午，忽见禁军们已对宫巷口净街、回避，御前侍卫们分别站在赵氏府第的大门两侧，原来是赵佶率领蔡京等一群朝中大臣们前来灵堂吊唁。

郭氏连忙率全家老少跪在院子里迎候圣驾。

赵佶走进赵挺之的灵堂，接过随行太监为他点燃的香，恭恭敬敬地插在香炉中。然后，又默默地朝自己的旧臣看了一眼，他没说话，但脸上有悲哀之色。

他离开前厅后，大臣们陆续上前焚香，致哀，灵堂里一片肃静。

跪在一边的李清照发现，当轮到蔡京祭奠时，他烧过香之后，双膝跪在灵堂前面，用有些哑的嗓音说道："赵大人啊，你只比我大六岁，是我的兄长、同僚、挚友，本想同你为社稷再立汗马之功时，谁知你却弃我而去了，令我哀痛不已，哀痛不已啊……"说到这里，已经泣不成声，缓缓地叩了三个响头，当他再抬起头来时，眼角上有一丝泪光。

在南院里，赵佶双手扶起跪在地上的郭氏，对她说道："赵爱卿是大宋的名臣，也是朕的功臣，朕失去赵爱卿，犹如失去了右臂。"他转身对蔡京说道："赵爱卿的殡葬之礼，应隆重办理，所需之费，国库支付。"

蔡京听了，连声应诺。

赵佶又说："为奖彰赵爱卿生前功绩，朕将赠封赵爱卿为司徒。"

郭氏连忙叩头谢恩。

当赵佶问她还有什么要求时，郭氏边哭边大着胆子说道："请求圣上赠亡夫谥号之中，带一'正'字，以告慰在天之灵。"

郭氏的这一请求，早已在心里说了几遍。原来，赵挺之在弥留之际，曾向她说过："我若走了，官家必来吊唁。若吊唁，必赠谥号。若他赠谥号，请求不以'清宪'之号为谥，只求谥号中带一个'正'字，我在九泉之下亦可瞑目了。"她记住了丈夫的这一遗言。

赵佶听了，只说了一句："待理会吧！"便率先起驾走了。

蔡京等大臣们也鱼贯离开了赵氏府第。

当听了"待理会"三个字时，郭氏犹如三九天被人泼了一盆冷水！

她本以为，丈夫既然是大宋的功臣，官家的右臂，今日圣上亲自幸临，率领百官前来吊丧，死者的遗孀请求他在谥号中加个"正"字，他一定会答应的。谁知，却被"待理会"三个字打发了！

她曾听丈夫说过，赵佶虽然平时言谈反复无常，但凡他不同意的，都以"待理会"三个字替代。今天赵佶明白无误地告诉了郭氏：那个"正"字，他就是不给！

郭氏既感到意外，又感到寒心。她仰头望着灰蒙蒙的天空，一面捶着自己的胸膛，一面哭着在心里问道："老天爷哪，这就是忠于大宋社稷换来的报答吗？"

李清照连忙同嫂嫂们一起，将郭氏扶到了公爹的灵前。

在赵佶吊唁公爹时，李清照不敢抬头去看这位真龙天子，当赵佶向婆母说话时，她也听清了"待理会"这三个字，她心里想，婆母请求赵佶在谥号中加一个"正"字，本是情理之中的事，既可告慰逝者，又可激励活人，何乐而不为呢？她记得父亲和晁补之谈过一件事：宦官童贯从苏州买来了四个女孩儿，赵佶很中意，竟心血来潮，将他一连晋升了五级！而对一位故去的执政大臣，为何舍不得在谥号中加一个"正"字呢？这哪里还像个一国之君！？

她觉得不能看轻了"待理会"三个字。

（七）

赵挺之下葬之后，赵氏府第渐渐平静下来了。因父亲去世，赵氏三兄弟都要去任守制，在家中守孝。

晚上，李清照对赵明诚说道："明诚，我总怀疑官家'待理会'三个字的后边，会不会有人在做文章？"

"做文章？会是谁呢？"

"公爹的对头啊！"

"你是说蔡京？"

李清照点了点头。

赵明诚不以为然，他说："父亲虽然生前与蔡京不和，但现在父亲已经谢世了，他还能做出什么文章来？你说呢？"

一句话，把李清照问住了。

就在他们议论"待理会"三个字的第二天，李清照和赵明诚正在房中清理赵挺之留给他们的收藏字画，忽然听见前院传来一阵嘈杂之声。不一会，见一些士兵手执刀矛，拥进了中院，如狼似虎一般地吆喝着，将他们赶到了前院。

赵明诚没经历过这种场面，有些害怕，紧紧地抓着李清照的手。李清照毕竟见过父亲被押解离京和有竹堂被封的情形，虽然心里也怕，但显得很镇静。她悄声对赵明诚说道："莫怕，他们是奉命行事，不会胡来的。"

士兵们开始逐房搜查。

院子里挤满了人，除了郭氏和哥哥嫂嫂们之外，还有管家、门房和所有的仆人，一些年幼的孩子们吓得"哇哇"大哭起来。

这时，御史衙门的一位中年官员走到了台阶上，大声说道："已故观文殿大学士、特进、赠司徒赵挺之，昔年居青州，交结富人，应予查究。本案所涉之人，由京东转运使置狱于青州审理！"

这真是晴天的霹雳！

还没等人们反应过来，士兵们已将赵氏三兄弟押走了！

女眷和仆人们被禁于原处，不得随意出入大门，随时听候审讯。

赵氏府第里一片狼藉，每间房屋都经过了搜查，赵挺之的书房、卧室等处还贴上了封条，大门由开封府的士兵看守。因卧室被封，郭氏只好和李清照同住，一向快人快语、敢说敢为的郭氏，好像被这突如其来的打击击倒了，开始几天，她总是木木地坐在炕上，既不吃饭，也不说话。三个儿媳日夜守在她的身边，怕她会有什么闪失。

又住了几日，她见三个儿媳都在偷偷地掉泪，便开口说话了："你们都不要哭了，放心好了，我的命硬，阎王爷现在还不肯招我去哩！"

李清照见几个侄儿、侄女吓得像掉了魂，一个个坐在墙角边上偷偷地抹泪，便对郭氏说："婆母，两位嫂嫂都有孩子，就让她们回房去歇息吧，这里，我和你做伴，好吗？"

郭氏听了，望了望李清照，将她搂在了怀里，这位从不掉泪的刚强老人，像个孩子，竟嘤嘤地哭起来了。

（八）

漫长的等待，是一种折磨。

赵氏的女眷们一天一天数着这难熬的日子。

更让她们受折磨的是，她们不知道赵氏三兄弟在青州狱中的情况。他们被审过吗？审过了几次？审讯时受过刑吗？都受了哪些刑？她们曾提出要去探监，但御史衙门不准！

有一天，一位云游的道姑来赵氏府第化缘，守门的士兵不许她进去，她便从布袋中摸出了一锭银子，悄悄塞给了士兵。那个士兵要她看过后就快些出来，他在门口为她放着风。

丈夫和两位哥哥入狱后，李清照便独自承担了赵挺之所藏字画的整理、分类、抄录等诸事，常常在灯下忙到天亮。

看到李清照在日夜整理丈夫的遗物，郭氏心中便勾起了对往事的怀念，同时，心里非常感激自己的这位儿媳妇。当年，她才华横溢，光彩照人，自从嫁到赵家之后，便连遭坎坷，先是其父两次被谪，被赶出了东京，后因赵家之事，再遭磨难，她总觉得赵家对不起她，自己也没保护好她，心中常常自责。

昨晚，李清照告诉她说，公爹所收藏的字画，已全部整理完了。她还以赵明诚的名义用蝇头小楷抄录了一册《家父收藏目录》，让她过目。

正当婆媳二人看目录时，李清照朝窗外看了一眼，心中猛地一惊：有一位道姑走进了院子！

东海鸥也看到了她，并示意她不可高声，便径直进了书房。

原来，东海鸥从洛阳回京后，去瑶华宫时，孟后将赵家的变故告诉了她，她便以化缘为由，前来赵氏府第看望。

四个多月来，李清照与世隔绝，不通音讯，十分怀念麦花、雷叔和雷婶，以及远在百脉泉的父母、弟弟和丁香，还有可人表姐和可意表妹，连在梦中都想着他们，所以，她便急着向东海鸥打听他们的近况。

东海鸥说，她还没去山东，只知道雷叔和雷婶逃出东京后，生死不明；小麦花仍和孟后住在瑶华宫中；可人已是居士，天天在家里苦读《黄庭经》；可意在家中待嫁，江南的秦家已向王家行了纳采之礼。

她不能在这里待得太久，又急急告诉李清照，凡是赵家在京城的亲戚、朋友，有的已被传讯过；还有的被关进了开封府的大狱。赵大人的一位远房亲戚受审时受刑过重，左腿已经断了……

守门的士兵催她好几遍了，她只说了一句"好好保重"，便匆匆走了。

望着东海鸥离去的背影，李清照哭了。

熬到了六月底时，天已很热了。这天上午，李清照摇着团扇在书房里看书，一个看管她们的士兵告诉她说，外头来了一位官爷，说是过去借了府中的一册《晋书》，今日前来归还。说完，朝大门口招了招手，那位年轻官员走进了院子。

李清照一眼就认出来了，前来还书的官员就是丈夫在太学时的同窗好友何云！原来，他买通了关节，以还书为名，前来向她报信的。

何云告诉她说，自己已赐进士出身，将去武昌府任职。他已去过青州，也见了赵明诚。"交结青州富人"一案，经查并无实事，已审理具结，不日即可出狱。

李清照听了，十分激动。她朝何云深深施了一礼，说道："何公子，清照代明诚和赵氏全家，向你深表谢意。"说完，又连忙跑到北院，将这一消息告诉了郭氏和嫂嫂们。

待她返回来时，何云已经走了。

她在那里站了一会，泪珠夺眶而出。

果然如何云所言，七月初九，赵挺之的"交结青州富人"案已经审理具结，此案纯属子虚乌有！案情澄清之后，赵氏三兄弟终于走出了青州大狱。

既然是有人要借"交结青州富人"案这个题目做文章，文章就要有个结尾。蔡京指使两省台上奏赵佶：赵挺之身为元祐大臣援引，故力庇元祐奸党，应追赠官、落职。

随后，赵佶下诏，不但罢去了赵挺之的观文阁大学士，还连死后所赠的"司徒"也收回去了！

长眠地下的赵挺之，绝对不会想到，自己一生忠于大宋王朝，最终却落了个罪臣、犯官的下场。

第十四章　屏居青州，金石诗词为伴

薄雾浓云愁永昼，瑞脑消金兽。佳节又重阳，玉枕纱厨，半夜凉初透。
东篱把酒黄昏后，有暗香盈袖。莫道不消魂，帘卷西风，人比黄花瘦。

——《醉花阴》

（一）

寅时刚过，一前一后两辆马车便驶出了京城的东门，借着一盏灯笼的昏黄光亮，走进了漫无边际的夜色。

也许是车轴刚刚抹过油的缘故，车轮滚动起来悄然无声，车厢里也悄然无声，好像没有人坐在里边，只有偶尔出来觅食的野狐和田鼠从驿道上窜过，见到灯光后，又匆匆钻进道旁的野草中了。

又过了一个多时辰，天才蒙蒙亮起来。已抛在远处的京城城阙也隐隐地显现出来，它高高地耸立着，黑乎乎的，像一只能吞食一切的凶猛怪兽！在它的下边，是一道望不到头的城墙，紧紧地包围着这座天下最大的城市，至于城墙里边正在发生着什么，没有人能说得清楚。

"明诚，你一夜都没合眼了，我们现在已经上路了，你将就着睡一会吧！"李清照轻轻推了推坐在身边的丈夫。

赵明诚摇了摇头。他掀开车帘，朝后边望了望，后边的马车上装满了箱笼，正在悠悠地前行着，一阵秋风拂来，路边柳树上的叶子纷纷扬扬地飘落下来，落了他一头，他不由得缩了缩肩膀，毕竟是晚秋季节了，这晨风中已有了一种逼人的寒气。李清照见了，连忙给他披上了一件夹衫。

赵明诚的确一夜未眠。他怕仆人们粗心、蛮干，总是亲自为那些金石、古籍装箱打包。那些珍贵的字画碑帖，他一件件地包扎妥了，又亲手放进木箱中。李清照也整整忙了一个通宵，凡装车运走的金石、古籍，她都一一抄录造册，一共装了十六箱。又将她和丈夫收藏的一百余幅字画细细看了一遍，每一幅都用白绵纸包好，纸头空当处塞上了樟脑，以防虫蛀。半夜时，婆婆和哥嫂们前去看他们，还送来了赵挺之收藏的南唐李后主写在绢扇上的一首《虞美人》和赵佶赐给他的一幅用瘦金体亲书的一首七律和一方盈尺古砚，另有米芾、李公麟等人的一些已装裱好的手迹。赵挺之平时将这些字画装在一只白银包角的红木箱中，很少拿出来把玩。赵明诚早就在父亲那里见识过这些珍品了。如今父亲已经谢世，他担心因保存不当而受潮变霉，很想由他亲手保存起来。但当母亲将红木箱搬过来以后，他又有些犹豫不决了，便朝李清照望了望，想征询李清照的意见，若她同意，便可将红木箱运到青州去。

谁知李清照对老夫人说："婆母，两位哥哥、嫂嫂，这些既是稀世珍宝，也是赵家的传世之宝，公爹生前十分珍爱。如今，公爹仙逝，这些遗物应随公爹的灵位放置，由婆母保存。再后，应由哥哥们保存。我和明诚回到青州之后，守住赵氏的宅第，潜心金石学问，一定不辜负婆母和哥嫂们的期望之心。"

郭氏和哥嫂们，坚持要他们将这些珍品带回青州收藏，他们只好收下了。

其实，赵挺之的老家不在青州，而是密州。因原籍已无近亲，且故居业已塌废，他在德州任通判时，曾路住青州，见青州的风物极佳，山水灵秀，便在青州城西购置了一处闲置的荒地，建了一处虽不豪华但颇宽敞的宅第，以备晚年居住。后来，他调任京师，青州的宅第便一直闲置着，只是请邻村一位叫田忠的老农代为看守着。前几年，他看到朝廷中党争日烈，加之不愿与蔡京共事，便萌生了告老退隐的想法，并派人去青州对宅第进行了修缮、粉刷，又围起了六尺高的院墙，淘了后院中的水井，还栽了一些花木，准备得到皇上的恩准之后就荣归青州。谁知赵佶未恩准他"乞归青州"的奏章，又拜他为尚书右仆射兼中书侍郎，还将府司巷的豪宅赐给了他！

祸不单行，他的尸骨未寒，赵氏家庭又蒙受了更为严酷的打击。因涉赵挺之生前"交结富人"之罪，一些赵氏族人和亲朋下了狱，眼下虽然结案出狱，但三个儿子俱削了官职，成了连普通百姓都不如的犯官之子！

赵挺之生前一直念念不忘要归隐青州，但终未能如愿。

出狱之后，赵存诚和赵思诚总是足不出户，在家里唉声叹气，也期待着时来运转，以图东山再起。平时性子刚烈的郭氏，每天都在丈夫的灵位前焚香烧纸，在超度了丈夫的亡灵后，总是愤愤地诅咒蔡京父子祸国殃民，不得有好下场！

赵明诚虽然被削去了官职，但似乎并不大介意。他每天早出晚归，去大相国寺一带转悠，在那些出售古玩、字画和古籍的店铺之间徜徉。因为失去了俸银和母亲的接济，他已买不起要价很高的古器了，只好将双眼盯在那些开价低而又有收藏价值的古碑拓片上。到了掌灯时分，才拖着疲倦的身子回到家中，然后，将拓片取出来和李清照在灯下揣摸、欣赏。

有一天，他在一家古董店里看到了一幅《崂山刻石》拓片，心中十分惊喜，但一问价钱，店主伸出三根手指。他一看，心里一下子凉了。原来店主要价三十两银子！买不起，但可以看得起，他站在那里足足看了半个时辰。店主很热情，还给他端来了木凳，送来了热茶，让他慢慢欣赏。

原来那是一幅秦代的篆书石刻拓片，共九行八十二字，是嬴政东巡登崂山时，由丞相李斯书写其功德，刻石于山崖之上，其字气势雄浑、肃穆、严谨，是极为难得的秦篆，他一直看到暮色四合才恋恋不舍地离开了。

　　当他刚刚走进房门时，便听见书房中传来了李清照的吟哦之声：

　　长恨此身非我有，何时忘却营营？夜阑风静縠纹平。小舟从此逝，江海寄余生。

　　这不是苏轼谪居黄州时作的《临江仙》吗？清照为何要吟哦这首词呢？忽然，他悟出了什么，便连忙走进去，问道："清照，你是说我们离开这里，忘却'营营'？"

　　李清照笑了。她指着她用小楷抄录的一册《陶公诗稿》，说道："像陶公那样，去'采菊东篱下，悠悠见南山'，就不用为五斗米折腰而烦恼了。你说呢？"

　　"可我们到哪里去'寄余生'呢？"

　　"青州！"李清照说，"虽说那里偏僻，但我们可在那里专心金石之业。再说，回归青州，也是公爹生前的夙愿。"

　　赵明诚听了，多日紧锁着的眉头终于展开了。

　　当晚，他想要将二人的想法告诉母亲和两位哥哥。李清照笑着说道："看把你急的！天色不早了，还是明天再说吧。反正两位哥哥也削了公职，在家赋闲，倒不如一家人都去青州！"

　　赵明诚听了，点了点头。

　　次日早饭后，郭氏率子女们在赵挺之灵位前焚过香之后，趁全家都在客厅时，赵明诚便将回青州的想法告诉了大家。大家都沉默着，偌大的客厅里没有一点声音。郭氏朝赵存诚望了望，赵存诚知道，自己是家中的长子，母亲要先听自己的意见。于是，他先开口了："三弟，'交结富人'案已经结案，我等都是无罪之身，属'卸任守制'。如今的政事难料，守制期满，朝廷是否会起用我们尚难料定。我们当以静观政局变化，来定我等的进退之策。"

　　赵思诚接着说道："大哥说得极是。我们的官司刚了，若全家突然离开东京，容易让人生疑，也许还会生出些枝节来。既然政局变幻莫测，我们倒不如以退为进，安心住在东京，等待天恩再降。"

　　郭氏听了，半天无语，因为她心中十分矛盾，回青州安度晚年，是丈夫在世时一直念叨的话题。丈夫在世时曾说过，去了青州，就与世无争了，眼不见，耳不听，也就心不烦了。可在宅后开点荒地，种上些瓜果菜蔬，既活络了筋骨，又能吃到新鲜蔬菜，可谓一举两得。若再有几个孙辈们在身边淘气，就更好了，比每日天不亮就去上早朝的日子舒心多了！如今，丈夫再也回不到青州宅第了！当她听赵明诚说要全家去青州时，心中自然欢喜，但赵存诚和赵思诚想留在东京，以待东山再起，她觉得也有道理。再说，赵存诚是长子，既然长子不主张去青州，自己也只好打消离开东京的念头。当赵明诚再次征询她的意见时，她长长地叹了一口气，说道："我就和你大哥、二哥一道，留在东京吧！"

赵存诚趁机说道："三弟、弟妹，你们也留下吧！这对明诚的功名前程大有好处；再说，京城毕竟要比青州繁华；还有，父亲的不少同僚、门生都在朝廷里外为官，若有什么事情，还可请他们照应一些。"

赵明诚听了，不以为然，但一时又说服不了两位哥哥。

李清照见状，便站起来，走到郭氏跟前说道："婆母，你和哥哥们留在东京，也不失是一种等待时机的选择；再说，两位嫂嫂在你身边照料，更让人放心。我和明诚可先回青州，在青州钻研金石学问。"她看见郭氏的眼圈红了，又连忙说道："还可替婆母管好宅第，不使庭院荒芜，也不失是一种选择；再说，我和明诚回青州，也告慰了公爹生前的心愿。"

郭氏和两位哥哥终于被她说服了，赵存诚有些激动，说道："弟妹所说，句句在理，青州宅第，就拜托三弟和弟妹了。"

性子一向刚烈的郭氏，终于忍不住眼眶里的泪水，她用手背抹了抹眼泪，说道："青州地处乡野，你们又没有什么进项，恐怕会受些累的。我房里还剩下了一些银两，你们可——"

李清照连忙说道："婆母，我和明诚还有些积蓄；再说，青州宅第的家具、用物也都已置办齐全，没有什么花销了；而你和哥嫂留在东京，事事艰难，日日需钱，我和明诚不能为你分忧担难正深感愧疚呢！"

虽然郭氏没再说什么，但还是在他们启程前夕，抱来了一只樟木首饰匣，里边是一张银票和四件金饰——金饰是两个嫂嫂送的。

（二）

尚有些暖意的秋阳，照着齐鲁大地的原野，也照着风尘仆仆的两辆马车。

他们虽然一路上也是晓行夜宿，但却不忙着赶路。过兖州时，他们特意绕道去了曲阜，拜谒了孔庙和孔林中的孔子墓。到泰安时，在泰山逗留了两日，抄录了山上的《封泰山碑》和三十余块刻石。晚上，住在天街之上，观看了气势磅礴的泰山日出，亲身体会了杜甫所说的"会当凌绝顶，一览众山小"的意境。虽然山路崎岖，累得腿酸腰痛，但二人都有一种前所未有的喜悦。

李清照的心绪和在东京时完全不同了。住在赵家府第时，她恨不能马上离开令天下羡慕的京城！一旦离开了，真的觉得全身心都有了一种解脱感。天上的白云，远处的青山，以及驿道两边尚未收割的高粱，正在溪水边捣衣的村姑，在地头上悠闲啃草的耕牛，以及树上不时传来的蝉鸣声，都让她感到既熟悉，又亲切，有一种似曾相识的感觉。为了驱赶路上难耐的寂寞，她特意将一卷仿刻的竹简《离骚》留在身边，每当劳累不堪时，她便将竹简交给赵明诚，然后自己从头至尾背诵一遍，若背诵时错了一字，则要重新背诵，直至全文顺畅背诵完，然后再由赵明诚背诵。赵明诚的记忆力远不及李清照，每每背诵到中途，便会漏句缺字，只好从头再来。后来，他们又相互对对联，猜字谜，或以途中所见命题吟诗、填词，一路上倒也饶有兴致。

"少爷、夫人，青州到了！"车夫指着远处说道。

二人连忙挑起车帘，极目望去，果然看到一长溜灰色的城垛。

"明诚，我们整整走了二十余天，今天，终于到家了！"李清照十分激动。

其实，对于青州，他们既向往，又陌生，因为他们都未曾到过青州。

李清照顺手理了理被风吹乱了的头发，深情地望着远处的城墙，低声吟道：

塞下秋来风景异，衡阳雁去无留意。四面边声连角起。千嶂里，长烟落日孤城闭。

浊酒一杯家万里，燕然未勒归无计。羌笛悠悠霜满地。人不寐，将军白发征夫泪。

赵明诚听了，大声说道："好，只有范仲淹才能写出这等气势的《渔家傲》！听说范公知青州时，还修筑了一座'丰泉亭'，待我们闲暇时，一定去他住过的故居看看。"

"说不定泉中还能淘出范公的手迹呢！"李清照笑着说道。

赵明诚知道妻子在调侃他，也不由得笑了。

（三）

到了青州之后，夫妻二人整整忙了三天，才将从东京运来的金石、古籍和字画存放妥当了。田忠因帮不上忙，便修剪前后庭院里的花草，一遍一遍地打扫院子，将角角落落都打扫得一尘不染，他才放下扫把，再去井台提水浇花。

李清照发现，墙角上一株石榴树的枝头上，吊着十几个又圆又大的石榴，有的石榴已裂开了壳皮，露出了一层红玛瑙般的石榴籽。她伸手摘下一个，捧在手里端详了一会，实在是舍不得吃它，便将它摆放在书房的窗台上。冷寂的书房里一下子显得生气盎然了。

有一天午后，田忠将一只柳条篮子递给了李清照，笑着说道："夫人，这是咱青州的蜜桃，请你和少爷尝尝。"说罢，他掀开盖在篮子上的一层桃叶，露出了一些半青半红的桃子，桃子不大，只有鸭蛋大小。

"夫人，你别看它个儿小，长相也不出众，但可好吃哩！"说着，拿起一个，在衣襟上擦了擦，递给了李清照。

李清照咬了一口，觉得又脆又甜！她连忙喊来赵明诚。赵明诚吃了一个之后，啧啧称赞道："我早就听说过青州出产一种蜜桃，霜降之后采摘，其甜如蜜，今天有口福，终于尝到了！"又转身问道："这是从哪里买来了？"

田忠连忙说道："是从我家的树上摘的。听说少爷和夫人回来了，我老伴和孙女田杏儿送来了一篮子，请少爷和夫人尝尝。"

"田婶呢？"李清照问道。

"她在后院井台上洗菜呢！"田忠说，"她要帮我做了晚饭再回去。"

"田叔的家在哪里？"

"在田庄，离这里不远，也就是四五里路。"

李清照听了，连忙去了后院。不一会，她领着一位村妇和一个三四岁的女孩儿走过来，对赵明诚说："明诚，这就是田婶。"

赵明诚连忙向她施礼。田婶有些慌张，一边摆手一边说道："使不得，使不得……"

田婶拉出躲在身后的田杏儿，对她说道："快向少爷和夫人行礼！"

李清照一把抱住田杏儿，对赵明诚说道："明诚，田婶孤身一人住在田庄，田叔又不能天天回去，我想让田婶搬来和我们住在一起，早晚也有个照应，你说呢？"

"好，好，夫人想得比我周到。"赵明诚又对田忠说："不知田叔愿意不？"

田忠十分憨直，又不善言语，只是连连点头。

从此之后，这里便多了一位老人和一个孩子，也多了一些话语笑声，还多了一层人间的温馨。

（四）

为了便于读书和抄录金石文字，夫妇二人将正厅的大客厅改为了书房。改好之后，赵明诚让李清照给书房命名。李清照听了，脱口说道："就叫'归来堂'如何？"

赵明诚问道："此名是否与陶渊明的《归去来兮辞》有关？"

"对，不过，还含有两层寓意，一是为告慰公爹的心愿；二是对前辈、师长晁公表达敬仰之情。"

"是晁补之？"

"对，他因党祸被免官之后，便一直在家乡钜野居住，以诗词自乐，自号'归来子'。"赵明诚听了，赞许地点了点头。

"书房由我命名，而书写这三个字，就非你莫属了！"李清照说。

"书房乃大雅之堂，依我的书法技艺，抄录金石古文尚可，若让我题写书房之名，不光是为难我，也丢人现眼呀！"

"请谁题写呢？"李清照问道。

"也是非你莫属！"

"取名、题写都是我，那可不公平啊！"

"那就由我自罚抄录一遍《青州木牍》吧！"

见李清照答应了，赵明诚连忙研墨、备纸，并将一支玉管狼毫笔递给了李清照。

李清照站了一会，然后运气挥笔，写下了"归来堂"三个斗字之后，忽又裁了一纸，用楷书写下了"易安"二字。赵明诚有些不解，疑惑地望着她。

"这是我们居室之名呀！"李清照笑着说道。

赵明诚听了，恍然大悟。原来妻子用陶渊明的"倚南窗以寄傲，审容膝之易安"之句的"易安"，为居室之名，其意是说虽然身在简陋之境，却能心安意足，也道出了她情愿和自己在青州同甘共苦的心声。妻子的深明大义，也令他异常激动。他轻轻地重复着"易安"二字，又忽然说道："清照，你就叫'易安居士'如何？"

李清照深情地说："谢谢明诚赐号，此号也正合我意，我要敬你一杯酒！"

"一杯不中，至少三杯！"

"好，就敬你三杯！一杯为'归来堂'，一杯为我们的'易安'室，再一杯为'易安居士'！不过，你可要陪我三杯啊！"李清照说。

赵明诚的酒量远不及李清照，听了此话，连连摆手告饶："我若饮下三杯，非醉三天不可！"

说罢，二人都会心地笑了。

（五）

屏居青州，虽然日子过得平淡如水，且生活十分清苦，但夫妇二人不但不后悔，无怨意，反而能耐住寂寞，又善于从金石中寻觅快乐，还用诗词来营造生活的情趣。

为了收集古碑、古迹，赵明诚或邀人同行，或独自上路，遍访名山、古寺、书肆，有时为拓一方残碑，他情愿风餐露宿。有一天，他听说寿光城外的百姓挖出了一件古器，不知为何物，便连忙赶去，原来那是一件"齐侯罄"，上面还有铭文，他将身上的六百钱全部拿出来，才买下来了，回程时，竟是饿着肚子走回来的！

有一次，听说昌乐县一条河的河岸坍塌了，露出了一只刻有铭文的铜爵，他提着灯笼连夜赶去，到后才知道自己的脚都磨出了血泡！

对于金石，李清照虽说半路出家，基础和见识没有赵明诚扎实，但她受丈夫的耳濡目染，加之她专心、好学，每获得一样金石、书册，总是和丈夫共同把玩、推敲、签题，不苟丝毫。那些书、画、彝、鼎经她的手抚摸过之后，竟像有了灵气，不论放在哪只橱里或哪个木架上，她都能牢记不忘，甚至一些古籍，她不看目录就能一口说出放置在何处！不论白天如何忙碌，她给自己规定，每晚不燃完一根蜡烛，不能去睡！

经过几年的劳累，他们的收藏装满了后院的两排平房，已粗具规模。赵明诚请田叔在驼山购来了一些木料，请了几个木匠，打制了一些大书橱，专存书册典籍；又做了一些木架，专置古器等物。在书册典籍上橱之前，先由李清照造册，又在橱上以子丑寅卯等十二时辰为序，按不同内容保存在不同的书橱里。有些珍贵的古籍，则装在专门的樟木箱中，以防书虫。

有一天，赵明诚从临淄回来时，已是掌灯时分了。他一进归来堂就大声喊起来："清照，我带来了一件宝贝！"

李清照放下手中的笔，连忙将他迎进书房。赵明诚一把拉住了她，解下肩上的包袱，从中取出一个纸卷，但并未打开，笑着说："你猜猜，里边是什么宝贝？"见丈夫如此兴奋，李清照知道他这次"淘"到了"金"，但不知是什么，便摇了摇头。

赵明诚故意卖了个关子，向她讲述了自己的经历——

他去瞻仰齐桓公的陵墓时，遇到了一位在墓前徘徊的老者。老者身材颇高，银须垂胸。因素不相识，赵明诚不便攀谈，便离开了。

回到城里，见一家专售旧货的铺子里有一件《小篆千字文》，虽然已经陈旧褪色，但并无破损，落款是徐铉。赵明诚知道徐铉是五代时的著名书法家，但不知这件《小篆千字文》是不是徐铉的真迹。因为老板要价不多，他便买了下来。

回到投宿的客店之后，他拿出来，在客店的天井里端详。这时，那位白须老者走过来，低头看了一会，说道："此乃徐铉真迹！"

赵明诚半信半疑，二人便在天井里闲聊起来。当老者知道赵明诚被削官退居青州，矢志金石学问时，他说他可为《小篆千字文》作跋，说完，当即挥笔题写了跋文。

赵明诚发现，这位老者的字体不凡，有唐代李阳冰之风。在武昌长江南岸一块猴子石上，刻有李阳冰的"怡亭铭"，他在东京时曾见过怡亭铭的拓片。老者写完后，落款是"王寿卿"。

说完了，赵明诚在书案上将纸卷展开。李清照觉得眼前一亮，显得十分激动，说道："明诚，你得到的，不是一件宝贝，而是两件！"她指着《小篆千字文》又说："我曾听父亲和晁补之叔叔说过，这位王寿卿老先生，对篆书的造诣极深。但他性情耿直，因不肯奉承权贵而不得志。当年他的书名远播时，时为宰相的王安石撰写完了《字说》之后，曾请他以篆书书写，被他严词拒绝了，为此得罪了王安石，终生未能踏上仕途！"

赵明诚听了，感慨了一会，说道："若再遇见王公，我一定将他请到归来堂，我们可当面向他求教。"

这时，昏暗的空中飘起了稀稀拉拉的雪花，田婶用木托盘送来了一壶二盏，说道："夫人，酒已温热了。"

赵明诚知道是妻子专为他接风而让田婶温的酒，酒还没喝，心中已热乎乎的了。

李清照说："明诚，为你洗尘，却有酒无肴，不如由我吟词一首，为你助酒吧！"

"听夫人吟词，胜过山珍海味！"赵明诚端起了酒盏。

李清照转头望着窗外。院东南角上一株蜡梅树的枝头上，有一串金黄色的花苞，有两三朵已经绽开了花瓣，迎接着自天而降的雪花。她低声吟哦起来：

雪里已知春信至，寒梅点缀琼枝腻。香脸半开娇旖旎，当庭际，玉人浴出新妆洗。
造化可能偏有意，故教明月玲珑地。共赏金尊沈绿蚁，莫辞醉，此花不与群花比。

赵明诚喝光了盏子中的酒，李清照也吟哦完了一首《渔家傲》。他知道她的文才过人，可出口成章，但想不到她竟能在顷刻之间吐玉溅珠，吟出如此绝妙的好词！他有些不敢相信自己的耳朵，但又不得不承认眼前的事实。他端起另一盏酒，双手捧到李清照跟前，说道："我敬易安居士一盏酒。"

李清照轻轻接过盏子，一仰头，喝了下去。瞬间，便觉得书房里温暖如春了。

（六）

自"元祐党人"案被削职之后，晁补之便退隐钜野的乡间，将故宅松菊堂修葺一新，足不出户，将自唐以来诸词家填的词，反反复复地读了几遍；对本朝柳永、欧阳修、苏轼、黄庭坚、晏殊、张先和秦观等词家的作品，不但反复咏哦琢磨，还查找典故出处；又将他在东京时写的《评本朝乐章》，做了一次修改，撰写了一些评词的文章。他将自己放逐在词的国度里，优哉、乐哉，想以此了却残生。

谁知解除了元祐党籍后，朝廷忽然下诏，让他到吏部等候调遣。这在常人看来，是自天而降的大喜事，又可踏上仕途，去实现自己的抱负了。但对他来说，却是有苦难言，所以，至今仍未动身。

这天清晨，他正在菊圃中浇水，忽听见有叩门之声。是谁会来造访一个被世人淡忘了的贬客呢？而且，又是一大早！

他一面想着，一面打开了大门。抬头一看，门前停着一辆马车，旁边站着一人。待他仔细看时，竟惊愕地张大了嘴巴，半天才说出一句话来："怎么会是你呀？你怎么来了？"

李清照笑着说道："我是来向晁叔叔拜寿的呀！"

晁补之听了，想了想，连忙说道："噢，对对，记起来了，今日是我五十六岁生日呀！"

原来，因为他要离开这里，这几天心中一直闷闷不乐，竟将自己的生日都忘记了。

赵明诚和几位文友为了寻找李耳遗迹，结伴去了鹿邑，李清照便雇了一辆马车，带着寿词、寿桃和青州产的杏仁、核桃等物，赶来钜野祝寿。晁补之连忙将她引进松菊堂。

第十四章　屏居青州，金石诗词为伴

松菊堂果然不俗。院子中除了松树和菊花之外，还植一些花草，显得格外古朴、淡雅。这时，一阵微风掠过，一种清香不知从何处飘来，让人品咂不够。晁补之指着菊圃说道："菊有数百种之多，我尤爱墨菊和绿菊。"

李清照走近一看，见菊花大都绽开了，大多是黄菊，在秋阳下像一团金色的火焰。在菊圃中间，有一株墨菊，花大如拳，花瓣紫黑，十分罕见。在菊圃的一隅，有几株绿菊，花瓣纤细而弯曲，颜色碧绿，像是用翡翠雕出来的！李清照笑着对晁补之说："这些菊花，真的是应了陶渊明的'秋菊有佳色'了。晁叔叔，你的菊圃经营得真好呀！"

晁补之笑了。他指着东墙边的几株松树说："清照，你别小看了那几株其貌不扬的松树，它们都有'大夫'之衔啊！"

原来，这是泰山"五大夫"松的后代们。有一年，秦始皇登临泰山时，途中忽然遇雨，周围却无可避雨的房舍。这时，见路边有五棵参天的大松树，秦始皇便和丞相李斯等人来到松下，避过了一场暴雨。因松树救驾有功，被秦始皇封为"大夫松"，可享大夫之礼。

晁补之在东京太学任职时，有一次去泰山，见五大夫松旁长出了一片小树，便挖了几棵栽在了故籍的老宅里，如今都已有碗口粗了。

李清照笑着说道："晁叔叔，你日日与松菊为友，和诗词为伴，不但能羡煞天下之人，还能羡煞天上神仙呢！"

"哈哈哈……"晁补之听了，不由得朗声大笑起来。

"晁叔叔，我还填了一词为你祝寿。"李清照说着，徐徐展开了寿词，那是一首《新荷叶》：

薄露初零，长宵共、永昼分停。绕水楼台，高耸万丈蓬瀛。芝兰为寿，相辉映、簪笏盈庭，花柔玉净，捧觞别有娉婷。

鹤瘦松青，精神与、秋月争明。德行文章，素驰日下声名，东山高蹈，虽卿相、不足为荣。安石须起，要苏天下苍生。

晁补之看过之后，十分高兴。

走进客厅，李清照说："晁叔叔，你过生日，清照别无他物，只带来了拙作一册，请你像当年在东京有竹堂一样，不吝指教谬误。"说着，打开了手中的一个布包，从里边取出了一册自己装订的词稿，双手递给了晁补之。

晁补之以手抚着词稿，说道："我早年敬崇苏公，作词亦受苏公熏陶。苏公作词，不受前人之拘，不受音律之缚，豪放杰出，胜过前人，是本朝的第一词人。"接着，他对柳永、欧阳修、黄庭坚、晏殊、张光、秦观等词家做了评点。他说得开门见山，褒贬鲜明。他的这些见解，使李清照颇受启迪。

午饭时，因晁补之对自己的生日毫无准备，只好让家人炒了几样小菜，又温了一大壶酒，见天气晴朗，便将饭桌搬到了菊圃旁边。他们边饮边谈，谈当年有竹堂的情趣，谈苏氏门生们的情谊，谈东京的一些名胜逸事，唯独不谈在"元祐党人"案中遭贬的往事。不过，在谈到将要赴京任职时，晁补之脸上的笑容不见了，话也渐渐少了。

为了安慰他，李清照站起来，伸手从菊圃中摘了几朵黄菊，洗净后置于酒壶之中，笑着说道："古籍上说，服菊可轻身耐老。东晋道士葛洪在《抱朴子》中记述，在'南阳郦县山中有一甘谷，水所以甘者，谷上左右皆生菊花。谷中居民，悉食甘谷水，无不长寿，谷中有人家三十户，皆世代长寿，长寿者百二三十岁，中寿者百多岁，七十岁故去则属夭折'。今天，清照借你之酒，摘你之菊，祝你如甘谷中人！"说完，为他斟了一大盏酒。

晁补之接过酒盏，一仰头饮尽了。放下盏子后对李清照说："清照，听人说，你和明诚在校勘整理古籍金石之外，还常常作猜书斗茶之戏。米芾先生之子米友仁来访时，也谈到过此事，可见猜书斗茶已在士人中传为了美谈。你可否说说是怎样猜书斗茶的？"

李清照听了，竟笑得弯了腰。她说，那不过是劳累了一天之后，以此戏来消磨日子而已。接着，她把猜书斗茶的过程说给晁补之听——

每日掌灯时分，李清照便将当年的新茶装进泥壶里，待水沸冲泡之后，夫妇二人谁也不许喝，先由一人说出古人的一首诗或文章，让对方猜出存放在哪一橱哪一格，是哪一部书中的第几册第几页，若对方猜对了，可饮一杯香茶。因为李清照记忆力很强，平时读书过目不忘，所以，猜书时每猜必中。

赵明诚有些不服，便故意找些平时很少谈及的古书让李清照猜。有一次，茶水备好之后，由赵明诚出题，李清照猜书。赵明诚说："北周有位帝王，不问政事，嗜酒成性，朝臣不但没人敢劝，他还要人当场作诗，以助酒兴。朝臣杨文佑想借机奉劝他，结果，惹怒了帝王，被当场杖死！你猜猜此书书名叫什么？杨文佑所作之词的最后四句是什么？"

李清照听了，闭目想了一会说道："此书是《宣王备录》，在辛橱三层。他写的最后四句是'朝亦醉，暮亦醉，日日恒常醉，政事日无次'。"

赵明诚听了，并不相信。他搬来一架木梯，果然从辛橱三层中找到了《宣王备录》，那首招来杀身之祸的歌词，竟和李清照说得一字不误！

有时，李清照为了让赵明诚猜中先喝茶，便抢先提问，由赵明诚来猜。有一次，李清照问道："《唐刻金刚经》存于何橱何层？"

"在酉橱二层。"赵明诚很有把握，因为他前不久才校勘过这部书。

李清照听了，连忙将茶杯捧给赵明诚。不过，又问了一句："此经有幅释迦牟尼佛坐于莲花上的画，此画在哪一页上？"

"此画在首页上。"

"此经是何人所刻？"

"是王介所刻。"赵明诚十分有把握。答完之后，就伸手去接茶杯。

谁知李清照连忙将茶杯收回来，不让赵明诚喝，说道："应当说是唐人王介所刻。"

赵明诚不服气，争辩道："你问的是由谁所刻，并没问是哪个朝代呀！我答对了，这杯茶应由我先喝才对！"说完，伸手去抢茶杯。二人在争夺茶杯时，杯中的茶水溅了李清照的衣衫。赵明诚连忙用手帮她擦拭，不想又碰翻了茶杯，洒了自己一身。二人相视，都开怀大笑起来。

临别时，晁补之将一册《评本朝乐章》送给了李清照，说道："我近日就要启程赴京，今后，又是如萍随风，不知何时在何处才能再度相见。"说到这里时，声音有些哽咽。

李清照连忙岔开话题，说道："晁叔叔，我曾撰写了一篇词论，待再次修改之后，先送你过目，听你教诲。"

晁补之听了，连连点头，说道："好，好，青出于蓝，后生可畏啊！"

离开时，李清照走出松菊堂约半个时辰，又回头望了望，远远地见一个清瘦的身影，站在松菊堂的门前，似能随时随着瑟瑟秋风而逝。

此次分手，竟是他们师生的最后一别！

（七）

李清照回到青州后，赵明诚还没从鹿邑回来。她将自己关在易安室里，一头扎进了词的汪洋大海中了。待赵明诚回来后，她将一篇题为《词论》的文章，用蝇头小楷抄在纸上，让赵明诚先看。

看过之后，赵明诚既佩服她的见解和胆识，又对她的直率和大胆而感到不安。

李清照在《词论》中，首先由歌者李八郎说到词的出现，以及词不同于诗的特点，然后笔锋一转，评述了自唐五代以来的词家。认为李后主父子之词文雅艳丽，但却过于哀伤，属"亡国之音"。柳永虽在格律上有所突破，其词可入乐演唱，但格调不高。张先、宋祁等人虽有妙语，却难成泰斗。而晏殊、欧阳修、苏轼、秦少游、黄庭坚虽有才华，但作词时逊于格律，难以入歌；她甚至批评王安石、曾巩虽然文章好，但不善写词。晏几道的词不善铺陈，贺铸的词缺少典故，秦观的词虽然写得好，但用典不当，像一个贫女而身穿贵妇服饰。黄庭坚虽然词中有典，但常有不当之处而影响了词的价值。

李清照还认为，诗和词应当严格分开，词不但要按照平仄来写，还要讲究五音、五声、六律，应能谱为曲，不同的词牌要有不同的音律，若不讲究音律，就唱不成调子了。

赵明诚看完了一遍之后，又紧接着看第二遍。

李清照双手为他捧着一杯热茶，想等他看完后听听他的意见。

他们自成婚之后，李清照每有新作，总是让丈夫先读，然后再听他的评点。可是，丈夫今天却有些怪，他已经看了两遍了，为什么连一句话都不说呢？李清照急了，将茶杯递给丈夫，说道："明诚，你倒是说话啊！"

赵明诚说："我要是说出来，可不许你生气哪！"

李清照笑了："这有什么可生气的，因为写的，都是我想说的真话。"

"好，我也要说真话。"赵明诚将《词论》放在书案上，说道："你对词的论述，我十分赞同，但对词坛上的一些大家的批评，我不敢苟同。"

"为什么？"

"我担心有人会说你狂妄自大，不尊前辈。"

李清照听了，点了点头，说道："明诚，真话难得听到啊！你所说的，也正是此文的要害之处。"

"清照，是不是可将文字的语气改得再缓和一些？"

"等听了晁公的指教之后，再一并修改吧！"

饭后，赵明诚将带回的一卷晚唐无名氏的册页取出来，二人在灯下一页一页地仔细审看着，直到远处传来了三更的鼓声，易安室的灯光才熄灭了。

又住了几日，李清照托人将《词论》送给了正在家中收拾行李的晁补之。晁补之将它和《评本朝乐章》放在一起，带到了东京。

不久，人们像当年转抄李清照的词一样，《词论》很快便在东京转抄开了。

有一天，赵明诚接到了太学同窗何云的一封信，信中说，李清照的《词论》已在京城引起了争论，有人欣赏，也有人指责。赵明诚当时担心李清照心中烦恼，没有让李清照看信，待李清照问起时，他才简略说了说。

李清照听后，不但毫无烦恼，反而笑了。她说："赏者是我友，责者是我师。我心坦荡，只是未听到晁公的教诲，心中有些憾意。"

其实，此刻的晁补之，已在泗州病故了，只是消息还没传到青州而已。

第十四章 屏居青州，金石诗词为伴

第十五章　一枚金簪换得一幅古画；两位名媛斗巧斗富

梦断漏悄，愁浓酒恼。宝枕生寒，翠屏向晓。门外谁扫残红？夜来风。

玉箫声断人何处？春又去，忍把归期负。此情此恨此际，拟托行云，问东君。

————《怨王孙》

（一）

政和二年（1112年）五月初五，对赵氏家族来说，是时来运转的一天。

这天一大早，郭氏便起来了。因为是端午节，起床以后，便和两个媳妇一道，用昨晚备好的糯米、红枣、棕叶，包了一百多个粽子。粽子蒸熟后，她去喊孩子们起床。走到院子里，忽然眼前一亮：院子左首的一棵梧桐树，在丈夫去世那天的后半晌，天际忽然雷电交加，大雨倾盆，窗外闪过一道耀眼的紫光，接着便是一声震耳欲聋的响雷。住了一会儿，管家来报，说那棵梧桐树遭了雷火，被劈去了一半，剩下的一半已被电火烧焦了！到了傍晚，丈夫便去世了。所以，她每当见到烧焦的那半棵梧桐树，便会想起与自己厮守了数十年的丈夫。此刻，她定定地站在树旁，简直不敢相信眼前的景象了，因为残存的半棵梧桐树，已抽出了茁壮的新枝，新枝上还有几片又大又厚的嫩叶！

难道这是真的吗？她轻轻走过去，用手抚摸着老树和新枝，心里想，这是丈夫在九泉之下护佑着赵氏一家。枯树复生，昭示着赵氏家族要重见天日了！

好像受到某种启发，当孙子们去看龙舟赛时，她和在家赋闲的两个儿子商量了一会，由赵存诚执笔，以赵挺之遗孀的名义，向赵佶写了一份奏章，乞求为丈夫昭雪。

过了数日，赵佶下诏，恢复赵挺之司徒及大学士之衔。

这是赵氏后人东山再起的好兆头。果然，在翌年初秋，赵存诚受命，以秘书少监身份言事；赵思诚被擢升为中书舍人；赵明诚虽然远在青州，但入仕为官是早晚之事。

赵存诚托人给赵明诚送来了一封家信，信中除了写有他与赵思诚的复出外，也写了一家人对他和李清照的思念和牵挂。信的最后是赵郭氏的特嘱：如今局势已经稳定，他们的住房依然为他们留着，问他们想不想迁回东京？

赵明诚看完信后，久久不语。

李清照知道丈夫心中十分矛盾。离开京城，他时时惦念着母亲和哥嫂们，但自己和妻子已在青州花了一番苦心，所收集的金石、书册、字画已有一万三千余件，还有一大批十分珍贵的拓片和古籍正在整理、勘校之中，他把这些看得比自己的性命还要重。再说，他正在埋头撰写的一部《金石录》尚未完稿。一旦回到东京踏入仕途，就不得不放弃他的金石事业。

"清照，你拿个主意吧！"赵明诚有些进退两难，只好征询妻子的意见。

其实，李清照心里也十分矛盾。东京，毕竟不同于青州。在那里，既有她少女时的憧憬，也有她青春时的梦境，还有她难以忘怀的亲人和师长们，一种无端的怀旧情绪袭上了心头。但她又十分看重青州，这里没有喧嚣浮躁，没有你奸我诈，用不着提心吊胆过日子。这里多的是清静、安逸。这里乡情笃厚、亲切，若能在归来堂住上一辈子，也是人间的莫大福气！她对赵明诚说："除非朝廷下诏，诏命难违，否则我愿老死青州！"

赵明诚没想到，妻子对去留这一关系到他们一生的大事，竟会如此决断！他笑了，说道："知我心者，易安居士也！"

其实，他们屏居青州，日子颇为艰难。虽有些积蓄，因为没有进项，只能坐吃山空。为了收集金石，他们千方百计地节省日常开支。青州虽然物产丰富，集市上的猪羊牛肉十分便宜，十个钱便可买三斤，一条二尺长的鲤鱼也只需三个钱。但他们除非来了客人或过节，平时桌上见不到荤菜。来青州以后，赵明诚未买过一件新衣，他的一件绸袍因在胶县扛一坊石碑时将肩头磨破了，回来后，李清照用同色的丝线为他补好了，至今仍穿在身上。李清照到了青州之后，便将一些色彩鲜艳的衣裙放在了衣箱的底层，总是穿一身素衣，与当地民妇并无多少区别。离开东京时，她的首饰匣中有珍珠坠、手镯、玉佩等十余件，现在，只剩下六件了。她永远都忘不了头一次进当铺的经历——

青州是座古城。古籍上说天下分九州，青州便是九州之一。城中有一条店铺颇多的文星街，长约二里，在林立的店铺中夹杂着数十家书肆和古董店。有些经营南北杂货的商铺，也出售一些古董，那是店主为他人代为出售的。

有一天，听说邙山出土了数十方古印，其中还有五枚古铜印。赵明诚估计这些古印十分难得，便匆匆赶去了。李清照留在归来堂整理古籍，因家中的纸笺已经用完了，她便去了文星街。

当她买好纸笺准备回家时，看见一家药铺的柜台上堆着几册纸色陈旧的古书，便走进去，信手翻阅了几页，才知道这是一部《蜀书》。赵明诚曾得到了一件孙权在武昌西山拜天称帝的《告天文》，视为珍品，正在苦苦寻找蜀国的文书，今日竟无意间看到了！她大喜过望，便问店主售价是多少？

店主听了，哈哈大笑起来。说道："夫人，此书乃是南方一位潦倒的客商托我代售的，他并未说价钱。你若想要，随便给几个钱吧！"

李清照听了，一时为难起来。看来，店主和那位客商也不识这本书的价值，但自己也不能乘人之危，少出钱而得到此书啊，便将身上剩下的三十钱全部放在了柜台上。

店主见了，连声说道："不可，不可，用不了这么多钱！"

李清照说："其实，此书还不止值这么多钱呢！你就收下吧。"

店主说："我就替那位客商谢谢夫人了。"说完，用毛边纸将书包好，交给了李清照。

自此以后，李清照每次去文星街，那位店主总是十分热情。有一天，店主见李清照来了，连忙将她将接进店中，对她说："夫人，我看你是位行家，又心地善良，愿将一幅画卖给你。"说着，从里屋取出一个长画筒，小心翼翼地从里边取出画轴，放在柜台上，让李清照仔细观看。

李清照一看，觉得自己的心猛然狂跳起来，原来，这是唐代画马名家韦偃的原作手迹——《牧马图》！

当年，她曾在米芾家中见过韦偃的一幅《牧马图》，不过，那是本朝画师奉敕临摹的。

店主见她十分喜爱，便说道："夫人，我是外行，此画也是代人出售。若夫人中意此画，我还是那句话，画价由你定即可。"

李清照听了，半天无语，因为自己身上并未带多少钱，若回去取钱，恐此画被别人购去，不过，就是回家取钱，家中的存钱也买不下这幅《牧马图》！她忽然看到不远处有家典当行，便摘下头上的一枚金簪，匆匆去了。

典当行的掌柜问她典当多少？她觉得脸上一阵发烧。那么多的眼睛望着她，令她十分尴尬。她只站了一会，便转身而去。

回到药店之后，她将手中的簪子递给了店主，说道："不知用这枚簪子，能否换得此画？"

店主接过金簪一看，连声说道："夫人，这金簪至少可值八十两银子呢！你不后悔吗？"

"不。"李清照摇了摇头。说完，接过《牧马图》，便匆匆离开了文星街。

当天晚上，赵明诚回来了，他看了《牧马图》之后，激动得一夜未眠。

（二）

二月底，李清照接到了东海鸥托人送来的一封信，信中说，她将于三月去江苏茅山，要路过章丘。因赵佶要在宫中召开千道会，不许父亲离开东京，父亲便托她为故友李格非扫墓。

李格非六十一岁时，也就是元祐党人碑被拆之后，被诏为监庙差遣，闲居明水老家。崇宁五年（1106年）正月，病故明水，葬在李清照祖父的左侧。李清照每年清明都要到祖父、父亲和生母的墓前拜祭，为他们扫墓。见到东海鸥的信后，她便归心似箭了。第二天，赵明诚为她雇了一辆马车，又随着马车送了八里多路，二人才依依分手。

到了明水才知道，继母和李杭头一天已从东京赶来了。

父亲去世前，李杭已进了太学，继母便迁到了东京，住在老相府的娘家，有时也和李杭在有竹堂住些日子，以照看那里的书房和院子里的把竹、花卉。

明水依旧，故居依旧，泉水亦依旧，唯缺了自己至亲至爱的亲人。

清明日的一大早，李清照和东海鸥、李迥、李杭一行人去了祖坟山，默默地将酒菜瓜果摆在供桌上。东海鸥跪在墓前超度亡灵。在焚烧香纸时，李清照强忍着满眼的泪水，取出早已抄录在纸上的《词论》和一首悼念亲人的《渔家傲》，放在了正在燃烧的黄表纸上，无声地望着它们化成了一片白色的蝴蝶，蝴蝶随风而去了。

天，阴阴的，一场清明雨下了一会儿，又停下来。当李迥和李杭用铁锹铲土圆坟时，李清照弯下腰，去拔爷爷坟上的野草，她拔得十分认真，一些去年的枯草勒破了她的右手心，火辣辣地疼，她就改用左手去拔，拔完爷爷坟上的野草，又去拔父亲坟上的野草，然后再去拔生母坟上的野草，拔着拔着，泪水终于夺眶而出，晶莹的泪珠"吧嗒吧嗒"地落在黄土里了。

回到家中后，李清照站在院子里的漱玉泉边，久久望着从泉眼中冒出来的串串水泡。东海鸥知道她在睹物思亲，怕她伤心过度，便同她回到房里，说道："清照，我离开东京时，特意去瑶华宫看望了孟后，孟后还问过你呢！"

"孟后还好吗？"李清照问道。

"她还好，只是整天闭门诵经，轻易不见外人。"

"为什么？"

"自再度被废后，正值追查元祐党人，朝野人心惶惶，蔡京怕朝中旧臣去探望孟后，便在瑶华宫外竖了一块'元祐党人碑'，以示警告，还派人在附近秘密监视，以防孟后与外界串联。孟后担心因自己而连累别人，便紧关宫门，整整三年，都在宫中诵经、抄经。"

"小麦花呢？"

"小麦花已长大成人了。孟后曾劝她出宫，觅条新路，但她死命不肯离开孟后。目前，仍然住在宫中，与孟后相依为命。"

听到蔡京这个名字，李清照便想起了父亲和苏轼，以及黄庭坚、张耒、秦观、晁补之等前辈们的坎坷遭遇。她更忘不了他们对自己的教诲和栽培，心里不觉又悲伤起来，说道："不知当今皇上是看不出蔡京等人的阴险用心呢，还是被鬼迷了心窍？"

东海鸥说："父亲曾对我说过，当今皇上，只痴迷三件事。一是崇信道教，他不光想当地上的皇帝，还想当天上的道君皇帝；二是在城中筑一座万岁山，以补他不能巡幸江南之憾；三是微服出访。"接着，她详尽说了赵佶是如何崇信道教的。

政和年初，赵佶十分向往道家的化丹之术。蔡京听说有个叫王老吉的道士，曾得到过仙人之丹，还可预知祸福，便将他招在自己家中，成为蔡府的上宾。

有一天，赵佶正在宫中画《听琴图》，画到一半时，蔡京来了，并将一封密信呈给了赵佶，赵佶并未在意，将信顺手放在一边，又继续俯首作画。

蔡京连忙说："那封信，是一仙人让他转送的。"

赵佶一听，连忙放下画笔，取出信笺一看，不由得大吃了一惊。

原来，赵佶有两位宠妃，一是乔妃，一是刘妃。赵佶下朝之后，总是和她俩厮混在一起。有一年中秋节，赵佶和她们说的一些燕好之语，外人不得而知，但这位神仙却写在这封密信上了。这就奇了！他问蔡京："这位神仙现在何处？"

蔡京说："在臣家供奉着。"

于是，赵佶立即召见了王老吉，并赐他"洞微先生"之号。自此，他不但自己笃信道教，还亲自口述谕旨：一是朝中文武百官，要一律信奉道教；二是立道学，编道史，上至太学，下至州学、县学，都要学道；三是举办千道会，每次千道会，都要设大斋。设大斋时，除道士、道姑外，常有无业游民和市井无赖，只要穿上一件道袍，不但可以大吃一顿，还能领到三百制钱！

天子信道，天下念经。为了大兴道教，赵佶不但在东京大兴土木，修建道观，还恩准各府州修建了庙宇三万多座，仅汴河两岸，就修起了五十多座道观！有的庙宇规模极其宏大，仅元清观里就供养着道士三千多人，天下道士多达数百万人！这些道士都由朝廷的库银供养着。东京宫里新修的两座道观，百姓们称之为"道家两府"，里边的道士，都要按月领取薪俸！

大宋的道教，甚过了洪水蝗灾！

李清照听了，说道："真是荒唐！"

东海鸥接着说："正在修筑的万岁山，才更荒唐呢！"

李清照问道："又是怎么个荒唐法？"

"上有所好，下有所投。"东海鸥说，蔡京的心腹朱勔主政应奉局，不但在江浙一带挖花移树，广集禽兽，还四处勒索百姓家中的牙、角、犀、竹、藤、雕刻、刺绣、字画、金玉器皿等物，称为花石纲，有专人专车专船护送东京，闹得乌烟瘴气，鸡犬不宁。又在东京的艮方（东北隅）筑山，名曰万岁山，将花石纲放置山上。修筑万岁山的民夫、工匠已超过了十万！

至于赵佶痴迷的"微服私访"，东海鸥没有详说。正当李清照想再问时，继母王惠双进来了。李清照问她，丁香怎么没来？她说，丁香已嫁到了淄州，丈夫是个手艺高超的木匠。接着，她笑着说："清照，五月初八之前，你可一定要来东京啊，因为可意要出阁。"

"可意表妹要出阁？"李清照既惊喜，又感到有些意外，因为自己出嫁时，可意表妹才只有十三岁，怎么一转眼就成了待嫁的大姑娘了？不过，默默一算，自己也笑了。

因为自己嫁到赵家也已有八个年头了。

"准备什么贺礼呢？"李清照问道。

"可意说了，她什么都不缺，只缺你的一首词和一幅丹青当嫁妆。"

李清照点了点头。

"你的表妹夫秦桧，是去年的进士。"继母说道。

"你见过吗？"

"我和李杭都见过了，他一表人才，做事干练，今后会有大出息的。"

"怪不得表妹总夸他呢！还说什么嫁鸡随鸡、嫁狗随狗，是命中注定的。原来她嫁的是个金龟婿啊！"李清照笑着说道，"我一定按时到京，一为表妹贺喜，二可看看这位表妹夫到底是鸡还是狗。"

她的话，逗得大家都忍不住笑了起来。

送走东海鸥以后，李清照便回青州了。

（三）

经过数年的苦心经营，赵明诚和李清照收集的各类石刻、书册、古董、金石等已堆满了二十多间屋子。由赵明诚撰写、李清照逐字逐句校勘的《金石录》，已集成三十余卷，共两千多种。为了装订成册，夫妇二人日夜操劳。田婶怕他们累坏了身子，曾劝他们请青州书坊的工匠来帮忙。但他们怕外人不熟悉《金石录》的内容和编排而出差错，便没有同意，只好不停地忙碌着。

有一天深夜，赵明诚看见正用索线装订书籍的李清照脸色有些苍白，一绺头发被汗水沾着贴在前额上，有些心疼，便连忙放下手中的古籍，走过去为她拭了拭汗，又用手帮她将头发向后拢了拢，柔声说道："清照，天快亮了，你去歇一会吧！"

李清照摇了摇头，又低头装订起来。

赵明诚望着一堆堆已装订成册的书册，心想，《金石录》完成初稿后，应请人作序。请谁好呢？若是早几年完成，可请姨夫陈师道执笔，也可请晁补之、王诜、米芾或岳父李格非捉刀，但他们有的已经离世，有的远在外省，难能见到。但《金石录》也不能缺序啊！正当他为序作难时，第二天，刘岐来了。

刘岐是专程来青州看望赵明诚的，因为不但赵、刘两家是世交，而且刘岐还是赵明诚的忘年之交。

刘岐的父亲刘挚，在元祐年间身居相位，曾向皇上推荐过赵挺之。赵挺之入京后，将比自己长二十岁的刘挚称为恩师，遇事常常向他请教。因刘挚的名字刻在"元祐党人碑"上，因而家人受到了连累，刘岐先被免职，屏居东平，后又被偏管寿春。刘岐刚好也比赵明诚大了二十岁，博学多才，对金石也颇有造诣。在东京时，他曾送给赵明诚一册欧阳文忠的《录古录》，赵明诚少年时对金石产生兴趣，也许与他有关。后来，他看到赵明诚对金石锲而不舍，便十分支持他。赵明诚将他看成老师，他将赵明诚视作诤友。二人当年曾夜宿龙山，收在《金石录》上的《越王复国铭》刻石，就是刘岐在会稽龙山上拓下来的。他撰写的一篇《秦泰山篆谱序》，也被赵明诚收进了《金石录》中。

有一次，刘岐得到了一帧绝无仅有的《汉张子平残碑》——那是从东汉张衡墓碑上拓下来的，有人愿出重金购买，他不为动心，毅然派人送到了青州归来堂。

刘岐从米芾那里得知赵明诚正在撰写《金石录》，十分高兴，便长途跋涉来到了青州。当他一眼看见书案上一堆堆的书册时，大为惊叹，说道："明诚弟，你和弟妹可是做一件功德无量的大好之事呀！可喜，可贺。"说着，走到案前，抚摸着已装订好了的书册，继续说道："这可是炎黄子孙的无价之宝啊！"

"刘兄过奖了。"赵明诚将一份《金石录要目》递给了他，说道，"你今天能来，既是缘分，也是天意啊！"说完，领着刘岐进了客厅。

李清照过去没见过刘岐，他的为人和才学，是从赵明诚那里听说的，所以，对刘岐十分敬重。她亲自将茶水端到客厅里，笑着向刘岐说道："先生能来寒舍，是我和明诚之幸，也是归来堂之幸，更是《金石录》之幸。"

刘岐摇了摇头，说道："千万不可称我先生，叫刘兄就行了。刚才，清照弟妹寥寥数语，已经让我汗颜了。我是特意来拜读这部旷世之作的。"

李清照望了赵明诚一眼，赵明诚会意，便笑着说道："这部《金石录》虽倾了明诚的半生心血，但还不能面世。"

"为什么？"

"因为没有序文啊！"

"怎么不请人撰写呢？"

"已经请来了。"

"是哪位高人？"

"高人就在眼前。"

刘岐这才明白了见面时赵明诚说的"这是缘分，也是天意"的寓意和李清照说的"三幸"。他连忙拒绝，说道："不中，不中，这样的鸿篇巨制，我只能拜读，不敢为序。"

说是这么说，当天夜里，他秉烛读了《金石录要目》之后，便按分类所列认真阅读起来，连续读了三天之后，眼虽熬红了，但却没有倦意，因为他被这部《金石录》彻底征服了。第四天，他向赵明诚要了纸笔，为《金石录》写了序文，题了一首《题古器物铭赠德甫兼简诸友》。

刘岐离开归来堂之后，便去鹿邑游历去了。

（四）

《金石录》初稿告竣后，赵明诚和李清照经历了一生中不曾有过的激动，同时，他们也从繁杂而又劳累的校勘中解脱出来了，心身感到十分轻松、舒畅。

为了收集金石，赵明诚大都沿着黄河逆水而上，有时也去湖广和四川一带。有一次，他和友人过三峡、上巫山、宿万州，再去成都，访杜甫草堂，寻薛涛井，然后又去都江堰，寻到了一份李冰父子治水的工程图石刻，时间长达五个多月。而李清照却难以离开青州，只是在田杏儿的陪同下，去看过范仲淹当年居住的一所老宅和他领人挖出的那眼水井。

住在城里的卸任太守梁中义的女儿梁月儿，曾陪她去了一次龙兴寺。龙兴寺造于南北朝时期，有佛像四百余尊，尊尊庄严精细，佛堂里金碧辉煌。在袅袅青烟中，众佛栩栩如生。她忽然想起了一件往事：

自成婚之后，他们夫妇恩爱，相敬如宾，但并无子女。三年前，赵明诚曾悄悄向她说过，待得了空闲，就陪她到龙兴寺烧香，求菩萨保佑，赐给他们一个孩子，但由于忙着整理《金石录》，便把烧香的事放下了。

想到这里，她的脸庞不由得发起烧来。这时，梁月儿说要为久病的母亲许个愿，便随一名僧人去了方丈的禅房，她看到四周没有香客，便悄悄来到送子娘娘跟前，烧过香之后，便虔诚地跪在地上，闭着双眼，心中默默地念道："求菩萨慈悲，赐清照……"她连续默念了三遍，才站起身来，见梁月儿还未出来，便放下心……

有一天，赵明诚去了嵩山，李清照抄录了一帧《晋王碑铭》之后，窗外暮色渐浓，又下起了一阵春雨，她放下手中的笔，点燃了蜡烛，心里计算着赵明诚离家的时间，应当归来了呀！怎么还不见人影呢？她听着雨点敲打树叶的"唰唰"声，心中萦绕着挥之不去的惆怅。于是，又拿起笔来，略微思索了一下会，便信手默写下了欧阳修的《青玉案》：

一年春事都来几？早过了、三之二。绿暗红嫣浑可事，垂柳庭院，暖风帘幕，有个人憔悴。

买花载酒长安市，又争似、家山见桃李。不枉东风吹客泪，相思难表，梦魂无据，惟有归来时。

等写完了，觉得有些累了，便将头伏在了书案上……

"清照，我回来了！"

李清照一下子醒了，睁眼一看，风尘仆仆的赵明诚真的站在了自己面前！

李清照觉得有些眩晕，连忙伸出双臂，紧紧抱住了他。

窗外的春雨未歇，树叶还在"唰唰"地响着。

第十五章　一枚金簪换得一幅古画；两位名媛斗巧斗富

（五）

　　暮春时节，虽说阳光明媚，但潮气很重。为了不使珍藏的字轴画卷生霉，李清照和赵明诚在院子里搭起了木架，将字画挂在上面晾晒。当打开《进谢御诗卷》时，竟发现上面生出了几处霉点！

　　李清照一面小心翼翼地擦拭着，一面说道："这可是公爹最看重的宝贝啊！"

　　这是一件蔡襄的作品。蔡襄是宋英宗时的大书法家，与苏轼、黄庭坚、米芾齐名，后人称之为"苏黄米蔡"。

　　当年，赵挺之得到了这件作品之后，十分珍爱，常常取出来观赏，还请老友米芾在上面写了题跋。

　　赵明诚忽然想起了什么，问道："清照，可意表妹的婚期快到了，你不是答应为她作幅画吗？"

　　"我已画好了，是一幅《海棠图》。"

　　"你准备何时动身去东京？"

　　"今日是四月初六，"李清照扳着指头算了算，说道，"就定在四月初十吧！"

　　二人正在说话时，青州府送来了朝廷的诏令。赵明诚一看，一下子呆住了。原来，他已被诏为莱州太守，朝廷要他尽快赴莱上任！

　　对于别人来说，这可是光宗耀祖的天大喜事，但对于赵明诚来说，倒像是一块大石头突然压在了头上。在父亲的"交结富人案"之后，他觉得仕途已索然无味，毅然和妻子来青州屏居，为的就是潜心金石学问，若此业能有所建树，要比在仕途上奔波好得多了！但朝廷之诏，是天命难违啊！他心绪很乱，不知如何才好，便将诏书递给了李清照。

　　李清照虽然觉得有些突然，但又似是意料中事。既然两位哥哥已经复入官场，那么丈夫的任命便是迟早的事了。但她此刻的心绪更乱，她不但从父亲和苏门四学士身上，还从历代名士大家的经历中，已看透了皇权的霸道和宦海的无常。她本打算在这里以茶当酒，以书为伴，操守清淡，将一腔心血付于丈夫的金石事业，谁知一纸诏书击碎了她的梦想！她还有一种难言的心绪：若丈夫去了莱州，自己将会独守归来堂，打发那些孤独难耐的日子，这是最令她伤感和痛苦的。不过，她将这一想法压在了心底，装出十分豁达的样子，笑着问道："时间十分紧迫，你打算何时赴任？"

　　赵明诚想了想，说道："若是上头不催，就尽量向后拖一拖吧！"住了一会，又说："对了，你不是要去参加可意的婚礼吗？我可和你同去东京，去看看母亲，也想听听两位哥哥的见解。"

　　他们将行期定在了四月初十。

　　就在他们收拾停当，马车也雇好了的时候，青州府衙又转来了吏部文书：因莱州太守已调任陕西，命赵明诚不得迟于四月十八日赴任莱州！

去东京的打算夭折了。因为《金石录》中有些书册还需补写内容，还有一部分尚未装订起来，赵明诚只好日夜伏案写作。李清照则忙着为丈夫准备四季之衣和靴袜被褥，以及过日子常用的一些物件，转眼之间，就到了赴任的时间了。

青州离莱州虽说不足二百里路，但也需两天的时间。李清照担心他误了赴任的时间，便建议赵明诚四月十三动身，赵明诚说："十七日动身吧，只要路上不歇息，十八晚上能赶到莱州地界，就不算违时！"

李清照知道丈夫是在安慰自己，虽然二人常有长别短离的时候，但不同于今日的别离，今日的别离有一种难以割舍的感觉。

四月十七日，天色刚晓，赵明诚就上路了。赵明诚回头望时，见妻子紧紧跟在马车后边，他连忙跳下车来，和她并肩而行。走了一会，李清照的眼里渐渐有了泪花，赵明诚拿出手帕，想为她揩去，她将头偏在一旁，任凭泪珠滚了下来，她拉起赵明诚的手，低声吟哦起来：

莫许杯深琥珀浓，未成沉醉意先融，疏钟已应晚来风。

瑞脑香消魂梦断，辟寒金小髻鬟松，醒时空对烛花红。

这首《浣溪沙》是昨晚清点完了丈夫的行李之后，她坐在灯下写的。

赵明诚听了，将她的手握得更紧了。

前边的马车停了下来，这是车夫在等赵明诚登车赶路，赵明诚深情地望了望妻子，便匆匆地向前跑去了。

李清照站在驿道上，望着越来越小的马车，她真希望丈夫忘记了什么，又转了回来，但马车终于走出了她的视线。

泪水模糊了她的双眼，但她仍然站在那里，固执地朝前望着……

（六）

赵明诚走了，也将李清照的心带走了。

她独自坐在书房里，从书架上取下一册《花间集》，翻了翻，放下了，又取下了一册《唐三李诗》，只翻了几页，也放下了，忽然有了想填一首词的想法，以抒发送别丈夫时的心境，她在八行笺上刚刚写了几行，便搁下了笔，既然心已被带走，哪里还填得成词呢？

本来她已备齐了送给可意表妹的贺礼，但由于丈夫突然受诏要赴莱州上任，她为打点丈夫的行装忙碌了几日，送走丈夫已是四月十七了，自己就是日夜兼程，四月十八之前也赶不到东京了。为此，她心里一直感到内疚和不安，心想，待今后有了机会再向她解释，以免误会。于是，又置身于古籍堆中，埋头临摹两晋的一些石刻。

就在她埋头临摹古碑时，四月十八，东京城里一下子热闹起来了。

在这一天，有两家名门豪户的千金同时出嫁：一位是卸职节度使何大人的女儿何蕊，另一位是已故宰相王珪的孙女王可意。何蕊的夫君出身于赵氏皇族宗室，是宋英宗赵曙的侄孙、右监门卫大将军赵付；王可意的丈夫秦桧，是政和五年（1115 年）进士，因办事干练，受到赵佶的器重，已诏为侍御史。

王、何两家门当户对，且两位东床亦都年轻有为，难比上下。人们更感兴趣的是两位出嫁的新娘。坊间都说，何蕊是东京第一美媛，文才亦压群芳，听说当今皇上还夸奖过她写的词呢！而王可意不但长相出众，且温顺、贤淑，其言谈举止均有大家闺秀的风范。大街两旁，早就聚集起了成千上万的人，他们不但想亲眼看一看她们当中谁更出众，也想开开眼界，看看哪一家陪嫁的嫁妆最多、最华贵。

第一声唢呐声，是从中城的何府传出来的，不一会，便响起了锣鼓声、鞭炮声和丝竹之声。由骑在高头大马上的新郎领头，一支浩浩荡荡的迎亲队伍出现在御街上。在这支队伍中，除了新娘的八人大轿和伴娘、宾相们乘坐的花轿之外，便是由人或举着或抬着的嫁妆长龙。前边是一些箱柜、被褥、四季衣裳等物；后边是珊瑚、如意、玉屏、金边铜镜、水晶宝瓶等民间罕见的稀珍之物。四个陪嫁的侍女，每人手里捧着一只雕花镶金匣，匣开着，里边装着四季不同的发簪，太阳一照，闪闪发光。大凡居家过日子的用品一应俱全，有一只缠着红布的小银锤引起了人们的好奇，有人说，此锤专为敲开核桃之用！嫁妆中还有一根棒槌，虽然新人抬进婆婆家就成了媳妇，但她怎么会亲手去捣衣呢？

按东京的习俗，闺女出嫁时，在"纳吉"之后，便将娘家陪送的嫁妆先送到男方。但何蕊不肯，她非要嫁妆随迎亲队伍同行不可！因为平日惯成了她说一不二的脾气，家里也只好将就着她。其实，她之所以要嫁妆和迎亲队伍同行，是为了与王可意斗富。她曾听说，王家的陪嫁颇多，她便想在嫁妆上压倒王可意！

三里多长的迎亲队伍在大街上吹吹打打地走着，花轿忽闪忽闪地悠着，一些孩子喊着"看新媳妇喽"！几个愣头小子挤到了花轿跟前，掀开轿帷向里张望，看完之后又大声嚷着："比杨贵妃还俊哩！"

当走到离老相国府邸不远处，迎亲队伍停住了，挡在王府的大门口，一时间锣鼓喧天，鞭炮震耳，似在等待，又似在示威。不一会，一位骑马的翩翩青年从王府走出来，后面紧跟着一乘花轿。只有几十人拥簇着，这令看热闹的人大失所望。他们不明白，堂堂相府的千金出嫁，怎么会如此寒酸呢？

突然有人喊道："看，伴娘手里的锦盒！"

人们纷纷拥过去，都想看看里边装着什么。那个手捧锦盒的伴娘也不着恼，她大大方方地掀开了盒盖，原来里边是一幅画！

这更引起了人们的好奇，人们齐声喊着，都想看看画的是什么！

执事连忙走过来和伴娘一起缓缓地展开了画轴，画上是一枝盛开的海棠，十分简洁，题款是"玉人临风"四个字，上面还写有一首《浣溪沙》，因为花轿闪晃不定，人们记不住上面的词句，却记住了作画人的名字：明水人李清照！

"嘀，原来是才女李清照的丹青！"

"上面还有她的一首词呢！"

"她的画，加上她的词，比什么都贵重！"

"李清照如今在哪里？"

"听说隐居在青州。"

……

以李清照的词和画为嫁妆，这可是轰动东京的新鲜事，不但在看热闹的人群中传开了，也传到了何蕊的耳朵里。不一会，何家的迎亲队伍便让开了路，急匆匆地向西城走了！

其实，这是一次歪打正着。

就在王可意的婚期前夕，王惠双还没见到李清照，更没收到她的那幅《海棠图》，心中十分着急。这时，李杭从太学回来了，他从太学里得到一个消息，说姐夫赵明诚奉诏于月中赴莱州上任。他认为，姐姐送走了姐夫，就参加不成表妹的婚礼了！

王惠双感到十分为难，因为王可意曾向自己说道："姨母，我出嫁时，不求嫁妆多少，只求清照表姐的一幅画或一首词，就心满意足了！"

王惠双爽快答应了。

王惠双的娘家十分富足，不但封好了礼金，还准备了一箱绸缎，只等李清照来京时连画一同送去。谁知李清照因赵明诚赴任而不能来京，词画也就落空了。但自己已经应诺了啊！怎么能在人家嫁前改口呢？再说，也会因此而影响两家的关系啊！怎么办呢？她急得团团转。

李杭说："母亲，你不须着急，我有办法了。"说着，回到自己房里翻箱倒柜地找了一会，终于找出了一卷毛边纸，原来里边有李清照出嫁前送给自己的几幅字画，其中有一幅已经装裱好了的《玉人临风》图，图上还写有一首《浣溪沙》。

王惠双看到《玉人临风》图时，心中极为高兴，此画不但可解燃眉之急，亦可化解王可意对李清照的误会，她说："杭儿，这可是姐姐特意为你画的哪！你舍得吗？"

"这有什么舍不得的！我是准备将它送给一位友人的，所以没让姐姐题写我的名字。"

王惠双当晚就乘着一乘小轿，带着两个仆人，亲自将贺礼和《玉人临风》图送到李清照的二舅父家——王仲瑞的家里，并解释了李清照无法按期来京的原因。

听说表姐不能来京，王可意的脸上似有一种捉摸不定的神情，不过，当她看到《玉人临风》图时，笑容久久地挂在眉眼之间。

李清照的这位表妹，平日里十分温顺，为人谦让，做事心细，不过，有时行事又超

第十五章　一枚金簪换得一幅古画；两位名媛斗巧斗富

乎常人。当她得知何蕊在出嫁时要和自己斗富时，心中非但不慌张，反而有了一个以退为进的主意：她让父母派人将嫁妆提前送到了秦桧家里，只留下了李清照的这幅《玉凤临风》图随花轿同行。

此招果然绝妙！不久，丹青陪嫁的佳话就在东京传开了。

女人的心啊，比海还深。

而远在青州的李清照，对东京的出嫁斗富之事，却连一丁点儿都不知道！

（七）

自赵明诚去了莱州，李清照总觉得归来堂里人去堂空了。尤其是夕阳落山时，她觉得无边的孤独像渐浓的暮色一样，从四面八方向她挤压而来，她没有心思看书，更不想提笔，总是早早睡下，希冀能在梦中与丈夫相会，谁知辗转反侧，整夜都难以睡宁。

有一晚，到了四更天，忽有所思，便披衣下床，洗漱了之后，来到书房，急就了一首《凤凰台上忆吹箫》：

香冷金猊，被翻红浪，起来慵自梳头。任宝奁闲掩，日上帘钩。生怕闲愁暗恨，多少事、欲说还休。新来瘦，非干病酒，不是悲秋。

休休，这回去也，千万遍阳关，也则难留。念武陵人远，烟锁秦楼。惟有楼前流水，应念我、终日凝眸。凝眸处，从今又添，一段新愁。

写完了，又从头吟了一遍，轻轻说道："明诚，你听得见吗？"

远在莱州的赵明诚虽然听不见妻子的相思之词，但此刻却被她的另一首词折磨着。

重阳过后，赵明诚收到了李清照的一封家信，信中附有一张彩笺，展开一看，原来是一首《醉花阴》：

薄雾浓云愁永昼，瑞脑消金兽。佳节又重阳，玉枕纱厨，半夜凉初透。

东篱把酒黄昏后，有暗香盈袖。莫道不消魂，帘卷西风，人比黄花瘦。

望着彩笺上的娟秀小楷，他想起了他们在归来堂一边赏花一边饮酒的恩爱情景。如今，她却孑然一身，用吟哦相思之词来打发无奈的日子，心中便有些不忍，他想回赠她一首词，以报答她的浓浓情意。于是，闭门谢客，将自己关在书房中，日夜吟哦不停，每成一词，便抄录另纸，十余日后，共填词二十余首，又从到莱州后填的词中选出了一些中意的，合在一起，有四十九首，连同李清照的这首《醉花阴》一共五十首。他想请人看一看，自己的词到底能否赶得上李清照？

（八）

有一天，秘书省著作郎何云因公事路过莱州，便特意去拜访赵明诚。因二人平时脾气相投，关系密切，见他来了，赵明诚自然十分高兴，陪他去游览了蓬莱阁，又乘船去看海市蜃楼，二人才尽兴而归。

晚上，赵明诚让人备了一些螃蟹、对虾、海参等海鲜，亲自送到了驿馆。两个太学的同窗边饮边叙，渐渐都有了一些醉意。何云说："赵大人，你牧莱州，过的可是神仙的日子啊，令人羡慕。"

赵明诚说："这里东临东海，地处偏僻，讯息闭塞，难能和京城相比！"

何云摇了摇头，说道："正因为我在东京，所以才羡慕你呢！"

"为什么？"

"如今的京城，真可谓是一言难尽啊！"何云一口饮干了杯中之酒，将酒杯重重地放在桌上，说道："朝廷上下，已经乱套了。蔡京、童贯、朱勔等人把持着朝政，正直之臣难有作为。而金国又屡屡进犯，这大宋的国运，令人担忧啊！"

"官家呢？难道他连社稷都不关心？"

"关心？"何云愤愤说道，"有时连他的人影都看不到，更别说临朝议政了！"

"他去了何处？"

"微服出宫了。"

"微服出宫？"

何云附在他耳际说道："其实是狎妓去了。"

"狎妓？当今皇上出宫狎妓？"赵明诚有些似信非信。

何云说："在东京城里，此事早已是尽人皆知的秘密了。"

这个秘密，也就是东海鸥在明水向李清照说的赵佶的第三个迷恋。不过，对市井中的粗野传说，东海鸥难以启齿，故而当时未向李清照细说。

见驿馆中无人，何云向他讲述了赵佶微服出宫的丑行——

赵佶初即位时，还算勤政，为政尚属清明，还颁布了一道《求直言诏》，号令公卿士庶指陈时弊，以善朝政。然而不久，他便渐渐移情于游乐淫逸之中了，对例行的朝会心不在焉，朝臣的章疏甚至边陲的军情急奏也没有心思看了。先是日日在后宫中作画、写字，和教坊的优伶们嬉闹无度，日子久了，心便厌了。蔡京之子蔡攸对他说，宫外市井中乐趣无穷，不妨微服出宫，去街巷胡同里转一转，尤其是镇安坊的京城第一名妓李师师，其姿其色空前绝后！

赵佶听了，一下子来了兴趣。当天夜里，他穿了一袭皂色长衫，腰上系着一条镶玉

第十五章 一枚金簪换得一幅古画；两位名媛斗巧斗富

225

腰带，脚上穿着一双鹿皮短靴，像一个外地的豪富巨贾，趁着夜色，在蔡攸等人的前呼后拥下，出了东华门，直奔李师师的镇安坊。

蔡攸装扮成管家，对镇安坊李姥说，河北商人赵乙想会会李师师。

李姥说："师师姑娘正在楼上下棋，不能见客。"

蔡攸向随从们使了个眼色，两个随从送来一个包袱，李姥打开一看，竟吓了一跳！原来里边有八锭白银！她连忙命人端来热茶和各色瓜果，然后打发人上楼去请李师师。谁知李师师回话说，她今夜心绪不佳，不见客！

李姥只好亲自上楼去请，无奈李师师仍不下楼。

赵佶实在等不及了，便径直上了楼，隔着细如发丝的竹帘，看见一个女子正在窗前弹拨箜篌，其人影影绰绰，似有似无，缥缈若仙。赵佶已神魂颠倒了，他顾不上身份，一掀竹帘走了进去。

随后，蔡攸将一只锦匣送了进去，放在桌上，轻轻打开，里边放着一支金如意和两颗葡萄大的南珠！

当晚，蔡攸等人寸步不离地守候在楼下，二十几个随从在院子里值更，不许任何人走进院子。直到拂晓，赵佶才从楼上下来，一行人趁着月色匆匆回到宫中。

自此以后，赵佶总是夜夜微服出宫，时间久了，李师师已从他的言辞举止中猜出了这位"赵乙"的真实身份。所以，每当赵佶去时，便和李姥跪伏迎驾。

李师师是个有夫之妇，丈夫是都巡官贾奕。自赵佶微服私访之后，不知他获了何罪，不久便被开封尹发配到广东去了。

没有不透风的墙。官家微服狎妓之事，很快就在东京传得沸沸扬扬了，人们称镇安坊是"小御坊"。朝中有些言官实在看不过去了，便上疏劝阻。

赵佶也觉得每晚会李师师都要微服私出，很不方便，后来，干脆将她接进宫里，册封为妃，名为瀛国夫人。

"宫中嫔妃云集，皇上何必要去狎妓呢？"赵明诚问道。

"萝卜白菜，各有所爱嘛！"何云叹了口气，说道，"当今天子，乃天下第一嫖客也！"

赵明诚忧心忡忡地说道："长此下去，如何收拾啊！难道忘了南唐后主之鉴吗？"

"恐怕是有过之而无不及呢！"何云端起酒杯又放下了，继续说道："提起官家，我心里就如鲠在喉！在东京难得一吐为快，今在莱州，又逢故人，难得一聚，来来来，我们要喝得醉倒驿馆，才算痛快呢！"说完，将杯中的酒一倾而尽。

赵明诚觉得，何云已不是当年的太学生了。相别十年，他比自己历练多了，心中聚集的忧患，亦多于自己。

子夜过后，值夜的更夫看到，驿馆的烛光还一直在摇曳着。

帘卷西风，人比黄花瘦——李清照传

226

第十六章　玉雪夫人魂断万岁山

风韵雍容未甚都，尊前甘橘可为奴。谁怜流落江湖上，玉骨冰肌未肯枯。

谁教并蒂连枝摘，醉后明皇倚太真。居士擘开真有意，要吟风味两家新。

——《瑞鹧鸪》

（一）

金风送爽，归来堂院子里的三株丹桂已陆续开花了，一簇簇金黄色的小花聚集在枝头上，院里院外飘逸着淡淡的清香。

李清照站在树下，仰头望着树冠，透过枝叶的缝隙可望见一尘不染的蓝天。她又想起了远在莱州的丈夫，他能闻到归来堂的桂花香吗？他们在十年前栽桂花树时，树坑挖好了，自己扶着移来的桂花树，丈夫向坑里填上肥土，将新土踏结实，又一瓢一瓢地浇透了水。当时丈夫曾笑着说过："都说桂花可香十里，不知确实否？"

李清照说："若遇顺风，桂花真的可飘香数里呢！"

如今，这三棵桂花树都已有碗口粗了，正是在树下赏花的季节，丈夫却在数百里之外！此刻若有一阵顺风，将青州的花香送到莱州该有多好！她忽然想起了三闾大夫屈原，他在《离骚》中赞赏过许多花，却唯独没有桂花，这有些不太公道。她心潮难以平静下来，便轻声吟哦了一首《鹧鸪天》：

暗淡轻黄体性柔，情疏迹远只香留。何须浅碧深红色，自是花中第一流。

梅定妒，菊应羞，画栏开处冠中秋。骚人可煞无情思，何事当年不见收！

写完了，又反复看了几遍，觉得没有什么可修改之处了，便写了一封家信，又来到树下，摘了几簇桂花，连同这首《鹧鸪天》一起装进了信封，次日，便托人带往了莱州。

（二）

近些日子，莱州府署衙的官员们发现，不知为什么，他们的太守大人不但言语少了许多，而且极少外出。过去，公事之余，他常邀同僚们去城郊策马，或去村野寻访古迹。

他在署衙旁边有一处私邸，取名为"静治堂"，每到晚上，常和朋友们谈诗论文，笑语不绝，甚为热闹。而今，总是独自在静治堂里读书、撰文，很少外出，难道有什么心事？

同僚们猜对了，确有件心事令赵明诚难以排解，这件心事只有文友陆文夫知道。

陆文夫是位饱学之士，尤善填词，在莱州城里被人称为"东莱词家泰斗"。他与赵明诚交往颇深。赵明诚知道李清照的文采不同凡响，他不奢望自己的词能超过李清照，只想能赶得上她也就心满意足了。但到底能否赶上呢？他心中无底，便想让陆文夫评判一下，而这种评判又不能让陆文夫知道。他费了一番心思之后，终于想出了一个绝妙的办法。

有一天，他派人向陆文夫送去一函，邀他到静治堂小酌。

陆文夫见函后按时赴约，不过，他到了静治堂之后觉得有些奇怪：平时赵大人相邀时，来客一般会有七八人之多，而今来的却只有他一个人，便问道："赵大人，其他客人还未到啊，看来，我是来早了！"

"不，今日只邀了你一人。"

"只我一人？为什么？"

"便于请你赐教啊！"

"我向太守大人赐教？你可别难为我了。"

赵明诚认真说道："文夫兄，我可是真心实意请你赐教的。"

陆文夫见他如此认真，又是一脸的诚恳，便问道："有什么事，只管吩咐就行了。"

赵明诚从书架上取下一礼诗笺，双手递给他，说道："这是我新近填的五十首词，不知其中有无可取之作。"

陆文夫接过诗笺，一首一首地阅读起来，整整读了三个多时辰，才将诗笺放在书案上。

赵明诚递给他一杯茶，笑着说："先喝杯崂山茶润润嗓子。"

陆文夫呷了一口茶，说道："赵大人的这五十首词，在下都一一拜读了，令我受益匪浅。"

"文夫兄，你就别抬举我了，我想听你直言。"赵明诚说。

"好，请大人恕我直言。"陆文夫从中挑选出了二十七首词，说道："依我之浅见，这些词，应是上乘之作，而这首《醉花阴》，乃是全词之冠！我敢说，我等东莱词坛，皆都望尘莫及！"

赵明诚接过诗笺一看，原来是李清照的那首《醉花阴》！

陆文夫似乎有些激动，他从椅子上站起来，望着窗外朗声吟道："'莫道不消魂，帘卷西风，人比黄花瘦'，真可谓是神来之笔写出的神来之句，绝妙至极！此词可直追子瞻、山谷，在当今词坛上无人能比！"

赵明诚听了，连忙笑着说道："文夫兄，你听我说——"

陆文夫似乎还沉浸在《醉花阴》的意境中。他取下笔来，将《醉花阴》抄录在一张诗笺上。

"文夫兄，这首《醉花阴》不是我填的！"

陆文夫听了，一下子怔住了，问道："赵大人，你说什么？"

赵明诚解释说："此词是内人李清照所填。"

陆文夫听了，恍然大悟，连声说道："原来此词出自夫人之手！今日能拜读词坛女杰的大作，可是文夫之幸啊！"

这时，管家送来了酒菜，陆文夫端起酒杯说道："赵大人，文夫要敬你两杯，一杯为你，一杯为这首《醉花阴》！"

赵明诚十分高兴，二人连着喝了数杯。饮罢之后，陆文夫问道："赵大人，夫人何时来莱州啊？"

这本是一句客套之语，但却让赵明诚心中一震。是啊，何时接妻子来呢？难道是因为公务繁杂，加之倾心收集金石，忽略了此事？他心里便有了一种愧疚，说道："近日就接她来莱州。"

陆文夫走后，他连夜写了一封信，次日一早就派人送往青州了。

（三）

青州的深秋，色彩斑斓。远山上的枫叶像一片燃烧的火焰；满坡的谷子、红高粱在秋风中摇曳着，等待着农家开镰收割。

归来堂的柿子树上像挂着一只只金黄色的小灯笼；几株迟开的菊花，在秋阳下显得格外醒目。而陆续而来的女宾们，更让归来堂平添了许多娇艳。

听说李清照要去莱州，丁香从淄州匆匆赶来了。除了邻居们以外，卸任太守的女儿梁月儿、海川斋书坊老板的女儿周英华、段家庄庄主的女儿段陶宜、春堂药铺老郎中的儿媳严青等一些女友们，也都结伴前来钱行。

李清照虽说是大家闺秀，又是名声远播的词家，因她十分平易近人，待人又特别厚道，所以，在青州结交了不少女友，她们大都喜爱诗词丹青，常携作品前来求教李清照，李清照总是十分认真地为她们圈点、润色，有时她们路过归来堂，也顺便进去探望她，讲一些街巷中的奇闻逸事，归来堂里常有她们的笑声话语，陪着李清照打发了不少孤独的日子。

李清照格外珍惜临行前的时光，她知道，青州一别将是离多聚少了，所以特意让田婶备了一桌便宴，请女友们前来相聚，女友们有的带来了自己炒的菜肴、酿的黄酒，将饭桌堆得满满的。

开始时，大家都为李清照敬酒，李清照也回敬大家，不知谁吟起了王维的《渭城曲》，当哈到"劝君更尽一杯酒，西出阳关无故人"时，梁月儿竟低声哭了起来，好像受了她的感染，接着，便听见了一片抽泣之声，李清照的双眼也模糊了。

这时，田杏儿来了，她提来了一筐子刚刚摘下的蜜桃，李清照连忙拿去洗净了，端

第十六章　玉雪夫人魂断万岁山

到了饭桌上。

酒后尝几个蜜桃，满嘴生津。

田杏儿今年只有十二岁，不但人长得清秀，而且十分勤快。听田婶说，当年她出生时，家中断了隔夜粮，因青州产杏子，全家人靠砸杏核剥杏仁过日子，剥出的杏仁卖给药铺或酱菜店，再买点米糠杂粮回家，因她们家的杏子是甜杏仁，价格就比苦杏仁高一些，也好卖一些，所以，便给刚刚出生的小女儿起了这么个名字。

田杏儿极聪明，又心灵手巧，李清照曾教过她描红、写字、画梅花，听说李清照要去莱州，她哭着非要将李清照送到莱州不可。田叔怕她年少不懂事，会在路上添麻烦不让她去，田杏儿听了，哭得像个泪人儿，李清照心软了，想了想，可以带着她，到了莱州之后，再和丁香同车回来，便点头答应了。

到了夕阳西垂时，女友们才依依不舍地离开了归来堂。

在离开青州之前，李清照将存放金石、古物的橱柜逐个察看了一遍，并上了锁，又向田叔嘱咐交代了一番，觉得无不妥之处了，才去收拾随身携带的行李。

第二天一早，一前一后两辆马车便出了青州城，沿着驿道向东驰去了。

前面的马车上是赵明诚派来的两名官差和书箱衣物，李清照和丁香、田杏儿坐在后边的一辆马车上。

到了下午，落起了小雨，马车冒雨赶路，终于在傍晚时分赶到了昌乐城驿馆。

吃过饭之后，两名官差早早地睡了，丁香和田杏儿因路上颠簸，十分困乏，也睡下了。李清照虽然很累，但却毫无睡意，她借着灯光读了一会柳宗元的《愚溪诗序》，窗外的秋雨不紧不慢地敲打着梧桐上尚未落尽的叶子，"滴滴答答"的声音让人感到格外惆怅，她又想起了青州女友们的声音笑貌，忘不了她们的真挚的泪眼，她忽然记起了一件事，在归来堂饯别时，她曾答应为她们填一首词的，后因不胜酒力，便没填成，今夜刚好得闲，待填好后，让丁香和田杏儿返程时带回青州，分赠各位姊妹们吧！于是，点亮了灯花，取出笔砚，听着窗外的秋风秋雨，填了一首《蝶恋花·晚止昌乐馆寄姊妹》：

泪湿罗衣脂粉满。四叠阳关，唱到千千遍。人道山长山又断，萧萧微雨闻孤馆。

惜别伤离方寸乱。忘了临行，酒盏深和浅。好把音书凭过雁，东莱不似蓬莱远。

（四）

来莱州之前，李清照从未见过大海，她想象不出大海到底有多深多大，也想象不出大海到底是个什么样子。所以，安顿好了之后，她就央求赵明诚带她去看大海，赵明诚爽快地答应了。

看海那天，李清照和丁香、田杏儿一大早就梳洗好了，马车出城后，便向海滨飞奔而去。

马车刚翻过一座不高的山岭，田杏儿眼尖，指着前头大声喊道："哎呀，怎么水连着天呢？"

李清照果见眼前是一片无边无际的碧波，在极目之处，大海和天穹真的相连了！正值深秋捕蟹打鱼的季节，一些渔船分散在海面上，如一片小小的豆荚壳。她感到心胸豁然开朗了许多，便问赵明诚："明诚，在这里真的能看到海上三山吗？"

赵明诚指着远处说："你看，蓬莱就在那里！"

开始时，李清照什么也看不见，待了一会，便看到在海面上有一若隐若现的影子，像个飘忽不定的精灵，不一会，一团薄雾升起，那精灵便看不见了。

正说话间，署衙派人策马来报：京师礼部侍郎戚大人已到了莱州，正在驿馆等候赵大人。

赵明诚听了，望了望李清照。在青州屏居时，他曾多次答应带她去看仰天山，但由于一心扑在金石上，终未成行，心中一直觉得对不住她。到了莱州后，陪她出来看海，以弥补青州之失，但刚刚到了海滨，却又来了客人！

李清照见他有些为难，便笑着说道："明诚，日后看海的机会多得是，你应以公事为重，我们还是回去吧！"

赵明诚苦笑了一下，只好命车夫掉头折回了莱州。

其实，若是别的官员或客人来莱州，赵明诚都可以设法推迟接见，但对这位礼部侍郎来说，不但不可推迟接见，还想即刻见到他呢！

原来，这位礼部侍郎就是戚涌，莱州是他的故籍，他出仕后先任职吏部，又转户部，前年诏为了礼部侍郎。他们不但在太学时就是挚友，当年自己被押青州大狱时，一些人都避而远之，唯有他和何云专程去探过监，今日他自京城而来，必有要事相告。于是，便让李清照先回了静治堂，自己匆匆去了驿馆。

府衙的官员们大都到齐了，见赵明诚来了，连忙站起来迎接。赵明诚与众人打过招呼之后，便径直去了前厅，大声说道："不知戚大人驾到，得罪，得罪！"说着，向戚涌施礼。

戚涌连忙还礼，说道："卑职公干胶州，是顺道来拜会父母官的，多有惊扰，心中不安。"

客套间驿吏已备了酒席，众人鱼贯入座。

席间，戚涌问赵明诚："夫人是在青州，还是到了莱州？"

"内人已到莱州。明日，我就和她来驿馆拜见戚大人。"

"不，不。"戚涌说道，"赵大人长我一岁，应是兄长，我应去府邸拜访嫂夫人才合情理。"

散席后，戚涌取出一只手工粗糙的长盒，说道："听说赵大人的皇皇巨著《金石录》

已告集成，可喜可贺，我花了二十钱购得了两样旧字，因才学浅疏，不识真伪，再说，留着也无大用，转送赵大人，若有用处，则留下，若无用处，弃之焚之皆可。"说着，将长盒递给了赵明诚。

回到静治堂后，他将长盒交给了李清照，李清照打开一看，连忙喊道："明诚，这是哪里来的？"

"是戚大人送我们的。"

"这可是难得一见的珍品啊！"

"真的吗？"赵明诚连忙点燃了两根长烛，二人借着烛光展开了第一件拓片，原来是东晋卫铄夫人的《古名姬帖》，用小楷题款，笔法古朴肃穆，体态自然，是楷书中的精品；另一件是写在纸上的《美女篇》，用行书所写，笔势流畅，十分耐看，题款处虽已陈旧，但还能辨认出"西川女校书薛宏度"八字。李清照欣喜若狂，因激动而满脸通红，说道："薛宏度，就是成都女诗人薛涛！"

赵明诚十分惊愕。戚涌在太学时极爱丹青，作画造诣颇深，对金石也有兴趣，还常和自己磋切收藏事宜。他应当知道这两件文物的分量啊，为何装在粗糙盒子里？又为何说不识真伪而送给自己呢？他向李清照说出了自己的疑惑。李清照想了想，说道："依我之见，戚大人其实知道这两件珍品的价值，若说值三百两，你肯定不会收受，所以才说用了二十钱购得的，又用了这么一个不起眼的长盒装着，让你无法拒绝。"

"不，我们不能收下。"赵明诚说。

"看来，他是真心实意成就你的金石事业，若不收下，会冷了他的一腔心血。"李清照说，"我们不妨先收下他的这份重礼和情谊，等以后再设法报答。你说呢？"

赵明诚听了，觉得颇有道理，说道："明天，我们先去驿馆向他当面致谢。听同僚们说，城外的笔架山上有不少摩崖石刻，我们可同去登山观瞻，然后在山上小酌，亦是一种雅兴。好吗？"

李清照觉得他想得十分周到，便连夜忙着张罗登山时的杂事去了。

（五）

次日，赵明诚夫妇还没来得及出门，戚涌已来到了静治堂的大门口了，因为戚涌在东京时曾见过李清照，所以一进门就边施礼边说："嫂夫人，还记得我吗？"

"记得，记得。听明诚说戚大人到了莱州，未能去驿馆探望，心中正不安着呢！谁知戚大人倒是先来了寒舍，让我和明诚又多了一层不安！"

说着，连忙将他让进了客厅。

宾主正在品茗时，管家来说："赵大人，何时出发？"

戚涌以为赵明诚有什么紧要公事，便说道："赵大人，你去办公事吧，我反正空闲，刚好可在城中逛一逛。"

"不，不，他是问我们何时去笔架山看摩崖石刻的。"赵明诚接着将他和李清照的安排告诉了他。

戚涌听后，极为高兴，笑着说："好啊！此事正合我的心意。"

喝过茶之后，两辆马车便出了城，走了两个多时辰，前边便是一座虽然不高，但山势险峻的石山，山顶上的三座石峰宛若一个巨大的笔架。车夫说，那就是笔架山。

进山不久，迎面看到了一处陡立的山崖，山崖上窄下宽，高约丈二，宽约丈八。崖面平整如削，上面刻有文字。因年代久远，加之风吹雨打，且石上附生着苔藓，所以难以辨认。一随行的幕僚说，此碑俗称下碑，离笔架山十余里的天柱山上，也有一处摩崖石刻，叫上碑，至于此碑刻于何时，又是为何所刻，他就不知道了。

李清照用手帕擦了擦，认出了几个文字，她转身对赵明诚说："从字形上看，应是刻于后魏，十分罕见。"

赵明诚听了，大为吃惊。这里为何会有北魏的石刻呢？他问李清照："是何人所刻？"

李清照仔细看了一会，说道："是光州刺史郑道昭为彰其父郑羲生平而刻的。"

李清照是个有心人，昨晚已备齐了棉布、纸张、墨汁、木槌等拓碑用的物品。她和丁香、田杏儿等人擦净了碑石，随行的管家和幕僚们见太守夫人亲自拓碑，便上前帮忙。李清照连忙止住了他们，笑着说道："拓片是件细活，人手多了，易损伤碑石。你们都歇着吧！"她指了指丁香和田杏儿："由她们打下手就行了。"

她说的也确实是实话，屏居青州十年，她不但学得了不少金石学问，而且还学会了临碑拓片的技艺。

这时，戚涌和赵明诚耳语了一会，赵明诚会意，他向守候在旁边的管家和幕僚说："你们可先去天柱山察看上碑，再回城请人前去拓片，以便存留。"

管家和幕僚应声去了。

戚涌见周围并无署衙的官员了，便和赵明诚在一块石板上坐下来，问道："明诚兄，你可知道京城政事吗？"

赵明诚摇了摇头，说道："此处无人，戚大人请讲无妨。"

戚涌说："今日的大宋朝政，已被'六贼'搅得昏天暗地了。他们不但把持朝政，排斥异己，为非作歹，还竟敢公开卖官鬻爵。有一首民谣说，'三千索，直秘阁，五百贯，擢通判'。若是再高之职，可索银万两！蔡京之子蔡攸因修筑万岁山有功，被诏为大学士。朱勔因运来一块太湖石有功而被赐玉带、进太傅，总治三省事！"

赵明诚问道："那块太湖石到底是何等模样，能立如此之功？"

戚涌说道："那真是用民脂民膏铸成的一块罪孽之石啊！"接着，他详细说了这块太湖石的来历。

朱勔运来的这块太湖石，有十余万斤之重！石上有大孔小洞三十余眼，玲珑乖巧，天然生成。为了从湖中捞出此石，动用船只一百余艘，合抱松木一千余根，民夫八千多人！太湖石运到岸上之后，再从运河运往东京。

为了运这块石头，先后用了二十批纤夫，日夜不停，纤夫的纤绳都勒到了肉里，脚底下血泡成串，有的纤夫倒在了运河两岸的纤道上！

由于船大，运河上又有许多桥梁、水闸，为了能将太湖石早日运到东京，朱勔派兵督运，逢桥拆桥，遇闸拆闸，还毁了妨碍运石的村庄十余处，拆除民房三千多间，毁坏田地一万余亩。太湖石运到东京城外时，因城门太矮，只好拆了城墙，还挖深了护城河，耗时半个月，才将太湖石移到了万岁山上。粗粗一算，为了这块太湖石，竟耗费库银三百多万两！

赵佶见了这块太湖石之后，十分高兴，曾率领群臣前往观瞻，并赐名为"昭功敷庆神运石"，还亲自用瘦金体书写了石名，命人刻于石上。

不过，他只看了几次之后，便失去了兴趣，觉得此石虽好，但毕竟是块冷冰冰的死石头，索然无味。他的兴趣又移到朱勔从江南买来的女伶身上了！

赵明诚听到这里，忍不住心中的愤慨，说道："荒唐！前无古人的荒唐！"

"还有更荒唐的呢！你听说七品为野鸡戴孝之事吗？"

赵明诚摇了摇头。

李清照虽然一直在默默地拓碑，但戚涌说的话，她听得十分认真。此时，她放下了手中的纸张，坐在赵明诚身边默默地听着。

赵佶特别喜爱珍禽奇兽，曾经画过一幅《芙蓉锦鸡图》。画上画了两枝芙蓉，一只锦鸡。芙蓉盛开，枝繁叶茂，双蝶飞舞，生动地画出了锦鸡的动态和景物的呼应，笔法工细，设色艳丽。有"宣和殿御制并书"款及"天下一人"章，并在上面题诗一首。

朱勔花重金从吕宋、天竺和西域买来了一批孔雀、鹦鹉、枣猴、袖犬、矮马、狮子狗等各种珍禽奇兽，每种珍禽奇兽都有专人饲养，颇讨赵佶的欢心。

浙东有个叫安吉的地痞，从一个猎户手里弄到了一只浑身雪白的长尾野鸡。他将野鸡精心喂养，又晓行夜宿，奔波了一千余里，终于将野鸡送到了朱勔的官邸。朱不识此鸟，问他此鸟有什么特异之处？他便信口开河，说此鸟叫"南极侍者"，生于南海，常在南极仙翁座前听经，已得灵气。

朱勔听了，立即奏知赵佶，赵佶连忙随朱勔前往观看。只见"南极侍者"爪喙似鸡，浑身如雪，一条状若玉刀的尾羽足有三尺多长！它一会儿抬步前行，一会儿又转头梳理羽毛，其态优雅，透着一股仙气。安吉告诉他说，此鸟每八百年现世一次。现世之世，则天地生瑞，国泰民安。

赵佶心中大喜。自己一直为金兵南侵、方腊起兵、宋江造反、河南蝗害、江苏水灾等事日夜挠心呢！现在好了，"南极侍者"能为大宋带来国泰民安，就再也不会有烦心之事了！他当即降旨，封"南极侍者"为"玉雪夫人"，并命以银丝编织成笼，专门供养这位"玉雪夫人"，连笼中盛水盛米的器皿，都一律用白玉琢成。又封安吉为护卫右吏、正七品，专司服侍"玉雪夫人"。

安吉做梦都没想到，自己本想用这只变异的白色野鸡来京骗点银子花花，没料到通了天，惊动了天子！自己不但捡了个朝廷命官，还能按月领一份薪俸！

他上任伊始，十分尽职尽责，每天都守候在银丝笼前，寸步不离"玉雪夫人"。赵佶每次前来喂食，总是先净手焚香，礼拜之后才添水加食。

这只"玉雪夫人"在未被捕获之前，吃的无非是草籽、虫子、谷子之类，到了万岁山之后，安吉先是喂它高粱，继而喂的是黄豆，后来又改为喂拌了蛋黄的粟米。为了使它亮羽、长膘，他又让御膳房将粟米在参汤中泡一泡，再加一匙鹿茸粉。开始几天，"玉雪夫人"吃得挺欢，又过了几日，变得懒洋洋的，且不肯进食了。安吉有些害怕，他以为"玉雪夫人"进食太油腻了，伤了肠胃积了食，便偷偷地在粟米里加了一些泻药。谁知到了次日，这位"玉雪夫人"便硬邦邦地倒在银丝笼中了！

"玉雪夫人"死后，蔡攸大怒不止，命这位因献鸟有功的朝廷命官为它披麻戴孝，守灵三日！

"玉雪夫人"归天不久，安吉便死在开封府的大牢里了。

赵明诚听完之后，仰天长叹，说道："这些佞臣，祸国殃民，为什么没人站出来清君侧呢？"

"要清君侧，谈何容易？"戚涌说道，"'六贼'狼狈为奸，上上下下都安插了亲信，利害相关，盘根错节，还没等你去清君侧，他们便会把你清出朝廷！"

一直默默无语的李清照忽然说道："若论清君侧，需看是何样之君。若是清明之君，你可帮他除去身边妖气秽雾，使他图治进取，于君于臣于民都有补益；若是昏庸失道之君，清也无益！物以类聚，人以群分。佞臣与昏君为一体，谁也离不开谁！"

"长此下去后果不堪设想！"赵明诚边说边叹气。

"前车之鉴不可忘记，"李清照接着说道，"夏朝的桀王、商朝的纣王、周幽王姬宫涅、秦二世胡亥、陈后主陈叔宝、隋炀帝杨广、后唐李存勖、淮阳王刘玄、前秦厉王符生、还有后蜀的楚孝王孟昶、南唐后主李煜，以及南汉的刘高祖、刘殇帝等，他们有的身败名裂，有的死无葬身之地，还有的全家连同社稷一起被人夺走了！其因都是荒淫无耻，惨无人道，而为世人所不齿！"

"痛快，夫人说得真痛快！历数历代无道之君，不但发人深思，亦可鉴今日之世！"

戚涌显然被李清照的一席话所激动。他站起来，向李清照深深施了一礼，说道："嫂夫人不但是词中女杰，亦有男儿凛凛正气，可敬，可钦！"

刚才，李清照听了"玉雪夫人"的荒唐事之后，一时气愤，说了一些过激之语，听了戚涌的话之后，感到有些不好意思起来。连忙说道："我只是以史为鉴罢了，并无什么新意。"又对戚涌说："今日气爽天高，这里又无世俗之烦，我和明诚特意备了几样小菜，就在这里小酌吧！"说着和丁香、田杏儿一道，将酒具、菜碟摆在了青石板上。

阵阵松涛劝酒，巍巍石峰作陪。几个高雅之士在远离尘嚣的笔架山上边饮边谈边吟哦，是何等的情趣！

这是李清照到莱州后，过得最舒心的一天。

（六）

作为莱州太守，赵明诚白天在署衙办理公事，到了晚上才回到静治堂。像在青州一样，和李清照坐在灯下，对收集的金石书册或校勘、抄录，或动手修补，仍然每晚以一根蜡烛为限，每晚可校勘两卷、题跋一卷作为功课，功课完了，才可安歇。虽说熬夜辛苦，但二人心情极佳。

有一天上午，李清照和丁香在院子里装裱《湘妃祠记》，丁香问道："夫人，这湘妃祠在何处呀？"

李清照说："在洞庭湖中的君山上。"

"祠还在吗？"

"原祠已经坍塌，这方《湘妃祠记》石碑原立于祠中，祠塌后此碑已失。后来，一位老茶农栽植茶树时，无意中挖了出来。西汉的岳州太守曾得拓片数帧。这帧拓片便是其中之一，故而弥足珍贵。"

丁香听了，点了点头。

李清照在青州时，曾向装裱店的工匠学过装裱工艺。为了节省开支，一般的字画、拓片均由她自己装裱。到了莱州之后，虽然赵明诚已有了薪俸，她不但仍然自己装裱，而且装裱技艺也大有长进。她善于依照作品的年代和内容来留边、用料、配色，故而使作品相得益彰，甚至连装裱的工匠都称赞，说她装裱出的作品能增色三分！

就在她们专心装裱《湘妃祠记》的时候，一个二十多岁的汉子来到了静治堂门口，他望了望虽不豪华但透着一种威严的太守府邸，有些胆怯，犹豫了半天，才大着胆子上前叩门。

"是谁呀？"听到叩门声，丁香大声问道。

"是我。"外头人说道，"我找我的婶娘！"

婶娘？谁的婶娘？李清照在莱州没有亲戚，她感到有些奇怪。

丁香一下子听出来了，连忙说道："夫人，是我侄儿王大年来了。"

李清照说道："快请他进来！"

大门一开，一身尘土的王大年站在了她们面前。丁香说道："大年，来，快见过夫人。"

王大年连忙施礼，说道："夫人好。"

"大年，你不是和你叔在东京吗？怎么到莱州来了？"

王大年听了，眼泪"哗"地流下来了。李清照连忙让人送来了茶水，说道："大年，你先喝杯茶，别急，有什么话慢慢说。"

"我叔关在开封府大牢里了！"

她们一听，都大吃了一惊。

王大年边哭边诉着他来莱州的原因。

丁香和王才有结婚之后，小两口和和睦睦，日子虽然清苦，但欢乐多于忧愁。

有一天，听人说皇上征召木瓦匠人修建内宫道观的诏令已经到了淄州，王才有和哥哥王才家都是当地手艺高超的木匠，均在征召之列。但哥哥左腿残疾，行动不便，便由长子王大年代役，王大年便随叔叔王才友去了东京。

自政和初年以来，赵佶对道教已渐入迷狂。他自称在梦中听见太上老君对他说过八个字："汝以宿命，当兴吾教。"

有一次，道士林灵素对赵佶说，天上共分九层，其中神霄层最高，玉帝总理九天事务，以神霄层为宫廷，号称天府。所有人间帝王，都是玉帝之子转世到凡间的。现在玉帝的长子下凡在南方，号称长生帝君，他就是陛下；玉帝的次子号称青华帝君，下凡在东北方向，统领辽国。陛下如果替天行道，玉帝自然会扶持你。这就像人间一样，哪有父亲不扶持儿子的呢？

赵佶听了，正合自己心意。当即封林道士为"道真达灵先生"，并赐重金，还亲自率领群臣听林道士讲经。

政和七年（1117年）四月，林道士在千道会上代传玉帝之旨："玉帝诏曰，敕封长子长生帝君为中华教主道君皇帝。钦此。"

宣旨之后，众臣朝贺，道士欢呼。

被册封为教主道君皇帝的赵佶，立即下诏置道阶二十六级，道官二十六等，又在朝廷设置道录院，州府设道正司，同时天下广设宫观。东京设有御前宫观，各州府纷纷效之，兴起了一股修建道观的浪潮。要修建道观，就需要大量的能工巧匠。于是，朝廷诏征工匠，王才有就是其中的一个。

工匠们进京之后，便被道录院分到了各处工地，日夜施工。但工匠们的伙食被层层克扣，不但菜中少油无荤，饭也只能吃个半饱。五月端午那天晚上，干了一天木工活的王才有和王大年刚刚睡下，就听伙房里传来了"来人啊，有贼偷饭吃"的喊声。

众人一听，都翻身爬起来，各自拿着斧头，举着灯笼，将伙房围了个水泄不通，终于将贼捉到。那偷饭贼原来是一条黑花野狗！

本来大家就吃不饱，不想又蹿来一只偷食的野狗！众人一气之下将野狗打死了！又连夜剥皮剖肚，煮了一大锅狗肉，工匠们美美地吃了一顿。

谁也不曾想到，因杀了一只野狗，竟惹下了一场大祸。

第二天，王才有和工匠们正在刨一根横梁时，被道士带到了道录院。一进门，便不由分说地被捆了起来。木匠们不知道出了什么事，便问道："你们还有王法吗？"

道士们吼道："正是王法叫我们捆的！"

众人听不明白，追问犯的是什么罪。

"杀狗罪？"

杀狗有罪？众人越听越糊涂了。

这时，一个中年道士走过来，阴沉着脸问道："你们可曾杀了一条狗？"

众人点头认账。

"你们这可是犯了大忌啊！"

众人更加愕然。

道士说道："你们可知道当今圣上的属相吗？"

一个工匠说："只听说圣上是玉帝的长子，不知圣上属什么。"

"当今圣上属狗！"道士继续说道："为避讳，东京城里一律不准杀狗！"

原来，赵佶是宋神宗元丰五年（1082 年）五月初五辰牌时出生的，当年是狗年。林道士告诉他说，五月初五生大不吉，需将生日改为十月初十，则可福贵至极。生日虽然改了，但狗的属性未变，故而规定宫中不许杀狗。蔡京还责令开封尹，布告京师，严禁杀狗！工匠们皆来自外地，不知有此禁令，因而犯了法。

其实，开封尹的布告中只说不许杀狗，但并无规定杀了狗应如何处置。这些道士只不过是想趁机勒索工匠们罢了。

工匠们一听说杀狗与当今圣上有了这层关系，都胆战心惊起来，便一齐央求道士们高抬贵手，因为他们家中上有老，下有小，都指望他们养家糊口呢！

那个中年道士终于发话了，说道："若把你们送到官府，必定重罪，我等出家之人于心不忍。这样吧，你们在这里委屈几日，我花点银子活动活动，看看能否赦免。"

工匠们听了，都十分感激，也知道此事需花钱才能消祸免灾，于是答应每人筹集十两银子交给道士，道士便同意了。

接下来，工匠们或向亲戚朋友借贷，或派子弟回家筹银。王大年是遵照叔叔的嘱托，连夜出城，到莱州向婶娘报信的。

丁香听了，又怕又急，竟一时说不出话来。

李清照问道："需要多少银子？"

王大年说："只要交了十两银子，就能放人了。"

李清照让人端来了饭菜，自己转身进了屋。不一会，她提着一个小包袱走出来，对丁香说："这是我多余的几件衣裳，平时也穿不着，你带上吧，路上好替换着穿。"又取出几锭银子，说道："这是四十两银子，你都带上，若还不够，就去找李杭，他和我继母已搬回有竹堂了。"

丁香还想推辞，李清照说："救人要紧，待大年吃过饭之后，你们就上路吧！"

送走了丁香和王大年之后，李清照觉得有什么东西堵在心头，想咽咽不下去，想吐又吐不出来。她随手翻阅着一册《礼大义》，看了一会，又放下了。田杏儿知道她心情不好，便笑着说道："夫人，你不是说要去海边看看吗？我陪你去吧！"

去海边？对。上次赵明诚陪她去看海，因为戚涌来访，只好匆匆而返。今日空闲，去海边散散心，实在是个好主意，便和田杏儿乘车去了海滨。

下车后，眼前却是一片迷蒙，海面上浮着一层海雾，看不见波涛，也看不见帆影。不一会，一座海岛钻出了海雾，像一只青灰色的大艨舟，在海雾中漂浮着。一会儿海雾中隐约显出了一座宫殿，又过了一会，宫殿不见了，又成了一座海岛。李清照知道那就是人们传说的海上三山。那上边住着些什么人呢？

恍惚间，她好像被海雾托起来了，一直托到了天上，听见天帝在云雾间问她："李清照呀，你想到何处去呢？"

李清照答道："天色已晚了，前边的路还很长很长，好像走不到头。我想写首诗，但总到不了'语不惊人死不休的境界'。"

天帝又问，你有什么心愿吗？

她说，希望自己是《逍遥游》中的大鹏，可"水击三千里，扶摇而上者九万里"；或者让大风将她送到海上三山，去和仙人们唱和，那才尽兴呢！那里没有"元祐党人碑"，也没有杀狗之祸，更没有丁香的眼泪……

她站在一块伸向海面的岩石上，海风吹拂着她的衣裙，真有乘风而去之感。她不由得低声吟哦起来。

"夫人，你在说什么？"田杏儿问道。

"我没说什么呀！"

"不，我听见了，只是听不明白。"

李清照笑了，说道："我是在吟一首词呢！"

"能吟出来让我听听吗？"

"行啊。"李清照拢了拢被海风吹乱了的头发，吟道：

天接云涛连晓雾，星河欲转千帆舞。仿佛梦魂归帝所，闻天语，殷勤问我归何处？

我报路长嗟日暮，学诗谩有惊人句。九万里风鹏正举，风休住，蓬舟吹取三山去。

第十七章　金戈铁马惊破后宫歌舞

泪湿罗衣脂粉满。四叠阳关，唱到千千遍。人道山长山又断，萧萧微雨闻孤馆。

惜别伤离方寸乱。忘了临行，酒盏深和浅。好把音书凭过雁，东莱不似蓬莱远。

——《蝶恋花》

（一）

宣和六年（1124年），赵明诚的莱州太守任期已满。根据大宋秩满非升即调的规定，被调任淄州太守。新任莱州太守到达莱州后，他便和李清照去了淄州。

淄州也称临淄，是春秋时期齐国的都城。在淄州城外的田野里，耸立着一座座巍峨肃穆的古墓。有的古墓上松柏森森，时有野狐出没；有的古墓前面排列着石人石兽，显示着墓主人的显赫。齐桓公、齐景公等齐国的众多国君和宰相管仲等著名大臣都葬在这里。

州城越古老，地上地下的古物就越丰富。

对于热衷金石的赵明诚和李清照来说，调任淄州，是求之不得的事。

上任伊始时，赵明诚有时和同僚们下乡视察农事，也有时去城中的府学抽查学生们的考卷、文章。闲暇时，便和当年在东京逛大相国寺一样，同李清照一道去逛城北的古玩街。不到两个月，他们购得了一册唐人手抄的《齐民要求》和三卷《隋书》，还从古董商人手里购得了二十余方石碑，有的已断为数块，他们便仔细拼接起来，擦拭干净后拓下了拓片。

更令他们夫妇兴奋不已的，是在邢家村获得了半卷白乐天手书的《楞严经》，共三百九十七行，写在唐时的纸笺上，字为楷体。这是他们第一次看到白乐天的真正墨迹！

丁香的家在城北的王家庄子。有一次，丁香听邻人说，淄州来了一位新太守，太守夫人是位轰动东京的才女，她填的词，是当今天下第一，无人能比！

这不是说的李清照吗？难道她和赵大人来了淄州？丁香十分激动，连忙回家告诉了王才有。王才有正在自家院子里雕一块匾额，听说恩人到了淄州，便丢下手里的凿子，和丁香匆匆进了淄州城。

李清照知道丁香住在城外北郊，她准备等赵明诚空闲时，一同去北郊看望她。但由于赵明诚上任不久，又公务缠身，所以一直未能去成，不想丁香却找上门来了！

一见到李清照，丁香虽然满脸是笑，眼眶里却涌起了泪花。她转身对丈夫说："才有，快来见过夫人。"

王才有说道："恩人，请受我一拜！"说着，竟在地上磕起头来。

李清照慌了，连忙将他拉起来，领他们进了客厅。

正在后院里洗衣的田杏儿听说丁香来了，甩了甩手上的水珠儿跑出来。一见到丁香，就抱住她的肩头，大声说道："丁香婶婶，你可想死我了。"

听说来了客人，仆人送来了热茶，客厅里一下子热闹起来了。

李清照望了望王才有。这个和丁香同岁的木匠，看上去像是六十多岁的人了，由于常年在工地上奔波，脸庞似抹了一层古铜色，额头上刻着深深的皱纹。因为长年手握斧头、凿子、刻刀的缘故，双手磨得十分粗糙，手掌心里还有几条深深的裂口。她说道："听说你在东京遭罪了。"

王才有答道："回夫人，没，没遭什么罪。"说着，转头望了望丁香，又说："谢夫人替我，我们……"

看来，这是个不善言辞的憨厚汉子。

丁香连忙说道："夫人，亏了你出手相帮，我和大年进京后，交了银子，人就放出来了！"顿了顿又说："我用夫人的银子，一共赎出了五个人！"

原来，赎出丈夫之后，还有四个匠人因交不出银子还被关着。丁香和丈夫商量了一下，便将剩下的银子都给了道士，四个匠人才被放了出来。但道士威胁他们说，出去之后，谁也不许说出此事，若谁说了，就犯了杀狗之罪！杀狗就是杀官家，死罪难逃！

"还有一件事，我不敢告诉夫人。"丁香笑着说道，"怕惹夫人生气。"

"什么事，说吧，我不生气就是了。"

丁香说："他们放出来以后，到东岳庙为夫人烧过香外，还用檀木为夫人雕了一尊像哩！"

田杏儿抢着问道："雕得像不像夫人？"

"因为他们都没见过夫人，就按着自己心里想的去雕，雕出来的夫人，"丁香忍不住先笑起来了，"你知道像谁？"

"丁香婶，你快说，到底像谁呀！"田杏儿急着问道。

"像南海观音！"

李清照听了，笑得都弯下了腰！

丁香还告诉李清照，因洛阳的一位茶商要修一座祠堂，听说王才有的手艺好，托人让他去雕门窗，待丈夫走了之后，她就来城里陪她。

田杏儿兴奋得像只小喜鹊，又是拍掌又是跳跃，大声说道："太好了，太好了，丁香婶，你快来吧！"

丁香夫妇一直坐到后半晌，才恋恋不舍地出城了。

（二）

淄州是李清照的祖籍，她虽然不在这里出生，但总觉得这里与自己有一种难以割舍的情感。她望着高高的城墙和城中用青石板铺成的长街，以及长街两旁的房舍，便会想起慈祥的爷爷，想起父亲当年路过淄州时写的那首七绝《过淄州》：

> 击鼓吹竽七百年，临淄城阙尚依然。
> 如今只有耕耘者，曾得当时九府钱。

有一天，她和田杏儿去逛古董店，看见迎面走来一群人，有的扶着花甲的老人，有的用筐子挑着婴儿，一个个衣衫褴褛、灰尘满面。有些店铺纷纷送来了茶水、烧饼，有一位妇人还抱来了几件夹衣。听人说，他们是燕京人，因金人大举南侵，守城的官兵弃城而逃，金兵破城后，抢杀奸淫，燕京已成了一座死城！数万百姓连夜逃出去，他们是一路乞讨着才来到淄州的。

望着那些惊恐不安的眼神，李清照再也没有心思进古董店里了，她取出随身携带的几两银子，交给田杏儿，又低声交代了几句。

田杏儿走到一位领头的老人面前，将手中的银子递给了他。老人接过银子后说道："姑娘，谢谢你了。"

田杏儿摇了摇头，说道："老人家，你别谢我，这是——"说着回头看了看，李清照已经走远了。

老人双手捧着银子，望了望大街的尽头，喃喃说道："好人啊，好人啊……"

回家后，李清照仍然心绪难平。不是说朝廷和金国已订了"海上之盟"，宋与金联合，打败了侵扰宋境的辽国，收回了燕云十六州吗？明诚还对她说过，童贯作为大宋河北河东宣抚使，蔡攸为两河副使，率领大军北上，势如破竹，捷报频传，赵佶还撰写了《复燕云碑》以颂扬其功吗？怎么会有燕京难民四处逃亡呢？

晌午，赵明诚突然从太守衙门回来了。平时，他总是早出晚归，极少午时回来。李清照连忙让人去备饭菜。赵明诚摇了摇头，说道："我马上要和司户参军孙河领兵出城，这几天不能回来，你在家里，最好不要外出。"又向门口指了指，说道："署衙里派来几个差人，守候附近，以防不测。"

"以防不测？"李清照有些不解，问道："明诚，到底出了什么事？"

"昨夜得报，有数百歹人，携带刀枪，在周村一带杀人越货，疑为金兵混杂其中，为保辖境，需即刻前往弹压！"说完，便匆匆走了。

丈夫走了之后，李清照一直惴惴不安，丈夫是一介书生，对领兵打仗一窍不通，如何对付得了局面？但身为一府之主，不论是匪盗猖獗，还是金兵侵犯，为保一方平安，亲自率兵讨伐，亦是责无旁贷。但不知此时他到了周村没有，难道真有潜入的金兵吗？

第一天，没听见消息从周村传来。

第二天、第三天，仍然听不见消息。

一直到了第五天中午，忽然听见从大街上传来了一阵阵的马嘶之声，接着太守府派人来报：周村祸乱已平，赵大人凯旋！

李清照一直悬着的心，终于放下了。

当天晚上，赵明诚回来后，向李清照讲述了弹压匪寇的经历。

原来，所谓匪寇，是宋军中的一些逃兵。当燕京未陷之前，童贯以"赴京面奏皇上"为由，在几个心腹的护卫下，连夜逃出了燕京。蔡攸不顾守城将士和城里百姓的性命，以去"调遣援军"为名，带着几骑侍卫也逃之夭夭了。守城士兵群龙无首，随即溃散而去。侵扰周村的便是溃逃的宋军士兵。他们对金作战是些草包，而对自己的同胞下手，却十分歹毒！不过，他们终是惊弓之鸟，没等与淄州的军队交手，便望风而逃了，只有一些亡命之徒被官兵斩杀，还有些被囚于狱中了。

李清照问她："明诚，带兵打仗，你不害怕吗？"赵明诚听了，忍不住笑起来了。

"你笑什么？"

"我哪里会带兵打仗呢？"赵明诚解释说，"一到周村，孙将军便把我安排在一座祠堂里，又命十多名士兵守在我的身边，不让我走出一步。其实，去弹压的官兵是他率领的，仗，也是他指挥打的，我连打仗的场面都未见过呢！"

李清照听了，笑了。她说："我已为你备下了一罐黄米酒，再去炒几样青州小菜，算是为你庆功吧！"

赵明诚摇着头说："有愧，有愧，我可是无功可庆啊！"

"就算是为你压惊吧！"

赵明诚不由得大笑起来。

人世间有许多事教人琢磨不透，有些事虽费心劳力地去苦苦经营，到头来却所得不多，甚至毫无所得；又有些事会在不经意间让人功成名就。事过不久，赵明诚接到了朝廷诏令："敕，逋卒狂悖，惊扰东州，尔为守臣，提兵帅属，斩获为多，余录尔功，进官一等。翦除残孽，以纾朝廷东顾之忧。"

孙河也因此立功，不久便调往西京去了。

其时，大宋王朝正面临着一场劫难。远离京城的赵明诚和李清照虽也隐隐感到了劫难前的一些预兆，但由于交通不便，资讯闭塞，加之赵佶曾下旨"不准妄言边事"，朝廷有意封锁金兵南侵消息，他们无法判定这场灾难到底会有多大，会在何时发生。

第十七章　金戈铁马惊破后宫歌舞

其实，这是一场关系大宋存亡的大劫难。

大劫难已迫眉睫，无法逃脱了。

（三）

宣和七年（1125年），金太宗下诏发兵伐宋，命完颜杲为都元帅，完颜宗翰和完颜宗望为副元帅，攻陷了太原之后，两支大军像决了口的两股滚滚浊浪，直扑东京而去。

东京城里，依然是一片歌舞升平。

十月十三日，刚刚庆贺了自己四十一岁寿辰的赵佶，像往常一样，在蔡京等人的拥簇下，从延福宫出来，沿着宫掖中的一条花径缓缓走着。蔡京了解赵佶喜好猎奇，便在宫中置办了市肆、店铺、杂耍、百戏，宫女们装扮成酒家女儿，站在酒缸之前当垆卖酒。今日，赵佶忽发奇想，命太监找来了一身破衣旧履，自己装扮成了行乞的叫花子。他走到酒肆门口，取出一只破葫芦，向"卖酒女"乞讨酒喝。"卖酒女"给她灌了半葫芦，他仰起脖子喝下去了。再要时，"卖酒女"怕他醉了而受到惩罚，便不给他了。谁知他却赖着不走，非要喝够不可！蔡京也怕他喝醉了，便提醒他说："陛下，万岁山已告竣工，为庆贺边战大捷，陛下曾下诏开园一个月。今日乃黄道吉日，为开园日，请陛下临幸御览。"

"尔等都进去看过了吗？"赵佶问道。

蔡京连忙说道："陛下未看，我等不敢先看。"

赵佶听了，点了点头。几名随行太监便将他引进旁边的行宫，为他更换了常服，一行人前呼后拥地进了万岁山的门楼。

在赵佶到来之前，山下便集满了等待进园观赏的人群。他们中既有文武官员、文人秀士，也有巨贾富商和王孙公子。王可意问身边的秦桧："何蕊不是嫁给右监门卫大将军赵付了吗？为何不见她来？"说完，朝人群里的何蕊瞥了下眼。

秦桧说："听说他随赴金使节过黄河时，失足掉进河里，受了风寒，回来后一直卧床不起。"

"哼，怕是见了金兵吓软了腿吧？"王可意没好气地低声嘟噜了一句。她一直对这位豪门千金怀有敌意。其因有三：一是何蕊自诩为"东京第一美媛"，她心中不服；二是何蕊自称东京才女，还刻印了一册《花蕊集》，以示高雅，想与表姐李清照一比高低，她心中就更有气了；三是依仗嫁了个王孙，就瞧不起进士出身的秦桧！

在人群中的何蕊，明知王可意处处在和自己作对，但又不便发作，不过，她心中早已暗暗得意：待会进园时，照例是皇亲国戚在先，其余臣民随后，气也气死你王可意！

这座万岁山，确实不同凡响。

万岁山位于皇城东北，在旧城之内，西接宝录宫，东连封丘山，北靠城墙，南到皇城门，山周四十里，是靠人力在平地上堆起来的一座大山！

山上有两座高峰并峙，一座称龙寿山，一座叫凤寿山，象征皇上皇后万寿无疆。主峰叫万岁山，也叫万寿山，高九十五步（每步为五尺），十分巍峨。山下有一泓湖水，水中有洲，众多仙鹤嬉闹于苇丛之中。湖面上建有浮亭，一群妙龄舞女正在亭中起舞，水波中倒映着她们飘动的舞衣，似一群展翅欲飞的仙鹤。

在万岁山的东麓，有缘萼堂、龙盘阁、千佳轩、遇仙亭、太真馆等小巧玲珑的建筑，西麓有伴月亭、揽月亭、浇月亭、弄月亭以及琴亭、棋亭、书亭、画亭等四十余座亭子；南麓是一座连一座的华丽殿堂和各种奇花异草。也许蔡京怕赵佶体力不济，没领他去看东西南三面的风光，而是将他引上了万岁山的北麓。

北麓有一座小型的城池，取名为芙蓉城。城墙、城楼、城门建得都十分精致。城中的布局也十分别致，有供观舞的飞燕馆，供听歌的天籁馆，供品茗的煮茶馆，还有不知作何用的卧玉馆、青鸟馆、忘忧馆、晚香馆、会真馆等十分别致的房舍。

万岁山上到底有多少奇花异草和珍禽异兽，谁也说不清楚。仅孔雀就有六百只，梅花鹿有四千八百头！山上有册可查的官吏，一共有八百二十人！至于散落在楼台亭阁中的宫女、优伶，就难以计数了。

万岁山的下面有一个洞穴，里边埋着一大堆白森森的人骨，都是为修建万岁山而死的民夫遗骸！万岁山修成以后，蔡攸下令封死了洞穴，这些可怜的鬼魂们再也见不到天日了。

正是这些白骨，托起了一座前无古人的万岁山！

赵佶沿着一条曲折的小径边走边看，渐入仙境。他回头对蔡京说道："知寡人心者，唯蔡卿也！"

当走到北麓的一片湘妃竹林时，忽见林中有一座粉色的小楼，楼门上挂着一方小匾：藏香书院。一名女子正在窗前临书。赵佶忽然来了兴趣，便大步进了藏香书院。那女子见是皇上来了，连忙伏地叩首。

赵佶并未理她，伸手从笔架上取下笔来，站在窗前略微思索了一会，便用他独创的瘦金体书写了一首律诗。

他刚刚写完，身边宠臣们的赞美之声不绝于耳。蔡京连忙亲手收起，又命人立即送往内府装裱。

也许是写累了，赵佶坐在一乘楠木摇椅上，一回头，看见了仍跪在地上的女子，便让她站起来说话。

那女子站起来以后，低着头，有些胆怯。

原来这是个十六七岁的女孩儿，虽无过人姿色，但长得十分端庄，不似那些用粉脂和衣饰取悦于他的宫中女子。她浓发如黛，身材修长，宛若溪边浣纱的村姑，楚楚动人，一看就知道是从江南挑选来的女子。

善于察言观色的蔡京说道："若陛下累了，可否进内室小歇一会？"

赵佶点了点头。

蔡京低声吩咐了女子，她便扶赵佶进去了。

赵佶进去了之后，太监轻轻放下了门帘，众人便悄悄回避了。

就在这时，一骑人马疾风般地奔到了万岁山下，他是从黄河南岸来报军情的统兵将军陈川，那匹战马一停下来，便软软地倒下了！陈川气喘吁吁地跑到藏香书院时，被蔡京拦住了。

"蔡大人，我有万分火急的军情要面奏圣上！"陈川一面揩着额头上的汗水，一面焦急地说道。

"十万分火急也不行！"蔡京冷冷地说道。

"为什么？"

蔡京说："圣上正在里边批阅重要奏章。此时此刻，不说是你，连皇亲国戚、执政大臣都不许前去打扰！你先去兵部候着吧！"

陈川听了，如同被人泼了一桶冷水，他沿着下山的路，一步一步地走着，自言自语地说道："晚了，也完了，什么都完了……"

（四）

冬至过后，北风便开始发威了。

书房里已生起了炭火，李清照坐在火盆旁，正在修补一张新买来的拓片。赵明诚回来了，与他一同来的，还有何云。

寒暄了几句之后，何云交给李清照一封家书，说道："这是李杭大人托我带来的。"

李清照拆信一看，果然是李杭的笔迹。原来，他已被诏为敕局删定官了。信上还说，金兵过了黄河之后，东京的情势已十分紧迫。金兵攻城以后，会东进青、淄、莱、胶诸州，要她早做防范准备，以应突发事变。

李清照觉得有些不可思议，难道大宋的数十万大军会如此不堪一击？京城真的危在旦夕了吗？

何云见她疑惑，便告诉她说，自己已诏为兵部侍郎，此次是来山东东路诸州调兵的，又将东京的局势告诉了他们。

当金兵直逼东京时，东京城里一下子就乱了套，朝廷上下和平民百姓，都不知所措了。

为了阻止金兵继续南下，赵佶派陕西转运使判官李邺使金求和，但金人不许。他回来之后说什么"金人如虎，马如龙，上山如猿，入水如獭，其势如泰山，中国如累卵"。东京的军民都骂这个被金人吓破胆的使臣是"六如给事"！

求和不成，赵佶这才感到事态的严重，连忙下了"罪己诏"，数落了自己即位以来的种种失政之事；又下了一道"罢花石纲指挥诏"，废除了天怒人怨的"花石纲"和应奉局，恳请各郡县都率师勤王，以保大宋社稷。

但这一切都已经太迟了！金兵以破竹之势席卷河南，将在东京城外会师！

赵佶得知金兵兵临城下时，竟吓得晕倒在地上！待太医们给他灌药扎针之后，才缓缓醒过来。他睁开眼后的第一件事，就是命身边的给事中吴敏起草禅位诏书，禅位给自己的长子赵桓，即是后来的钦宗皇帝，又诏命吴敏为门下侍郎，并诏明年为靖康之年，以乞求上苍保佑大宋太平兴旺。

赵桓即位不久，有个叫陈东的太学生不顾官员们的重重阻拦，率领一大群太学生登上了宣德门外的登闻鼓院，拿起粗大的鼓槌，猛力地擂击起来。鼓声如一串串的闷雷，不但惊动了赵桓和文武大臣们，也召来了成千上万的百姓和士卒。登闻鼓院里人山人海，群情激愤。

这位血气方刚的太学生，一边擂鼓，一边历数蔡京、王甫、童贯、朱勔、梁师成、李彦等"六贼"的种种罪行，乞请钦宗立斩"六贼"，以谢天下！几个宦官去夺他手中的鼓槌，愤怒到了极点的军民纷纷冲上来，将几个宦官活活打死在大鼓下边！

对于"六贼"，赵桓心中早就想除掉他们。一是不杀他们不足以平民愤；二是不杀他们，自己的皇位朝夕难保。但是，若公开诛杀，一是太上皇赵佶不会同意；二是他们的党羽遍布军政，若贸然斩杀他们，恐会引起混乱。于是打算对他们秘密处决，以绝后患。为了防止他们狗急跳墙，赵桓决定将他们处决于京城之外。

王甫是第一个被处决的。赵桓先罢除了他的一切衔职，查抄其家，又下诏永州安置，再命开封知府派人到永州将其斩首。

朱勔被罢官后，被贬往循州，再派人将他斩于贬所！

童贯被贬往英州，当他走到南雄时，被人斩下首级，首级送往东京，高悬于城门示众！

对于梁师成，赵桓先将他贬为彰化军节度副使，当他途经一座八角亭时，被人活活勒死！

梁师成被诛后，李彦、赵良嗣等赵佶的几个弄权误国的朝臣也先后伏诛。

"六贼"之首蔡京，被贬往儋州，行至潭州时，死于驿馆。其子蔡攸在流放途中病死，死后数日无人收尸，其尸饱了一群野狗！

赵桓即位的第六天，又从登闻鼓院里传来了惊天动地的擂鼓之声，他问御史中丞秦桧，是何人击鼓？

秦桧说："陛下，还是太学生陈东击鼓。"

"又为何事击鼓？"

"为请复李纲的'京城守御史'之职。"

原来，金兵第一次打到东京城下时，主战派李纲率军出城，一举击退了金兵，京城暂时解围。但求和心切的赵桓和主和派们为了讨好金兵，免了李纲之职，并派使臣带着割让太原、中山、河间三镇给金朝的诏书及地图等，到金营去谢罪。消息传出后，城中军民极为愤怒，陈东再次击鼓，请求为李纲复职，以保京城。

赵桓问秦桧："秦爱卿，你对此事有何见解？"

秦桧说道："我以为对金宜战不宜和。当前复李纲之职乃是人心所向。请陛下三思。"

赵桓听了，无可奈何地说道："就按秦爱卿所言，复李纲'京城守御史'之职。"

李纲复职后，金兵开始退却。不久，统制官马忠、胜捷军统领钟师道等数路勤王大军陆续赶到了京师，宋军的阵脚已经巩固了。谁知皇帝仍急于求和，金人这次不但要求割让三镇，还索要黄金五百万两，白银五千万两，牛马各万匹，锦缎一百万匹！并要以宰相、亲王为人质，方同意退兵！

李清照问道："这等条件还敢答应？"

何云叹着气说道："李纲力谏不可，但皇上还是答应了，并遣康王赵构和宰相张邦昌为人质，送到了金营，后来又用肃王赵枢换回了康王。不久，竟又借故罢了李纲之职！"

李清照说："依我之见，京都易主，是迟早之事！"

赵明诚听了，心中一惊。低声说道："清照，此话怎讲？"

李清照说："大宋今日之难，绝非偶然，应是天意。"

"何以见得？"

李清照侃侃而谈："宋太祖建宋，至今已有一百六十七年，其间，虽有不济之时，但好歹都已渡过了，不过，已经埋下了病根，到了这一代，已百病缠身，且病入膏肓了，就像汴河边上的一棵柳树，根已腐烂，倒伏于水中，树干上虽能生出新枝，但毕竟断了根基，待朽了树心，新枝就会焦枯而死！"

"夫人所说，乃是我等想说而不能出言之语，尤其是'朽树社稷论'，绝妙、精辟，一矢中的！"何云又转头对赵明诚说道："明诚兄，听了夫人宏论，才知李夫人胆识过人啊！"

李清照连忙说道："何大人取笑了。我和明诚远离京城，久居书斋，有何胆识可言？我担心的，是存放在青州的那二十余屋金石书册！"

一提到金石，赵明诚便着急了，说道："是啊，是啊！这兵荒马乱的，是要想个万全之计了。"

何云说："对了，我离京时，李杭大人曾说过，赵存诚大人官牧广州，赵思诚大人在泉州任上，他建议将你们的金石运往江南，以妥善存放。此事，我可设法安排车辆。"

李清照日夜都惦记着青州的金石，若东京失守，战火必然会烧到青州，青州一旦落于金兵之手，数十年的心血便将毁于战火！她十分同意李杭和何云的建议，便说道："明诚，何大人所言极是，我们应尽早将青州的金石运往江南。"

赵明诚有些犹豫，说道："过些日子再运吧！"

李清照知道赵明诚对赵桓还抱有一线希望，她想等何云走了之后，再好好劝劝他。

窗外的北风，像无数条鞭子在狠狠地抽打着屋瓦、树梢，发出饿狼一般的吼叫声，虽然管家又送来了一只红红的炭火盆，但仍然难抵透骨的寒气。

（五）

好不容易熬过了靖康元年（1126 年）的寒冬。

听说金人已经退兵，东京暂时解了围，退位后逃到扬州的太上皇赵佶，又回到了东京。

在金兵兵临城下时，赵佶将一个"国破山河碎"的烂摊子交给了赵桓，便带着郑皇后和一群心腹连夜南巡了。回来后才发现，蔡京等旧臣已经伏诛，自己七岁的孙子赵湛已立为太子，这才知道自己重登皇位已经无望，只好深居宫中，独自品尝着唐玄宗退位后的滋味。

铁戈金马之声似乎远离了东京。

靖康二年（1127 年）三月，赵明诚得知母亲病逝于金陵，便急忙前往奔丧。他让李清照先回青州，待母葬之后即回青州接她同去江南。

丈夫走了月余，既不见人影，又不见书信，李清照在青州度日如年，心焦如焚。

不久，听说金兵再次围了东京，赵佶和赵桓已被囚于金营，康王赵构已在南京（今商丘）即位。又听说金兵所到之处，血流成河，而溃退的宋兵也趁机抢劫，其害不逊于金兵！

有一天，她终于收到了丈夫的信，让她立即赶往金陵！还特意嘱她，其他金石可以不带，但要带上《赵氏神妙帖》。

望着满满的二十多屋金石书册和古董字画，她问自己：怎么办？怎么办？若在青州等下去，一旦金兵破城，便会物毁人亡；若现在轻车简从赶往江南，虽然自身安全了，但丈夫一生的心血便付诸东流了。想来想去，她决定要和金石同存亡！

有一天，田叔从城里回来说，听逃难的人说，金兵已攻破了历下和章丘，又说临朐的守军趁机聚众作乱，入室抢劫，杀人放火，无恶不作。他说："夫人，三十六计，走为上计啊！再迟了，恐就走不脱了！马车已准备好了，我一路护送你去金陵，你就发个话吧！"

"田婶和田杏儿呢？"

"留在青州，为夫人守住屋子里的宝贝。"

"不，不能留下她们！要走，就一块走！也带着明诚的宝贝走！"

田叔说："我这就去准备装宝贝的箱子。"

李清照连夜开锁清点所存的金石等物，先将笨重的印本书籍留下，又将没有款识的古器留下，再留下官印书籍和大型古器，还将一些不十分珍贵的字画、拓片也忍痛留下了，只将精心挑选的稀世珍品装箱封好，一共装了十五车。留下来的，存放在原处，准备时局稳定下来之后，再用船运往江南。

她没忘了丈夫的嘱咐，将蔡襄亲书的《赵氏神妙帖》挑出来，带在自己身上。

临行之前，她忽然想起了丁香夫妇，听说丁香随王才有去了洛阳，不知此刻洛阳陷落了没有，若是陷落了，他们会逃往何方？还有孟后和麦花，她们仍留在瑶华宫里，还是被金兵掳去了？东海鸥如今在哪里？最好去外地云游去了，只要不留在东京城里就好！

当天晚上，天色阴沉沉的。李清照在归来堂的院子里焚了三炷香，跪在地上，默默地向上苍祷告，乞求上苍保佑青州平安……又摸黑摘了几片桂花叶子，还从树下捧了一捧黄土，装在了一个小布袋里了。

第二天一大早，周英华匆匆赶来了，接着，梁月儿也赶来了，原来，她们两家都准备南下逃荒，家中的男子正在准备车马行李，数日之后才能动身，听说李清照要去金陵，便纷纷赶来，要求和她同行，李清照自然十分高兴。

一行人终于出发了，当他们走到城南的望城亭时，都不由自主地回头望了望，不知谁低声哭泣起来，接着便哭成了一片。是啊，此刻背井离乡，踏上逃难之路，尚不知何时才能再看到青州城！

她们一步一回头地向南走着，最后，青州城终于在朦胧的双眼中，渐渐成了一团迷离的泪花。

第十八章　东京第一名媛，用匕首画出一朵芍药

征鞍不见邯郸路，莫便匆匆归去。秋风萧条何以度？明窗小酌，暗灯清话，最好留连处。

相逢各自伤迟暮，犹把新词诵奇句。盐絮家风人所许。如今憔悴，但余双泪，一似黄梅雨。

——《青玉案》

（一）

自金兵攻陷东京之后，百姓们便携带家口一拨拨地朝南逃去。逃难的人越聚越多，人群也越来越密，以至于堵塞了道路。损坏了的破车、丢弃的箱笼随处可见。有的一家人被挤散了，大人呼叫着孩子的乳名，孩子在人群中啼哭；有的老人病倒在路边，伸出双手向人们求救；还有的连累加饿，死在荒草之中，无人掩埋。逃难路上，哭声千里，血泪千里！

为了人和车的安全，也为了避开蜂拥的逃难人潮，李清照选择了走水路，打算经密州，到胶州，乘船过东海，登岸后再转道江宁。开始时，逃难路上的人要少些，后来便越走越拥挤起来。

因为路上宿无房舍，所以每到晚上便在马车底下歇息，而夜里常有歹人趁乱作案，大家总是提心吊胆地熬到天亮后，爬起来继续赶路。由于过度劳累，大家便渐渐体力不支，双腿也肿胀起来。梁月儿实在走不动了，竟坐在路上哭了起来。

李清照安慰了她几句，让她坐在运载金石的马车上。她又和车夫们商量，让她和周英华、田杏儿分班轮流乘车，这样一来，赶路稍快了一些。

一路上最辛苦的还是田叔和田婶。田婶不但要捡柴做饭、烧水，还要照料病了的女伴们。田叔总是走在一行人的最后边，到了晚上，便持一柄打谷场上用的二股钢叉，围着十五辆马车转圈子。李清照怕时间久了吃不消，让他多睡一会，他倒劝李清照保重好身子，因为这么多人和十五车金石都要靠着她呢！

好不容易到了胶州码头，才发现这里已是人山人海了。大船已被官府征用走了，码头上尽是一些渔船。老天又故意为难他们，竟下起雨夹雪！人们冒雨在泥泞中拥挤着，奔走着，为争船只争吵着，咒骂着。李清照浑身已被淋透了，她将大家安置在一座破庙

第十八章　东京第一名媛，用匕首画出一朵芍药

251

里避雨，让田婶生火做饭，自己便和田叔分头出去找船。

第一天和第二天，他们都空手而归。到了第三天傍黑，田叔匆匆跑回破庙，说在三十里外的一个渔村里，一下子雇下了三只大船和三只小船，大船可载人和装金石的木箱，小船随大船同行，以防意外，并说船家都是驾船的老把式，可放一百个心。

李清照听了，高兴极了，当即决定连夜装船，次日一大早拔锚启航。

他们的运气真好，虽然已是三九寒天，北风不断，但他们航行的三天三夜，都是风平浪静的日子！

从涟州登岸之后，他们便一步比一步更艰难了。直到除夕，才赶到瓜洲渡口，但渡口上已是人满为患。有的人已在渡口等了半个月了，仍未等到渡船；还有的因船上载人太多而沉船，尸首随着江水漂浮而去。

李清照虽然焦急，但不愿冒险。她将十五辆马车围成一圈，将金石行李放在中间，由田叔安排车夫轮流值守，腾出车厢来供人睡觉。到了夜间，生起篝火，大家围火而坐。

忽然，远处的村庄里传来了阵阵爆竹声，这已是一家人吃团圆年饭的时刻。李清照记起了当年在明水过大年三十的情景，她和小伙伴们穿新衣、放爆竹、迎财神、吃了年饭之后，还有压岁钱。在青州过年时，和丈夫一道写春联、贴窗纸、猜书、斗酒，其乐融融。而如今却……她怕除夕的爆竹声勾起众人怀乡思亲而伤心，便向偎依在身边的田杏儿说道："杏儿，你可知道'年'是怎么来的吗？"

田杏儿说，她只知道过年挺热闹，不知道"年"是怎么来的。

"我说了，你可别害怕呀！"李清照一面向篝火里添柴，一面笑着说道，"在很早以前，'年'是一只又凶又猛的怪兽，到了除夕夜里，它就窜到村庄里，瞪着铃铛大的眼珠子，张着血盆大口——"

田杏儿真的害怕了，她连忙紧靠在李清照身上。也许是太劳累了的缘故，不一会，便渐渐睡着了。李清照连忙解下自己的丝棉披风，轻轻盖在了她的身上。

夜深了，夜色也更浓了，浓得伸手看不见五指。众人也都渐渐睡了，也许他们从梦中又回到了青州家乡。

从正月初一直等到正月初九，也没等到渡江的船只。正当李清照一筹莫展时，忽然听见有人在喊自己"赵夫人——"

她回头一看，见从远处跑来一些难民，跑在最前面的竟是丁香！

丁香一把抱住了李清照，抹着眼泪说道："夫人，可赶上你了！"又指着后边的一些难民说："我从洛阳回来，就去青州找你，谁知青州城里已成了一片火海！听说你从海路逃难去了，我便和她们一路追赶来了！"

原来和她同来的，还有严青和段陶宜等人，她们都是从青州逃出来的！

梁月儿向他们打听自己的家人。丁香说，梁太守和段庄主、严郎中和周老板都不在人世了！周英华、梁月儿听了，捶胸顿足，痛不欲生。

原来，在金兵来到青州之前，守城的士兵哗变，杀了青州郡守曾厚序，四处抢劫财物。段庄主和梁太守因拼命护园，被乱兵杀害了。严郎中和周老板是被大火活活烧死的！

丁香还告诉李清照，乱兵进了归来堂之后，翻箱倒柜地找了大半天，也没找到值钱的东西，一气之下便放一把火，屋子里的金石书册连同家具衣物，都化成了熊熊大火，连院子中的石榴树都烧得焦黑了！

李清照听了，心如刀割。她见他们一个个灰头土脸，又冷又饿，便强忍着心中的悲痛，和田婶一起为他们做饭、烧水……

饭后，李清照悄悄问丁香："你有孟后和麦花的消息吗？"

丁香说："我从洛阳回淄州时，路过东京，东京已成了一座死城。我又去了瑶华宫，见宫门未关，进去后没见到她们。听说金兵不但掳走了两个皇上，还掳走了嫔妃、皇子皇孙和后宫嫔妃三千多人！听说有的人在半路上就被金兵——"

李清照连忙止住了她，又转头朝北方灰蒙蒙的天空望了一眼，说道："但愿她们俩不在其中。"

丁香来了，李清照便多了一个好帮手。到了正月十五那天，就在当地人吃元宵、看灯会的时候，他们终于等到了过江的渡船。

（二）

"蜀道难，难于上青天。"逃难之路，比走蜀道还要艰难十分！蜀道无非是小道羊肠，翻山越崖，异常艰辛罢了，而李清照一行人的逃难之路，除了长途跋涉，日夜奔忙之外，还要对付匪徒歹人和散兵游勇拦路打劫。

过了江之后，他们直奔镇江而去。路似乎平坦了一些，逃难的人流因分散去了各地，路上也不太拥挤了。当他们走到一处山坡时，忽见有十数人坐在地上号啕大哭。走近一看，见水沟中躺着几个男子的尸体。一问才知道，这是登州的三家人结伴逃难，准备去投奔芜湖的亲戚，谁知在这里遇上了一些持刀的歹人抢劫他们的财物。几个男人和他们拼命时，都被他们杀害了！为了抢夺一位女子的手镯，一个歹徒竟生生地砍断了她的手臂！

李清照让马车停下来，大家帮他们将亲人的遗体掩埋在山坡旁，才赶着车继续前行。

有一天，他们将到镇江时，忽然被一队官兵挡住了路。一个领头的中年军人大声说，他们是奉命盘查行人，以防金营探子趁乱南下。他看见十五辆车上装的全是木箱，便问里边装的是什么。

李清照说："都是些宗庙之物。"

他不相信，便让士兵打开了一些木箱，见里边装的都是些破书旧纸，没有值钱之物。有个士兵从一辆车上找到了一只铜鼎和一些绿锈斑斑的青铜器皿，问这些破铜烂铁是做什么用的？

李清照说："是祭祖之物，都是死人用过的。"

听说是死人用过的，那个士兵觉得十分晦气，连忙丢下铜鼎，从车上跳了下来。

因车上没搜到值钱之物，他们朝梁月儿和段陶宜等人看了看，便准备搜身。

"住手！"李清照大声喊道，"尔等身为将士，应以保国护民为己任，何敢光天化日之下行不轨之举？难道不怕上司追究？"

几个士兵被她镇住了，回头望了望那个中年军人。中年军人朝李清照望了望，吼道："搜！连她也搜！"

丁香急了，一把抽出藏在腰间的剪刀，护住了李清照。

田叔手执钢叉，领着车夫们赶过来，这一架势一下子压住了他们的气焰，双方相互对峙着。不过，李清照心里明白，他们人多，且都是训练有素的军人，若真的动起手来，后果不堪设想。

忽然，听见从远处传来一阵"嘚嘚"的马蹄之声，有人喊了一声："官兵来了，快走！"

中年军人打了一声呼哨，他们便蹿进一片林子逃走了。

马蹄声骤然而止，只听有人说道："赵夫人，你受惊了！"说完跳下马来。

李清照一看，原来是何云！

何云告诉她说，康王赵构在南京应天府正式即位后改元建炎，他奉旨去太湖调兵，路上听人说李清照押着十五辆马车，还领着十几号人要去镇江，他放心不下，便带着随从一路追来，无意间吓跑了一伙已成了土匪的乱兵！

李清照听了，感激不尽，但又担心他误了公干的行路，便问他什么时候去太湖？

何云说："我送你们到了镇江之后，就直奔太湖。"

听说兵部侍郎何大人要亲自送他们去镇江，大家脸上的愁云不见了，胆子也都大起来了，走得也更快了。

路上，李清照问道："二帝北狩，何时才能归来？"

何云说，赵佶被押到金营之后，曾向金帅宗翰哀求，说自己愿赴金朝，只求放赵桓到广南一带的小郡奉祀祖宗。宗翰不许；他又哀求留下赵桓之子监国，宗翰仍不答应。为了断其赵氏皇族之根，宗翰干脆下令将皇子皇孙们一律拘捕起来，路上增兵押送。

因赵氏皇室除了已逃出东京的赵构之外，再也没有皇位继承人了，金人便册封只当了两个月宰相的张邦昌为帝，国号大楚，与金以黄河为界。然后押着赵佶、赵桓父子和所有皇后、嫔妃、亲王、公主、宗室、外戚、执宰和在京的全部大臣们一路北进。他们还掳了一些工匠、娼优、宫女和俘获的将士们，共有十万人之多。又搜刮了金一千万两、银二千万锭，帛一千万匹，马一万匹，以及法器、卤簿、车络、冠服、礼器、祭器、乐器、书册等装满了九千多辆牛车，才浩浩荡荡地向北撤走了。

李清照想起了骄恣无道、滥杀无辜的秦二世。咸阳令闫东冲进宫中诛杀秦二世时，他说他愿退位，但求能做个一郡之主，闫东不准；他又央求当个万民侯，仍不准；秦二世只好哀求留他一条生路，情愿做个平民，闫东还是不准！见乞求无望了，他只好拔剑自刎而亡！

和秦二世比起来，赵佶和赵桓要幸运一些，他们毕竟保住了一条性命。

其实，苟且偷生，生不如死。

李清照知道何蕊嫁给了皇族，不知道她的命运如何。但又不好问及，便说："令尊大人还好吧？"

何云听了，半天无语，最后低声说道："家父和小妹都被金兵掳去，已押往金国了。"

李清照心中一颤。她很后悔，埋怨自己不该问及此事。

何云似看出了李清照的心事，便转了话题，问道："你可知道你表妹王可意的事吗？"不等李清照回答，他接着说道："你表妹和御史中丞秦桧大人本来可以逃出东京的，但因秦大人力主抗金而与众多朝臣陷入囹圄，才与你表妹一同被金兵掳走的！"

这更是李清照没想到的！她眼前浮现出了一幅惊心动魄的画面：十余万人像牲口一样被人鞭打着，驱赶着，冒着北国的风雪，在茫茫荒原上一步一回头地走着。她又想起了自己，想起了丁香、田杏儿、田叔夫妇，以及倒在路边的老人和被砍断手臂的女子，还有青州被焚毁的十多屋书册、金石……这都是谁造下的孽啊！一个大宋皇帝为一己之私酿成的大祸，为什么要殃及天下人呢？苍天啊，这太不公道了！

"赵夫人，你走累了吧？"何云见她放慢了脚步，便让她骑上自己的马。

李清照摇了摇头，又问："你见过我表姐王可人了吗？"

何云摇了摇头。

终于看到镇江城了。何云不敢再耽搁，便告别了李清照，率领随从们向太湖驰去。

（三）

建炎二年（1128 年），一行人和十五辆马车行程千余里，历时七十天，终于熬到了头——江宁城已遥遥在望了。

已被诏为江宁知府兼江南东路经判使的赵明诚，已率人早早地等候在东门东郊了。当李清照走到他的跟前时，他简直不敢相信自己的眼睛了。妻子原先的丰满脸庞，如今又黑又瘦，她穿了一身农妇的棉衣，头上还系着一条蓝布方巾，像一个地地道道的村妇，只是眸子还是依然明亮、有神。当他看到她身后的十五辆马车时，心中有些酸楚，连忙安慰说："清照，可真难为你了！"

李清照虽然激动，但她尽量克制着，她指着身后的一群人说道："这都是从青州逃出来的乡亲父老。他们有的要在江宁投亲，有的要去姑苏靠友，还有的要去钱塘等地，你可要帮帮他们呀！"

众人也陆续走过来，连忙向这位江宁太守行礼。赵明诚大声说道："诸位乡亲，你们放心好了，来到明诚这里，就算到了自己家了。走吧，咱们一块儿进城！"

幕僚牵来了他的马，他执意不肯骑，和众人边说话，边向城里走去。

当天夜里，赵明诚将大家安置好了之后，又将十五车的木箱搬进了库房，才和李清照回到了自己的起居室。

李清照从怀里取出《赵氏神妙帖》，双手交给了赵明诚，说道："明诚，这是你的那件宝贝，今日完璧归赵！"

赵明诚抚摸着她的脸庞，说道："清照，我真不知道该怎么谢你才好！一路上，你吃尽了千辛万苦，胆大心细、处事不惊，胜过须眉。告诉我，你当时是怎么想的？"

李清照偎依在他的怀中，低声说道："我什么都没想，只想能早一天见到你。"

"现在不是见到了吗？你还有什么心愿？"

"愿我们今生今世再不分开了！"

赵明诚蓦然觉得，妻子从高不可攀的词坛上走下来了，从遥不可知的梦幻中走出来了，真真切切地走到了自己跟前。一股暖流涌上了心头，便紧紧地抱住了她，泪水无声地流下来，落在了她的脸上。

因梁月儿和段陶宜有亲戚住在南京，次日一早，便和李清照告辞了。周英华和严青要去越州投奔亲戚，赵明诚认为走水路不但安全，而且少了许多途中的劳累，所以特意安排了船只，夫妇二人又将她们送到了运河码头。临开船时，周英华一面抹泪一面说道："赵夫人，你若来越州，可一定捎个信来啊！"

李清照一面应诺着一面挥手，目送着船只驶向了远处。

仅仅七十多天的逃难生涯，李清照觉得好像过了漫长的年月，他们彼此相随，生死相托，其情其谊超乎一般友人。但是，自此一别，尚不知何时才能再次相逢！也许此生此世再也……她不敢再向远处想了。

由于青州的那场兵火，田叔、田婶和田杏儿已无家可归了。丁香虽然在淄州有家，但有家也归不得。李清照已把他们当成了自己的亲人，再也不愿意和他们分开了。不过，丁香一直惦记着王才有，听逃难的人说，金兵攻下洛阳后，在城中杀人放火，奸淫抢劫，无恶不作。没死的百姓都四处逃散了，不知道王才有如今是死是活。若是逃出了洛阳，又逃往何处去了？所以，她的心一直揪着，夜里常常被噩梦惊醒。她怕李清照为她分心，从不在她面前提及丈夫，总是像个没有心事的人。

早饭后，赵明诚和李清照正在清点运来的箱笼，忽然戚涌带着赵构的诏令来了。他是从"行在"（朝廷临时驻地）扬州来江宁的。

"皇上不是说要独留中原，以图恢复大业吗？"赵明诚问道，"为何突然要巡幸东南呢？"

戚涌说：“依我之见，他是想从应天府移都江宁。”

“为什么？”

“无非是害怕重蹈二帝被掳之辙而已。”

“李纲等人为何不竭力劝谏呢？”

“李纲因力主抗金，被主和派中书侍郎黄潜善和枢密院事汪伯彦排挤，已被罢去了相职。”

“皇上呀皇上，都到什么时候了，你怎么能自毁栋梁呢？”赵明诚说道，“如今，谁还敢为社稷冒死力主抗金啊？”

“有啊，可惜他们都被诛杀了！”

“他们是谁？”

“一个是那个击鼓上书的太学生陈东，另一个人是布衣士子欧阳澈。”

赵明诚和李清照一惊，难道这会是真的？皇上怎么敢公然违背太祖誓约上“不杀士大夫与上书言事人”的祖训呢！

原来，张邦昌被金朝立为楚国皇帝时，他一直痛哭不已，表示自己不忍叛宋，但若不答应金朝册封，金兵便会屠城！这实在是无奈之举。做了皇帝后，他不立年号，不坐正殿，不受群臣朝贺，不用天子礼仪，宫门上都贴着“臣张邦昌谨封”的封条。

赵构在应天府即位后，张邦昌派人将大宋的传国玉玺辗转送到了逃难的孟后手中，由孟后交还给赵构，以表明他忠于大宋王朝的心迹。但赵构得到玉玺之后，便将他赐死了。

已经退到黄河以北的金兵以张邦昌被杀为由，再次发兵南下。已被诏到应天府的陈东，总是随时带着自己的棺材，决心为抗金而舍身成仁。他又两次上书，一是认为“欲复中原，非用李纲不可”；二是乞罢主和派黄潜善、汪伯彦之职；还正告赵构，两帝尚在，他不应即位！并质问他说：“若他日皇上归来，不知何以自处？”

这正戳到了赵构的痛处！

欧阳澈看到赵构即位后，不顾父兄仍被囚在金邦，不管千万百姓流离失所，与赵佶皇帝一样，迷恋、沉湎女色，便上书指责赵构“宫禁宠乐”。

这又戳到了赵构的痛处。

赵构又怒又羞，他恨他们，也怕他们，遂将二人斩于应天府东市！

二人死时，陈东四十岁，欧阳澈才三十九岁！

一腔忠君保国的热血，就这样白白地洒在了这位新帝的脚下！

赵构十分喜欢烟花繁华、美姬如云的扬州，但又害怕金兵再次南下，便打算七月迁都江宁。戚涌就是奉诏先期来江宁，让江宁府做好迎接圣驾事项的。

二人连忙将他让进客厅。

"赵大人，我虽奉诏而行，但心已冷矣！"戚涌有些伤感，他又转头对李清照说："赵夫人，我曾经读过你在东京写的《浯溪中兴颂碑和张文潜》两首诗，直抒心志，托古讽今，寓意深远，今日之势，亦似彼时啊！"

"戚大人，你取笑清照了。"李清照连忙说道。

"不，不，我至今不忘'君不见惊人废兴传天宝，中兴碑上今生草'，此句写的何等之好啊！"

赵明诚说："我和清照很想听听戚大人对时局的见解，望不吝赐教。"

戚涌回避开这一话题，苦笑着说道："我哪，很想学学当年的元结，也在江南找一处抔湖，读书、作画、交游，名为隐居，实为修身，该是何等舒心啊！"

赵明诚笑着说道："元结隐居武昌西山抔湖，乃是为避安史之乱。戚大人未过不惑之年，又才学出众，正是施展抱负的时机，何言引退呢？"

戚涌听了，大声笑起来了，说道："赵大人啊，我担心迟了就难以找到一块清静之处了！"又问李清照："夫人一路南下，定有见闻，可曾又有大作？"

李清照在逃难途中，虽然感触颇多，很想将感受付于诗词，但途中劳累不堪，又无法取出笔砚等物，只在心里有了一些腹稿。到了江宁之后又记不准了，只记得到镇江时得了两句："南来尚怯吴江冷，北狩应悲易水寒。"因未成篇，不便示人，便笑着说道："待清照再有拙作时，定呈戚大人指正。"

戚涌说："能拜读夫人大作，是戚某大幸，哪里敢言'指正'呢？"说到这里，他站了起来，"我今日就回扬州复命，请赵大人和夫人保重。"说完，便离开了江宁府。

（四）

因为战乱，江宁城的大街小巷都有从北方逃出来的难民，他们自己不说是难民，称为"北人"。赵明诚上任不久，不但要设法救济和疏散这些"北人"，还要办理堆积如山的公事。本来已忙得团团转了，如今又要准备迎接圣驾！所以，天天在署衙中忙碌着，收集、整理金石书籍之事，便落在李清照身上了。

江宁是六朝古都，自古就是"江南佳丽地"，既是历代兵家必争之地，亦是交通发达的江南商埠。因商事极为繁荣，故而城中豪宅锦邸遍布，酒肆饭庄、歌楼妓馆夹杂其间。每至黄昏，闹市中便丝竹声声，灯红酒绿，好像战乱离他们十分遥远。

有一天，李清照正在家中整理《邯郸记》，丁香从街上买菜回来，悄悄对李清照说："夫人，城里有座夫子庙，庙前就是秦淮河，想不想去逛逛？"

李清照白了她一眼，说道："秦淮两岸，尽是青楼，那种地方有甚好看的？"

"不是去看秦淮河的青楼，是去逛夫子庙，那里有好多卖古董字画的店铺，就像东京的大相国寺一样。"

李清照过去没到过江宁，更没去过秦淮河。不过，她对秦淮河并不陌生，好像在什么地方见过！历代诗人写秦淮河的诗词，她大都读过了。她从前人的诗词中早就认识秦淮河了，心中也想能像李白、杜牧、刘禹锡、王安石那样，去乌衣巷访古，在朱雀桥上觅诗，该是何等心境！她永远都忘不了爷爷向她讲的"王家书法谢家诗"。在东晋时，王导、谢安两大士族就住在秦淮河畔的乌衣巷里。王羲之、谢灵运等皆出自乌衣巷。王安石去职后也居于秦淮河边，曾填了一阕《桂枝香·金陵怀古》，她十分欣赏"念往昔，繁华竞逐，叹门外楼头，悲恨相续，千古凭高，对此漫嗟荣辱"的苍凉意境。便对丁香说道："去看看也可，说不定还能淘到什么宝物呢！"

第二天，她便让丁香带路，和田婶、田杏儿一道去了夫子庙。

夫子庙确有一些古玩书画商铺，她转了一圈之后，并未发现中意的东西。在一家小店里，见到了一帧《桃叶歌》的拓片，店主见她喜欢，便说道："夫人，这《桃叶歌》可是王羲之之子王献之所书，当地还有个'桃叶渡'的故事哩！想听听吗？"

李清照点了点头。

王献之年轻时，工于书法，尤以行草擅长。他听朋友说，在桃叶渡口有人在卖一方稀奇的桃形砚台。他便去了桃叶渡，从一位老者手里买下了那方桃形砚台。老者告诉他说，这是他家祖传下来的一方"桃花砚"，若春天用桃化水洗砚，墨迹不干，笔亦流畅。

第二年桃花开时，王献之便携砚去桃叶渡洗砚。一卖团扇的年轻女子见了，说道："这是我家的桃花砚，去年我父亲卖给一位公子了。"

见王献之有些半信半疑，那女子又说："如若不信，砚台背面有两句诗，'一砚池满盛花香，墨透纤毫染华章'。"

此女就是那位老者的女儿，叫桃叶。原来，她家也是书香人家，因遭不幸而家道败落。为了生计，她父亲才卖了那方"桃花砚"，自己则在渡口卖团扇，但买扇的很少，她正在发愁呢！

王献之便在她的团扇上题写了一些诗句，特意落上了自己的名字，行人见了，纷纷抢购，桃叶十分感激。

王献之回家后，总是心神不定，便在"桃花砚"上研了一池浓墨，写了两首桃叶歌，第一首是：

桃叶复桃叶，渡口不用棹。

但渡所无苦，我自迎娶汝。

店主怕李清照不相信，便指着拓片说道："请夫人细看，这是不是王献之的草书呢？"

李清照看了，点了点头。

田杏儿急了，连忙问道："以后呢？你快接着说呀！"

店主说："因桃叶幼时已与人定了'娃娃亲'，谁知尚未成婚男方便染病身亡了。她被婆家抢着抬了去'婚葬'——这是东晋朝的陋习。"

"桃叶姑娘死了吗？"田杏儿又问。

"死了就没有后来的故事了！"店主笑着说道，"她被人救了出来，后来，王献之便将她娶回家了。"

"真的吗？"

"不信，你去乌衣巷问王献之去！"

众人听了，都笑起来了

店主向李清照要了三钱银子，便把《桃叶歌》卖给她了。

离开夫子庙，便看见了朱雀桥。刚过桥，迎面是一座朱门大宅，这里便是王、谢两大家族的故居。但华堂的门楣油漆已经剥落，墙头上亦有残缺，门前十分冷清。只是偶有几只燕子从门楼中飞进飞出。李清照随口吟哦了刘禹锡的绝句：

> 朱雀桥边野草花，乌衣巷口夕阳斜。
>
> 旧时王谢堂前燕，飞入寻常百姓家。

田杏儿问她："夫人，你在青州教我默背的《泊秦淮》，就是这里吧？"

"对，杜牧的诗，你还记得？"

"记得，记得，'烟笼寒水月笼沙，夜泊秦淮近酒家。商女不知亡国恨，隔江犹唱《后庭花》'。"

当年陈国亡后，歌女们还在弹唱陈后主的亡国之音《玉树后庭花》。南唐亡后，汴州教坊还在传唱他的《虞美人》。赵佶被押往了金朝，却没听说有人唱过他写的那些艳词！

丁香忽然站住了，指着站在人群中的一个男子说道："夫人，快看！"

李清照正待细看时，那男子已匆匆走过来了，说了声："夫人！"便取下了头上的方巾，原来是身着男装的东海鸥！

李清照连忙问道："你怎么也到了江宁？"

"我刚刚进城，正想到江宁府衙门去看你呢，不想在这里遇上了，真是天意啊！"

"你是从哪里来的？"李清照问道。

东海鸥低声说道："我是从金国逃出来的！"

李清照听了，心中大骇。她再也没有逛街的兴趣了，便匆匆领着她离开了乌衣巷。

（五）

原来，东海鸥是从五国城逃出来的。

金兵攻陷东京后，东海鸥本可以随着人群逃出去的，但她惦记着孟后和麦花，便换了一身男装去了瑶华宫。见宫中躲着许多逃难的人，唯不见孟后，正待走时，被金兵围住了。原来，金兵需用大量民夫，将他们抢劫的众多财物运往金国。

在去金国的途中，人和车蜿蜒一百余里。因马匹用于战事，所以用牛拉车，行路十分缓慢。路上，金人对赵氏皇族看管得很严，将赵佶和赵桓分开押送。赵佶一路是走的东路，仅皇后、嫔妃、皇子皇孙和宗室成员就装了二百多车，文武百官和他们的眷属，还有无官无职的太学生们，又装了数百辆。对金银匠、马掌匠、木工、御医、裁缝、画师、教坊歌舞伎、厨师、花工等看管得较松，对赶车、搬运的民夫，只要不怠工，他们便不管。白天冒着风沙赶路，夜晚宿在荒草之中，听着阵阵野狼的嚎声，谁还敢闭上眼皮？因一路上又饿又渴又劳累，有的人便死在路边上。金兵为了赶路，不许掩埋，任野狼撕食！

女子们为了自保，许多人在自己脸上涂泥，抹牛粪，就是这样也难逃魔掌。赵佶眼睁睁地望着自己的四个宠妃被金人一个个强索去了，配给了金兵的大小头目们为妻为妾。最后，身边只剩下的两个公主也难保住，一个公主被一个黄胡子金兵拖下车时，她一面挣扎着，一面呼喊着："父皇，救救我呀……"

赵佶眼睁睁地望着公主被横放在马背上抢走了，只能以袖掩面而哭；另一个公主不甘被辱，跳车而逃，被金兵捉回，配给了一个小头目。

金兵不但糟蹋嫔妃、公主，连掠去的平民女子也不放过。金兵副帅的侄儿颜衣，听说一个叫莺儿的歌伎歌喉润圆，便命士兵把她押进金营的帐篷里，让她唱歌。莺儿一直闭口不语，他命士兵撬开她的嘴巴时，一大团血水喷了出来！原来，她已经咬断了自己的舌头……

她还说，李师师幸免被掳。她在金兵进城时，穿了一身宫女服装，趁乱混进了逃难的人流，逃出了东京，有的说她死在逃难途中，有的说她已削发为尼，但又不知在哪座寺庵中出的家……

李清照问道："你在路上见过我的表姐和表妹吗？"

"我曾经见过。"东海鸥告诉她说，"王可人倒是没受太多的罪，离开东京不久，她便吞金而亡了。我不知道她埋葬在何处，但却看见了王可意和秦桧大人了！"

李清照一直在为表妹和妹夫担心，因妹夫秦桧是主战的大臣，当年为了是否割让三镇给金朝，以求弭兵，朝廷曾召集百官议事。其中七十人同意割让，秦桧等三十六人坚决反对。此次被金人掳往金国，他必有大难。

东海鸥说，有一天，到了宋金两国的界河时，秦桧夫妇突然被金主召去了，听说将秦桧交给了他的弟弟达赖任用，由王可意伺候达赖夫人的起居。自此，他们夫妇便和众人断了消息。

抗金大将张叔夜因不愿离开故国，他走到界河时，仰天长叹，说道："我抗敌不许，反成敌囚！其耻其辱，愧对祖宗！宁可玉碎，不为瓦全！"说完，一头撞向界河的石礅上了！

"真是位刚烈的将军！"李清照呜咽着说道。

"还有刚烈的女子呢！"东海鸥说道，"夫人，你还记得何蕊小姐吗？"

李清照怎么会忘了这位娇生惯养而又好胜争强的豪门千金呢？连忙说道："记得，记得，是何云大人的小妹。"

"我亲眼看见了她是怎么死的！"

"她也死了？"

"死了，死得轰轰烈烈。"

原来，何蕊与她丈夫同乘一车。金兵元帅宗望的舅兄羊上砣听说何蕊是"东京第一美媛"，便把她叫到帐中，命人端来了羊肉、马奶。她说羊肉膻、马奶臊，不吃也不喝。羊上砣又命人送来了天鹅绒斗篷，她也不要。羊上砣还许诺同她成婚后可封一品夫人。她知道自己进了狼窝就难以脱身了，便提出用自己赎出丈夫。羊上砣答应了，便放了赵付。她又提出要亲自将丈夫送出五里路，羊上砣也答应了。当送出五里时，她让丈夫骑上羊上砣的马，要他赶快南逃！

丈夫逃出之后，她从身上摸出一把匕首，羊上砣一见，慌了手脚，连忙去夺，已经迟了，何蕊已将匕首插进自己的前胸！溅出的鲜血，染红了身边的衰草，衰草在寒风中抖动着。

赵付跑出不久，便被追上去的金兵砍死了……

这时，赵明诚突然回来了，他见过东海鸥之后，对李清照说，本来赵构要从扬州"驻跸"江宁的，谁知金兵突袭扬州，朝廷只好渡江南移，最终"驻跸"何处，尚无消息。自己已被移任湖州，待新知府到江宁后，即可与李清照同去湖州了。

一直忙于迎驾的赵明诚，终于松了一口气，但是他没料到，一场大祸即将自天而降！

刚刚从灾难中熬出来的词女，将会陷入万丈深渊之中。

帘卷西风，人比黄花瘦——李清照传

第十九章　丈夫病故，歹人暗算，词女在苦海中挣扎

帝里春晚，重门深院。草绿阶前，暮天雁断。楼上远信谁传？恨绵绵。

多情自是多沾惹，难拚舍，又是寒食也。秋千巷陌人静，皎月初斜，浸梨花。

——《怨王孙》

（一）

因赵构不再"驻跸"江宁，赵明诚便有了一些空暇。有一天，忽然飘起了雪花，紫金山上一片银白。他问李清照，想不想去紫金山赏雪？

李清照十分高兴，她想起了女诗人谢道韫当年在这里吟哦"未若柳絮因风起"的典故，心想，或许自己也能踏雪觅得一二好句呢！于是，披上斗篷，又戴了一顶斗笠，便和赵明诚出门了。

登上紫金山顶，全城景色尽收眼底。万里长江似从天际而来，又滚滚东去，直奔大海。波涛撞击着山脚的岩石，绽开了一堆堆的浪花。李清照不由想起了苏轼的《念奴娇》。可惜呀，这如画的大好江山，已被人割去了一半，余下的这一半，尚不知能否守住。今天，哪里有与敌决战的赤壁？有谁能像周郎那样，让入侵之敌灰飞烟灭？更可叹的是，二帝北国蒙难，新帝一味南迁，迁到何处才是个头呢？难道这些逃难的"北人"都要客死江南吗？想到这里，不由吟哦了两句：

南渡衣冠少王导，北来消息欠刘琨。

赵明诚知道她此时此刻的心绪，也明白这两句诗的典故。琅琊人王导，是东晋初年宰相，他辅佐了三代朝廷，是东晋柱石，被后人誉为"江左管夷吾"，将他与齐国宰相管仲相提并论。刘琨是并州刺史，晋室南渡后仍在北方长期苦战，忠于朝廷，并派人南下，向王导报告了北方形势，拟订了立国大计。今天的南宋，缺的就是王导和刘琨这样的大贤俊杰！不过，就是有，也难被重用！

看到李清照的神情有些凝重，赵明诚说道："前面有一片梅林，走，我们赏梅去吧！"山路上铺着厚厚的积雪，踏上去，脚下便发出"吱吱"的响声。走到梅林时，见整片梅树都一齐绽开了，不空一树一枝，开得如火如荼。李清照总觉得江宁的梅花不同于明水

和青州的梅花。这里的梅花比北方的梅花更艳丽，花朵也更大，但看上去却少了些韵味，就像一幅画，画面上画得太满了，没留下空白，有臃肿之感。而家乡的梅花虽开得不多，甚至一棵树仅数枝有花，而枝上也只有三五个花骨朵，这足以让人心醉了！尤其是雪后月夜，顺着花香去寻梅花，那才叫赏梅呢！

赵明诚说道："清照，你赏梅不可无词，我等着洗耳恭听呢！"

李清照说："那好吧，我填一首，可不能笑我啊！我填的是一首《清平乐》。"说完，吟哦了一遍。

赵明诚听了，连声称赞。

天色渐晚，赵明诚为她折了一枝梅花，二人才沿着原路回来了。

晚上，李清照将梅花插在发际，对着镜子看了看，忽然看见鬓角竟有了几根白发！她这是第一次看见自己的白发，有些愕然。不过，想了想也就释然了，因为自己毕竟是四十六岁的人了。

几根白发似触动了她的心。她铺开彩笺，写下了那首《清平乐》：

年年雪里，常插梅花醉。挼尽梅花无好意，赢得满衣清泪。

今年海角天涯，萧萧两鬓生华。看取晚来风势，故应难看梅花。

（二）

建炎三年（1129年）三月，赵构君臣逃出扬州后，先驻镇江，后迁杭州。赵明诚接到了朝廷诏令：四月赴湖州上任。

新知府终于到了。当天晚上，赵明诚在署衙中交割完了公事之后，新知府回私邸了，赵明诚便去署衙东厢的书房收拾自己的书籍杂物。这时，江东转运副使李谟匆匆来报，说衙营统制官王亦图谋不轨，密谋兵变，子夜在天庆观纵火为号起事，请赵明诚决断处置！

赵明诚本是文官，不谙军事，且自己已经卸任，本可推给新任知府处置，但事发突然，兵变在即，新知府又一时难以找到，他不敢大意，便委托李谟指挥平息叛乱。

李谟立即调集将士，在各个路口设置路障，又在城中安排了伏兵。子夜时，天庆观大火熊熊，火光映红了半个江宁城，叛军纷纷拥出。但道路已堵，叛军群龙无首，难以集合，乱为一团。李谟率军奋战，叛兵有的被将士斩杀，有的跪地求饶。王亦见败局已定，若是被俘，死罪难恕，便趁着夜色逃出了城门。

平叛大捷，李谟去向赵明诚报告，却不见了人影。正当奇怪时，有人报告说，朝散郎和观察推官担心交战时误伤了知府大人，衙中又无一兵一卒，为安全计，二人说服了赵明诚，三人腰系绳索，从城头缒下去了。

事后，这两位官员降官，赵明诚则被罢职！

罢职之后，赵明诚愧疚不已，一连数日闭门不出，有时还会捶打自己的胸膛，以泄内心的羞愧疚悔之意。

李清照知道他是一个书生，经受不了罢官的打击，知道劝解和为他抱不平都无济于事，便笑着说道："你还记得戚涌大人说的话吗？"

赵明诚一时没能想起来。

"他想学元结，在江南找一处抔湖，结庐湖边，读书、作画，若是迟了恐就找不到这么好的地方呢！"

"记得，记得，若能如此，可真的是解脱了！"

"以我之见，罢官之事，亦并非不好，从此断了浮名浅利，急流勇退，寻一个清静之处，专修金石，或能为后人留下些有用的学问。你说呢？"

"此事我也曾反复想过，只是难以决断，也怕哥嫂和同族父老们埋怨。"

"我倒有个主意，"李清照说道，"听人说，匡庐之下的赣水一带，民风淳笃，如桃花源之境。若能居于赣水，胜于姑苏、杭州。我们三月三日可借修禊之俗，邀约两家的族人聚会，将我们拟居赣水之事告诉他们，你看如何？"

赵明诚觉得这是个好主意，便下书各处。不久，赵存诚和妹夫李擢陆续来到了江宁，李杭和表侄谢伋也来了。赵思诚来时，还带来了二妹的三个未成年的孩子。原来，妹夫傅察当年奉旨出使金国议和，金主不许，并污辱大宋使臣。傅察当面痛斥金兵南犯，贪得无厌，涂炭生灵！金主怒极，将他戮杀。他的遗体被背回京师时，城中军民跪地迎灵，纷纷为他请功，赵构曾下诏褒彰。

李清照听说了傅察不辱使命，为国殉难的经过之后，十分悲痛，紧紧拉住二妹的手说道："妹夫之死，重于泰山。若大宋朝臣都有如此骨气和胆量，国土不会沦丧，百姓也不会流离了！"

族人聚会，有说不完的思念诉不完的苦。李杭告诉李清照说，明水老家的廉氏将父亲早年撰写的《廉先生序》已刻石立碑，还请堂兄李迥写了一篇题记。李迥在金兵入侵明水时遇难了。

李清照极想知道家乡和亲人的消息，但又怕知道家乡和亲人的消息。当天晚上，她在天井里设了香案，跪在桌前，流着泪遥祭了傅察和李迥。

赵明诚刚想向族人们讲述自己被罢一事，被李擢止住了。他说道："三哥，此事已经过去，不讲也罢。听说你和三嫂要卜居赣水？此事实乃卓识远见。"

谢伋接着说道："表叔表婶，你们在赣水住下之后，要多置点田亩房产，再建一座'归来堂'，我等下了这只'船'之后，便去投奔你们！"

哥嫂们也都觉得他们卜居赣水不失为良策。

晚上，李清照心潮难平。今日族人聚会之后，还不知何时才再次见面！心中十分惆怅，便伏案填了一首《蝶恋花》：

> 永夜恹恹欢意少，空梦长安，认取长安道。为报今年春色好，花光月影宜相照。
> 随意杯盘虽草草，酒美梅酸，恰称人怀抱。醉里插花花莫笑，可怜春似人将老。

（三）

上巳过后，一只双桅大船从石头城出发，逆水而上。

李清照站在船头上，望着两岸的竹林和房舍的炊烟，心境格外舒畅。这是她南渡以来最展眉的日子，因为船上载着丈夫和丈夫一生收藏的金石，还载着与自己生死与共的五个异姓亲人，正向赣水之滨的"桃花源"驶去。自己就像沿河而行的武陵人，轻声诵道："忽逢桃花林，夹岸数百步，中无杂树，芳草鲜美，落英缤纷……"

田杏儿问道："夫人，你说什么？我没听懂。"

李清照指了指一个小村落，继续诵着："复行数步，豁然开朗。土地平旷，屋舍俨然，有良田美池桑竹之属。阡陌交通，鸡犬相闻，其中往来种作，男女衣着，悉如外人。黄发垂髫，并怡然自乐。"诵到这里，她朝田杏儿笑了笑，说道："这就是咱们要去的地方！"

丁香坐在船舷边淘米，她忍不住问道："到了那里之后，咱们要找一处有泉水的地方，也给它取个名字，就叫'漱玉泉'！"

李清照大约想起了童年在明水的趣事，笑着说道："最好也有个莲湖，湖边也建个溪亭，我们天天划船去采菱角！"

船上的人听了，都乐起来了。

半个多月后，江船抵达了池阳城。赵明诚决定在池阳住两天，买些菜蔬和粮食之后，再继续南行。

船刚刚靠岸，见一位官员站在码头上，一位中年官员对赵明诚说："你就是赵大人吧？"

赵明诚说道："在下便是赵明诚。请问，找我有何见教？"

"我是池阳县丞柯迁春，因接到朝廷诏令，特在码头迎候大人。"又指了指身边的驿吏说道："诏令刚刚送达。"

赵明诚心里有些纳闷，自己不是已被罢官了吗？朝廷为何还下诏令呢？

李清照已感到定有什么变故，心想，但愿不是新的任命诏令才好！

赵明诚接过诏令一看，便木木地站在那里了。

李清照低声问道："明诚，是什么诏令？"

"诏令上说，念我守莱淄二郡有功，江宁兵变事出有因，故复任湖州太守。"

这果然是李清照最担心的事!

"何时上任?"李清照问道。

"诏令上只说即刻上任,未定时限。"

李清照心里一阵难受,刚刚离开了宦海,又要去面对官场上的惊涛骇浪了。

赵明诚低声对李清照说:"清照,我想抗旨不去。"停了停又说:"或以有病为由,不去湖州。"

李清照摇了摇头,她望了望船上装金石的木箱,说道:"咱们先上岸吧,再想想有无别的办法。"

赵明诚也为这些金石发愁,妻子从青州运到了江宁,又从江宁运到池阳,若再朝赣水进发,显然不能了,但再原船原路回去,其间要费多少个日夜、奔波多少路程啊!

登岸后,县丞为他们赁了一座十分宽敞的大宅。安顿下来之后,二人商量了整整一夜,以为抗旨并非上策,立即上任又极不情愿,唯一的办法只能推迟赴任时间。

李清照忧心忡忡地说道:"湖州是兵家必争之地,若金兵南下,湖州难保,你去湖州,亦难久安,不如我先在池阳住下,以观变化,再定进退。"

赵明诚听了,点了点头。

箱子刚刚搬进了一间仓房,驿吏又送来了第二道诏令,催促赵明诚即刻过阙赴任!

看来,拖是拖不成了,李清照说:"明诚,你还是先赴任去吧!"

"你怎么办?这些金石怎么办?"

"我和丁香他们暂留在这里,你放心好了,有我在,这些金石一件都丢不了!"

当天晚上,李清照为丈夫置办了一桌酒菜,又将大家都请到大厅里,为赵明诚饯行。夜间,刚刚睡下,她便被一个噩梦惊醒了。她在梦中看见丈夫正在一座独木桥上走着,自己大声喊他,他却不肯回头。忽然洪水来了,独木桥被冲倒了……她一下子坐起来,望着已经睡熟了的丈夫,再也不敢闭眼了,怕一闭眼丈夫会从梦中走了。

第二天一早,李清照亲自将赵明诚送到去江宁驿道的古亭旁,才依依分手。赵明诚肩上斜背着一个小包袱,上了马之后,那马就是不肯挪步。赵明诚抽了一鞭子,它也只是朝前走了几步,便又站住了。

赵明诚转头笑着对李清照说:"你看,这马见你不回去,它不肯走呢,你快回去吧!"李清照刚刚向后退了几步,那匹马便飞奔而去了。

李清照一直站在古亭旁边,久久地望着驿道的尽头……

(四)

七月流火,又闷又热。白天手不离扇,亦汗水不歇。晚上,当地人将竹床置于门前,都睡在露天里。

李清照自小怕热。一日，她在院中井旁的梧桐树下看书，田杏儿对她说道："夫人，今天是七月初七，夜里，牛郎织女要在鹊桥相会呢！"

李清照听了，心中涌起了无边的惆怅。天上的神仙还能定期相会呢，自己为什么总是和丈夫天各一方，合分无常呢？她默默算了算，丈夫是六月十三日与自己分手的，到今天已有二十四天了，怎么还不见有信来呢？心中的离情别绪难以排解，便取来纸笔，填了一首《南歌子》：

> 天上星河转，人间帘幕垂。凉生枕簟泪痕滋，起解罗衣，聊问夜何其？
> 翠贴莲蓬小，金销藕叶稀，旧时天气旧时衣，只有情怀，不似旧家时！

丁香手里拿着一封信急忙走进来，说道："夫人，急信，快马刚刚送来的！"

李清照的心突然"咚咚"跳了起来，双手颤抖着接过信，心中有些无端的恐惧，一种不祥的感觉使她骤然浑身发冷。原来信是从江宁衙门发出的：赵明诚途中忽染急病，今在江宁诊治，盼赵夫人速去！

赵明诚虽是一介书生，但平时身体极好，少有疾病。一般小疾，不需服药便可自愈，怎么会突然得病呢？再说，此信并非是赵明诚所写，看来，病情非同一般！她立即雇了一只快船，带着田杏儿出发了。

因为是顺江而下，加之顺风顺浪，快船仅用了三天便到了江宁。

到了江宁才知道，按照惯例，赵明诚要先去杭州向皇上谢恩之后才赴湖州，但由于冒着酷暑赶路，染上了腹泻，又延误了医治而一病不起。李清照看见已经奄奄一息的丈夫，猛地扑到了病榻前，紧紧地抱着他，生怕一松手他会像梦中那样独自走了！

赵明诚微微睁开了眼，艰难地说道："清照，你……总算……来了……"说完，泪水顺着眼角滚落下来。

李清照将脸贴在他的脸上，哭着说道："明诚，你可要挺住啊！"

赵明诚好像太累了，又闭上了双眼，似乎睡着了。

守候在一旁的一位郎中说，赵大人自发病以来，这是睡得最安宁的一次。

李清照日夜守候在丈夫的病榻前，奉汤侍药，三天三夜不曾合眼。也许上苍慈悲，第四天，赵明诚的病情有些好转，竟然还吃了半碗米汤，脸色也不再苍白如纸了，眼神显得比往日亮了许多。

这时，田杏儿来说，有位叫张飞卿的客人来看望赵大人。

张飞卿进来后，对李清照说，他平生最喜金石，听说赵大人已撰写了《金石录》，且金石学问无人能比，十分敬仰。听说赵大人病了，特意前来探望。说完，将拎着的一篮荔枝放在了一边。

李清照自然不便拒绝。

张飞卿又从怀中取出一个锦匣，从中取出一只玉壶，双手递给李清照说："此壶乃家传之宝，据说可值万金，但不知是何时宗器，估价多少，想请赵大人和夫人鉴定。"

李清照从他的言谈举止中已经看出，此人乃是营利之徒。她粗粗看了几眼之后，便认定是今人仿碛的赝品，但她又不便当面戳穿，只好客气地说道："谢谢张先生抬爱，因明诚已在病中，怕对玉壶看走了眼，等病愈后再为张先生鉴定吧！请张先生且勿介意。"

张飞卿听了，只好告辞了。

就是这位不速之客，悄悄为李清照埋下了一条祸根。

（五）

赵明诚的病情越来越重了,他的旧僚们曾请来全城名气最大的几位郎中为他诊治过，最后一个个都叹气不语。李清照忽然觉得自己的心一下子被揪了起来。她想起了丈夫走独木桥的那个噩梦，想起临别时那匹马不肯离去的情景，难道他真的要走了吗？她紧紧地抓着丈夫的手，忽然，她看见丈夫干裂的嘴唇嚅动了几下，便连忙俯在他的嘴角，轻轻问道："明诚，你想说什么？我正在听呢！"

"笔……"赵明诚只艰难地说了一个字。

李清照连忙将笔塞在他的手里，但他已经拿不动了，笔又从手指间滑落下来。

"清照，你……金石……"赵明诚说出这几个字之后又昏迷了。

李清照心里明白，这是丈夫舍不下她，也舍不下他的那些金石！

李杭领着一位老郎中来了。老郎中试过脉之后，从药箱中取出一只小琉璃瓶，数出十粒小若粟米的药丸，为赵明诚服下之后，又开了一个方子，便将李清照叫到了外间，说道："夫人，请不要怪我直言，大人的病，已经太晚了，我已无回天之力，虽开了药方，亦无补益，只是尽心而已。"

李清照点了点头。

"一个时辰后，赵大人或许有生象，此乃回光返照，是谢世之兆，夫人便应安排后事了。"

老中医走后，室内静悄悄的。

"姐姐，姐夫醒了！"李杭喊道。

李清照一看，丈夫果然睁开了眼睛，脸颊上还有了一抹红润，他喘着气，还微微抬了抬手，李清照连忙去抓住他的那双骨瘦如柴的手，大声说道："明诚，你放心好了，我定将你的《金石录》刊印行世！"

赵明诚听了，嘴角闪过一丝笑容。

李清照觉得他的手渐渐凉了，那缕细若游丝的呼吸也渐渐弱了，她终于忍不住大哭起来："明诚，你不能撇下我呀！我们还要——"只哭了几声，便晕过去了。

赵明诚病逝后，赵存诚、赵思诚和李擢得到消息后都先后赶来了。

李清照已从极度悲伤中挺过来了，她日夜守候在赵明诚的灵前，大家劝她歇一会，她执意不肯，说道："就让我和明诚多待一会吧！"说完，便泪水如雨。大家见了，也只好由着她。

出殡的前一夜，李清照借着灵前"噗噗"跳动的烛光，跪在地上工工整整地写下《祭赵湖州文》五个楷字后，停了停，然后挥笔写下了"白日正中，叹庞翁之机捷，坚城之堕；怜杞妇之悲深……"泪珠落在诔文上，诔文随着火苗化成了纸灰，又纷纷落在了灵柩上。

安葬了丈夫之后，李清照想得最多的，便是丈夫存放在池阳的那十五车金石。这是丈夫的遗愿，也将是自己的毕生之愿。她让田杏儿去打听有无上行的船，准备尽早动身。

田杏儿一出门，看见前几天来看望赵大人的那个张飞卿站在对面的街口上，正和一个中年男子说话，见自己来了，他们便连忙走开了。不过她还记得那个男子的模样：八字浓眉，面庞上窄下宽，从身材上看，像个"北人"。

田杏儿以为他们是来吊唁的，大概听说赵大人已经安葬了，他们不便进来。田杏儿也没理会，便去了码头。

其实，那个中年男子就是赵明诚当年救过的张汝舟。

（六）

李清照和田杏儿回到池阳时，丁香、东海鸥等人一下子围住了她们，问寒问暖，说说笑笑，热闹极了。赵明诚病危时，李清照本想写信告诉他们的，但江宁距池阳远隔千里，往返需要月余，便没有让他们知道。当得知赵明诚已经病逝时，大家都失声痛哭起来。

李清照去赣水的初衷不变。当晚她同大家商量好了继续前行的事之后，次日便雇了船，也买齐了途中的粮菜油盐等物。就在临启程之前，从赣水上游来的商船带来的消息让他们大吃一惊：金兵已攻到了武昌，正沿长江而下，不久就会打到池阳！

本来想躲避兵火的，兵火却找上门来了！去赣水卜居的梦又破碎了。

既然去不了赣水，又不能在池阳久住，何去何从？李清照当机立断，去洪州！

在江宁族人聚会时，李清照曾听李杭说过，洪州远离战事，孟后接回朝廷后，就住在洪州，并驻有重兵护卫。兵部侍郎李擢和枢密院刘金玉负责护卫孟后。若去了洪州，不但安全了，还可存放金石。

东海鸥和丁香尤为激动。因为自"靖康之变"以来，她们时时都惦记着孟后和麦花，到了洪州，便可见面了。

江船顺水而下，速度快多了。大家坐在船舱里，望着来往的船只，看着两岸的景物，倒也不太寂寞。田叔为了安慰李清照，笑着说道："夫人，虽然这也是逃难，与咱们从青州逃来时相比，倒是舒坦多了呢！"

经他一提，李清照又想起了那些不堪回首的日日夜夜。她怕勾起往事让大家伤心，便指着池州城外的一座古庙说："看，那就是项羽庙！"说着，从舱中取出香烛等祭物，为了不耽搁赶路，便面对项羽庙，在船上向项羽拜祭。

田杏儿问道："夫人，项羽不是被刘邦打败了吗？后人为什么还给立庙呢？"

李清照说："项羽宁肯自刎乌江，也不肯曲节偷生，他死得天摇地动，鬼哭神惊，这才是真英雄呢！"

船家听了，感叹不已，说道："夫人说得好啊，软骨头的老少官家和投靠金人的奸人贼子，和这位楚霸王一比，真该羞死！愧死！"

李清照大声吟唱起来：

> 生当作人杰，死亦为鬼雄。
> 至今思项羽，不肯过江东。

船到江宁时，已暮色四垂了。李清照让船家将船泊在码头上，想在江宁多住几日。

夜已沉沉，江宁城里的灯火倒映在江水中，忽明忽暗。她在灯下补写几篇南渡后所收拓片的题记。这不光是为了打发漫漫长夜，也是为了丈夫的未竟之业。

一夜无眠，当天将晓时，她探身望了望紫金山的山影，当年和赵明诚踏雪寻梅的情景，又一下子浮现在面前。于是，便填了一首《浪淘沙》：

> 帘外五更风，吹梦无踪。画楼重上与谁同？记得玉钗斜拨火，宝篆成空。
> 回首紫金峰，雨润烟浓。一江春浪醉醒中。留得罗襟前日泪，弹与征鸿。

写完了，又吟哦了一遍。她对着紫金山轻轻问道："明诚，这首《浪淘沙》是为你填的，你听见了吗？"

四周无声，唯有江水呜咽着向东流去。

（七）

人世险恶，人心更险恶。一个噩梦刚过去，另一个噩梦又接踵而来。

江宁的下关一带，商贾如潮，十分繁华。在一家名叫"二月扬州"的酒楼上，张汝舟坐在角落里，正皱着眉头独斟独饮。喝了一会，自言自语地骂道："我真想宰了他！"

他想宰的是他的堂兄张飞卿。

原来，金兵攻破东京城时，张汝舟趁乱抢了一大捆古画和一只周鼎，逃到扬州后卖了二百两黄金。有了钱，便在"二月扬州"包了一名青楼女子，过着花天酒地的日子。不过，他又怕坐吃山空，便托人结识了中书侍郎黄潜善的内兄，说自己早年曾学于太学，请他打通关节，帮自己入仕。说完，塞给他五十两黄金。钱能通天，不久，他被任为监诸军审计司，自此便有了身份和俸禄。

但他本性难改，很快就捉襟见肘了。刚好以贩卖古董为生的族兄张飞卿前来投奔他，说自己已难以为炊了，求他指一条财路。

张汝舟已听说李清照从青州运来了十五车金石、书画、古物，心里早就在打主意了，只是没有机会下手。见张飞卿来求自己，心中窃喜。他说："此事不难，不过丑话先说在前头，要一切听我安排。"

张飞卿连连点头。

于是，他便给了张飞卿一把玉壶，让他以探视病人为由进了赵家。

按张汝舟的安排，张飞卿由赵家出来后，不论赵明诚是否鉴定过那把玉壶，二人同时放出风来，说那把玉壶是春秋时的古器，经金石大家赵明诚大人鉴定，是价值连城的稀世珍宝。此事办完后，赵飞卿还回玉壶，张汝舟付他十两银子，两不相欠，各走各的路。

口风传出去之后，已有好几个大买家打听价钱。有一个赋闲的大臣已开价三千两银子！张飞卿觉得奇货可居，便携壶逃到了金国，听说献给金国的一个宰相了。

此壶其实是张汝舟让人碾的一件赝品。他将此壶在土里埋了三个月，又在上面浇了一些阴沟的污水，挖出后就成了周朝古物！

谁知强盗遇上了打劫的。因张飞卿投靠了金朝，他的安排也就成了竹篮打水！

他恨透了张飞卿！

听说赵明诚已经病故，他便萌生了一个更加阴毒的念头。

（八）

为了确保金石的安全，李清照打发田叔和东海鸥先去了洪州，一是先租一处宅子，二是去向李擢打听洪州的形势。她和丁香、田杏儿搬到了岸上，租了一处宅子暂时住上。

一日，她看见院子里的木芙蓉开花了，花色十分艳丽，便伸手摘了一朵，在手中把玩着。忽又想起归来堂里的石榴树，当年曾和丈夫作诗赞美过石榴花。现在，青州的石榴树开花了吗？便信手写了四句：

十五年前花月底，相从曾赋赏花诗。

今看花月浑相似，安得情怀似往时。

写完了，又在诗前加了"偶成"二字。

"夫人，你看谁来了？"田杏儿在门口喊道。

还没等她站起来，客人已走到他的面前了，说道："嫂夫人，你好！"

原来是戚涌！不过，他穿的却是平民百姓的那种蓝布长衫，脚下是一双千层底的布鞋，头上还戴着一顶竹编斗笠。没等李清照问，他又开口了："嫂夫人，觉得我这身行头奇怪吧？不瞒你说，我现在是'孤山渔人'！因我的父祖都在莱州以打鱼为生，我虽无鱼可打，但也是为了不忘家庙啊！"

李清照听了，恍然大悟。

戚涌本来就是个性情旷达的人，有了这身打扮，让人觉得更加豪放不拘了，他接着说了自己到江宁的原因。

因他看到赵构一味求和退让，知道难以收复中原，已心灰意冷，便以为母守孝为由，乞归山野。获准后便去了杭州孤山，住在一座无人的古寺中，还在山中栽了菜苗。平时作画，以画换回些油盐米茶，十分自在。前不久，他听人说赵明诚将一把玉壶交给了张飞卿，张飞卿又携玉壶赠了金邦，朝廷正在查证"颁金之案"呢！便来告诉李清照。

李清照听了，如雷轰顶！这么大的案子，又是发生在丈夫身上，自己怎么从来都没听说过呢？再说，张飞卿带来的那把玉壶，病危的丈夫连看一眼都没有呀！怎么会有"颁金"之说呢？于是，她将当时的经过说了一遍。

戚涌说："嫂夫人，此事不可小视。若真有此事，可就是叛国之罪呀！若查不到证据，此事虽然不了了之，但也有污赵兄的清名啊！我以为，是有人设了个陷阱。"

"陷阱？谁设的陷阱呢？"

"我还一时说不清楚，不过，我总觉得与赵兄的金石有关。"

李清照听了，点了点头。

"嫂夫人，你保重吧，我要去码头搭船，先告辞了！"戚涌说完，戴上斗笠，便大步流星地走了。

戚涌走后不久，李杭来了，他也是听了"颁金之案"的传闻之后赶来的。他对李清照说："姐姐，我以为姐夫的这些古器，都极为珍稀，越是珍稀，有的人就越眼红。若得罪了朝廷，不但保不住金石，还会落下罪名；若有人谋图不轨，凶险之事难免发生，不如将其献给朝廷，一可求得安宁，二不至于丢失散落，三可遗留后世，这亦不悖姐夫收藏金石、古器的初衷，你只要专心编辑《金石录》即可。此事，我还和存诚、思诚商量过，他们也有此意。"

李清照听了，也觉得颇有道理，便决定先暂留在江宁，待朝廷定都之后再献给朝廷。

又住了几天，有位叫王继先的宫中御医来访，李清照连忙起身迎接。

李清照曾听江宁府的官员说过，王继先医术高明，曾为皇上和太后看过病，家产极多，且善交往，深得皇上器重。在丈夫患病之初曾为丈夫看过病，还随身带来了一些宫中的名贵药品，官员们要付他药资，他不肯收，所以她一直对这位王御医存有感激之心。

王继先是有备而来的，一进门他就直接表明了来意，他说："赵夫人，听说'颁金之案'乃是误传，夫人受扰了，不过，当前金兵压境，江宁一线吃紧，朝廷已经南移，赵大人的金石，已令夫人受尽磨难，为安全计，我愿为夫人存放金石，请夫人开具金石名录。"说着从药箱中取出了三百两黄金，放在案上，说是金石的定金，待天下太平时，再将金石完璧归赵，他再收回定金。

李清照有些犹豫，一时倒没了主意。

王继先说："夫人，你只管放心好了，此事我曾向圣上提及过，圣上还说了一个'可'字呢！"他见李清照仍心有疑虑，又说道："这样吧，你先开列两箱的名录，其余的明天再开列也可。"

李清照开列了两箱的名录，王继先按名录查点了箱中的金石，便让门外的士兵们抬走了。

第二天，李杭来询问李清照的启程日期时才知道了此事，他气愤地说："姐姐，他这是巧取豪夺！今后不管是谁，千万都不可答应了！"

李清照听了，后悔不已。

第二十章　毒蛇吐着信子，袭向昏迷中的词女

雪里已知春信至，寒梅点缀琼枝腻。香脸半开娇旖旎，当庭际，玉人浴出新妆洗。
造化可能偏有意，故教明月玲珑地。共赏金尊沈绿蚁，莫辞醉，此花不与群花比。

——《渔家傲》

（一）

因金兵追杀，赵构已离开杭州。李清照决定先到洪州避一避，待朝廷"驻跸"之后
再将金石献给朝廷。

到了洪州之后，见那里十分平静，心里踏实多了，对田叔租下的两院三重的宅子也
很满意。众人将木箱码在两间空房里，人住得也很宽敞。安顿好了之后，东海鸥去见孟
后去了，大家都聚集在前厅吃饭。

晚上，刚刚掌灯，东海鸥领来了一位中年女子，对李清照说："夫人，麦花看你
来了！"

麦花一面向李清照施礼，一面笑着说道："清照姐姐，小麦花常常在梦里梦见你，
谁知道你都——"没说完，就捂着脸哭了。

李清照将她揽在怀里，拍着她的肩膀说道："老了，是不是？你不也都长成大人了
吗？"说完，又将田叔、田婶和田杏儿介绍给了她。

田杏儿笑着问道："麦花姐，听说你是'护玺御史'？"

麦花只是笑了笑，便将她的"护玺御史"来历说了一遍。

原来，孟后因被赵佶废为了庶人，又住在瑶华宫中，竟因祸得福，金兵破城后是按
宗人府的名册抓捕皇室族人的，孟后的名字不在名册上，所以得以幸免，她和麦花逃出
东京后，张邦昌为了表明自己忠于大宋，派人找到了孟后，将大宋的传国玉玺交给了孟
后，在南逃的路上，玉玺一直藏在麦花身上。

当她们逃到六安时，被金兵追到了一座山坡上。正当危急之际，一对石匠夫妇将他
们护送到山顶上，她这时才认出他们就是雷叔和雷婶！原来，他们逃过蔡京的追捕之后，
便逃到了六安，仍以打凿石碑为生，正当说话时，两个金兵也气喘吁吁地爬上了山顶，
雷叔将她们藏在一个岩洞里，然后手持铁锤和他们拼起命来，等山顶上听不见声音了，

二人出来一看，原来雷叔和雷婶抱着金兵跳下了数十丈深的山崖！

赵构即位后，金国不认他的账，军民也对他的求和、南逃深恶痛绝，他得知孟后带着玉玺逃到了江南之后，大喜过望，立即封她为元祐皇太后，以笼络军民之心，因麦花护玺有功，便诏为"护玺御史"——一个有名无实的虚职！

又住了半个月，听说朝廷又由杭州去了越州。金兵已过了长江，洪州的守军和孟后也突然去了越州。李清照决定将大部分金石存放在宅后的一座废祠中，让田叔、田婶和丁香留在这里，待安定下来之后，再来接他们，自己和田杏儿带上一部分金石先去追赶朝廷。

她们分乘两辆马车，日夜不停地朝越州奔去。还没走到一半，又听说朝廷去了明州，她们又转头奔向明州。到了明州之后才知道，赵构已分乘二十多艘大船经定海去了台州！她们想在海上追上赵构，便弃车上船，在海上度过了一个除夕之夜，再赶到四明、温州……

赵构在前面没命地逃跑，后边有金兵紧紧追击，她们夹在中间，其间又有叛军、土匪拦路抢劫。为了轻装追赶，李清照选出了一部分金石，藏在嵊县的一户人家的阁楼上。这些金石虽躲过了金兵，却躲不过叛军，被他们悉数抢去了！当她们走到奉化时，又被当地的一位总兵强行索去了一些字画！

好不容易到了越州，住进了一户姓钟的人家。李清照将剩下的字画、拓片等物分装在七只竹笼里，一天要查看好几遍，像宝贝一样守护着。谁知夜里被人挖墙盗去了四笼！这可是丈夫留在自己身边的一部分心血啊！丢了它们，比朝她的心上扎刀子还要痛！

第三天，有人送来了其中的十八轴书画，说是路上捡的，特求赏金。李清照只好取出了仅有的一点银子，收回了这十八轴书画作品。

后来听说，其余被盗的字画，都被一个神秘的客商买去了。

为了将这些金石、书画献给朝廷，李清照由陆地追到海上，再由海上追到陆地，整整追赶了大半年！好像是从一座不见边际的大地狱里走了一趟！

田婶几经周折，终于找到了李清照。原来，藏在洪州的木箱子被金兵砸开后，见尽是些无用之物，便放火烧了。田叔挥舞着一把锄头，一面和金兵拼命，一面去抢烈火中的古物，结果被金兵砍了一刀！田婶找到他的尸首时，发现他怀里揣着一册《哲宗皇帝实录》，封面被血染红了一半！

李清照听了，二人抱头大哭了一场。问丁香在哪里？田婶说，金兵攻城时，她和丁香随着人群逃到了城外。后来，二人跑失散了。

李清照心里为丁香捏着一把汗。

李清照终于赶上了朝廷，但所献之物大都被烧被劫被盗，也就没有什么可献的了，唯一剩下的，是女词人已经破碎了的心，她终于支撑不住，在越州病倒了。

朝廷已"驻跸"杭州，杭州更名为临安，李杭得知姐姐病在越州，连忙将她接到了临安城的一座芭蕉院里。

芭蕉院在西湖东侧，这是他为姐姐特意赁下的一处民宅。

<h2 style="text-align:center">（二）</h2>

李清照的命太苦了。

她虽然大难不死，但比死更大的灾难，已悄悄向她袭来了。

由于心力交瘁，在路上又反复受寒，住进芭蕉院之后，李清照一直昏迷不醒。李杭初来乍到，举目无亲，姐姐不省人事，他一面哭着一面说道："姐姐，你睁开眼看看我吧，我是李杭呀！"

李清照无动于衷。

"姐姐呀，人世间我就剩下你一个亲人了，我们还要一起回明水老家呢……"他的嗓子嘶哑了，人也支持不住了。田杏儿连忙扶他坐下，又递给他一杯水。

李清照昏迷三天三夜了。田杏儿在江宁曾经看到过赵明诚弥留时的情景，心里不住地祈祷："老天啊，你把夫人的灾祸都降到我身上吧！我愿替夫人去下地狱！"不过，她不敢在李杭面前流露出自己的担心，总是不断宽慰李杭，还到处去请郎中诊治，送走郎中又去抓药熬药，给李清照喂药，日夜忙碌不停。

房东是位慈祥的教书先生，他已让人为病人买下了石灰和铁钉，还备下了棺材，以防用时措手不及。

这时，一位身材虚胖的男子匆匆走进芭蕉院，向李杭说道："在下张汝舟，曾和赵大人同读东京太学，还受过令尊李大人的教诲，当年赵大人有恩于我，我永铭心间，南渡后又与赵大人相逢于江宁，赵大人初病时曾托我代为关照令姐和他的金石，然因金兵逼进，我随驾奔波，未尽对赵大人之诺，心中一直不安，今得知令姐病于临安，特来探望。"

张汝舟？李杭不曾听见过这个名字，他连忙擦了泪水，让座奉茶。

张汝舟到床前看了看李清照，脸上露出悲伤之色。他说："当年汝舟潦倒东京时，在大相国寺受人欺凌，还是赵大人出手相救，并赠送银两，汝舟才得以回到祖籍，而后入太学入仕。赵大人之恩，汝舟没齿难忘，只要能医好夫人的病，要医要药还是要银两，请李大人开口，汝舟倾其所有，在所不惜！"

李杭听了，极为感动，说道："谢谢张大人，大人能来看望，我已感激不尽了，何敢拖累大人？"

"凡南渡的北人都是亲人，况乎我和赵大人还有这层缘分呢，应算是一家人！你们这是——"张汝舟看见有人抬进了一口棺材，便问道："这是做什么？"

李杭说道："不瞒张大人，姐姐之病恐难以好转了，医家和东家都嘱我要准备后事。"

"不，不，让他们抬出去！放在院中不吉利！"张汝舟大声说道："李大人，你先等一等，我一会便来。"说完，匆匆走了。

也许李清照在人世的罪还没受完，此时，忽然从门外传来了一阵哭声，不一会，一个衣服褴褛的妇人冲进来，扑到病榻前就说："夫人，夫人，你这是怎么啦？"她摇着李清照的手臂喊着，"你醒醒啊，我终于找到你啦！"

李杭一看，原来是丁香！

原来金兵走了之后，丁香回到了洪州，但租住的那座宅子和那座古祠已成了一堆焦土！她一路乞讨一路打听着消息，才终于到了杭州。也许上苍发了慈悲，她路过一座放马场，向一家棺木店讨水喝时，听伙计们说，有位南渡的女词人行将就木，她这才找到了芭蕉院！

也许哭声惊醒了病人，李清照竟慢慢地睁开了眼，但她的目光呆滞，已经认不得丁香了。

丁香紧紧搂着她，拼命地摇动着她的身子，哭着喊道："夫人，我可想死你了！你快好了吧，我再也不离开你了！"

李清照虽然不能言语，但眼角上滚落下了晶莹的泪珠。

张汝舟领着三个女子进来了，对李杭说道："李大人，这是我雇来伺候令姐的。"说完，又转身朝三个女子说道："你们三人轮流守候在夫人身边，手脚要麻利些，说话应低声些，夫人痊愈了，我还有赏钱！"

三个女子连声应诺。

他忽然发现旁边有个半百的妇人，像个街头讨饭的，便问道："这是——"

李杭连忙说道："她是丁香姐，是姐姐的好友，也是南渡的北人。"

张汝舟点了点头。他发现李清照睁开了眼，心中一动，连忙大声说："灵啊，真灵啊，南海大师太灵验了！"

李杭听了，不明白他说的什么。

张汝舟说："刚才，我去观音庙为令姐许了个愿，还捐了银子，求南海大师保佑令姐。大师慈悲，这不，令姐的病情已见起色了——对了，请问令姐生于何月何日何时？"

"大人问姐姐生辰何用？"

张汝舟笑着说："请李大人不要介意，待令姐康复后，汝舟还愿时需写上令姐的生辰。"

李杭真为姐姐高兴，因为她遇上了这么好的人，他将李清照的生辰八字告诉了张汝舟。

张汝舟将李杭拉到隔壁的空房中，一本正经地说道："刚才汝舟请一位高人为令姐卜过一卦，高人说，令姐已在阴阳之间，若想回到阳界，非以大喜冲晦不可，看来，令姐应速与他人成婚才行！"

"与人成婚？姐姐已病成牛蚁不分了，如何成婚？"

张汝舟说："这只是做给阴鬼看的，不是真的成婚，只要换个帖子，就算行过婚仪了。"

"只是一时——"李杭有些为难。

张汝舟也有些为难，说道："是啊，谁也不愿意充当替身呀！"他紧锁着眉头想了一会，忽然说道，"李大人，为了报答赵大人的救命之恩，也为令姐之病，此事由我来办吧，你只管放心好了！"

李杭听了，虽然对他感激不尽，但心里总觉有些欠妥，便说道："张大人，待我与赵家的两位兄长商量过了，再定为好！"

"对，对，应当，应当。为了不打扰令姐养病，这里只留三人伺候就够了，令姐身边的人可去客栈歇息，你与赵家兄弟商议之后，请速告诉汝舟。"说完，便匆匆走了。

李杭临走前对丁香和田杏儿说："我要去找存诚大哥和思诚二哥，听说他们也到了临安。这里就拜托你们了。"说完，也匆匆走了。

李清照忽然猛烈咳嗽起来，也许有痰堵在了喉间，憋得满脸通红。田杏儿连忙喂了她一匙温水，她才平稳下来。丁香又打来井水，一点一点地为她擦拭着脸庞和双手。

天将黑时，门前来了一辆马车，车夫说是接田婶、丁香和田杏儿去悦来客栈的，张大人已为她们订好了客房。

丁香说，她们不去客栈，在夫人跟前打个盹就行了。

车夫告诉她们，张大人说，李大人也要去悦来客栈，说有要事商量，请她们一定去。她们还有些犹豫，但车夫一个劲地催促，便只好上了马车。

（三）

马车转了大半个临安城，才到了城西的悦来客栈，进门后，店家已为她们端来了饭菜，说这是张大人交代的，吃过饭之后，店小二便领她们去了客房。

她们洗漱过了之后，已是起更时分了，却不见李杭，也不见安排她们食宿的张大人，心里便有些不安。一直等到三更，李杭仍然未来，更不见张汝舟的人影，她们心里更焦急了，不是说有要事商量吗？为什么他们都不来呢？丁香觉得有些不大对头，便问田杏儿："你见过这位张汝舟大人吗？"

田杏儿说："见是见过，赵大人在江宁去世后，我在门口见过他。"接着她将当时的情景和"玉壶颁金案"的风波说了一遍。丁香惊呼道："此事定然有诈！快，我们这就去芭蕉院！"说完，拉着丁香就跑出了悦来客栈。

因她们刚到临安，不熟道路，三个异乡女子要去芭蕉院可不那么容易，她们一路跑着，跑累了就走一会再跑，夜深人静，黑灯瞎火，又难找到人打听，不久，便迷了路，

第二十章　毒蛇吐着信子，袭向昏迷中的词女

一直到五更天，一位卖水的老人才向她们指了一条路，当她们找到芭蕉院时，简直不敢相信自己的眼睛了：

门楣上贴着一个大红"喜"字，三个女子正在向李清照身上套一件大红绣衣。张汝舟已打开了一只竹笼，房里散落着一些字画和拓片。

丁香情知不好，急忙冲上去，一把推开了三个女子，厉声问道："住手！你们想干什么？"

三个女子吓得缩到了一边，指着张汝舟说："是他，张大人，要我等给夫人穿的。"

田杏儿连忙跑到病榻前，用身子护住了李清照。

丁香怒目圆睁，指着张汝舟问道："张大人，是谁让你打开竹笼的？"

因事发突然，张汝舟有些措手不及，便指着李清照支吾着说道："我们已经成婚了，是她——我的夫人，让我打开清点笼中之物的呀！"

"你这是胡说！"

"不信，你去问李杭大人！"说着便慌忙向一个布口袋里装画轴。

丁香虽然不相信他的话，也不知道昨晚到底发生了什么，但她知道李清照千辛万苦保存下来的这些金石、字画，决不会让别人拿去！她一把夺过口袋，转身对田杏儿说道："杏儿，快去临安府报官！"

田杏儿抽身跑出去了。

"这已是我的家了，你给我滚出去！"张汝舟突然露出一脸凶相，红着眼向丁香扑去，想夺回那个布口袋。

丁香连忙从火盆中抄起一把铁火钳，准备和他拼个鱼死网破。

张汝舟虽然凶狠，但还是害怕丁香手中的那把三尺长的铁火钳，只好退回去，又从身上抽出了一个布口袋。

这时，李杭怒气冲冲地闯进来了，原来，他在临安城里到处打听赵存诚和赵思诚的住处，才知道他们并未来临安，便又匆匆赶回来，在半道上遇上了田杏儿，他大声喝道："张汝舟，你这个狡诈之徒，难道不怕王法吗？"

张汝舟"嘿嘿"冷笑着，说道："李大人，我和令姐成婚，还是你做的媒呢！连她的生辰八字都是你告诉我的！"说着，从怀里摸出一张大红婚约，在手里扬了扬："看，上面还有令姐的手印哩！"

李杭朝床头看了一眼，见旁边有一只朱砂印泥盒，那是姐姐作画写字落款时用的。他明白了，原来他趁着姐姐昏迷不醒时，强行按了她的手印！他实在忍无可忍了，便过去拉张汝舟，要他同去府衙见官。

"要告状你只管去嘛，我等着官府传唤就是了。"张汝舟说完，趁他不备，抱起一抱画轴就跑出去了。

李杭跪在李清照的床前，哭着说道："姐姐，我好糊涂啊，险些让歹人污了你的名声！你就骂我吧，打我吧！"说着，抓起李清照的手，在自己脸上抓着、打着。

丁香将他扶起来，劝道："李大人，这种歹人心如蝎蛇，好在他没得逞！"

田杏儿已报官回来了，她一面收拾地上的物件，一面说道："有一只竹笼未打开，只开了一只竹笼，里边的字画少了一半。看来，昨晚他已盗走了不少！"

李杭当即写了状纸。

张汝舟依仗着与黄潜善内兄的关系，便有恃无恐。谁知开审时，不但李杭、丁香、田杏儿当堂揭露了他图财骗婚的真相，连马车夫和三个被雇来的女子也在堂上做了证，张汝舟理屈词穷，又大闹公堂，说要到朝廷上告。

此案在临安城里立马引起了一场轩然大波。因为李清照不但是名相岐国公的外孙女、宰相赵挺之的儿媳、礼部员外郎李格非的女儿，而且是天下皆知的一代才女！张汝舟图财骗婚案传开后，人们十分气愤，纷纷围在知府衙门外边，击鼓请愿，要求严惩歹人，为李清照讨回公道！

一个在西湖卖唱的歌女，叫秋姐，正在画舫上唱李清照的《浪淘沙》："帘外五更风，吹梦无踪，画楼重上与谁同……"对面驶来一只小舟，一名叫吴二娘的船娘站在船头喊道："秋姐，有个无赖图财诬害李清照，姐妹们都恨得咬断了牙根！她们都去了知府衙门，你快去呀！"

秋姐一听，放下手中的琵琶，对客人们施了一礼，说道："对不起了，我也要去知府衙门！"说完，跳上小舟，小舟疾驶而去。

衙门前的人群越来越多，群情激愤，衙役劝说也无济于事。此时若遇上了张汝舟，怒极了的人们非抽他的筋剥了他的皮不可！

知府知道张汝舟朝中有人撑腰，但又怕众怒火难犯，正在为难时，翰林学士綦崇礼大人来了，他在金兵南犯时，护卫着赵构从陆地逃往海上，一路上他为赵构掌管着文书诏令，功绩卓然。到了杭州后，赵构拜他为兵部侍郎兼权直学士院、翰林学士。他与赵明诚三兄弟均有交往，十分敬佩李清照的才学人品，还曾到处打听过她的下落。当听说了此案之后，便立即赶到了知府衙门，让知府秉公审理。

再审时，不但审定了张汝舟图财骗婚、婚约无效，还审出了两个张汝舟，终于暴露了假张汝舟的嘴脸！

原来，真正的张汝舟早年曾经为官，早已谢世。骗婚的这个张汝舟并非太学生，是个盗名欺世之徒。再细查，他任诸监军审计司时，虚报了五人官职以吃空额薪俸！最后，终被剥夺官职，由两名临安府的差人押送，发配柳州！

差人怕他在前门遭人殴打，便将他从后门押出。谁知遇上了一群逃难来的北人，他们"呼啦"一声围过去，又打又咬，亏了两个差人力气大，才将他从人群中拽了出来！

（四）

在临安发生的一切，李清照浑然不知。

经过精心医疗，当她再度醒过来时，看见了丁香、田杏儿、田婶、东海鸥，还有麦花、梁月儿、周华英和段陶宜、严青！

难道这是在梦中？她怀疑地问道："你们这是——"

"夫人，我们看你来了！"众人见她醒了，都兴奋不已。

丁香告诉她说，周华英在城里开了一家书坊，用的还是"海川斋"的店名；严青是临安城里唯一的一位女郎中，人称"青州神医"；孟后已驾鹤归西；麦花不愿留在宫中，搬进了芭蕉院；段陶宜嫁了一位驿吏，住在城外钱塘江边；梁月儿开了一家刺绣铺，有绣娘三十余人！

梁月儿笑着说道："夫人，你得空闲时，我给你量好身材，为你绣一件天下最精最好的绣衣，再陪你去西子湖，听你吟咏新词！"

李清照笑了，众人也笑了。

寂静的芭蕉院里，第一次有了欢快的笑声。

第二十一章　留下一首《声声慢》，一代词后走进一座巍巍青山

寻寻觅觅，冷冷清清，凄凄惨惨戚戚。乍暖还寒时候，最难将息。三杯两盏淡酒，怎敌他，晚来风急？雁过也，正伤心，却是旧时相识。

满地黄花堆积，憔悴损，如今有谁堪摘？守着窗儿，独自怎生得黑！梧桐更兼细雨，到黄昏，点点滴滴。这次第，怎一个愁字了得！

——《声声慢》

（一）

宋高宗绍兴四年（1134年）暮春，《金石录》已编辑告竣，李清照坐在芭蕉院的书房里，正在专心致志地撰写《金石录后序》。田杏儿买菜回来了，她说，街上人人都在谈论金兵要犯临安，不知是真是假。

李清照有些信疑参半，因为朝廷已派史部侍郎韩肖胄为正使、工部尚书胡松为副使赴金国，一是与金邦议和，二是探望被囚的两位皇帝；此际，宗泽、岳飞、韩世忠等将领浴血奋战，各地义军也风起云涌。岳飞将金兵围困在黄天荡里达四十八天，金兵主将兀术只带着几个部属逃了出来。金兵之势已经大减，为何还敢南犯临安呢？她希望韩、胡两位使臣不辱使命，还特意写了三首《上枢密韩公工部尚书胡公诗》，为他们送行。难道议和之事失败了吗？

这时，赵思诚来了，他已提举江州太平观，他一是来看望九死一生的弟媳；二是询问一下《金石录》的编辑情况，因为有好几家书坊都想争刻这部巨著。

李清照问起金兵南犯之事，赵思诚说："金人已立刘豫为帝，国号为'齐'，这个无耻之尤为虎作伥，便助长了金人南犯的野心，看来，不但中原难以收复，恐临安也将难保。"为安全计，他建议李清照带上书稿，到金华一带避一避。他又说，此事他已和李杭、赵存诚商量过了，他们觉得这是上策，免得再受战乱之苦。

刚刚平静下来，又要四处逃难！李清照恨透了刘豫这个认贼作父的汉奸！她想起当年王莽新室的丑行和嵇康的刚烈气节，挥笔写下了一首《咏史》：

> 两汉本相继，新室如赘疣。
>
> 所以嵇中散，至死薄殷周。

李清照接受了以往的教训，这次逃难，再不追随朝廷了，决计及早上路，沿富春江逆江而进。

出发前夕，李杭前来送行，他兴奋地对李清照说："姐姐，你知道吗，王可意表妹逃回来了！"

"真的吗？"李清照极为激动，又问："表妹夫秦桧呢？"

"也逃回来了，圣上已诏他为礼部尚书！"

"听说金人对掳去之人看守极严，不知他们是如何逃出金人魔掌的？"李清照问道。

"听秦大人说，他们杀死了守卫的金兵，夺了只小船，从涟水渡海逃出来的。"

李清照叹了口气，说道："我已有三十多年没见过可意表妹了。她出嫁时，我还答应为她填首词呢！待太平下来之后，我就去看她。杭弟，你若见了表妹，记着替我问好。"

李杭点了点头。

（二）

这次逃难，因为没有金石拖累，又有丁香、田婶、田杏儿和麦花做伴，一路上轻松多了。富春江两岸风光绝佳，景色宜人，江船缓缓而行，恍若进了一幅山水画中。

当江船到了一处平缓的江面时，天已黑了，见江边有一伸入江中的石崖，船家说，那就是严滩。

严滩？李清照心中一震，原来到了西汉高士严光隐居垂钓的地方了！她对视名利如浮云的严光十分敬仰，站在船头上，望着江面上来来往往的船只，她大声咏道：

> 巨舰只缘因利往，扁舟亦是为名来。
> 往来有愧先生德，特地通宵过钓台。

到了金华之后，她住在一户兰姓人家，兰家只有一个独生女儿，叫桂琼，喜爱诗词，还抄录过不少李清照的词。听说自己家中的房客就是赫赫有名的李清照时，高兴极了，她还把这一消息悄悄告诉了自己的闺中文友们，一时间兰家可热闹了。那些喜爱诗词的少女少妇们纷纷前来拜师求教，请李清照指点自己的诗词。

有一天，桂琼对李清照说："夫人，城外有座'八咏楼'，游人很多，去看看吧！"

听说是'八咏楼'，李清照知道是南齐诗家沈约在这里任太守时建的，便有了兴趣，答应前去游览。

次日一大早，她到了"八咏楼"时，见七八个曾向她学词的女子已等候在那里了。李清照朝桂琼看了看，桂琼做了个鬼脸，笑着说："是我告诉她们的。"

她们一边说着笑着，一边拥着李清照登上"八咏楼"。李清照望着山下的婺江，想起了诗人建此楼时南朝和北朝各不相容；如今，皇上一味求和、逃跑，江山已经破碎，民不聊生，何等悲凉！哪里还有心情欣赏风景呢？她当即吟咏了一首绝句：

　　　千古风流八咏楼，江山留与后人愁。
　　　水通南国三千里，气压江城十四州。

桂琼是个有心人，她已让女伴们随身备了纸笔，待李清照吟哦完了，她也默记住了，连忙写在了诗笺上，又将诗笺让李清照过目。李清照接过笔去，写下了"题八咏楼"四个楷字。她们像得了宝贝似的，连忙收拾起来。

天气渐渐暖了，山坡上遍是杜鹃花，煞是惹眼。桂琼对李清照说，城外的双溪一带桃树成林，如今正是开花季节，约她前去赏花。

她想换件薄衣，便打开衣箱翻找，忽然，她的双手停住了，因为她看见了出嫁的第二年缝制的一件粉色裙子，那还是赵明诚和她在东京绸布店选的衣料，回家后自己裁剪、缝制的呢！平时总舍不得穿，如今，人已暮年，而衣裙尚新，她感到心头酸酸的，又将衣箱合上了。

"走吧，夫人。"桂琼兴冲冲地跑进来，她见李清照呆呆地坐在桌前，桌上有一首墨迹未干的《武陵春》：

　　　风住尘香花已尽，日晚倦梳头。物是人非事事休，欲语泪先流。
　　　闻说双溪春尚好，也拟泛轻舟。只恐双溪舴艋舟，载不动许多愁。

桂琼看着看着，眼泪便悄悄流下来了，她知道李清照心情不好，再也没敢提去双溪看桃花的事。

（三）

局势稳定下来之后，她们又回到了临安。

芭蕉院里的芭蕉树长得又高又大，新抽出的嫩叶如未展开的书卷，在春风中摇曳着。

这一天，李清照写完《金石录后序》之后，虽十分劳累，双眼有些胀痛，但心里十分激动，因为丈夫的未竟之业已经圆满，她在心里默默说道："明诚啊，你放心吧，《金石录》我校勘了十余遍，已无疵点，待刊印成书之后，第一部先送你看。"

刚放下笔，周英华便领着严青进来了，她们走到李清照的跟前，什么话都没说，一边"哈哈"大笑，一边搀起李清照就往外走。

李清照连忙问道："你们这是'挟持'我去哪里啊？"

"苏堤！"

"去苏堤做什么？"

"到了苏堤，夫人就知道了。"说完，将她扶上了门外的一辆马车。

待田杏儿她们都上了车之后，马车便沿着湖边飞奔起来。

到了苏堤，李清照看见堤上聚了许多人，其中有段陶宜、梁月儿、东海鸥，还有一些不认识的女子，在一棵柳树旁边摆着一张木桌，上面有酒具、菜肴和时令鲜果。李清照越来越糊涂了，问道："你们这是——"

众人齐声说道："夫人，我们是为你祝寿啊！"

李清照蓦然想起来了，今天是自己五十岁生日！

"英华，是你领的头吧？"

周英华摇了摇头，说道："做东的可不是我，我也没花半两银子！"她指着湖面说道，"看，来了！"

一只游船箭一般划过来，一位四十余岁的船娘系好了船缆之后，走到李清照跟前倒头便拜，边拜边说："喜逢夫人大寿，吴二娘祝愿夫人如这西湖一般长寿，亦如这西子湖一般明亮照人！"

接着，众人纷纷上前祝贺。

当斟上寿酒时，李清照笑着问道："吴二娘，你的美意，清照心已领了，不过，你要告诉我，为何要为我破费呢？"

"因为夫人乘过我的船！"

李清照听了，更糊涂了。

吴二娘告诉她说，三年前盛夏，李清照乘她的船游览西子湖时，曾在船上吟咏了一首《菩萨蛮》，吴二娘十分高兴，便请她写在舱板上，不想被游湖的人看见了，便一传十，十传百，都争着乘她的船，听她讲述才女乘船的经过，还抄录舱板上的《菩萨蛮》，有的游人还多付她船资呢！有一次，四位北方口音的客人乘坐她的游船时，想买走那块舱板，被她拒绝了，客人离船时，一下子留下了二十两银子，比她三个月收的船资还多！

她十分感激李清照，很想报答李清照，但苦于再没见到她。有一次周英华游湖时，知道了她的心事，便想出了这个"挟持"的主意。

戚涌不知道从哪里得到了消息，竟从孤山赶来了，一见面就说："夫人在富春江上写的《钓台》，我已拜读过了，我想步你后尘，逆富春江而进，不过，我去了就不再回来了！"

"你准备到哪里去呢？"

这位"孤山渔人"朗朗大笑起来，说道："心无安处，身便无安处，只好'小舟从此逝，江海寄余生'了！"

李清照听了，微微点了点头。

戚涌又说："夫人，前些日子我听一位逃出来的北人说，金兵攻陷东京之后，将万岁山抢了个精光！唯独不要那块太湖石，认为太湖石不吉利，金兵在几个石洞里塞满了火药，'轰'的一声，炸成了好几段！"

李清照愤愤说："那块石头炸了也好，免得以后再害人！"

"夫人可知道何云大人的事吗？"戚涌说道。

"何大人如今在何处？"

"他已战死沙场了！"

李清照听了，只觉头顶"轰"地响了一声，她有些眩晕，待了一会才说："他是何时为国捐躯的？"

戚涌说："何大人的死，与夫人的表妹夫有关！"

李清照惊得身子一震。

当年，秦桧和王可意逃回来之后，不少人都觉生疑，市井有流言说，秦桧是金国派回来的奸细，在南宋朝廷中当内奸。他多次在赵构面前提出：如今天下无事，主张应"南自南，北自北"！赵构向金邦求和的全部书符，都出自他的手！他的主张正合了赵构的心意，赵构便力排众议，授他全权对金议和；赵构不顾主战派和军民的强烈反对，于绍兴九年（1139 年），派秦桧与金朝订立了和议：南宋向金国称臣！一年后又第二次与金国签订和议！因秦桧议和有功，被赵构诏为太师、秦国公、魏国公，自此权倾天下。

枢密院编修胡铨上书，义正词严地反对议和，被罢了官职，偏管昭州！主战派将军岳飞不但反对议和，而且率军苦战，还打到朱仙镇，不久即可收复东京。秦桧又急又恨，竟一天发出十二道金牌将他召回临安，释除了兵权，又以"莫须有"罪名关进了大狱。

韩世忠曾质问秦桧："'莫须有'三字，何以服天下？"

秦桧词穷。回家之后，身为一品夫人的王可意提醒秦桧说："擒虎难，放虎易，当断不断，反遭其乱！"秦桧又奏请赵构诛杀岳飞；赵构违背"不杀大臣"的祖宗家法，在绍兴十一年（1141 年）除夕夜，以毒酒赐死岳飞，岳飞在大理寺监狱的风波亭中，写下了"天日昭昭，天日昭昭"八个大字之后悲愤而死！其子岳云和抗金将军张宪也以军法斩首。

议和之后，金国将赵佶、赵桓的梓宫还给了赵构，其实里边根本就没有遗骨，只是一段朽木！

岳飞回临安时，何云曾去为他送行，二人抱头痛哭了一场。当天晚上，因秦桧撤走了抗金主力，何云率一支孤军与金兵决战，被陷重围，他身中九箭，仍挥刀杀敌，右臂被金兵砍断，他以左手挥刀，左臂又伤，他立于血泊之中，如一尊铁塔，他对围在身边的金兵大声吼道："爷爷宁死也要站着！"说完，大笑三声而亡！

听到这里，李清照泪如雨下，众人都泣不成声。

李清照端起一杯酒来，缓缓走到湖边，将酒洒进湖水里，刚唱了一句"怒发冲冠，凭栏处，潇潇雨歇"，众人便跟着大声唱起来，岳飞的那首《满江红》，在西子湖畔久久地回荡着。

（四）

自杭州更名临安以来，临安城里也和当年的东京一样，不但宫中灯红酒绿，歌舞升平，一些文武大臣家里也蓄妓养伶，纸醉金迷，香车宝马穿梭于达官新贵之间。在新年、端午、仲秋、重阳等节日里，大臣们纷纷向皇帝、皇后进献诗词，这虽是些应酬之作，但却明着暗着相互攀比，看谁献的诗词最好，于是，有的人家就会重金请人捉刀。

身份显赫的王可意为了讨得赵构和皇后的欢心，曾派人给李清照送来了两锭赤金和几匹绸缎，请她代写一词以献赵构，被她拒之门外。

有一天，一乘豪华的小轿抬到了芭蕉院门口，随轿来的侍女对田杏儿说，她是奉秦夫人之命，来请赵夫人去秦府赏花，并一再提醒说，赵夫人的表妹在府中专候！

田杏儿进屋告诉了李清照，李清照让田杏儿告诉秦府的侍女：李清照没有这么一个表妹！

今年正月，王可意将麦花请到了秦府，对她说，自己一直想念李清照表姐，听说了她的坎坷遭遇后还掉了眼泪。她让麦花告诉李清照，她和秦桧没有后人，已将李清照表哥的儿子过继到秦府，改名为秦喜，绍兴十二年（1142年）考中榜眼，今已诏为枢密院事，有望诏为相职；秦喜很想见见自己的这位表姨妈。麦花临走时，王可意还特意嘱咐说，今年元宵节时，宫里的灯会十分热闹，她想请李清照进府，除了观灯，老姐妹俩也一块儿叙叙旧，她让麦花先带个口信，元宵节那天，她要亲自到芭蕉院去接。

麦花将王可意的口信带给了李清照后，问道："夫人，若秦夫人来接你，怎么办？"

李清照说："我自有办法。"

元宵节那天一大早，李清照就和田杏儿去了西子湖，她沿着苏堤缓缓走着，入夜，见一城灯火犹若繁星，有焰火在半空中绽开，耀人双目。她不由想起在东京过元宵节的情景，满心的感慨，化成了一首《永遇乐》：

落日熔金，暮云合璧，人在何处？染柳烟浓，吹梅笛怨，春意知几许？元宵佳节，融和天气，次第岂无风雨？来相召，香车宝马，谢他酒朋诗侣。

中州盛日，闺门多暇，记得偏重三五。铺翠冠儿，捻金雪柳，簇带争济楚。如今憔悴，风鬟霜鬓，怕见夜间出去。不如向帘儿底下，听人笑语。

王可意和几个侍女午时便到了芭蕉院，听丁香说李清照一大早就外出了，不知去了何处，她们一直等到夕阳西沉，仍未见李清照回来，只好悻悻地离开了。

在元宵节吃了闭门羹之后，王可意再也没来请过李清照。

（五）

清明刚过，李清照看见芭蕉树下又生出了几株嫩黄的小苗，小苗生机盎然，很是高兴，便用木瓢盛水去浇。这时，周英华带着一个女仆来访，女仆手里还拎了个书箱。

"是什么书？"李清照指着书箱问道。

"《金石录》。"

李清照笑着摇了摇头："你可别宽我的心了！"

周英华命女仆打开书箱，里边是一册新书，封面上印着《金石录》三个醒目的楷体字。

李清照连忙取出来，双手有些发抖，她翻了几页之后，便将《金石录》紧紧抱在了自己的胸前。

"夫人，这是《金石录》第一部样本，请你过目。"周英华见李清照的双眼已经潮湿，心中很是激动！这是赵明诚数十年的心血，也是李清照一生的心愿！她的汗，她的泪，她的情，还有她太多的苦难，都凝在这部《金石录》上了！

"英华，我可要替赵明诚谢谢你了！"

"我还要谢夫人呢！因为没有夫人以命相许，以身相报，这部前无古人的皇皇巨著，难保不会湮没在尘土之中！"周英华忍不住眼中的泪水，又说道："此书与夫人之功，都将恩泽后世，'海川斋'能独印此书，亦可名播天下！"

李清照一时语塞，久久地望着这位同自己一道逃出来的青州女子！

田杏儿端来了用当年新茶冲泡的茶水，二人喝过茶之后，周英华忽然说道："夫人，我今天来芭蕉院，还要同你商量一件事。"

"什么事，只管说吧！"

"你的词集编成之后，拟定何名？"

李清照想了想，说道："我原拟集名为《李易安集》，后来又觉得需换个集名才好。"

"你拟换什么集名？"

"我生在漱玉泉边，出阁前也长在漱玉泉边，想将词集定名为《漱玉集》，不知可否？清照请你赐教。"

"《漱玉集》？好，好！夫人之作，其诗其词，皆如漱玉！"周英华连声说道，"待夫人将手头的近作整理完毕，'海川斋'即用上好之纸，最精之工，立即刻版刊印！"

一抹暮春的丽阳，照在李清照的脸上，她微微笑了。

（六）

绍兴二十六年（1156年）初秋，西子湖畔的荷花谢了，苏堤上的柳树也开始落了，只是早晚还有些寒意。

周英华一大早就来到了海川斋书坊，她拿着一册刚刚印出来的《漱玉集》，心中异常激动，因为这册《漱玉集》，不但比以往所印之书都要精美，而且成都、广州等地的一些书商已在临安等候好几天了，他们都急着要将所订的《漱玉集》送回去，就在这时，桂林和福州的书商想抢在同行们前头要书，正和书坊的伙计们争论着。她忽然想起了李清照，对，应先给她送去十册！

她连忙让女仆包了十册《漱玉集》，便乘车去了芭蕉院。

芭蕉院的大门洞开着，一些邻人站在门口议论着什么，一问才知道，原来，李清照不见了！丁香、田杏儿她们在城里找了半天也没见她的人影，此刻已去西子湖找去了。

周英华想了想，对车夫大声说道："快，去苏堤！"

车夫一扬鞭子，马车向湖滨奔驰而去，邻人们也纷纷随后去了苏堤。

马车刚到苏堤，就见东海鸥、田婶、梁月儿、严青、段陶宜、麦花她们正和吴二娘在说话，见周英华到了，吴二娘笑着问道："周大姐，你也是来找夫人的吧？"不等周英华回答，她接着说道："夫人说，让你们不要去找她了！"

周英华问道："夫人去了何处？"

吴二娘指了指远处说："她下船之后，头也不回就朝前走了！"

周英华又问："夫人在船上都说过什么？"

吴二娘说，李清照什么也没说，只是在反复吟哦一首词。说到这里，她忽然想起了什么，连忙回到船上，取来了一张诗笺："对了，这是我让夫人抄下来的。"

周英华接过去一看，上面是一首《声声慢》：

寻寻觅觅，冷冷清清，凄凄惨惨戚戚。乍暖还寒时候，最难将息。三杯两盏淡酒，怎敌他、晚来风急？雁过也，正伤心，却是旧时相识。

满地黄花堆积，憔悴损，如今有谁堪摘？守着窗儿，独自怎生得黑？梧桐更兼细雨，到黄昏、点点滴滴。这次第，怎一个愁字了得！

大家都不再说话了，只有湖水轻轻抚摸湖堤的细微声，田杏儿忽然指着远处大声喊起来："看，那不是夫人吗？"

众人望去，远处是一座黛色的巍巍青山。

宋孝宗淳熙二年（1175年）的一天，一位身着青色长衫的中年男子，登上了吴二娘的游船，问道："船家，听说当年女词人李清照曾经乘过这只船？"

　　吴二娘连忙笑着说道："是呀，是呀！"她望了望这位身材高大的乘客问道："请问客人是——"

　　"我是她的同乡！"那男子的眉宇间有一种豪气，口音果然与赵夫人有些相似。

　　游船将要靠上苏堤时，男子取出银子要付船资，吴二娘告诉他说，凡是赵夫人的同乡，她都不收船资，那男子不肯，吴二娘灵机一动，笑着说道："若客人能留下几个字做纪念，我就心满意足了。"

　　那男子问道："船上有笔墨吗？"

　　"有，有。"吴二娘连忙从船舱中取出了笔墨纸张，就在吴二娘收桨、系缆的工夫，那男子已经写完了，他向吴二娘抱了抱拳，便登上了苏堤。

　　吴二娘发现，他留下了一首《丑奴儿》：

　　千峰云起，骤雨一霎儿价，更远树斜阳，风景怎生图画？青旗卖酒，山那畔，别有人家。只消山水光中，无事过这一夏。

　　午醉醒时，松窗竹户，万千潇洒。野鸟飞来，又是一般闲暇。却怪白鹭，觑着人欲下未下。旧盟都在，新来莫是，别有说话？

　　词牌下边，还有一行小字：博山道上效李易安体，山东历城人辛弃疾。

　　辛弃疾？这不是那位当年曾经率领五十骑人马，冲进有五万金兵的军营，将叛徒抢回来斩了首的抗金英雄吗？他还是一位了不起的词人哩！她连忙大声问道："辛将军，你要去哪里？"

　　"去找赵夫人！"说着，他便大步流星地朝前走去了。

　　远处，依然是那座黛色的巍巍青山。

　　……

2016年6月28日定稿于湖北鄂州

后　记

　　我与贤义曾合著旧作《绝代词后》，但总觉得不甚满意。前几年，曾约他再回老家，去看看青州的李清照故居，但因诸事缠身，未能如愿。今年梅雨季节，因不宜外出，便对《李清照传》进行修订，增加一章，完稿后，又请余凤兰女士对此书梳理了一遍。仅借此书出版之际，向她及文友们表示谢意。

刘敬堂